MW01505412

Das Buch

Im Hamburger Nieselregen steht Polizeireporterin Gesa Jansen vor dem Haus, in dem ihr Kollege Uwe Stolter ums Leben gekommen ist. Das Urgestein der lokalen Tageszeitung wurde selbst zum Mordopfer. Gesa hat wenig Zeit für Trauer, denn ihre knallharte Chefredakteurin will, dass sie den Fall vor der Polizei aufklärt. Für die Titelstory. Um jeden Preis. Dass ihr dazu der smarte Björn Dalmann aus der Kulturredaktion an die Seite gestellt wird, der seiner verpassten Opernaufführung nachtrauert, ist wenig hilfreich. Aber dann entdecken Gesa und Björn in Stolters Notizbuch Hinweise auf seine letzten Recherchen. Eine dieser Geschichten sollte besser nicht ans Licht kommen …

Die Autorin

Hanna Paulsen ist das Pseudonym einer in Hamburg geborenen Autorin, die mit ihrem Sohn und einer Hündin in Schleswig-Holstein lebt. Schon immer hat sie ihren Lebensunterhalt mit Schreiben verdient. Zunächst als Journalistin einer Lokalzeitung, später arbeitete sie jahrelang in verschiedenen Ressorts der Redaktionen von *Funk Uhr*, *Hörzu* und *TV Digital*. Ihr besonderes Steckenpferd waren damals die Buchbesprechungen. Immer stärker wurde der Wunsch, nicht nur die Bücher der anderen zu lesen, sondern auch selbst Romane zu schreiben. Mittlerweile ist Hanna Paulsen Vollzeit-Autorin und engagiert sich unter anderem im Bundesverband junger Autorinnen und Autoren und bei den Mörderischen Schwestern. Wenn sie mal eine Schreibpause einlegt, verbringt sie ihren Urlaub am liebsten in Wyk auf der Nordseeinsel Föhr.

HANNA PAULSEN

DER TOTE JOURNALIST

DIE POLIZEIREPORTERIN

KRIMINALROMAN

Deutsche Erstveröffentlichung bei
Edition M, Amazon Media EU S.à r.l.
38, avenue John F. Kennedy, L-1855 Luxembourg
August 2021
Copyright © der deutschsprachigen Ausgabe 2021
By Hanna Paulsen
All rights reserved.

Umschlaggestaltung: zero-media.net, München
Umschlagmotiv: © ZaZa Studio / Shutterstock;
© Sonpichit Salangsing / Shutterstock;
© Media Whalestock / Shutterstock; © Nik Merkulov / Shutterstock;
© Paula Hernan / Shutterstock; © DEEPOL by plainpicture/Kerstin Bittner
1. Lektorat: Kanut Kirches
2. Lektorat und Korrektorat: VLG Verlag & Agentur, Haar bei München,
www.vlg.de
Gedruckt durch:
Amazon Distribution GmbH, Amazonstraße 1, 04347 Leipzig /
Canon Deutschland Business Services GmbH, Ferdinand-Jühlke-Str. 7,
99095 Erfurt /
CPI books GmbH, Birkstraße 10, 25917 Leck

ISBN: 978-2-49670-882-0

www.edition-m-verlag.de

KAPITEL 1

Rot-weißes Flatterband hielt die Schaulustigen von der Unfallstelle fern, dennoch strömten immer mehr Menschen an die Absperrung und gafften. Viel konnte Gesa Jansen von ihrem Standpunkt aus nicht erkennen – zumal feiner Nieselregen fiel. Ein Teil der Willy-Brandt-Straße war an der Kreuzung zur Brandstwiete gesperrt und zwei Rettungsfahrzeuge verdeckten die Sicht. Unmöglich, von hier aus ein gutes Foto zu schießen.

Sie reckte das Kinn. »Ich muss da mal durch.«

»Wozu, Kleine?« Ein Mann mit tätowierter Glatze drehte sich zu ihr um und musterte sie mit einem spöttischen Lächeln. »Bist du etwa von der Polizei?«

»Sieht man das nicht?« Meistens ging sie mit Jeans, Kapuzenpulli und Camouflage-Jacke als Zivilfahnderin durch. Zumindest, wenn sie auf keinen echten Polizisten stieß, der sie kannte.

Zögernd gab der Mann den Weg frei.

Gesa zwängte sich an ihm vorbei durch das Gedränge. Wieder einmal verfluchte sie ihre Größe von einem Meter neunundfünfzig, die schuld daran war, dass jeder in der Menschenmenge sie überragte. Die meisten Leute machten eher breitschultrigen Kerlen wie Uwe Platz als einer zierlichen Frau mit braunen Rehaugen und Pferdeschwanz. Trotzdem schaffte sie es bis an die Absperrung.

Endlich hatte sie freie Sicht. Zwei Sanis kümmerten sich um eine Frau, die auf einer Trage lag. Das Unfallopfer hatte eine Kopfplatzwunde, sah zum Glück aber nicht schwer verletzt aus.

Gesa schlüpfte unter dem Flatterband hindurch.

Ein roter Kleinwagen und ein anthrazitfarbener SUV standen mitten auf der Kreuzung. Die Schnauze des Kleinwagens war völlig eingedrückt, die Fahrerseite des SUVs zerbeult.

Langsam ging sie noch etwas näher, hielt dabei aber Abstand zu der Trage. Niemals einen Einsatz behindern! Dieser Grundsatz war noch wichtiger, als die Erste zu sein.

Leider war sie nicht die Erste. Ausgerechnet Ingo von den *Nord Nachrichten* hockte bereits vor den Wracks und schoss ein Foto nach dem anderen. Mit seinem grau gefleckten Dreitagebart und der Sonnenbankbräune erinnerte er Gesa stets ein wenig an einen Piraten.

Bei ihrem Anblick senkte er die Kamera mit dem langen Teleobjektiv. »Moin. Du bist spät dran. Sag bloß, du verlierst deinen Schwung.«

»Bist doch selbst eben erst gekommen.« Andernfalls hätte er längst einen der beiden Polizisten ausgequetscht, die neben ihrem Streifenwagen an der Absperrung standen. Trotzdem war es ärgerlich, dass er einen Vorsprung hatte.

Gesa holte ihre Kompaktkamera aus der Jackentasche. Ein Gerät mit wenig Zoom, dafür aber unauffällig. Noch würde das Licht hoffentlich reichen, auch wenn die Sommersonne schon ziemlich tief stand.

Sie schoss einige Bilder und ging dann vorsichtshalber noch etwas näher an die Fahrzeuge heran. Bisher pfiff niemand Ingo und sie zurück, also hatten sie es heute wohl mit Polizisten zu tun, die der Presse wohlgesonnen waren.

Ingo legte seine Kamera auf dem Schoß ab und drehte sie nach rechts. Garantiert knipste er heimlich die Sanis bei der Arbeit. Kein feiner Zug. »Wie kommt es eigentlich, dass Uwe nicht aufgekreuzt ist? Der zehnte Unfall dieses Jahr auf der Willy-Brandt-Straße. Das könnte doch 'ne große Story werden.«

Und die riss Uwe als erster Polizeireporter der *Hamburger Abendpost* normalerweise an sich. Nur, dass die Polizei vorhin einen ungeklärten Todesfall auf St. Pauli gemeldet hatte. Wie sie Uwe kannte, war er als Erster vor Ort und kümmerte sich längst darum. Da Ingo davon anscheinend nichts mitbekommen hatte, würde Gesa ihn garantiert nicht aufklären. »Er hat heute Abend frei«, log sie. »Der Glückliche.«

Ingos Augen verengten sich. »Der macht nie frei. Nicht mal an Weihnachten.« Er erhob sich. »Da ist doch was im Busch.«

»Frag ihn am besten selbst.« Eher unwahrscheinlich, da die beiden seit Jahrzehnten erbitterte Konkurrenten waren. Meistens gewann Uwe ihre kleinen, niemals endenden Wettstreite.

Gesa reckte den Hals. Es wurde Zeit, sich einen der beiden Polizisten als Gesprächspartner zu sichern, bevor hier noch mehr Journalisten auftauchten. Sie ließ Ingo stehen und hielt auf den älteren Beamten zu, der vermutlich den Einsatz leitete.

Ausgerechnet in diesem Moment vibrierte das Redaktionshandy in ihrer Jackentasche. Sie unterdrückte einen Fluch, zog es heraus und stöhnte leise. Maike Thomsen!

Natürlich nutzte Ingo die Gelegenheit, um sie zu überholen und sich den Einsatzleiter zu schnappen.

»Gesa Jansen.« Sie senkte die Stimme und drehte sich von der Absperrung weg, damit Ingo das Gespräch nicht mitbekam.

»Wo stecken Sie?«, fragte Gesas Chefin.

»Willy-Brandt-Straße. Ich habe den Unfall an der Kreuzung übernommen, weil Herr Stolter nicht da war. Er ist wohl an dem ungeklärten Todesfall dran, der uns vorhin gemeldet wurde. Vermutlich ein Mord.«

»Ist er nicht.«

Die Thomsen musste sich irren. »Wie kommen Sie darauf?«

»Er geht nicht an sein Handy. Ich hab ihm drei Nachrichten hinterlassen, weil ich wissen muss, wie viel Platz wir auf Seite eins für ihn räumen sollen und wann er liefern kann. Falls wir den Druck nach hinten schieben müssen, brauche ich dringend eine Info dazu.«

Gesa zupfte an einer braunen Haarsträhne, die sich aus dem Gummi gelöst hatte und ihr nun ins Gesicht hing. »Ich habe auch nichts von ihm gehört.« Wäre nett gewesen, wenn er sie in seine Pläne eingeweiht hätte, anstatt wieder einen Alleingang zu machen.

Die Sanis hoben die Trage an und trugen die verletzte Frau zu einem der Rettungswagen. Ein Mann, vermutlich der Fahrer des anderen Unfallfahrzeugs, ging auf den zweiten Polizisten zu. Damit waren nun beide Polizisten belegt. Verdammtes Pech!

»Ich brauche hier noch eine Weile. Aber ich kann gern zwischendurch versuchen, ob ich ihn erreiche.«

»Nicht gut genug!« Thomsen hörte sich beinahe an wie ihr Havaneser Henri, wenn er knurrte. »Fahren Sie sofort zum Tatort. Und richten Sie Stolter aus, dass er mich auf der Stelle anrufen soll. Keine Ausrede. Mir ist egal, was da los ist. In einer halben Stunde will ich die Schlagzeile haben.«

»Aye, aye, Käpten!« Gesa unterbrach die Verbindung und schob das Handy zurück in die Jackentasche.

Uwe würde sich nachher einiges von ihr anhören müssen, weil sie seinetwegen den Unfallort verließ, ohne den O-Ton eines Polizisten zu haben. Doch persönliche Befindlichkeiten hatten keinen Platz, wenn es um das Blatt ging. Erst einmal mussten sie gemeinsam die Titelgeschichte retten.

* * *

»Hier ist Schluss. Das gilt auch für Sie.« Ein Polizist, vermutlich vom Kriminaldauerdienst, bewachte das Absperrband, das sich um den Hauseingang des grauen Wohnblocks zog. Von der Rendsburger Straße aus war es nur ein kurzer Fußmarsch bis zur Reeperbahn mit ihren Klubs, Theatern und der bunten Leuchtreklame. Dennoch schien sich der triste Betonbau in einem anderen Universum zu befinden.

Gesa zog sich die Kapuze über den Kopf, auch wenn ihr ohnehin längst das Wasser von den schulterlangen Haaren tropfte. Doch Regen gehörte nun mal zu Hamburg wie der Michel und der Hafen. »Ich weiß, dass Sie mich nicht durchlassen können. Aber geben Sie mir wenigstens ein bisschen Futter. Was ist hier passiert?«

»Ein Toter. Derzeit gehen wir von Fremdeinwirkung aus.« Der Mann musterte sie ernst. Leider wirkte er nicht wie jemand, der sich weichklopfen ließ. Trotzdem musste sie es versuchen.

»Wer ist das Opfer?« Sie stippte mit den Spitzen ihrer Stiefel in eine Pfütze auf dem Bürgersteig. Kleine Wellen schwappten über das Pflaster.

»Ich habe schon zu viel gesagt.«

»Mann? Frau? Wie alt?« Wenn doch endlich Uwe hier aufkreuzen würde. Wahrscheinlich hatte der längst einen Zeugen aufgegabelt und interviewte ihn ungestört im Trockenen, während sie im Regen stand und fror.

»Bitte warten Sie auf unsere Pressemitteilung.« Der Polizist verschränkte die Arme vor der Brust. Er sah jung aus – höchstens Mitte zwanzig. Wahrscheinlich wollte er keinen Ärger mit seinem Vorgesetzten riskieren und machte deshalb dicht.

Von diesem Mann würde sie nichts mehr erfahren. Sie brauchte dringend einen anderen Gesprächspartner. Vorher musste sie allerdings Uwe finden.

Im Schutz des benachbarten Hauseingangs standen ein Kameramann und eine Reporterin vom Regionalfernsehen.

Gesa kannte die beiden nicht persönlich. Doch bestimmt kannten sie Uwe. Das tat jeder, der in Hamburg über Polizeiarbeit berichtete.

Gesa legte die wenigen Meter im Laufschritt zurück. Die Zeit saß ihr im Nacken. Schon zwei Anrufe von Thomsen hatte sie ignoriert, weil sie bislang keine Ergebnisse liefern konnte. Ein drittes Mal durfte sie das nicht riskieren. »Entschuldigung. Haben Sie zufällig meinen Kollegen Uwe Stolter gesehen? Ein großer Mann Ende fünfzig, ziemlich kräftig. Er hat einen Vollbart und trägt meistens eine dunkle Bomberjacke.«

»Nein«, sagte die Reporterin mit dem Mikrofon. »Uwe wäre mir aufgefallen. Ich habe ihn erst neulich interviewt.«

»Danke.« Wenn Uwe nicht am Tatort war, wo steckte er dann? Doch noch wichtiger war die Frage, wo sie schnell ein paar Infos zu dem ungeklärten Todesfall herbekam, denn anscheinend war dies nun ihre Geschichte.

Direkt an der Absperrung parkte ein weißer Kastenwagen, der zur Spurensicherung gehörte. Von den Männern, die bei der Spusi arbeiteten, kannte sie mittlerweile einige. Falls sie Glück hatte, befand sich einer von ihnen heute im Dienst. Sie stellte sich neben das verlassene Fahrzeug und wartete.

Auch in anderen Hauseingängen standen Journalisten und lauerten wie Gesa auf einen Polizisten, der endlich mit Informationen zu dem Fall herausrückte. Leider wäre nichts davon exklusiv.

Gesa wippte mit dem rechten Fuß, weil die Warterei an ihren Nerven zerrte. Wenn sie einmal die Chance auf eine große Titelgeschichte bekam, die Uwe ihr nicht vor der Nase wegschnappte, musste sie etwas Besonderes liefern.

Das Glück war ihr hold, als sich endlich die Haustür öffnete und ein gedrungener Mann mit Schnauzbart ins Freie trat: Ole Cracht. Der Hauptkommissar aus dem Landeskriminalamt für

Tötungsdelikte war Uwes Freund, nicht ihrer. Doch er würde Gesa helfen.

»Herr Cracht, auf ein Wort!« Sie lief bis ans Flatterband, blieb dort aber stehen. Schließlich wollte sie den jungen Polizisten vom Kriminaldauerdienst nicht unnötig provozieren. Auch ihre Kollegen von den Konkurrenzblättern drängten nun nach vorn.

Cracht beachtete die anderen allerdings gar nicht. Stattdessen führte er Gesa mit ernstem Gesichtsausdruck ein Stück die Straße hinunter. Dabei schien er den Regen, der in Strömen an ihnen hinabfloss, nicht zu bemerken.

Ein Journalist vom Radio folgte ihnen, doch Cracht wandte sich zu ihm um. »Bitte lassen Sie uns einen Moment allein.«

Erst, als der Mann sich aus ihrer Hörweite entfernt hatte, ließ Cracht die Schultern sinken. »Gut, dass Sie hier sind. Mein Beileid. Auch an die Kollegen. Das war für uns alle ein riesiger Schock.«

»Wovon reden Sie?« Es gab nicht viel, was Gesa fürchtete. Doch der traurige Ausdruck in Crachts Augen bescherte ihr eine Gänsehaut. Genauso hatte sie damals ein Kollege im Krankenhaus angesehen, bevor er ihr sagte, was mit Christian geschehen war.

»Ich dachte, Sie wissen es schon.« Cracht erblasste und zögerte, weiterzusprechen. Schließlich senkte er den Kopf. »Das Opfer ist Uwe. Uwe Stolter.«

»Oh, mein Gott!« Ihre Beine fühlten sich plötzlich kraftlos an, so als wäre sie stundenlang durch die Wüste marschiert. »Was ist passiert?«, fragte sie mit brüchiger Stimme.

»Sieht nach einer Vergiftung aus. Es könnte ein Unfall oder Suizid gewesen sein. Aber das glaube ich bei ihm nicht.«

»Ich auch nicht.« Uwe war tot. Das Urgestein der *Hamburger Abendpost*. Der Gedanke fühlte sich seltsam unwirklich an. Uwe gehörte zu ihrem Leben wie ein sturköpfiger Verwandter, der einen manchmal in den Wahnsinn trieb, den man aber trotzdem insgeheim mochte.

»Wir wollten am Samstag Skat spielen.« Crachts Stimme klang belegt. »Ich kann noch gar nicht fassen, dass er tot ist.«

»Geht mir genauso.« Von Anfang an hatte Uwe sie auf ihrem Weg als Journalistin begleitet. Er war schon Polizeireporter gewesen, als sie vor achtzehn Jahren als Volontärin bei der *Hamburger Abendpost* angefangen hatte. Damals war er ihr wie ein leuchtendes Vorbild erschienen. Jemand, zu dem sie aufsehen konnte.

Nun lag er tot in einer der Wohnungen, die zu dem tristen Block in fünfzig Schritt Entfernung gehörten. Ein trostloser Ort, um dort zu sterben. »Ich weiß nicht mal, was er hier überhaupt wollte.«

»Er hat jemanden besucht. Die Einzelheiten müssen wir noch klären.« Crachts Augen glänzten verdächtig feucht.

Kaum brachte sie die nächste Frage heraus, aber sie wollte die Antwort unbedingt wissen. »Musste er leiden?«

»Zumindest ging es schnell.« Cracht wich ihrem Blick aus, was dann wohl ein Ja bedeutete.

Metallischer Geschmack breitete sich in ihrem Mund aus. Ihre Unterlippe pochte. Dabei hatte sie sich das Lippenbeißen abgewöhnt. Doch gerade konnte sie nicht anders.

Jemand hatte Uwe heimtückisch ermordet. Ausgerechnet Uwe, der jedem offen ins Gesicht geblickt und oft gescherzt hatte, dass er sich eines Tages eine Kugel oder ein Messer einfangen würde. Das sei eben sein Berufsrisiko.

Aber doch nicht das hier!

»Ich muss wieder da rein.« Cracht nickte in Richtung des Wohnblocks. »Es wartet noch eine Menge Arbeit auf uns. Und jemand muss Silke die Nachricht überbringen.«

Cracht tat Gesa unendlich leid. Gerade erst hatte einen langjährigen Freund verloren und dennoch musste er funktionieren und durfte sich keinen Fehler erlauben. »Wenn ich irgendwas tun kann, um zu helfen, dann sagen Sie es bitte.«

»Halten Sie sich für eine Vernehmung bereit.« Cracht musterte sie ernst. »Und überlassen Sie die Ermittlungen den Profis.«

»Natürlich«, versprach sie. Der Regen floss über ihre Wangen wie ungeweinte Tränen. Nach Uwes Tod fiel es nun ihr zu, den Artikel zu schreiben. Sie konnte sich vor ihrer Verpflichtung genauso wenig drücken wie Cracht, auch wenn sie sich gerade völlig betäubt fühlte – wie zuletzt nach ihrer Rückkehr aus Syrien. Uwe hinterließ eine große Lücke. Ohne ihn würde es bei der *Hamburger Abendpost* nie mehr sein wie zuvor.

KAPITEL 2

»Das ist ein dunkler Tag für uns.« Maike Thomsen schloss die Tür zu ihrem Büro mit Nachdruck. »Trotzdem dürfen wir jetzt keinen Fehler machen. Dafür ist die Geschichte zu wichtig.«

Sie deutete auf den Besucherstuhl vor ihrem Schreibtisch, der den größten Teil des Tages von Henri belegt wurde. Gerade lag der kleine braune Hund allerdings im offenen Aktenschrank und wedelte zu Gesas Begrüßung mit dem Schwanz.

Gesa nahm Platz – dankbar dafür, dass sie nicht länger auf wackeligen Beinen stehen musste. Uwes Tod war keine gute Geschichte, sondern eine Katastrophe. Gerade Thomsen, die mehr als zwei Jahrzehnte mit ihm zusammengearbeitet hatte, sollte das genauso sehen.

»Ich kann immer noch nicht richtig fassen, dass er nicht mehr da ist.« Gesa starrte auf ihre Stiefelspitzen. »Heute Nachmittag strotzte er noch vor Leben und hat sich lautstark über Gorzlitz aufgeregt.«

»Wann nicht? Die beiden mussten bei jeder Begegnung streiten.« Thomsen rückte ihre neongelbe Lesebrille zurecht und strich sich eine feuerrote Haarsträhne hinters Ohr. »Aber uns fehlt die Zeit, um nostalgisch zu werden. Was haben Sie bisher?«

»Nicht viel.« Gesa würde ihr Bestes geben, um die Polizei bei der Suche nach dem Täter zu unterstützen. Selbst wenn niemand dort ihre Hilfe wollte. »Die Polizisten vor Ort haben gemauert. Ich weiß weder, womit Stolter vergiftet wurde, noch, wer ihn gefunden hat. Die Pressemeldung ist natürlich vage. Aber ich bin sicher, über die Anwohner lässt sich einiges rauskriegen, sobald die Polizei abgezogen ist.«

»Wenn es jemand schafft, dann Sie. Vorher müssen wir allerdings Schadensbegrenzung betreiben.« Thomsen öffnete ihre Schreibtischschublade und zog ein zerfleddertes schwarzes Notizbuch heraus, das dem von Uwe ähnelte. »Stecken Sie das ein.«

Gesa schlug das Buch in der Mitte auf. Tatsächlich. Das war Uwes Handschrift. Auch wenn sie kaum etwas entziffern konnte, weil er einen Code benutzt hatte. »Die Polizei wird das Buch als Beweisstück brauchen.«

»Nur über meine Leiche.« Thomsen beugte sich vor und senkte die Stimme. »Wenn die anfangen, bei Uwes vertraulichen Quellen zu ermitteln, zerstören sie in Nullkommanichts sein gesamtes Netzwerk. Es hat ihn dreißig Jahre gekostet, das alles aufzubauen.«

»Und falls einer dieser Informanten sein Mörder ist?« Wie jeder anständige Journalist würde Gesa eher ins Gefängnis gehen, als eine ihrer Quellen zu verraten. Aber einen Mörder zu schützen, kam dennoch nicht infrage.

»Dann finden sie es schon heraus.«

Das Telefon klingelte und Thomsen hob ab. »Alles erledigt? Danke.« Sie legte auf. »Das war die Praktikantin. Sie hat Ihnen Stolters Mails und Dateien vor dem Löschen auf einen USB-Stick gespielt.«

»Nein! Das dürfen Sie nicht tun!« Gesa sprang vom Stuhl auf. »Damit behindern wir doch die Arbeit der Polizei.«

»Ist wohl kaum unsere Schuld, dass die Praktikantin mit dem Magneten so unvorsichtig war.« Thomsen kramte ein Leckerli aus ihrer Handtasche und ging vor Henri in die Hocke. Der Rüde fraß ihr aus der Hand und leckte sich im Anschluss die Schnauze. »Falls auf Stolters Computer tatsächlich Hinweise waren, die zu seinem Mörder führen, werden Sie selbstverständlich die Polizei informieren. Aber ich will nicht, dass die Ermittler Zugriff auf sein gesamtes Recherchematerial bekommen. Sonst ruinieren die uns damit gute Geschichten, die Sie noch zu Ende bringen können.«

Auch wenn Thomsen in der Sache recht hatte, störte Gesa ihr gefühlskalter Tonfall. »Allein schaffe ich das aber nicht.« Sie wanderte durch das Zimmer. »Frühdienst. Spätdienst. Ich müsste Stolters Material sichten und gleichzeitig die aktuellen Geschichten fürs Blatt schreiben. Das wird zu viel.«

»Kein Grund, zu jammern. Sie bekommen jemanden zur Unterstützung: Björn Dalmann.«

»Den Kulturredakteur?« Das konnte Thomsen nicht ernst meinen! »Der schreibt doch nur so abgehobenes Zeug wie die *Oper in der Popkultur* oder *Was heutige Filmemacher von Stummfilmregisseuren lernen können.*« Die wenigen Artikel, die Gesa aus Neugier von ihm angelesen hatte, musste sie abbrechen, weil sie von dem Geschwafel Kopfschmerzen bekam.

»Ich weiß.« Thomsen kraulte Henri zwischen den Ohren. »Deshalb wollte ich Dalmann eigentlich rauswerfen. Ein Glück, dass ich noch nicht dazu gekommen bin.«

Gesa umklammerte die Lehne des Besucherstuhls. Vor lauter Frust hätte sie das Möbelstück am liebsten durchs Zimmer geschleudert. »Geben Sie mir jemand anderes. Egal wen.«

»Nein.« Thomsen erhob sich und strich ihren hellgrünen Rock glatt. »Ich kann sonst niemanden entbehren. Außerdem ergänzen Sie sich gut.«

»Wie das? Ich wette, der Mann hat noch nie eine Leiche gesehen.« Ganz zu schweigen von den Strapazen und Gefahren, die der Job als Polizeireporter mit sich brachte.

»Vermutlich nicht. Aber dafür ist er immer so höflich und kann gut mit Worten. Sie werden ihm noch dankbar sein, wenn er Ihnen hilft, den Nachruf zu schreiben. Gefühlvoll ist schließlich nicht gerade Ihre Stärke.«

Thomsen öffnete ihre Bürotür. Ein klares Signal für den Rauswurf. »Sie haben neunzig Minuten. Ich will hundertfünfzig Zeilen. Und machen Sie Stolter zu einem verdammten Helden.«

* * *

Um kurz vor dreiundzwanzig Uhr betraten zwei Polizisten die beinahe leere Großraumredaktion. Von den dreißig Journalisten, die hier tagsüber auf engstem Raum arbeiteten, waren nur noch Gesa und Björn anwesend. Die riesigen Halogenröhren unter der Decke tauchten das Büro in ein kaltes, taghelles Licht, das selbst nach einem langen Arbeitstag die Müdigkeit vertrieb.

Gesa beobachtete, wie die Beamten Uwes Computer einpackten. Sie durchsuchten auch seine Schreibtischschublade, in der sich allerdings nur ein paar Stifte und alte Zeitungen befanden. Die Praktikantin hatte ganze Arbeit geleistet.

Gesa, deren Schreibtisch Uwes direkt gegenüberstand, zwang sich, ruhig weiterzuatmen und auf den Bildschirm zu sehen. Solange sie sich unauffällig verhielt, würden die Kriminalbeamten auch nicht herausfinden, was sie in ihrer Jackentasche verbarg.

Der größere der beiden Männer stellte einen leeren Karton auf dem Schreibtisch ab und verstaute darin Uwes gerahmte Fotos und andere Erinnerungsstücke, mit denen er sich an seinem Arbeitsplatz umgeben hatte.

Auf Gesas Schreibtisch hingegen befanden sich nur das Telefon, die Computertastatur, ein Stiftebecher und ein Stapel Post-its. Praktisch und unpersönlich, wie sie es bevorzugte.

Der kleinere Polizist umrundete die beiden zusammengeschobenen Schreibtische und blieb vor Gesa stehen. »Sie müssen Frau Jansen sein, die engste Kollegin von Herrn Stolter.«

»Ja, das stimmt.« In ihrem Magen rumorte es. »Ich bin hier die zweite Polizeireporterin.«

Der Mann zückte Stift und Notizblock. »Ich muss Ihre Personalien aufnehmen. Wir werden Sie in den nächsten Tagen aufs Revier zu einer Vernehmung laden. Na, Sie kennen das Prozedere ja.«

»Natürlich. Gesa Jansen. Ich wohne in Cranz.« Sie nannte dem Polizisten ihre genaue Adresse. Nur zu gern säße sie jetzt im Schutz der Markise auf ihrer Terrasse, um ungestört nachzudenken. Über Uwe. Was sein Tod für sie bedeutete. Und wie es nun ohne ihn weitergehen sollte.

»Im Alten Land also.« Der Mann lächelte knapp. »Schöne Gegend. War schon ewig nicht mehr dort. Was hat Sie dorthin verschlagen?«

»Gar nichts. Ich stamme aus Jork.« Hätte sie auf ihre Eltern gehört, wäre sie nie aus dem Alten Land herausgekommen und würde heute das kleine Familienhotel führen. Stattdessen war sie als Kriegsreporterin rund um den Globus gereist und hatte es Gunnar überlassen, den Traum ihrer Eltern fortzuführen.

Der Polizist musterte sie. »Mit wem hier aus der Redaktion sollten wir Ihrer Meinung nach noch reden?«

»Mit Frau Thomsen, unserer Chefredakteurin. Sie arbeitet hier schon fast so lange wie Uwe Stolter und kannte ihn am besten.« Auch wenn Uwe keiner gewesen war, der viel über sich sprach. Gesa hoffte nur, dass Björn die wenigen Anekdoten, die ihr aus seinem Leben eingefallen waren, zu einer berührenden Geschichte verpackte.

»Mit wem noch?«

»Aus der Redaktion fällt mir niemand ein. Herr Stolter hat immer allein gearbeitet. Aber es gibt einige freie Fotografen, die er manchmal auf Termine mitgenommen hat. Frau Thomsen kann Ihnen die Kontaktdaten geben.«

»Danke.« Der Polizist nickte Gesa zu. Danach half er seinem Kollegen, Uwes Rechner in einem Kunststoffcontainer zu verstauen.

Gesa wollte nur noch weg. Björns Schreibtisch am anderen Ende des Büros wäre gerade weit genug von den Beamten entfernt, damit sie wieder frei atmen konnte. Zudem sollte sie ohnehin nachsehen, ob er einen brauchbaren Nachruf geschrieben hatte. Thomsens Frist lief in wenigen Minuten ab.

Björn sah nicht auf, als Gesa an seinen Schreibtisch trat. Er lehnte sich in seinem Stuhl zurück und starrte auf den Bildschirm. Seine Finger befanden sich nicht einmal in der Nähe der Tastatur. Stattdessen zupfte er am Kragen seines blütenweißen Hemdes herum, das bis zum obersten Knopf geschlossen war. Was für ein Spinner!

»Wie weit bist du?«

Keine Reaktion. Sie tippte Björn gegen die Schulter.

Er zuckte zusammen und drehte sich mit seinem Schreibtischstuhl zu ihr herum. Seine grauen Augen verengten sich. Als er den Stöpsel aus seinem rechten Ohr zog, erklang Klaviergeklimper. »Mein Gott! Musst du dich so anschleichen?«

»Dreh halt dein Gedudel leiser. Ist der Artikel fertig?«

»Das ist Beethoven.« Björn runzelte die Stirn. »Damit versetze ich mich in die richtige Stimmung.«

»Stimmung wofür?« Ein Blick auf den Bildschirm bestätigte ihre schlimmsten Befürchtungen. Ganze zehn Zeilen standen dort. Der blinkende Cursor schien sie zu verhöhnen. »Wo ist der Rest?«

»In meinem Kopf. Ich musste mich erst mal sortieren.«

19

»Ich hab dir das Material vor über einer Stunde geschickt.«
Sie ballte die Fäuste. Solange die Polizisten sich am anderen Ende
des Raumes befanden, sollte sie besser keinen Wutausbruch
bekommen. »Thomsen rastet aus, wenn wir die Deadline reißen. Schaffst du die anderen hundertvierzig Zeilen tatsächlich
in zehn Minuten?«

Sein Schweigen dauerte eindeutig zu lange.

»Dachte ich mir doch. Mach mal Platz.«

»Wozu?«

»Weil ich uns jetzt den Hals rette.« Sie rollte mit den Augen.
»Dafür schuldest du mir aber was.«

Nach kurzem Zögern räumte Björn seinen Stuhl. Er trug
zur Arbeit doch tatsächlich eine schwarze Stoffhose, dunkle
Lederschuhe und Krawatte. Selbst sein blondes Haar wirkte so
sorgfältig frisiert, als käme er frisch aus dem Badezimmer.

»Warst du heute auf einer Beerdigung?« Gesa nahm Platz
und hämmerte wild in die Tasten. Für stilistische Feinheiten
blieb keine Zeit.

»Nein. Ich wollte zu einer Opernpremiere. Aber dann ist
der Mord an Uwe dazwischengekommen.«

»Das ist Alltag für Polizeireporter.« Nicht, dass Björn sie
verstehen würde. Der ging doch nur zu Sektempfängen und
Ausstellungseröffnungen, um Belanglosigkeiten mit Hamburgs
High Society auszutauschen. Sowas konnte man doch nicht
ernsthaft als Arbeit bezeichnen.

Björn zog sich einen Drehstuhl vom Nachbartisch heran und
setzte sich neben sie. »Ich verstehe nicht, was Frau Thomsen sich
dabei denkt. Wer soll sich jetzt um die Kulturseite kümmern?«

»Ist sicher nur vorübergehend.« Bis die Chefin einen erfah-
renen Polizeireporter fand und Björn doch noch feuerte. So
lange musste Gesa sich eben mit ihm arrangieren. »Kannst du
im Archiv für mich checken, ob Uwe mal einen Preis bekommen hat?«

»Sicher. Darf ich deinen Computer dafür nehmen?«

»Klar.« Uwe war nie ausgezeichnet worden. Doch sie brauchte dringend Ruhe, um diesen Nachruf fertig zu schreiben.

Viel gab es über Uwe nicht zu sagen, obwohl er durchaus ein bewegtes Leben gehabt hatte. Er war immer in Action gewesen – ein Adrenalinjunkie wie die meisten Polizeireporter –, hatte zwei gescheiterte Ehen hinter sich und war für eine gute Geschichte jedes Risiko eingegangen. Über seine Freunde und Familie wusste sie so gut wie nichts, obwohl sie sich fünf Jahre in der Redaktion gegenübergesessen hatten.

Hätte sie ihn vielleicht mal fragen sollen? Sie hatte es nicht getan, war ihr die Distanz doch ganz recht gewesen. So musste sie auch nichts von sich preisgeben.

Björn joggte durch das Großraumbüro auf sie zu. »Kein Preis. Tut mir leid.«

»Macht nichts.« Gesa leitete den Artikel an Thomsen weiter. Nicht gerade eines ihrer Glanzstücke, aber dafür lieferte sie pünktlich ab.

Björn räumte die Papiere auf seinem Schreibtisch zusammen. »Wann wollen wir uns morgen treffen?«

»Gar nicht.«

»Wie bitte?«

»Du glaubst doch nicht ernsthaft, dass wir heute nach Hause fahren, oder?« Björn war wirklich weltfremd. »Vor uns liegt jede Menge Arbeit.« Mit Blick auf die Polizisten am anderen Ende des Raumes senkte sie die Stimme. »Wir müssen Uwes Mails und seine Recherchen sichten. Und einen Plan machen, wen wir als Erstes befragen.«

»Du willst die ganze Nacht durcharbeiten?«

»Nein.« Diesen Anfängerfehler beging sie schon lange nicht mehr. »Nachher schlafen wir noch ein paar Stunden, sonst sind wir morgen vollkommen durch den Wind.« Zu diesem Zweck bewahrte sie in ihrem Schrank Isomatte, Schlafsack und eine Zahnbürste auf.

Björn sah sie kopfschüttelnd an. »Und wo bitte?«

»Nimm einfach die Couch in Thomsens Büro. Ich werde sie bitten, nicht abzuschließen.«

»Wenn du meinst.« Er zupfte an seiner Krawatte herum. »Womit fangen wir an?«

»Als Erstes mach mal das Ding da ab, bevor du dich noch erwürgst. Und dann müssen wir rausfinden, mit wem Uwe sich an seinem Todestag getroffen hat.«

KAPITEL 3

Das Treppenhaus roch muffig und der Fahrstuhl war außer Betrieb. Gesa joggte die Treppen hoch, während Björn hinter ihr herschlurfte. Im dritten Stockwerk wurden sie fündig. Dort hatten die Polizisten eine Wohnung versiegelt. Leider fehlte auf dem Klingelschild der Name.

»Und jetzt?« Björn hörte sich ein wenig kurzatmig an. »Wie willst du rausfinden, wer da wohnt? Es ist erst halb sieben. Da kannst du schließlich nicht …«

Doch Gesa machte sich schon auf den Weg zur Wohnungstür rechts daneben, auf deren Schild der Name *Schroeder* stand. Sie drückte auf die Klingel. »Jetzt ist wenigstens jemand zu Hause.«

»Und wenn die Leute noch schlafen?«

»Dann habe ich sie gerade aufgeweckt.« Zur Sicherheit drückte sie ein weiteres Mal auf die Klingel. »Wir müssen rausfinden, was genau gestern in der Wohnung nebenan passiert ist. Mit wem hat Uwe sich dort getroffen? Und wozu? Der Wohnungsbesitzer ist nun mal unsere beste Chance.«

»Das kannst du trotzdem nicht machen.« Björn gähnte hinter vorgehaltener Hand. Ein Bartschatten bedeckte Kinn und Wangen und sein Hemd sah nach einigen Stunden Schlaf auf der Couch reichlich zerknittert aus.

Sie bekam keine Gelegenheit mehr, etwas zu erwidern, denn in diesem Moment öffnete sich die Wohnungstür einen Spaltbreit. Eine Frau Anfang vierzig im rosafarbenen Bademantel musterte sie.

»Frau Schroeder?«, fragte Gesa.

»Die bin ich. Was gibts denn? Sind Sie auch von der Polizei?«

Die Versuchung, einfach Ja zu sagen, war groß. Dennoch schüttelte Gesa den Kopf. »Wir sind von der *Hamburger Abendpost*. Das Opfer ist ein Kollege von uns.«

»Schrecklich, was da passiert ist.« Frau Schroeder trat zurück und öffnete die Tür noch etwas weiter. »Sie sind sicher hier, um mit Kalle zu sprechen. Aber der schläft noch, der Ärmste. Die Polizei hat ihn erst gegen zwei zurückgebracht.«

»Kalle wohnt nebenan?«

»Ja. Es ist in seinem Wohnzimmer passiert. Er hat alles mitangesehen.« Sie zog die Stirn in Falten. »Danach musste er stundenlang mit aufs Revier. Dabei war er fix und fertig. Ich hab ihm unser Sofa angeboten, weil er nicht mal mehr in seine eigene Wohnung darf. Wegen der Spuren und so. Eine Schande ist das!«

»Wir müssen dringend mit ihm sprechen. Dürfen wir reinkommen?«

Frau Schroeder zögerte kurz, trat aber schließlich zur Seite.

Gesa zog ihre schwarzen Stiefel aus und folgte ihr mit Björn zusammen ins Wohnzimmer. Ein lila Kratzbaum reichte fast bis unter die Decke. Die dazugehörige getigerte Katze hatte sich auf einem Sessel zusammengerollt und beäugte die Gestalt auf dem Sofa, die ein lautes Schnarchen von sich gab.

»Besuch für dich, Kalle.« Frau Schroeder berührte ihn an der Schulter. »Die Leute sind von der Zeitung. Kollegen vom Uwe.«

»Was?« Der Mann namens Kalle richtete sich ruckartig auf und warf die Wolldecke von sich. Fauchend brachte sich die Katze daraufhin mit einem Satz auf den Kratzbaum in Sicherheit.

Kalle rieb sich die verquollenen Augen. Er war Mitte fünfzig, trug eine ausgeleierte Jogginghose und roch stark nach Alkohol.

Björn starrte ihn ein wenig zu offensichtlich an. Besser, Gesa führte das Gespräch allein. »Guten Morgen, Herr …«

»… Noak. Moin.« Kalle Noak blieb auf der Couch sitzen und musterte Gesa und Björn mit gerunzelter Stirn.

»Mein Name ist Gesa Jansen und das ist mein Kollege Björn Dalmann.« Ohne Einladung setzte sie sich neben Noak auf die Couch und gab Björn mit einem Nicken zu verstehen, dass er auf dem frei gewordenen Sessel Platz nehmen sollte. »Wir kommen von der *Hamburger Abendpost*. Uwe war ein direkter Kollege. Er hat doch sicher mal von mir gesprochen, oder?«

Kalle Noak warf ihr einen skeptischen Blick zu. »Mag sein.«

»Ich war ziemlich am Boden, als ich von Uwes Tod gehört habe«, begann Gesa vorsichtig. »Wir beide haben eng zusammengearbeitet.« Sie hielt kurz inne. »Ich frage mich natürlich, was gestern passiert ist.«

»Das vom Uwe hab ich doch alles schon der Polizei erzählt.« Noak verschränkte die Arme vor der Brust. »Fragen Sie die.«

»Dort wird uns aber niemand Auskunft geben, solange das Verfahren läuft.« Zumindest nicht zu den entscheidenden Details. Gesa schenkte ihm ein Lächeln. »Wollen Sie uns nicht helfen, Uwes Mörder zu entlarven?«

»Was weiß ich, was Sie nachher über mich schreiben. Am Ende behaupten Sie noch, ich wär's gewesen.«

»Wieso sollten wir? Sie waren es doch, der den Notruf gewählt hat.« Ein Schuss ins Blaue, aber die Chancen standen gut, dass es stimmte.

»Ja, das hat er«, mischte sich Frau Schroeder ein. »Ist nicht Kalles Schuld, dass die zu spät gekommen sind.«

»Björn, kannst du bitte mit Frau Schroeder in ein anderes Zimmer gehen und sie befragen?«, bat Gesa. Wenn sie etwas Sinnvolles aus Noak herausbekommen wollte, mussten sie dafür ungestört sein.

»Natürlich.« Björn verließ mit seiner Begleiterin das Wohnzimmer. Sogar die Katze folgte ihnen.

»Herr Noak.« Auch wenn der Mann reichlich Alkohol ausdünstete, rückte Gesa näher. »Sie sind der Letzte, der Uwe lebend gesehen hat. Mit Ihrer Aussage können Sie uns vielleicht dabei helfen, den Zeitpunkt einzugrenzen, wann er vergiftet wurde. Wie genau ist er gestorben?«

»S'war furchtbar.« Noak atmete hörbar aus und ließ die Schultern sinken. »Uwe hat mich gefragt, wo das Bad ist. Dann hat er auch schon losgekotzt. Er konnte nicht mehr laufen, ist nur noch auf allen vieren gekrochen und hat gelallt, dass ihn jemand vergiftet haben muss. Dann war er auch schon tot.«

»Hat er einen Namen genannt?«

»Nein.« Noak knetete die Sitzfläche der Couch. »Ich glaube, er hatte keine Ahnung, wer es war.«

Leider hatte Uwe seine Termine im Kopf abgespeichert, anstatt sie in seinem Büchlein zu notieren. Es würde ein hartes Stück Arbeit werden, herauszufinden, wen er gestern alles getroffen hatte. »Hat er irgendetwas erzählt? Vielleicht, zu welchen Themen er gerade recherchiert?«

»Das nicht. Bloß, dass er an was dran ist.« Noak winkte ab. »Aber das ist er ja immer. Ich meine: War er immer.«

Gesa beugte sich vor. »Wie gut kannten Sie Uwe eigentlich?«

Noak wich vor ihr zurück. »Nicht so gut.«

»Und warum hat er Sie gestern besucht?«

»Er hatte ein paar Fragen zu 'ner Geschichte.«

»Worum ging es dabei?« Gesa ahnte die Antwort schon, bevor Noak den Kopf schüttelte.

»Das war nur zwischen ihm und mir.«

»Aber Uwe ist tot.« Vor Frust hätte sie Noak am liebsten ein Sofakissen an den Kopf geworfen. »Ich verspreche Ihnen, dass ich nichts davon in meinem Artikel verwenden werde. Ich will es nur wissen.«

»Ich kenn Sie aber nicht. Bei Uwe wusste ich, dass er zu seinem Wort steht.«

Also war Noak Uwes fester Informant gewesen. Womöglich schon seit Jahren. An diesem Punkt würde sie nicht weiterkommen, doch vielleicht konnte sie noch etwas anderes herausfinden. »Wie lange hat Uwe sich bei Ihnen aufgehalten, bevor ihm schlecht wurde?«

»Nur fünf Minuten. Ich schwöre.« Auf einmal klang seine Stimme gepresst. Sie hatte einen wunden Punkt erwischt.

»Ich glaube wirklich nicht, dass Sie ihn vergiftet haben. Niemand wäre so leichtsinnig, das in der eigenen Wohnung zu machen.« Schließlich gab es fast nichts, was der Spurensicherung entging. Die holte sich keiner freiwillig ins Haus.

»Das hab ich den Beamten auch gesagt. Bin mir aber nicht sicher, ob sie mir glauben.«

»Ist Ihnen etwas an Uwe aufgefallen? Wirkte er nervös? Oder verhielt sich anders als sonst?«

»Nervös nicht, aber …« Noak runzelte die Stirn. »Er war ein bisschen beschwipst.«

»Uwe hat was getrunken?« Alkohol während der Arbeit war tabu. Ganz besonders für Polizeireporter wie Uwe und sie. Schließlich konnte man jederzeit zu einem Einsatz gerufen werden.

»Keine Ahnung«, sagte Noak. »Mein Bier wollte er nicht.«

»Um wie viel Uhr haben Sie den Notruf gewählt?«

»So gegen sieben. Genau weiß ich's nicht mehr. Ich hatte den Fernseher laufen und da kam gerade *Navy CIS*.« Noak rutschte auf der Couch herum, so als fühlte er sich unbehaglich. »Wenn nichts mehr ist, will ich unter die Dusche.« Er stand auf.

»Eine letzte Frage.« Auch Gesa erhob sich. »Was arbeiten Sie?«

»Ich bin beim Sicherheitsdienst.« Er bückte sich nach der Wolldecke und warf sie auf die Couch. »Mehr sag ich dazu nicht.«

* * *

Gesa lehnte sich in ihrem Schreibtischstuhl zurück und blätterte zum gefühlt hundertsten Mal durch Uwes Notizbuch. Keiner seiner Einträge ergab für sie einen Sinn.

Björn, der mit seinem Computer umgezogen war, saß ihr gegenüber an Uwes altem Tisch und wälzte ein Medizinlexikon. »Eine Menge Gifte führen zu Erbrechen. Das ist anscheinend eine natürliche Abwehrreaktion des Körpers. Die Wirkzeit reicht von wenigen Minuten bis zu mehreren Tagen. Wir müssen wohl das Ergebnis der Obduktion abwarten.«

»Träum weiter. Glaubst du wirklich, dass die uns etwas verraten?« Gesa schlug das Notizbuch zu und legte es mit Nachdruck auf dem Tisch ab. »Das hier bringt uns auch nicht voran. Es ist alles verschlüsselt.«

»Darf ich?« Ohne eine Antwort abzuwarten, griff Björn nach dem Buch. »Frau Thomsen hat mich übrigens gefragt, wieso wir nichts über den zehnten Unfall in der Willy-Brandt-Straße geschrieben haben. Die *Nord Nachrichten* haben eine ziemlich große Geschichte gebracht.«

»Thomsen kann mich mal«, murmelte Gesa und scrollte sich durch Uwes Mails der letzten Tage.

»Ich glaube, es ist ein Adressbuch«, sagte Björn. »Auch wenn die Einträge noch nicht viel Sinn ergeben.«

»So weit war ich auch schon.« Sie unterdrückte ein Augenrollen. Björn konnte schließlich nichts dafür, dass sie für ihn das Kindermädchen spielen musste. »Auf dem Computer gibt es Dateien, in denen aber die Klarnamen fehlen. Uwe muss echt paranoid gewesen sein.«

»War er nicht.« Thomsens Stimme in ihrem Rücken ließ sie zusammenzucken. »Achtundneunzig wurden bei einer Razzia all unsere Redaktionscomputer beschlagnahmt. Uwe hat daraus die Konsequenzen gezogen. Was haben wir?«

»Ein paar O-Töne von dem Mann, in dessen Wohnung Uwe gestorben ist.« Gesa rief eine Liste auf. »Hier habe ich alle Themen notiert, zu denen Uwe Dateien angelegt hat.«

Thomsen sah ihr über die Schulter. »Politiker, die wilde Sexpartys gefeiert haben. Das klingt vielversprechend. Was ist mit dem Rockerkrieg, über den Uwe berichtet hat?«

»Solche Typen begehen keinen Giftmord.« Gesa löschte den Punkt von ihrer Liste. »Da tippe ich eher auf jemanden aus dem Bauamt. Falls Uwe mit seinem Verdacht recht hatte, dass dort Bestechungsgelder geflossen sind.«

»Uwe hat sich eine Menge Feinde gemacht«, bemerkte Thomsen. »Er war halt ein Guter.« Sie wandte sich an Björn. »Sie sollten zu seinen Ex-Frauen fahren. Bringen Sie Blumen mit und drücken Sie unser Beileid aus. Die Polizei hat bestimmt schon mit den beiden gesprochen. Vielleicht finden wir auf diesem Weg ein wenig mehr heraus.«

Gesa stand auf. »Ich fahre aufs Revier und mache meine Aussage. Wenn ich Glück habe, treffe ich auf Cracht. Er wird mir hoffentlich ein paar Hinweise geben, wo die Ermittlungen stehen.«

»Jetzt schon?«, fragte Björn.

Gesa schluckte eine bissige Antwort hinunter und sagte ruhig: »Die meisten Morde werden innerhalb von achtundvierzig Stunden aufgeklärt.« Die meisten Morde waren allerdings Beziehungstaten. Und Uwe gehörte in die Kategorie einsamer Wolf.

KAPITEL 4

Kommissarin Karolin Lück war keine Frau für Small Talk. Mit ihrer kerzengeraden Körperhaltung und den militärisch kurzen Haaren erinnerte sie Gesa an eine Soldatin. Zackig fragte die Polizeibeamtin im Vernehmungsraum ihre Personalien ab, während das Aufnahmegerät mitlief. »Sie sind hier als Zeugin geladen. Sollte sich Ihr Status im Verlauf der Vernehmung in den einer Beschuldigten ändern, werde ich Sie darüber belehren. Wenn Sie Angaben zur Sache machen können, sind Sie gehalten, die Wahrheit zu sagen. Andernfalls machen Sie sich strafbar. Haben Sie diese Belehrung verstanden?«

»Ja.« Gesa saß aufrecht in ihrem Stuhl und erwiderte den forschenden Blick aus Lücks stahlblauen Augen. Deutlich lieber hätte sie sich von Hauptkommissar Ole Cracht vernehmen lassen, der zumindest hin und wieder seine Erkenntnisse mit ihr teilte.

»Schildern Sie bitte Ihren gestrigen Tagesablauf.« Lück, die ihr gegenüber saß, legte einen Collegeblock auf ihren Schoß und zückte einen Kugelschreiber. Das war normalerweise Gesas Part.

»Kurz nach acht bin ich aus Cranz losgefahren. Der Elbtunnel war um diese Zeit ziemlich dicht, deshalb habe ich über eine Stunde bis zum Gänsemarkt gebraucht.«

»Wenn Sie Gänsemarkt sagen, meinen Sie Ihre Redaktion?«

»Ja. Ich habe als Erstes unseren Polizeikontakt angerufen und mir die kleineren Meldungen aus der Nacht durchgeben lassen. Um zehn hatten wir dann Themenkonferenz.«

»War Herr Stolter auch anwesend?«

Die Frage klang harmlos. Dennoch stellten sich Gesas Nackenhaare auf. »Ja. Er wollte auf die Demo gegen rechte Gewalt und Rassismus und sich danach mit einigen Informanten treffen. Das Tagesgeschäft sollte ich übernehmen.«

Lück schrieb etwas auf ihren Block. »Wie lange dauerte diese Konferenz?«

»Bis halb elf.«

»War es das letzte Mal, dass Sie Herrn Stolter gesehen haben?«

»Nein. Er kam um drei noch mal rein, um den Text über die Demo zu schreiben. So gegen vier hat er den Artikel abgegeben und sich verabschiedet.« Gesa hatte ihm einen Gruß zugerufen, ohne überhaupt von ihrem Computer aufzusehen. Wie Hunderte Male zuvor.

»Hat Herr Stolter in Ihrer Anwesenheit etwas gegessen oder getrunken?«

»Einen Kaffee, glaube ich.« Wenn die Lück sich dafür interessierte, musste die Wirkzeit des Giftes, das sie im Verdacht hatte, bei etwa vier Stunden liegen.

»Sie glauben es nur? Können Sie sich nicht mehr erinnern?« Lücks Tonfall klang nun drängend.

»Er hat meistens beim Schreiben Kaffee getrunken. Aber ich habe nicht darauf geachtet.« Dafür war sie zu verärgert gewesen, weil der Themenvorschlag für die Demo ursprünglich von ihr stammte. Aber Uwe hatte behauptet, für eine Frau sei es wegen des Schwarzen Blocks dort zu gefährlich. Und Thomsen hatte ihm zugestimmt.

»Hat Herr Stolter seinen Kaffee selbst gekocht oder gibt es eine Gemeinschaftskanne?«

»Wir teilen uns die Kaffeemaschine.« Andere zu befragen war angenehmer, als selbst vernommen zu werden. »Sie steht in der Redaktionsküche. Jeder kann dort ran. Aber wäre etwas im Kaffee gewesen, hätte es mit Sicherheit nicht nur Uwe getroffen.«

»Zurück zu Ihrem Tagesablauf.« Kommissarin Lück ließ sich von Gesa jedes Detail beschreiben, bis hin zu ihrem Besuch am Unfallort in der Willy-Brandt-Straße.

Schließlich klopfte sie mit dem Stift gegen ihren Block. »Eines verstehe ich noch nicht ganz. Sie sagen, dass Sie Ihren Kollegen seit seinem Aufbruch um sechzehn Uhr nicht mehr gesprochen haben. Wieso sind Sie trotzdem davon ausgegangen, dass er zu dem Polizeieinsatz in der Rendsburger Straße gefahren ist?«

»So war Uwe eben. Einen ungeklärten Todesfall hätte er sich nie entgehen lassen und als erster Polizeireporter durfte er sich die Geschichten aussuchen.«

»Verstehe.« Lücks Augen verengten sich. »Ich nehme an, in Zukunft werden Sie seinen Platz einnehmen.«

»Kann schon sein. Zumindest erst einmal.« Gesa rutschte auf ihrem Stuhl herum. Die Richtung, die dieses Gespräch nahm, gefiel ihr immer weniger. »Wollen Sie mir damit unterstellen, ich hätte ein Motiv?«

»Im Augenblick sind Sie Zeugin.« Keine beruhigende Antwort. »Allerdings verstehen Sie sicher, dass wir nicht sonderlich erfreut darüber sind, in welchem Zustand uns Herrn Stolters Festplatte übergeben wurde.«

»Das ist nicht meine Baustelle.« Als Nächstes würde die Lück ihr womöglich noch unterstellen, dass sie Gift in Uwes Kaffeebecher geschüttet hatte, um seinen Job zu bekommen.

»Wer war es dann?« Lück beugte sich vor. »Haben Sie einen Namen für mich?«

»Ich habe nichts gesehen.« Das zumindest entsprach der Wahrheit. Thomsens Einfall mit dem Magneten war wirklich eine Riesendummheit gewesen.

»Wie schade. Immerhin werden hier Ermittlungen behindert.«

»Nicht von mir.« Gesa reckte das Kinn. »Im Gegenteil. Ich möchte Sie gern über alles, was wir herausfinden, auf dem Laufenden halten.«

»Tun Sie das.« Lück musterte sie aus schmalen Augen. »Aber erwarten Sie im Gegenzug keine Sonderbehandlung. Nicht nach der Aktion mit Stolters Computer.«

»Sind wir fertig?« Zum ersten Mal konnte Gesa nachvollziehen, warum ihre Interviewpartner manchmal die Geduld verloren.

»Fast. Eine letzte Frage habe ich noch.« Lück machte eine Pause und sah ihr ins Gesicht. »Hat Herr Stolter tagsüber manchmal Alkohol getrunken?«

»Nein.«

»Ganz sicher? Es ist der falsche Zeitpunkt, um Ihren Kollegen in Schutz zu nehmen.«

»Uwe hatte kein Alkoholproblem.« Wenigstens keins, von dem sie wusste. Allerdings war er zweimal geschieden gewesen und hatte nur für die Arbeit gelebt. Beste Voraussetzungen, um zu tief ins Glas zu schauen.

»Danke. Sie können gehen.« Lück stoppte die Aufnahme. »Gut möglich, dass wir in ein paar Tagen noch mal mit Ihnen sprechen möchten.«

»Natürlich.« In Gesas Ohren klang das wie eine Drohung.

* * *

Schon der zweite Polizeieinsatz, den Gesa nur am Telefon abfragte, anstatt selbst hinzufahren. Aber ohne Uwe und mit den zusätzlichen Mordermittlungen schaffte sie es zeitlich einfach nicht.

Vor ihr auf dem Schreibtisch stand ein Strauß weißer Rosen. Die Blumen waren eigentlich für Uwes zweite Ex-Frau bestimmt gewesen. Doch Björn hatte Silke nicht angetroffen. Er saß Gesa gegenüber an seinem Computer und hörte schon wieder Klaviergedudel, das leise aus seinen In-Ear-Kopfhörern bis zu ihr drang.

Gesa hielt sich das freie Ohr zu, damit die Musik sie nicht von ihrem Gespräch ablenkte. »Nur zwei Leichtverletzte, sagen Sie?«

»Ja«, erwiderte der Polizist. »Das ist noch mal glimpflich ausgegangen. Die Pressemeldung dazu kommt in der nächsten Stunde.«

»Danke.« Gesa legte auf. Diese Unfallmeldung taugte bestenfalls als Lückenfüller. Was sie dringend brauchte, waren Neuigkeiten in Uwes Fall.

»He!« Sie winkte Björn zu, damit er endlich von seiner Tastatur aufsah.

Er zog sich die Stöpsel aus den Ohren und drehte die Musik leise. »Ja?«

»Bist du mit Uwes Notizbuch inzwischen weitergekommen?«

»Dazu hatte ich noch keine Zeit.«

»Wieso das nicht? Du bist doch schon seit einer Stunde wieder hier.« An seinem Arbeitstempo musste sich dringend etwas ändern.

Er wich ihrem Blick aus. »Ich muss noch diesen Artikel fertigschreiben.«

»Welchen Artikel?« Sie sprang vom Stuhl auf und umrundete ihre beiden Schreibtische. »Bitte sag mir, dass der nicht für den Kulturteil ist.«

»Das Konzert war schon vor drei Tagen. Wenn die Geschichte jetzt nicht ins Blatt kommt, wird sie zu alt.«

»Na und?« Mit diesem Mann zusammenzuarbeiten, war eine Strafe. »Wen kümmert das? Wir haben einen Mord aufzuklären.«

»Mich kümmert es! Die Kultur ist immer noch mein eigentlicher Bereich.«

»Thomsen hat doch gesagt, du sollst Freie zu deinen Terminen schicken.« Zudem brauchte kein Mensch Konzertbesprechungen.

»Das mache ich in Zukunft auch. Hoffentlich findet die Chefin schnell Ersatz, damit ich in mein Ressort zurückkann.« Er strich sich über das stoppelige Kinn. »Diese Arbeit liegt mir nicht. Nicht im Geringsten.«

Dem konnte Gesa nur zustimmen. Sie beugte sich über den Schreibtisch und senkte die Stimme, damit ihre Kollegen nicht alles mitbekamen. »Aber das Gespräch mit Dagmar ist doch gut gelaufen. Sonst hätte sie dir keinen Kaffee angeboten.«

»Ich trinke nur Tee. Übrigens fand ich es ziemlich taktlos, ihr so kurz nach dem Tod ihres Mannes lauter persönliche Fragen zu stellen.«

»Ex-Mannes.« Fünfzehn Jahre nach der Scheidung hielt sich Dagmars Trauer vermutlich in Grenzen. »Wir müssen Thomsen noch Bericht erstatten. Am besten bringen wir es hinter uns.«

Er stand auf. »Meinetwegen.«

Gesa und Björn gingen zum Büro der Chefredakteurin. Dort wurden sie von Henri schwanzwedelnd begrüßt. Begeistert sprang er an Björns Beinen hoch.

»Ich hab was für Sie.« Thomsen, die heute ein pinkfarbenes Kostüm und eine violette Lesebrille trug, wedelte von ihrem Schreibtisch aus mit einem Blatt voller Zahlenreihen. »Das ist der Einzelverbindungsnachweis von Stolters Redaktionshandy.«

»Klasse!« Gesa nahm die Liste entgegen und sah sich die Nummern vom Todestag an. Eine Nummer stammte von André, dem freien Fotografen, der ihn zu der Demo begleitet hatte. Die anderen waren ihr unbekannt. »Die Kripo-Beamtin, die mich vernommen hat, war übrigens nicht begeistert über die gelöschte Festplatte. Es fehlt nicht mehr viel und sie zählt mich zum Kreis der Verdächtigen.«

»Dann haben sie wohl noch keine heiße Spur.« Thomsen trommelte auf der Schreibtischplatte herum. »Genau wie wir. Das gefällt mir nicht. Wir brauchen dringend den toxikologischen Bericht.«

»Den wird Cracht nicht rausrücken. Schon gar nicht, solange ich in die Sache verwickelt sein könnte.« Gesa marschierte durch das Zimmer und stieß dabei beinahe gegen Björn, der in die Knie gegangen war und Henri über den Rücken streichelte. »Gibt es ein Gift, das die gleichen Symptome wie Alkohol hervorruft?«

»Das haben wir gleich.« Thomsen tippte etwas in ihre Tastatur. »Wie kommen Sie darauf?«

»Der Mann, bei dem Uwe zu Besuch war, hat gesagt, dass Uwe auf ihn angetrunken wirkte. Und die Polizistin wollte von mir wissen, ob er ein Alkoholproblem hatte. Ich habe ihn aber nie trinken sehen.«

»Da könnte was dran sein.« Thomsen wandte sich an Björn. »Was haben Sie bei den Ex-Frauen in Erfahrung gebracht?«

»Ich konnte nur mit Stolters erster Frau Dagmar sprechen.« Björn zupfte am Ärmel seines zerknitterten Hemds. Glatter wurde das Ding dadurch allerdings nicht. »Sie hatte es schon aus den Nachrichten erfahren und wirkte sehr gefasst.«

»Langweilig! Ist ihr jemand eingefallen, der Stolter schaden wollte?« Thomsen fragte, ohne ihren Blick vom Bildschirm zu lösen.

»Nein, aber sie hatten auch kaum noch Kontakt. Nur ein Anruf zum Geburtstag oder eine Weihnachtskarte. Der einzige Name, den sie überhaupt genannt hat, war ein Ingo Irgendwas.«

Gesa hielt inne. »Ingo Gorzlitz von den *Nord Nachrichten*. Die beiden waren mehr als zwanzig Jahre erbitterte Konkurrenten. Aber keine Feinde, soweit ich weiß.«

»Das stimmt nicht so ganz«, bemerkte Thomsen. »Stolters zweite Frau Silke war ursprünglich die Freundin von Gorzlitz. Sie ist praktisch übergangslos von einem zum anderen gewechselt.«

»Für mich klingt das nach einem Motiv«, sagte Björn.

Gesa hingegen war weniger überzeugt. »Nicht nach all den Jahren. Inzwischen sind Uwe und Silke doch sogar geschieden.«

»Reden sollten Sie trotzdem mit beiden.« Thomsen zog ein Leckerli aus der Schreibtischschublade und schleuderte es durch die Luft. Henri hechtete hinterher. Anschließend wandte sich Thomsen wieder dem Bildschirm zu. »Ich glaube, ich habe es gefunden.«

»Was denn?«

»Das Gift, nach dem wir suchen. Ethylenglykol. Im Grunde ist nur das Abbauprodukt giftig. Es führt zu multiplem Organversagen und die Person wirkt torkelig wie ein Betrunkener.«

»Könnte passen«, sagte Gesa. Hoffentlich brachte diese Erkenntnis sie weiter. »Wie lange dauert es, bis es wirkt?«

»Ein, zwei Stunden, glaube ich. Hängt wohl von der Dosis ab.« Thomsen stieß sich vom Schreibtisch ab und rollte mit ihrem Stuhl rückwärts. »Bei einer geringen Menge kann es einen ganzen Tag dauern, bis man daran stirbt. Aber diese scheinbare Trunkenheit gehört zu den frühen Symptomen.«

»Dann muss die Dosis von Stolter hoch gewesen sein.« Oder Kalle Noak hat nicht die Wahrheit gesagt, was den zeitlichen Ablauf betraf. »Wie schwer ist das Gift zu bekommen?«

»Genau da liegt leider das Problem. Man kann es an jeder Tankstelle kaufen.« Thomsen krauste die Stirn. »Es ist nichts anderes als Frostschutzmittel.«

KAPITEL 5

Sonnenlicht funkelte auf der glatten Oberfläche des Sees im Stadtpark. An diesem warmen Vormittag glitten zahlreiche Kanus und Tretboote durch das Wasser.

Gesa zog ihre Jacke aus und hängte sie sich über den Arm. Leider reichte die Zeit nicht für einen Abstecher in das nahe gelegene Freibad. Dafür hatte sie noch zu viel zu erledigen. Mit zügigen Schritten überquerte sie die Liegewiese. Dabei wich sie einigen Besuchern aus, die ihre Decken auf dem Rasen ausgebreitet hatten.

Direkt am Ufer stand André und schraubte seine Kamera am Stativ fest. Er besaß eine ähnliche Statur wie Uwe, allerdings wölbte sich ein kleiner Bauch über seinen Hosenbund. Zudem trug André ständig Caps. Vermutlich, um seine beginnende Stirnglatze zu kaschieren.

Zur Begrüßung zog er kurz sein Cap vom Kopf. »Ich kann's immer noch nicht glauben, dass er tot ist. Der arme Uwe!«

»Geht mir ähnlich.« Gesa wandte sich in Richtung des glitzernden Wassers. Der Tag wirkte so schön, dass ihr die Erinnerung an den vorigen Abend beinahe unwirklich vorkam – so wie ein schlechter Traum. »Ist dir gestern etwas an ihm aufgefallen? War er anders als sonst?«

André wechselte das Objektiv. »Auf mich hat er ganz normal gewirkt. Vielleicht ein wenig verärgert.«

»Warum verärgert?« Gesa lief parallel zum Ufer auf und ab.

»Gesagt hat er nichts. Würde mich aber nicht wundern, wenn es an dem Streit mit Ingo lag. Auf jeden Fall sind die beiden auf der Demo aneinandergeraten.«

»Ging es dabei um Uwes Ex-Frau?«

»War die Scheidung denn inzwischen durch? Ich glaube nicht.« André richtete die Kamera auf den alten Wasserturm hinter der Wiese, in dem sich das Planetarium befand. »Aber nein. Das war irgendwas Berufliches. Ich hab die beiden getrennt, bevor sie handgreiflich werden konnten. Eine Schlägerei auf einer Demo ist immer eine schlechte Idee.«

»Ganz deiner Meinung.« Uwe konnte manchmal ein Hitzkopf sein, aber so ein Verhalten sah ihm trotzdem nicht ähnlich. »Hat Uwe etwas gegessen oder getrunken, während ihr zusammen wart?«

»Wir haben uns vor der Demo Pommes an der Frittenbude geholt. Aber das Essen war in Ordnung. Ich hatte danach keine Probleme.« André sah auf das ausklappbare Display und drehte am Objektivring. »Getrunken hat er nur aus seiner Thermoskanne. Was da drinnen war, weiß ich nicht.«

Die Kanne hatte die Polizei vermutlich als Beweismittel gesichert – genau wie Uwes übrige Besitztümer. Falls Gesa mehr erfahren wollte, musste sie die Infos dem Pressesprecher oder Hauptkommissar Cracht abschwatzen. Keine leichte Aufgabe.

»Wie lief die Demo?«, fragte sie.

»Schlecht für die Polizei, gut für uns.« André schoss Fotos vom Wasserturm. »Der Schwarze Block hatte sich vermummt und die Demo musste aufgelöst werden. Es gab ein paar Verletzte – nichts Ernstes. Aber jede Menge spektakuläre Bilder von Auseinandersetzungen zwischen Polizisten und Demonstranten.«

André besaß einen zynischen Blick auf die Welt. Früher hatte sie genauso gedacht. »Hat Uwe erwähnt, welche Termine er noch hatte?«

»Nein. Allerdings wollte er von mir wissen, ob ich Freitagabend Zeit für einen Job habe.«

»Und?«

»Hatte ich nicht. Ich bin schon gebucht.« Er wich ihrem Blick aus. »Und bevor du fragst: Ich weiß nicht, wo es hingehen sollte. Klar war ich neugierig und hab sogar nachgefragt. Er wollte es aber nicht verraten.«

»Merkwürdig.« Normalerweise zählte André doch zu Uwes wenigen Vertrauten. »Hat Uwe auf der Demo mit jemandem gesprochen?«

André scrollte sich durch seine Aufnahmen. »Ja, er hat ein paar O-Töne eingeholt. Ich habe die Bilder hier.« Er schraubte seine Kamera vom Stativ und reichte sie ihr. »Er hat sich natürlich die Datenfreigabe unterzeichnen lassen. Wir haben von den Leuten also Namen und Anschrift, sofern die Angaben stimmen.«

Was nicht immer der Fall war. Gesa sah sich die Bilder an. Vier Männer und eine Frau. Keine der Personen hatte sie je zuvor gesehen. »Hattest du den Eindruck, dass Uwe jemanden von ihnen kannte?«

»Wenn, dann hat er sich zumindest nichts anmerken lassen. Die Auswahl war eher Zufall. Er hat mit allen gesprochen, die überhaupt bereit waren, sich fotografieren zu lassen.«

Gesa wandte sich zur Liegewiese um. Betrachtete die glücklichen Pärchen, die sich eine Decke teilten. Früher hatten Christian und sie auch dazu gehört. »Hat die Polizei schon mit dir gesprochen?«

»Noch nicht. Ich soll in anderthalb Stunden aufs Revier kommen und meine Fotos von der Demo mitbringen.« Er seufzte. »Das wird mich vermutlich den restlichen Nachmittag kosten. Halte mich bitte nicht für unsensibel, aber die Zeit bezahlt mir ja niemand.«

»Klar. Kannst du mir die Bilder auch mailen? Vor allem die Freigaben. Wir müssen mit jedem reden, der an Uwes Todestag Kontakt zu ihm hatte.«

»Kein Problem.« André verstaute seine Kamera in der Umhängetasche und klappte das Stativ zusammen. »Wen meinst du eigentlich mit *wir*?«

»Björn Dalmann unterstützt mich.« Zumindest, bis die Thomsen einen richtigen Polizeireporter als Ersatz für Uwe gefunden hatte.

André pfiff durch die Zähne. »Du und dieser schniekfeine Typ? Wenn das mal gut geht.«

Mit der Spitze ihres Stiefels scharrte Gesa über den Boden. »Ich hab es mir nicht ausgesucht. Jetzt müssen wir halt das Beste daraus machen.«

»Ich verstehe ohnehin nicht, was der Dalmann-Sohn bei euch will. Sein Vater müsste doch einen viel besseren Job für ihn haben.«

»Kennst du den?« Bisher hatte sich Gesa nicht sonderlich für Björns Familie interessiert. Aber bisher musste sie ja auch nicht mit ihm zusammenarbeiten.

»Wer nicht?« André warf sich die Tasche über die Schulter. »Dalmann senior gehört doch zur High Society mit seiner Reederei.«

»Das hat Björn nie erwähnt.« Immerhin zählte er nicht zu der Sorte Mann, die angab. »Weißt du, ob Uwe Feinde hatte?«

»Wo soll ich da anfangen? Am besten fragst du mal im Sekretariat nach den Drohbriefen.«

»Uwe hat die Dinger nie ernst genommen. Und Thomsen auch nicht.«

»Trotzdem hat er sie alle im Sekretariat abgegeben. Nur für den Fall. Ich würde dir ja gern noch mehr helfen, aber ich muss

41

los.« André marschierte mit seinen beiden Taschen quer über die Wiese. »Mach's gut.«

»Eine Frage noch.« Gesa folgte ihm im Laufschritt. »Weißt du etwas über Uwes schwarzes Buch?«

»Nur, dass er keinen reinsehen ließ. Da standen wohl all seine Kontakte drin.«

»Es ist verschlüsselt. Irgendeine Idee, welchen Code er benutzt haben könnte?«

»Das nicht.« André lief an einer Gruppe Jungen vorbei, die Fußball spielten. »Aber ich habe ein paar Mal gesehen, wie er etwas ins Buch notiert hat. Und zwar aus dem Kopf. Der Code muss also einfach sein.«

* * *

Der Rotklinkerbau, in dem Silke Stolter seit der Trennung wohnte, lag in Barmbek in der Tondernstraße. Nach einigem Suchen fand Gesa einen Parkplatz am Seitenstreifen und stellte dort ihren E-Smart ab. Zum Glück hatten die Rosen den zweiten Transport, eingewickelt in ein Stück feuchte Zeitung, gut überstanden und sahen noch frisch genug aus, um sie zu verschenken.

Gesa hatte sich nicht angekündigt und konnte nur hoffen, dass sie nicht wie Björn vergeblich gekommen war. Sie drückte auf die Klingel und ging im Geist noch einmal ihre Fragen durch. Silke war ihr schon einige Male begegnet, wenn sie sich mit Uwe in der Mittagspause getroffen hatte. Doch mehr als einige wenige Worte hatten sie nie gewechselt.

»Hallo?« Die Stimme aus der Gegensprechanlage hörte sich tief und angenehm an.

»Guten Abend. Hier ist Gesa Jansen von der *Hamburger Abendpost*. Darf ich reinkommen?«

»Natürlich.« Der Summer erklang.

Im Treppenhaus duftete es nach Zitrusreiniger und die Stufen glänzten vor Sauberkeit. Es gab auch einen Fahrstuhl, aber Gesa nahm die Treppe. Seit einer Woche war sie nicht mehr zum Schwimmen gekommen und jede Gelegenheit, sich zu bewegen, tat gut.

Als sie den fünften Stock erreichte, wartete Silke Stolter schon in der offenen Tür auf sie. Sie trug eine Yogahose und ein Sportshirt und hatte sich das blonde Haar wie Gesa selbst zum Pferdeschwanz zurückgebunden.

»Mein herzliches Beileid, Frau Stolter.« Gesa überreichte ihr den Rosenstrauß. »Der ist von der gesamten Redaktion. Frau Thomsen lässt Sie grüßen.«

»Silke bitte. Und danke. Der Strauß ist wunderschön.« Sie gab die Tür frei.

Gesa zog ihre Stiefel aus und folgte Silke in die Wohnküche. Mitten im Zimmer stand ein Crosstrainer, für den vermutlich die Couch an die Wand gerückt worden war. Im Fernsehen lief Werbung, doch der Ton war abgeschaltet.

Silke ging zu der kleinen, weiß gefliesten Küchenzeile und holte eine Milchglasvase aus dem Schrank. »Uwe hat viel von dir gesprochen.«

»Ach ja?«

»Es hat ihn beeindruckt, wo du überall gewesen bist. Ganz besonders Syrien. Er war kein Feigling, aber da hätte er sich nicht hingetraut.« Sie füllte Wasser in die Vase.

Die weißen Rosen verschwammen vor Gesas Augen. Wieder hörte sie Schüsse. Schreie. Christian brüllte ihr etwas zu. Und da war Blut. Viel zu viel Blut.

Sie blinzelte, um die Erinnerung zu vertreiben. »Gefahr gehört nun mal zum Berufsrisiko eines Kriegsreporters. Aber ewig kann das niemand machen.«

»Ich weiß.« Silke stellte die Blumen in die Vase. »Einer von Uwes Freunden hat den Absprung nicht rechtzeitig geschafft. Heute ist er in der Psychiatrie.«

Immer noch besser als tot. Doch das sprach sie nicht laut aus. »Wie kommst du zurecht?«

»Es geht so. Ein Polizist kam mit einem Seelsorger her, um mir die Nachricht zu überbringen. Wir hätten nächste Woche unseren Scheidungstermin gehabt, aber es war trotzdem ein Schock.« Silke deutete auf die Kaffeemaschine. »Möchtest du was trinken?«

»Nur ein Wasser, bitte.« Sie sollte nicht so paranoid sein, aber immerhin kam Silke als Täterin in Betracht. »Ihr seid doch schon fast zwei Jahre getrennt. Eigentlich dachte ich, die Scheidung wäre längst erledigt.«

»So was dauert.« Silke goss Mineralwasser in zwei Gläser und reichte eins davon an Gesa weiter. »Vor allem die Berechnungen zum Rentenausgleich. Die ganze Mühe umsonst. Fühlt sich unwirklich an, plötzlich Witwe zu sein.«

»Kann ich verstehen.« Allerdings war Uwes Ableben für Silke mit einem finanziellen Vorteil verbunden. Etwa die Hälfte seiner Rentenansprüche würde sie als Hinterbliebenenrente kassieren. Hinzu kam noch das Erbe.

Silke setzte sich auf die Couch.

Gesa nahm neben ihr Platz. »Hat die Polizei schon mit dir gesprochen?«

»Ja, vorhin. Ich war stundenlang auf der Wache.« Silke nippte an ihrem Glas. »Dreimal musste ich meinen Tagesablauf schildern. Dabei hätte einmal doch genügt. Diese Kommissarin Lück wollte alles über Uwe und mich wissen. Selbst Dinge, die sie überhaupt nichts angehen. Es war schrecklich.«

»Hat sie dir etwas zum Stand der Ermittlungen verraten?«

»Nur, dass sie eine Vergiftung vermutet. Aber diese Tests müssen wohl wiederholt werden, damit sie sich sicher sein kann.«

Behutsam stellte Gesa ihr Glas auf dem Couchtisch ab und strich mit den Fingern über das Polster. »Von mir wollte Lück wissen, ob Uwe tagsüber manchmal getrunken hat.«

»Völliger Schwachsinn!« Silke verzog das Gesicht. »Die sollen seinen Mörder finden – nicht sein Andenken beschmutzen.«

»Sehe ich genauso. Allerdings war es früher doch nicht ungewöhnlich, in der Redaktion mal ein Glas Wein zu trinken oder Kette zu rauchen. Und Uwe gehörte zur alten Schule.«

»Geraucht hat er damals, aber nie getrunken. Selbst das Rauchen war vor meiner Zeit.« Silke schüttelte den Kopf. »Der Polizei wäre es doch am liebsten, wenn sich das Ganze als Alkoholvergiftung herausstellen würde. Dann bräuchten sie nicht länger nach einem Täter zu suchen.«

»Ich glaube, sie tippen eher auf Glykol.« Angespannt hielt Gesa den Atem an. Wie würde Silke auf diese Eröffnung reagieren?

Sie zuckte nur mit den Schultern. »Kenne ich nicht. Was ist das?«

»Ein Stoff, der unter anderem in Frostschutzmittel und gepanschtem Wein vorkommt. In Ländern, in denen viel schwarz gebrannt wird, sterben häufiger Menschen daran. Hier wäre es eher ungewöhnlich.«

»So ein Zeug hätte Uwe nie angerührt.« Silke biss sich auf die Unterlippe. »Hoffentlich verschwendet die Polizei ihre Zeit nicht nur mit solchem Unsinn.«

»Bestimmt nicht. Cracht und Uwe kannten sich seit einer Ewigkeit. Ich wette, Cracht ist mindestens so verbissen hinter dem Täter her wie wir.«

Silke Stolter nickte. »Hab mir schon gedacht, dass ihr auf eigene Faust ermittelt. Uwe hätte es im umgekehrten Fall genauso gemacht.« Ihre Stimme klang brüchig. »Die Arbeit war sein ein und alles. Ich hab oft gedacht, dass sie ihn irgendwann das Leben kostet.«

Unruhig rutschte Gesa auf der Couch herum. Das Stillsitzen fiel ihr mit jedem Augenblick schwerer. »Weißt du, ob Uwe an einer speziellen Geschichte dran war? Etwas besonders Gefährliches?«

»Gesagt hat er nichts. Aber er wirkte aufgekratzt, als er gestern hier war.«

»Ihr habt euch gestern getroffen?«

»Nur für ein paar Minuten. Uwe brauchte eine Unterschrift von mir. Danach ist er gleich wieder gegangen.«

Das hörte sich nach einem Vorwand an. Schließlich konnte man die meisten Dokumente doch auch einscannen und per Mail verschicken. »Wann war das?«

»So gegen zwölf? Ich habe nicht auf die Uhr gesehen.«

»Uwe soll sich gestern auf der Demo mit Ingo Gorzlitz gestritten haben.«

»Das wundert mich nicht«, bemerkte Silke. »Die beiden waren wie Hund und Katze.«

Gesa holte tief Luft. »Traust du Ingo einen Mord zu?«

Im Zimmer wurde es so still, dass das Ticken der Wanduhr sich wie ein überdeutlicher Herzschlag anhörte.

Silke starrte sie an. »Das meinst du doch nicht ernst!«

»Es war nur eine Frage. André sagte, dass ihr euch von früher kennt und …«

»André soll sein Schandmaul halten!« Silke erhob sich. »Jahrelang hat Uwe ihm die Fotojobs zugeschanzt und zum Dank dafür hat er ihn auf das Übelste hintergangen.«

»Wie denn?« Auch Gesa stand auf.

»Das soll er dir selbst ins Gesicht sagen. Es ist besser, wenn du jetzt gehst.« Silkes Tonfall klang nun deutlich kühler. »Und richte ihm aus, er soll bloß nicht zu Uwes Trauerfeier kommen.«

KAPITEL 6

Träge zog das Wasser der Este an ihrem Grundstück vorbei und floss dann weiter in Richtung Elbe. Gesa trug ihren Klappstuhl und Uwes Notizbuch bis zur Treppe am steil abfallenden Ufer. Der Bootsanleger war leer. Das bedeutete, dass Gunnar gerade ihr gemeinsames Motorboot benutzte. Ihr sollte es recht sein. Nach dem Stress der vergangenen Tage stand ihr der Sinn ohnehin nicht nach einem Ausflug.

Sie setzte sich und drehte das Gesicht zur tief stehenden Abendsonne. Mückenschwärme flogen in Wassernähe, ließen Gesa aber zum Glück in Ruhe. Tief atmete sie durch, lauschte dem beruhigenden Plätschern des Wassers und genoss den Duft von Gras und Äpfeln. Wie hektisch es auch in der Redaktion zugehen mochte, hier in Cranz fand Gesa ihren Frieden wieder. Leider hatte sie sich heute Arbeit mitgebracht.

Das verschlüsselte Notizbuch auf ihrem Schoß fühlte sich schwer wie ein Stein an. Nur zu gern hätte sie es in hohem Bogen in die Este geworfen, um sich nicht länger damit befassen zu müssen. Doch Aufgeben war keine Option.

Sie schlug eine beliebige Seite auf. Überall war es das Gleiche. Uwe hatte die Einträge mit Spitznamen versehen, deren wahre Bedeutung nur er gekannt hatte. Da gab es den *Schneemann, Baumhaus-Maxi* und den *Goldesel*. Neben jedem

47

dieser Fantasie-Namen stand eine Buchstabenkombination, die keinen Sinn ergab und sich in den meisten Fällen nicht einmal aussprechen ließ.

Eine Mücke sirrte an ihrem linken Ohr vorbei und sie wedelte wild mit der Hand. Knifflige Worträtsel lagen ihr nicht, doch sie kannte genau die richtige Person dafür.

Schon joggte sie über die Streuobstwiese zum Haus zurück, um ihr Handy zu holen. Es lag noch auf dem Terrassentisch und zeigte blinkend eine frisch eingetroffene Nachricht an. Hoffentlich war das nicht die Pressestelle der Polizei mit Neuigkeiten, für die sie zurück auf die andere Seite der Elbe fahren musste. Innerlich fluchend rief Gesa die Mailbox ab.

Den zackigen Tonfall von Karolin Lück erkannte sie auf Anhieb. »Hier spricht Kommissarin Lück von der Kripo Hamburg. Es haben sich inzwischen neue Fragen ergeben. Bitte rufen Sie mich zurück.«

Zumindest brauchte sie heute Abend nicht mehr auszurücken. Die Aussicht auf eine weitere Vernehmung mit Lück schien allerdings auch nicht verlockend. Dennoch drückte Gesa gleich auf die Rückruftaste.

Schon nach dem zweiten Klingeln nahm Lück ab. »Kripo Hamburg. Lück. Hallo.«

»Guten Abend! Hier ist Gesa Jansen. Sie haben mir eine Nachricht hinterlassen.«

»Ich brauche Sie hier noch mal für eine Vernehmung. Dieses Mal wird es nicht lange dauern. Höchstens eine Stunde. Haben Sie morgen Zeit?«

Gleich morgen? Das klang eilig. »Gibt es neue Erkenntnisse zu dem Fall?«

»Das darf ich Ihnen nicht sagen.«

Mit schnellen Schritten umrundete Gesa ihren Teakholztisch und die vier Stühle. Dennoch konnte sie ihre

Unruhe kaum bändigen. »Haben Ihre weiteren Fragen etwas mit der Vernehmung von Silke Stolter zu tun?«

»Auch dazu darf ich Ihnen keine Auskunft geben.« Die Stimme der Kommissarin klang nun deutlich abweisender. »Können Sie morgen um acht aufs Revier kommen?«

»Nein«, log Gesa. Bevor sie ein weiteres Mal mit Lück sprach, musste sie dringend ein paar eigene Fortschritte in ihren Recherchen machen. »Es tut mir sehr leid. Morgen habe ich einen wichtigen Termin, der den ganzen Tag dauert. Ich kann Ihnen übermorgen anbieten. Gern auch gleich früh.«

Das Zögern am anderen Ende der Leitung dauerte zwei quälende Atemzüge lang. »Einverstanden, wenn es nicht anders geht. Dann also Freitag um sieben.«

»Bis dann.«

Kaum hatte Gesa aufgelegt, wählte sie auch schon Mellis Nummer. Wenn es jemanden gab, der gern knobelte, dann war es ihre älteste Freundin. Leider ging sie nicht an ihr Handy.

Unruhig wanderte Gesa in Schlangenlinien zwischen ihren Apfelbäumen hindurch. Jetzt im August hingen die Zweige voller Äpfel und ein süßlicher Duft lag über der Wiese.

Flussabwärts aus Richtung Jork tauchte die *Apfelkönigin* auf. Gesa kniff die Augen zusammen. Drei Personen befanden sich an Bord des Motorbootes. Gunnar musste Melli und Tim auf eine Tour mitgenommen haben. Wie schön! Bis die drei am Anleger waren, würde es allerdings noch einige Minuten dauern.

Gesa lief ins Haus und holte zwei Flaschen selbst gepressten Apfelsaft aus dem Vorratsregal. Sie trug auch vier Gläser und eine Dose gesalzene Erdnüsse auf die Terrasse. Zuletzt entzündete sie die Anti-Mücken-Kerze, die einen starken Zitrusduft verbreitete.

Als Gesa zum Anleger zurückkehrte, vertäute Gunnar gerade das Boot. Der siebenjährige Tim half ihm dabei. Melli winkte ihr zu.

»Moin!« Mit einem Satz sprang Gunnar von Bord und half erst Tim und danach Melli ans Ufer. In den zwei Wochen, die Gesa ihren Bruder nicht gesehen hatte, hatte die Sonne sein Gesicht ordentlich gebräunt. Der Glückspilz musste sehr viel mehr Zeit an der frischen Luft verbracht haben als sie.

»Wie war die Fahrt?«, fragte Gesa.

»Super!« Tim grinste und entblößte dabei eine Zahnlücke. »Komm doch mal wieder mit, Tante Gesa.«

»Wenn nichts dazwischenkommt, beim nächsten Mal.« Hoffentlich würde sie Wort halten können. Doch ohne Uwe lag die Hauptlast für die Polizeiberichterstattung nun auf ihren Schultern. Von Björn sollte sie sich besser nicht zu viel erhoffen.

»Habt ihr Zeit für einen Apfelsaft?«

»Natürlich.« Gunnar klopfte ihr auf die Schulter. »Wir haben gehofft, dass du zu Hause bist. Die letzten beiden Male haben wir uns leider verpasst.«

»Ich hatte viel um die Ohren.« Gesa ging voraus. »Was macht das Hotel?«

»Es läuft.« Das war Gunnars Standardantwort.

Sie fragte nie nach. Auch wenn ihr Reporterinstinkt sie warnte, dass er ihr nicht die volle Wahrheit erzählte. Zum Glück besaß Melli als Lehrerin ein sicheres Einkommen, mit dem sie die Familie notfalls allein über Wasser halten könnte.

Gesa schenkte den Saft ein und öffnete die Dose mit den gesalzenen Erdnüssen, die sie gleich in Tims Richtung schob. Sie setzte sich mit dem Rücken zum Wasser, um ihren Gästen die Stühle mit dem besseren Ausblick zu überlassen. Allerdings betrachtete sie ihr zweihundert Jahre altes Fachwerkhaus fast genauso gern wie den Apfelgarten und die Este.

Melli nippte an ihrem Saft. »Bei dir im Garten ist es immer ein bisschen wie im Paradies. An deiner Stelle würde ich vermutlich den ganzen Tag zwischen den Apfelbäumen sitzen und aufs Wasser gucken.«

»Klingt auf Dauer etwas eintönig.« Auch wenn sie die ruhigen Momente inzwischen zu schätzen wusste. »Außerdem hält mich die Arbeit gerade besonders auf Trab.«

Gunnar verdrehte die Augen. »Wann nicht?« Er rückte näher an Tim, der die Erdnüsse für sich vereinnahmt hatte, und griff in die Dose.

»Nicht so viele!«, schimpfte Tim. »Du musst noch Abendbrot essen.«

Melli und Gesa grinsten sich an. Es tat gut zu wissen, dass manche Dinge sich nie änderten.

»Im Augenblick ist es schlimmer als sonst«, bemerkte Gesa. »Ich muss einen neuen Kollegen für Uwe einarbeiten.«

»Uwe ist in Rente gegangen?« Melli zog die Brauen hoch. »Das hast du gar nicht erwähnt.«

»Nein, er ist leider gestorben.« In Tims Gegenwart würde sie das M-Wort allerdings nicht aussprechen. »Es war ein M U R D E R.«

»Nichts verstanden.« Gunnar erbeutete eine weitere Handvoll Erdnüsse.

Melli summte die Titelmelodie der alten Miss-Marple-Verfilmungen und Gunnars Augen weiteten sich. »Ohne Scheiß?«

»Scheiße sagt man nicht.« Tadelnd schüttelte Tim den Kopf.

»Wie furchtbar!« Melli schob ihr Glas von sich weg. »Tim, willst du nicht was spielen gehen?«

Er verdrehte die Augen. »Allein ist das langweilig. Worüber redet ihr?«

»Erwachsenenkram«, antwortete Melli. »Möchtest du Tante Gesa mal zeigen, wie schnell du rennen kannst?«

»Okay.« Tim stand auf. »Aber Papa muss die Zeit stoppen.«

»Mach ich.« Gunnar sah auf seine Uhr. »Einmal bis zum Bootssteg und zurück.«

Tim sprintete los.

Melli beugte sich über den Tisch. »Weiß die Polizei schon, wer es war?«

»Nein«, sagte Gesa. »Aber ich glaube, die zuständige Kommissarin hat mich in Verdacht.«

»Das kann doch nicht ihr Ernst sein!« Gunnar sprang vom Stuhl auf. »Wie kommt die auf so einen Schwachsinn?«

»Aus ihrer Sicht hatte ich sowohl Motiv als auch Gelegenheit, um Uwe zu vergiften. Schließlich könnte ich jetzt zur ersten Polizeireporterin aufsteigen.« Gesa behielt Tim im Blick. Gerade erreichte er das Ufer.

Gunnar schnaubte. »Als ob das ein Mordmotiv wäre! Wissen die bei der Polizei eigentlich, wie schlecht Reporter bezahlt werden?«

»Beruhig dich.« Melli erhob sich ebenfalls, trat zu Gunnar und berührte ihn am Arm. »Ich bin sicher, Gesa lässt das nicht auf sich sitzen und findet den Schuldigen selbst.«

»Zumindest versuche ich es.« Gesa ging zu Melli und überreichte ihr Uwes Notizbuch. »Das hat Uwe gehört. Leider sind alle Einträge verschlüsselt.«

Tim stürmte auf sie zu. »Geschaaaafft!«

»Neunundzwanzig Sekunden«, verkündete Gunnar. »Spitzenleistung, Kumpel!« Die beiden schlugen ein.

Tim leerte sein Glas Apfelsaft in einem Zug und stellte es schwungvoll auf dem Teakholztisch ab. »Lecker.«

»Alles eigene Ernte. Möchtest du noch mehr?«, fragte Gesa. Auf ein Nicken von Tim hin schenkte sie ihm nach.

Melli setzte sich wieder und blätterte durch Uwes Buch. »Sind das Telefonnummern?«

»Ich glaube schon.« Gesa griff in die bereits erschreckend leere Erdnussdose, bevor Tim und Gunnar auch noch die letzten Reste vertilgten. »Kannst du den Code knacken?«

»Wenn jeder Buchstabe für eine Ziffer steht, ist es schon fast zu einfach.« Melli fischte eine Einkaufsquittung aus ihrem Portemonnaie und zückte einen Kugelschreiber. »Ich sehe hier nur die Buchstaben A bis J, also die ersten zehn Buchstaben des Alphabets.«

Neugierig beugte Gesa sich über Mellis Schulter. »Dann steht also 0 für A, 1 für B und so weiter?«

»Könnte man annehmen. Aber das kommt nicht hin.« Melli notierte eine Zahlenkombination auf der Rückseite ihrer Quittung. »Jede Handynummer fängt doch mit einer 0 an. Aber so beginnt diese Nummer mit einer 9.«

»Was macht ihr da?« Tim krabbelte Melli auf den Schoß und versuchte, ihr das Notizbuch abzunehmen.

»Wir wollen eine Geheimschrift entziffern.« Melli legte das Buch außerhalb seiner Reichweite auf dem Tisch ab. »Das Buch ist sehr wertvoll und wir müssen vorsichtig damit umgehen.«

»Führt es zu einem Schatz?«

»Nein«, sagte Gesa. »Aber hoffentlich zu …« Mellis mahnender Blick ließ sie gerade noch rechtzeitig innehalten: »… einem spannenden Artikel.«

»Schade.« Tim verzog das Gesicht. »Bist du ganz sicher, dass es keinen Schatz gibt?«

»Wie wäre es mit einem Wettrennen?«, schlug Gunnar vor. »Wer zuerst an der Treppe ist.«

»Aber ich habe drei Sekunden Vorsprung.«

»Einverstanden.« Gunnar zählte den Countdown und Tim rannte los.

Gesa sah den beiden hinterher. »Funktioniert es vielleicht mit der umgekehrten Reihenfolge?« Schließlich hatte André behauptet, der Code müsse einfach sein.

»Einen Versuch ist es wert.« Melli notierte eine weitere Zahlenreihe. Lächelnd ließ sie den Stift sinken. »Ich glaube, du hast recht. Zumindest bekommen wir so die Vorwahl 0171.«

»Probieren wir es mit der nächsten Nummer.« Aufgekratzt wanderte Gesa die Terrasse auf und ab. »Wie sieht's aus?«

»Die Nummer beginnt mit der Hamburger Vorwahl. Ich glaube, wir haben es.« Melli reichte ihr das Buch zurück. »Was hast du jetzt vor?«

Gesas Blick schweifte von Tim und Gunnar, die am Ufer eine Pause einlegten, zurück zu Uwes krakeliger Handschrift. »Ich rufe jede einzelne Nummer an.«

KAPITEL 7

Björn erwartete Gesa schon unten am Empfang des Redaktionsgebäudes und lief ihr entgegen. Natürlich trug er wieder ein weißes Hemd und eine dunkle Stoffhose, aber zumindest hatte er auf die Krawatte verzichtet und den obersten Knopf am Kragen offen gelassen.

»Ich habe alle fünf Demonstranten erreicht«, verkündete er. »Vier von ihnen haben Uwe vorher noch nie gesehen.«

»Behaupten sie zumindest.« Gesa steuerte die Fahrstühle an. »Es könnte auch jemand lügen.«

»Sicher.« Er verzog das Gesicht. Wahrscheinlich brauchte er sich bei seinen Konzert- und Theaterbesprechungen um dieses Problem keine Gedanken zu machen. »Aber einer kennt ihn doch. Ein Jonas Tölle aus Winterhude. Er hat sich mit Uwe für eine Geschichte getroffen.«

Sie drückte auf den Fahrstuhlknopf und die Türen öffneten sich. »Worum ging es dabei?«

Björn ließ ihr den Vortritt und wählte die Taste für das zweite Stockwerk. »Tölle wohnt in einer Sozialwohnung, die abgerissen werden soll. Angeblich ist das ganze Gebäude marode. Doch er behauptet, dass das nicht stimmt und jemand ein falsches Gutachten erstellt hat.«

»Lass mich raten: Nach dem Abriss sollen dort keine neuen Sozialwohnungen entstehen.«

»Im Gegenteil. Es ist ein Komplex mit teuren Eigentumswohnungen geplant.«

»Also will jemand ordentlich absahnen.« Falls Uwe mit seinen Recherchen ein Millionen-Projekt gefährdet hatte, wäre das ein plausibles Mordmotiv.

Sie erreichten den zweiten Stock. Dass Björn schon wieder wartete, bis Gesa als Erste den Fahrstuhl verließ, gefiel ihr nicht. Sie brauchte keinen Gentleman alter Schule, sondern einen Partner, auf den sie sich verlassen konnte.

»Sollen wir damit gleich zu Thomsen gehen?«, fragte er.

»Besser nicht. Erst, wenn wir mehr wissen.«

Gesa marschierte voraus ins Großraumbüro, wo die ersten Kollegen schon an ihren Schreibtischen arbeiteten. Sie nickte ihnen einen wortlosen Gruß zu und fuhr ihren Rechner hoch. »Meine Schwägerin hat übrigens gestern Uwes Notizbuch entschlüsselt. Wir haben jetzt alle Telefonnummern seiner Quellen.«

»Dann lass uns dort anrufen.« Björn beugte sich über ihren Schreibtisch. »Ich bin gerade gut in Fahrt.«

»Das hat noch Zeit.« Sie erledigte diese Anrufe besser ohne Björn, der ohnehin nicht mehr lange in der Polizeiredaktion bleiben würde und schlimmstenfalls mit seiner Unerfahrenheit die wertvollen Kontakte verbrannte. »Wichtiger ist es, dass wir die Anrufliste von Uwes Handy abarbeiten.«

»Einverstanden.« Björn griff zur Schere und schnitt die ausgedruckte Liste, die alle Telefonate der vergangenen zwei Wochen enthielt, in der Mitte durch. »Welche Hälfte möchtest du?«

»Die untere.« Vermutlich handelte es sich bei den späteren Anrufen um die relevanteren. Vor allem aber hatte sie unter den Nummern eine entdeckt, die auch in Uwes Notizbuch stand.

Sie wählte diese Handynummer zuerst und lauschte mit angehaltenem Atem auf den Freiton. Zehnmal klingelte es, ohne dass jemand abnahm. Danach endete der Anruf und sie bekam nicht einmal die Chance, etwas auf der Mailbox zu hinterlassen.

Enttäuscht lehnte sie sich in ihrem Schreibtischstuhl zurück und nahm sich die nächste Nummer vor.

»Lumbach von *Hamburg TV*. Hallo.« Der Mann am anderen Ende der Leitung besaß eine angenehme Stimmfarbe und artikulierte sich wie ein ausgebildeter Sprecher. Vermutlich war er das sogar.

»Guten Morgen! Hier spricht Gesa Jansen von der *Hamburger Abendpost.*« Sie schlug ihren Notizblock auf und griff nach einem Bleistift aus dem Stiftebecher auf ihrem Schreibtisch. »Ich bin eine Kollegin von Uwe Stolter.«

»Schlimm, was mit ihm passiert ist. Mein herzliches Beileid.«

»Danke.« Sie malte Kringel auf das leere Blatt. »Kannten Sie Uwe gut?«

»Das nicht. Wir sind uns über die Jahre immer mal wieder bei der Arbeit über den Weg gelaufen.«

»Er hat Sie wenige Tage vor seinem Tod angerufen. Worum ging es da?«

Lumbach zögerte. »Uwe brauchte für eine Recherche einige Infos von mir. Aber das war streng vertraulich.«

»Das verstehe ich. Ich arbeite auch mit anonymen Quellen. Aber jetzt ist Uwe tot. Können Sie deshalb nicht eine Ausnahme für mich machen?« Sie drückte so fest mit dem Stift auf, dass die Spitze abbrach.

Sogar Björn, der am gegenüberliegenden Schreibtisch telefonierte, sah auf und runzelte die Stirn.

In der Leitung war ein Räuspern zu vernehmen. »Ich würde wirklich gern helfen, aber ich habe jemandem mein Wort gegeben. Tut mir leid.«

»Da kann man nichts machen. Schönen Tag noch.«
Enttäuscht legte Gesa auf. Schon wieder eine Sackgasse.

Björn beendete ebenfalls sein Gespräch. »Das war eine
Behörden-Hotline der Hamburger Verwaltung. Leider hat
die Frau am Telefon sich nicht an Uwes Anruf erinnert.
Wahrscheinlich hat er mit einem anderen Mitarbeiter
telefoniert.«

»Du solltest hinfahren und herausfinden, wer es gewesen
ist.« Gesa schrieb eine kurze Notiz zu ihrem Telefonat mit
Lumbach auf. »Ich gehe der Spur mit dem Gebäudegutachten
nach.« Vorher würde sie allerdings noch die letzte Nummer anrufen, die Uwe an seinem Todestag gewählt hatte.

»Aber dort arbeiten Dutzende Angestellte im
Schichtbetrieb«, entgegnete Björn. »Die kann ich unmöglich
alle fragen.«

»Dann rede zumindest mit denen, die anwesend sind.«
Was hatte die Thomsen sich nur dabei gedacht, ihr ausge-
rechnet einen weltfremden Feuilletonisten zur Seite zu stellen?
»Vermutlich kannst du es auch durch die Anrufzeit eingrenzen.«

»Sicher.« Björn hängte sich eine dieser unpraktischen
Ledertaschen für Männer über die Schulter. Er wirkte ver-
stimmt. »Bis später.«

Gesa drehte sich weg und wählte die letzte Telefonnummer
aus Uwes Verbindungsnachweis.

»*Wischnewski Computerservice.* Was kann ich für Sie tun?«

»Guten Tag. Ich bin Gesa Jansen von der *Hamburger
Abendpost.* Am Dienstag hat ein Kollege von mir mit Ihnen telefoniert. Ein Uwe Stolter. Erinnern Sie sich noch an ihn?«

»Am Dienstag war ich gar nicht im Laden. Er hat bestimmt
mit Herrn Wischnewski gesprochen. Aber der ist nicht da.«

»Und wann kommt er wieder?« Vor Ungeduld kritzelte Gesa
kleine Teufelchen auf das Blatt. »Es ist wirklich sehr dringend.«

»Ich weiß nicht, ob er heute noch mal reinschaut. Versuchen Sie es besser morgen.«

»Danke, das werde ich.« Sie notierte das Datum und versah es mit drei Ausrufezeichen. Um Wischnewski würde sie sich morgen kümmern. Nun galt es erst einmal, einen Bauskandal aufzudecken.

* * *

Das Sonnenlicht glitzerte auf der Alster, deren Ufer von einer Allee alter Linden und hochherrschaftlichen Villen gesäumt wurde. Gesa erreichte die Alsterbrücke in der Klärchenstraße als Erste und lehnte sich über das grün gestrichene Geländer, um einen Moment die Aussicht zu genießen.

Ein Mann Mitte zwanzig schlenderte ihr entgegen. Schon von Weitem erkannte sie den neongrünen Aufdruck *FCK NZS* auf seinem schwarzen Hoodie. In einigen Metern Entfernung blieb er stehen. »Moin. Bist du Gesa?«

»Jo. Und du musst Jonas sein.« Betont lässig lehnte sie sich gegen das Brückengeländer. »Schön, dass es gleich geklappt hat.«

»Ein Jammer, was mit Uwe passiert ist.« Langsam näherte Jonas sich und nahm dabei den Rucksack von der Schulter. »Er war echt in Ordnung.«

»Kanntet ihr euch schon länger?«

»Ne. Aber Uwe hat mich ernstgenommen.« Er öffnete seinen Rucksack und zog einen zerknickten Schnellhefter heraus. »Ich hab die ganzen Unterlagen noch mal kopiert. Da ist alles drin bis auf das Gutachten.« Er schlug den Ordner auf. »Hier die Kündigung. Ich hab schon den Mieterschutzbund informiert, dass die dagegen vorgehen sollen. Aber ohne öffentlichen Druck verläuft das im Sande.«

Gesa nahm den Ordner entgegen, der nach kaltem Zigarettenrauch stank und einige Flecken aufwies. »Hat Uwe dir gesagt, wie weit er mit der Recherche war?«

»Leider nicht.« Jonas kramte Tabak und Papier aus seiner Jackentasche und drehte eine Zigarette. »Ich wollte ihn Dienstag noch drauf ansprechen, bin aber nicht dazu gekommen.«

»Wieso nicht? Du hast dich doch auf der Demo mit ihm unterhalten.«

»Nur ganz kurz. Er hat mich für seinen Artikel interviewt und wollte noch mehr O-Töne einholen. Deshalb hab ich gewartet, bis er damit durch war.« Jonas zog ein Feuerzeug hervor und zündete seine Zigarette an. »Aber dann ist er mit diesem anderen Typen aneinandergeraten.«

Er musste Ingo meinen. »War das ein Journalist?«

»Kann sein. Jedenfalls hing ihm 'ne teure Kamera um den Hals.«

Gesa kramte das Smartphone aus ihrer Rucksacktasche und durchsuchte das Internet nach einem Foto von Ingo. Schließlich fand sie ein Bild, das ihn Seite an Seite mit einem Streifenpolizisten zeigte. Sie hielt Jonas das Handy unter die Nase. »Erkennst du ihn wieder? Ist es Ingo Gorzlitz?«

»Ja, der ist es.« Jonas blies einen Rauchkringel in die Luft. »Als Uwe ihn entdeckt hat, ist er sofort auf ihn zugegangen. Erst haben die beiden nur geredet, aber dann ist Uwe immer lauter geworden und hat den anderen Typen an den Schultern gepackt. Ich dachte schon, die prügeln sich gleich.«

»Aber dazu ist es nicht gekommen.« Zumindest, wenn André die Wahrheit gesagt hatte.

»Ne. Es ist wer dazwischengegangen. Der Fotograf, den Uwe bei sich hatte. Der ist dann auch mit Uwe abgezogen, bevor ich noch mal mit ihm sprechen konnte.« Jonas beugte sich mit der Zigarette über das Geländer und ließ die Asche in die Alster rieseln. »Du wirst die Geschichte zu Ende bringen, nicht wahr? Dieser Bauspekulant kommt nicht so einfach davon.«

»Nicht, wenn er Dreck am Stecken hat.« Gesa stellte sich neben Jonas und blickte auf das graublaue Wasser. »Aber versprechen kann ich nichts. Erst muss ich mit ein paar Leuten reden und das hier sichten.« Sie wedelte mit der Mappe.

»Wenn er Dreck am Stecken hat?« Jonas schnaubte. »Das steht doch wohl fest. Ich wohn seit drei Jahren in dem Kasten. Der ist nicht baufällig. Das wüsste ich wohl.«

»Im Moment kann ich trotzdem nicht mehr dazu sagen.« Gesa rollte den Schnellhefter auf und klopfte damit gegen das Geländer. »Hast du gehört, worüber Uwe und Ingo sich gestritten haben?«

Er schüttelte den Kopf. »Dafür stand ich zu weit weg. Es war echt laut auf der Demo. Das Einzige, was ich verstanden habe, war das Wort *klauen*.«

»Du meinst, Ingo hat Uwe beklaut?« Auch wenn Ingo wenig Skrupel kannte, schien das unwahrscheinlich.

»Klang so. Aber ich kann mich auch verhört haben.« Jonas warf seinen Zigarettenstummel auf den Boden und trat ihn aus. »Wenn ich aus der Wohnung raus muss, finde ich hier in der Gegend nie wieder was.«

»Ja, die Mieten sind ganz schön gestiegen.« Und Winterhude galt ohnehin als teurer Stadtteil. Doch im Augenblick schien ihr die Demo als die heißere Spur. »Ist dir sonst jemand aufgefallen, der sich besonders für Uwe interessiert hat?«

»Nein. Aber ich hab auch nicht darauf geachtet.«

»Was ist mit dem Fotografen?«

»Was soll mit dem sein?«

»Gab es Spannungen zwischen ihm und Uwe?« Falls Silkes Vorwurf stimmte und André Uwe tatsächlich hintergangen hatte, schien es sonderbar, dass die beiden trotzdem einen

Auftrag gemeinsam erledigten. Schließlich hätte Uwe auch einen anderen freien Fotografen engagieren können.

»Na ja.« Jonas zog die Schultern hoch. »Kann schon sein. Der Fotograf schien kein Problem mit Uwe zu haben. Aber Uwe hat ihn ziemlich angeraunzt, weil er die Blätter mit der Datenschutzerklärung nicht gleich gefunden hat. Dabei war das echt nur 'ne Lappalie.«

Also hatte André ihr tatsächlich etwas verschwiegen. Gesa umklammerte den aufgerollten Schnellhefter mit eisernem Griff. »Haben die beiden sich unterhalten, während du in der Nähe warst?«

»Nein. Ach ja. Eine Sache hat der Fotograf doch gefragt. Und Uwes Antwort war ziemlich merkwürdig.« Jonas kramte erneut sein Tabakpäckchen hervor.

Gesa wippte vor Ungeduld auf ihren Fußballen auf und ab. »Was war das?«

»Sag ich gleich.« Geschickt drehte er sich die nächste Zigarette. »Aber du haust danach nicht ab und wirfst meine Mappe in den nächsten Mülleimer, oder?«

»Tu ich nicht«, versprach sie. »Keine Sorge, der Sache gehe ich nach.« Womöglich sprang ja tatsächlich ein interessanter Artikel dabei raus. Auch wenn es sich wohl eher um ein Thema für das Politikressort handelte.

»Der Fotograf wollte wissen, was Freitag los ist.« Jonas ließ sein Feuerzeug aufglimmen. »Aber Uwe hat es ihm nicht erzählt. Er meinte nur: Je weniger davon wissen, desto besser.«

Kapitel 8

Gesa stieg an der Haltestelle Sierichstraße in die U3 in Richtung Hauptbahnhof und wechselte nach einer Station am Bahnhof Kellinghusen in die U1. Der Zug war um die Mittagszeit beinahe leer. Sie nahm auf einer der mit blauem Plüsch bezogenen Sitzbänke Platz und zückte ihr Handy. Auch wenn in den unterirdischen Streckenabschnitten manchmal der Empfang abriss, fehlte ihr die Geduld, noch länger zu warten. Sie wählte Andrés Nummer.

»Gesa, was liegt an?« André klang kurzatmig. »Ich bin spät dran für meinen nächsten Termin. Hab nirgendwo einen Parkplatz gefunden.«

»Du solltest deine Riesenkarosse mal gegen was Kleineres tauschen.« Mit ihrem E-Smart fand sie fast immer noch eine Lücke. Doch André bestand auf seinen SUV, weil er kein *Frauenauto* fahren wollte. »Ich rufe wegen Dienstag an.«

»Tut mir leid, da bin ich schon ausgebucht. Passt auch Mittwoch?«

»Ich meine diesen Dienstag. Es geht um Uwe, nicht um einen Auftrag.« Sie rutschte näher ans Fenster und sah nach draußen. Der Zug legte gerade einen Stopp an der Haltestelle Klosterstern ein. »Du hast mir über eure letzte Begegnung nicht die volle Wahrheit gesagt.«

Schweigen am anderen Ende der Leitung.

Gesa wartete. Die Stille auszuhalten, war manchmal die beste Möglichkeit, jemanden zum Reden zu bringen.

Die Türen des Waggons öffneten sich und einige Fahrgäste stiegen ein. Obwohl es jetzt um die Mittagszeit genügend freie Plätze gab, setzten sich zwei Rentnerinnen ihr direkt gegenüber.

André keuchte. »Was soll das Ganze? Wir sind doch Kollegen.«

Immer noch presste Gesa die Lippen aufeinander und schwieg. André kannte sie seit beinahe zwanzig Jahren. Doch zum ersten Mal fragte sie sich, ob sie ihm überhaupt trauen durfte.

»Ich weiß nicht, was du von mir hören willst.«

»Alles, was du mir beim ersten Mal nicht erzählt hast.« Die beiden Frauen musterten Gesa interessiert, deshalb senkte sie die Stimme und drehte sich so weit wie möglich in Richtung Fenster. »Du und Uwe, ihr hattet doch ein Problem.«

»Wer behauptet denn so einen Schwachsinn?« André wurde so laut, dass sie das Handy ein Stück von sich weghielt.

»Uwe hat dir misstraut. Andernfalls hätte er dir doch sagen können, wohin er am Freitag wollte.« Gesa deckte ihren Mund mit der Hand ab.

Eine ihrer Sitznachbarinnen tat wenig überzeugend so, als würde sie sich mit ihrem Smartphone beschäftigen. Die andere starrte sie unverhohlen an.

»Woher kamen diese Spannungen zwischen euch?«

»Ich weiß nicht, was du meinst. Aber für das hier fehlt mir die Zeit. Wenn also weiter nichts ist …«

»Silke sagt, du hast ihn hintergangen. Was meint sie damit?«, fragte Gesa.

Die Frau ihr gegenüber ließ das Smartphone sinken und gab es auf, Beschäftigung vorzutäuschen.

»Du hörst auf das, was Silke dir erzählt? Ernsthaft?« Andrés Stimme überschlug sich beinahe vor Empörung. »Ich hab dich schon auf Termine begleitet, als du noch eine blutjunge Volontärin warst. Und jetzt verdächtigst du mich, nur weil Uwes Verflossene mich schlechtmacht? Ich bin wirklich enttäuscht von dir.«

Gesa verließ ihren Sitzplatz und hielt sich auf dem Gang mit der freien Hand an einer Haltestange fest. Besser sie stand für die wenigen Stationen, als dass sie sich weiter belauschen ließ. »Es ist nicht persönlich, aber ich muss jedem Hinweis nachgehen. Das verstehst du doch wohl.«

»Silke spinnt sich da was zusammen. Wahrscheinlich will sie damit nur von sich selbst ablenken.«

»Wieso sollte sie?«

André blieb ihr die Antwort schuldig.

Der Zug hielt in der Hallerstraße. Kurz spielte Gesa mit dem Gedanken, dort auszusteigen und das letzte Stück zu Fuß zu gehen. Sie brauchte dringend ein wenig Bewegung. Aber dann siegte doch das Pflichtgefühl, möglichst schnell in die Redaktion zurückzukehren.

»André, bist du noch dran?«, fragte sie.

»Ja.« Er rang hörbar nach Atem. »Hat Silke dir auch erzählt, dass sie sich wieder mit Ingo trifft?«

»Nein, davon wusste ich nichts.« Kein Wunder, dass Silke so gereizt auf ihre Frage reagiert hatte, ob sie Ingo einen Mord zutraute.

»Das Ganze läuft schon seit einigen Wochen.«

»Wie hat Uwe das aufgenommen?« Auch wenn Silke und er längst getrennt lebten, musste ihre Rückkehr zu seinem alten Rivalen ihn verletzt haben. »Ist es möglich, dass er und Ingo sich deswegen so auf der Demo gestritten haben?« Immerhin könnte sich das Wort *geklaut* ja auch auf eine Frau beziehen.

»Vielleicht.«

Wieder hielt die Bahn. Einige Fahrgäste drängten sich an Gesa vorbei, doch sie achtete kaum auf ihre Umgebung. »Gestern hast du mir noch erzählt, dass es um was Berufliches ging.«

»Wird das hier etwa ein Verhör?« André klang gereizt. »Ich hab von dem Streit kaum was mitbekommen. Dafür war es viel zu laut.«

»Verstehe. Danke für deine Hilfe.« Gesa unterbrach die Verbindung. Ihre Beine fühlten sich plötzlich wackelig an. Sie umklammerte die Haltestange wie einen Rettungsanker.

André log. Auf einer Demo würde er als erfahrener Fotograf an der Seite seines Kollegen bleiben. Schließlich standen die Chancen denkbar schlecht, sich in dem Gedränge jemals wiederzufinden.

Nur weil er nicht die Wahrheit sagte, musste er noch kein Mörder sein. Doch warum vertuschte er den wahren Grund für Uwes Streit mit Ingo?

* * *

Henri lag auf dem Rücken und ließ sich von Björn den Bauch kraulen. Im Gegensatz zu dem Havaneser schien sein Frauchen weniger erfreut, Björn und Gesa zu sehen. Maike Thomsen saß hinter ihrem Schreibtisch und musterte sie mit finsterer Miene. »Das ist alles, was Sie haben?«

»So wenig ist das doch gar nicht.« Gesa verschränkte die Arme vor der Brust. »Wenn Silke Stolter und Gorzlitz wieder zusammen sind, könnten sie Stolter getötet haben, um an seine Lebensversicherung und das Erbe ranzukommen. Und je nachdem, was André Extner verheimlicht, käme auch er als Täter in Betracht.«

Björn entlockte Henri ein zufriedenes Brummen. »Warum hätte Uwe André weiterhin buchen sollen, wenn er ihn tatsächlich hinterging?«

»Vielleicht war er sich noch nicht ganz sicher und brauchte einen Beweis.« Eine jahrzehntelange Zusammenarbeit hätte Uwe nicht einfach auf einen Verdacht hin beendet. »Aber wir sollten auch die anderen Möglichkeiten nicht ausschließen. Falls an den Abrissplänen für das Mietshaus in Winterhude etwas faul ist, könnte Stolter sich mit seinen Recherchen in Gefahr gebracht haben.«

»Ich setze Alexandra Jäschke darauf an«, verkündete Thomsen. »Das klingt nach einem Thema fürs Politikressort. Konzentrieren Sie sich auf die anderen Spuren.« Sie kramte ein Leckerli hervor. Doch Henri blieb, wo er war, und ließ sich von Björn weiterstreicheln.

»In der Verwaltung kommen wir nicht weiter«, bemerkte Björn. »Es gibt keine Notizen zu Stolters Anruf und niemand erinnert sich an ein Telefonat mit ihm.«

Da die Furche auf Thomsens Stirn immer tiefer wurde, entschloss Gesa sich, ein wenig zu schwindeln. »Wir sind uns aber zu neunzig Prozent sicher, dass der Anruf mit dem Bauvorhaben zusammenhängt. Insofern kann Frau Jäschke das alles in Erfahrung bringen.«

Nachdem das Leckerli keine Wirkung gezeigt hatte, kramte Thomsen eine Wurst aus ihrer Handtasche, brach ein Stück davon ab und hielt es Henri hin. Dieses Mal lief der Havaneser zu ihr und ließ sich füttern. »Wir brauchen dringend den Anschlussartikel.«

»Morgen muss ich zu einer zweiten Vernehmung aufs Revier. Vielleicht kann ich dort etwas Neues zum Ermittlungsstand herausfinden.« Gesa hasste es, solche halb garen Versprechungen zu machen, die sie womöglich nicht einhalten konnte.

Doch immerhin glättete sich Thomsens Stirn. »Das ist endlich mal eine Ansage.« Sie ging zu ihrem Regal, zog einen Schuhkarton heraus und drückte ihn Gesa in die Hand. »Das sind alle Drohbriefe der letzten zwölf Monate. Suchen Sie die raus, die sich gegen Stolter richten.«

»Danke.« Gesa nahm den Deckel ab, um sich einen Überblick zu verschaffen. Der Karton war randvoll. »Wird eine Weile dauern, die alle zu sichten.«

»Die Praktikantin kann Ihnen helfen.« Thomsen setzte sich wieder. »Sonst noch was?«

Gesa öffnete den Mund, doch Björn kam ihr zuvor. »Wissen Sie schon, wann ich zurückkann?«

»Wohin?«

»Ins Kulturressort.« Björn trat näher an Thomsens Schreibtisch. »In den nächsten Tagen stehen einige wichtige Veranstaltungen an, die ich nur ungern mit freien Mitarbeitern besetzen möchte.«

»Ihre Befindlichkeiten interessieren mich nicht.« Schwungvoll knallte Thomsen einen Aktenordner zu. »Solange ich keinen Ersatz für Stolter habe, muss ich mich eben mit Ihnen begnügen. Darüber bin ich genauso wenig erfreut wie Sie.«

Björn erblasste, wusste aber anscheinend nicht, wie er auf diese Beleidigung reagieren sollte. Beinahe tat er Gesa leid.

Unglücklicherweise würde sich Thomsens Laune gleich noch weiter verschlechtern. Gesa hielt den Schuhkarton vor sich wie einen Schutzschild. »Ich werde die relevanten Briefe aufs Revier bringen.«

»Auf keinen Fall!« Thomsens Augen wurden schmal. »Die Polizei soll sich nicht in unsere Arbeit einmischen.«

»Darüber diskutiere ich gar nicht.« Gesa reckte das Kinn. »Sie hätten die Drohbriefe den Beamten schon mitgeben sollen, als die Uwes Sachen abgeholt haben.«

»Sie haben nicht danach gefragt.«

»Weil die Polizisten nichts davon wussten.« Gesa kam noch näher und lehnte sich über den Schreibtisch.

Björn stellte sich solidarisch neben sie. »Ich verstehe ja, dass wir Stolters Quellen schützen müssen. Aber diesen Drohbriefschreibern schulden wir gar nichts. Falls gegen sie Anzeige erstattet wird, sollte uns das nicht kümmern.«

»Diese Leute sind mir völlig egal.« Thomsens Augen verengten sich. »Aber nicht alle ihre Beschwerden sind unbegründet. Es könnte dem Ruf der Zeitung schaden.«

Das war Thomsens Priorität? Gesa presste die Lippen zusammen, bis sie ihre Gefühle wieder unter Kontrolle hatte.

Erneut reagierte Björn schneller als sie. »Die Polizei interessiert sich mit Sicherheit nicht für ein paar Fehler in unserer Berichterstattung. Aber falls sich im Nachhinein herausstellt, dass wir den entscheidenden Hinweis unterschlagen haben, könnten wir ernsthafte Schwierigkeiten bekommen.«

»Man nennt es Strafvereitelung durch das Zurückhalten von Beweismitteln«, ergänzte Gesa. »Und selbst, wenn unsere Anwälte uns raushauen, würden wir damit unser gutes Verhältnis zur Polizei beschädigen. Danach können wir dann nur noch deren Pressemeldungen abdrucken, während die *Nord Nachrichten* ihre Infos exklusiv bekommen.«

»Also gut. Von mir aus«, brummte Thomsen. »Aber geben Sie denen nicht mehr als unbedingt nötig.« Sie wandte sich ihrem Computer zu, was wohl bedeutete, dass Björn und Gesa entlassen waren.

Gemeinsam kehrten sie zurück ins Großraumbüro. Dort kippte Gesa den Inhalt des Kartons auf ihrem Schreibtisch aus. »Am besten machen wir drei Stapel«, schlug sie vor. »Einen für Drohbriefe, die sich speziell gegen Uwe richten. Einen für Drohbriefe an andere Kollegen. Und einen für Drohungen an die gesamte Redaktion.«

»Gute Idee.« Björn holte seinen Stuhl und setzte sich neben sie.

In stiller Eintracht falteten sie die Briefe auseinander, studierten sie und sortierten sie auf einen der drei Stapel. Da ihnen die Arbeit gut von der Hand ging, verzichtete Gesa darauf, nach der Praktikantin zu suchen.

Sie legte einen weiteren Brief auf den Stapel der Drohungen gegen Uwe. »Danke übrigens, dass du vorhin bei Thomsen für mich eingestanden bist.«

»Dafür sind Kollegen schließlich da.« Er zog ein mit kruder Schrift beschmiertes Blatt aus einem Blanko-Umschlag. »Was schätzt du? Wie schwer wird es für Thomsen, einen neuen Polizeireporter zu finden?«

»Kommt darauf an, wie anspruchsvoll sie ist. Jemanden mit Uwes Kenntnissen und seinem Netzwerk bekommt sie nicht wieder. Eigentlich bleiben ihr nur zwei Möglichkeiten. Entweder wirbt sie für teures Geld einen Polizeireporter von der Konkurrenz ab oder sie bildet jemand Junges dazu aus.« Wobei diese Aufgabe dann wohl eher an Gesa hängen bleiben würde.

»Welche Variante wäre dir lieber?«

»Ein erfahrener Kollege.« Allerdings nur, wenn die Thomsen ihn nicht zum ersten Polizeireporter ernannte und Gesa vor die Nase setzte.

Björn lächelte. »Dann drücke ich die Daumen, dass die Thomsen jemand Gutes für dich findet und ich bald zurück in mein Ressort kann.«

»Danke.« Ihr schlechtes Gewissen regte sich, weil sie Björn nicht warnte, dass jede Neueinstellung zu seiner Entlassung führen würde. Doch wenn sie ihm die Wahrheit sagte, ließ er sie womöglich schon jetzt mit der ganzen Arbeit allein sitzen. Das durfte sie nicht riskieren.

Sobald sie gemeinsam alle Schreiben sortiert hatten, rief Gesa Cracht an. »Ich habe hier etwas gefunden, was Ihnen bei den Ermittlungen helfen könnte. Wollen wir uns morgen früh treffen? Um sieben bin ich ohnehin noch mal zur Vernehmung geladen.«

»Da habe ich leider keine Zeit. Worum handelt es sich denn?«

»Drohbriefe.« Gesa ergriff einen Kugelschreiber und drehte ihn zwischen den Fingern. »Ich könnte sie natürlich auch Kommissarin Lück übergeben, aber ich würde gern mit Ihnen sprechen.«

»Dann kommen Sie am besten gleich vorbei. Nachher muss ich noch mal raus.«

»In Ordnung. Danke.« Gesa legte auf. Leider stand in ihrem Kalender dick und rot ein Termin bei der Feuerwehr, den sie wahrnehmen musste.

Sie wandte sich an Björn, der schon wieder Klaviergeklimper über seine Kopfhörer hörte. »Kannst du für mich zur Feuerwehr fahren? Die stellen dort heute ihr neues Löschfahrzeug vor.«

Er nahm den linken Stöpsel aus seinem Ohr, wodurch die Musik noch lauter wurde. »Sicher. Muss ich auf irgendetwas achten?«

Ein *Vermurks es nicht!* lag ihr auf der Zunge, doch den Kommentar verkniff sie sich. »Nein. Dabei kann eigentlich nichts schiefgehen.«

Kapitel 9

Auf Crachts Schreibtisch stapelten sich die Akten bis zu einer Höhe, bei der Gesa insgeheim damit rechnete, dass der ganze Berg jeden Moment in sich zusammenfallen müsste. Dennoch griff Cracht gezielt in den Stapel und zog einen Ordner heraus. »Viel darf ich natürlich nicht nach außen geben, solange die Ermittlungen noch laufen.« Er schlug den Ordner auf. »Im vorläufigen toxikologischen Bericht wird als Todesursache eine Vergiftung angeben.«

Gesa rutschte auf der Sitzfläche des Besucherstuhls herum. Stillsitzen und abwarten fiel ihr grundsätzlich schwer, aber heute ganz besonders. »Das wissen wir im Grunde schon seit vorgestern. Können Sie mir zumindest bestätigen, dass es sich um Ethylenglykol handelt?«

»Auch das nicht. Tut mir leid. Allerdings wird ein Suizid immer unwahrscheinlicher. Es ist kein Abschiedsbrief aufgetaucht und nichts an Uwes Verhalten in den letzten Tagen deutet darauf hin, dass er sich das Leben nehmen wollte.« Cracht räusperte sich. »Aber das brauche ich Ihnen ja nicht zu erzählen. Sie kannten ihn schließlich.«

»Nicht so gut wie Sie. Genau deshalb wollte ich unbedingt mit Ihnen sprechen.« Gesa beugte sich vor. »Hat Uwe mal erwähnt, dass er sich bedroht fühlt? Ich meine damit nichts Offizielles, sondern nur so von Freund zu Freund.«

»Leider nicht.« Cracht klopfte gegen den Stapel Drohbriefe, den Gesa ihm überlassen hatte. »Ich wünschte, er hätte es getan. Aber Uwe war einer, der viel mit sich selbst ausmachte.«

»Wann haben Sie ihn das letzte Mal gesprochen?« Den Hauptkommissar zu seinem Privatleben zu befragen, fühlte sich wie verkehrte Welt an. Doch genauso unglaublich schien es, dass Uwe, der sein ganzes Berufsleben als Polizeireporter gearbeitet hatte, selbst einem Verbrechen zum Opfer gefallen war.

»Wir haben am Montag kurz telefoniert und uns zum Skat verabredet. Uwe wirkte ein bisschen niedergeschlagen wegen der Scheidung. Da wollte ich ihn ablenken.«

»Sind Sie sicher, dass es nur an der Scheidung lag?«, fragte Gesa. »Oder könnte ihn noch etwas anderes bedrückt haben?«

Cracht zögerte und zog die Stirn kraus. »Gesagt hat er nichts. Aber eines war merkwürdig: Er hat mir erzählt, dass er für einen Journalistenpreis nominiert wurde – zum ersten Mal in seinem Leben.«

Sie zückte Stift und Notizblock. »Das wusste ich gar nicht.« Merkwürdig, dass Uwe es nicht einmal ihr gegenüber erwähnt hatte. »Nach all den Jahren war das auch längst überfällig.«

»Trotzdem schien er sich nicht darüber zu freuen. Er wirkte beinahe so, als wäre das Ganze ihm unangenehm.«

»Sie meinen, er wollte die Auszeichnung überhaupt nicht?«

Cracht zuckte mit den Schultern. »Oder er hatte das Gefühl, sie nicht zu verdienen. Ich hab mich zwar gewundert, ihn aber trotzdem nicht darauf angesprochen. Ich dachte mir: Wenn er nicht darüber reden will, dann eben nicht.«

»Sie dürfen sich deswegen keine Vorwürfe machen. Das hätte Uwe nicht gewollt.« Wäre Cracht ein Kollege gewesen, hätte sie die Hand nach ihm ausgestreckt. Doch bei dem Hauptkommissar traute sie sich das nicht. Stattdessen schenkte sie ihm ein – hoffentlich – aufmunterndes Lächeln. »Sie waren ihm all die Jahre ein guter Freund. Und der lässt einem eben auch mal seinen Freiraum.«

»Ich weiß.« Seine Augen schimmerten verdächtig feucht. »Aber ich frage mich die ganze Zeit, ob ich es hätte verhindern können.«

»Wie denn? Uwe hat doch selbst nichts geahnt.«

Cracht musterte sie. »Was macht Sie da so sicher?«

»Weil ich mit Kalle Noak gesprochen habe, der in seinen letzten Minuten bei ihm war. Angeblich hat Uwe ihm gesagt, dass er vergiftet wurde. Bei einem konkreten Verdacht hätte er doch einen Namen genannt.«

»Wieso sagen Sie *angeblich*? Glauben Sie Noak nicht?«

»Nicht zu hundert Prozent.« Gesa teilte nur ungern Mutmaßungen, die allein auf ihrem Bauchgefühl basierten. Aber Uwes alter Weggefährte verdiente ihre Offenheit. »Mein Reporterinstinkt warnt mich, dass Noak mehr weiß, als er zugibt.«

»Damit wäre er bestimmt nicht der Einzige.« Cracht strich sich über den Schnauzbart. »Ich habe schon damit gerechnet, dass Sie meinen Rat nicht beherzigen werden.«

»Welchen Rat denn?«, fragte Gesa.

»Den, die Ermittlungen den Profis zu überlassen.«

»Oh, aber das habe ich doch.« Schließlich zählte sie nach fünf Jahren als Polizeireporterin wohl kaum noch zu den Amateuren. »Gibt es sonst etwas, das Sie mir sagen können? Verfolgen Sie eine bestimmte Spur?«

»Wir ermitteln in alle Richtungen«, behauptete Cracht.

Gesa biss sich auf die Unterlippe. Diese Antwort bedeutete vermutlich, dass die Polizei ebenfalls keinen konkreten Verdacht hatte. Oder Cracht führte sie bewusst in die Irre.

* * *

»Das kann nicht dein Ernst sein!« Ungläubig starrte Gesa den Feuerwehr-Artikel auf Björns Bildschirm an. »Du hast praktisch den kompletten Waschzettel abgeschrieben. Wofür bist du dann überhaupt zum Termin gefahren?« So eine Schlamperei würde sie nicht einmal der Praktikantin durchgehen lassen. Aber Björn als erfahrener Redakteur von zweiunddreißig Jahren sollte es wirklich besser wissen.

»Ich habe alle Sätze aus der Pressemitteilung umformuliert, damit es nicht so auffällt.« Er zupfte an seinem Hemdkragen. »Und mehr gibt es über diesen neuen Einsatzwagen wirklich nicht zu sagen.«

»Schon klar, dass du solche Termine für unter deiner Würde hältst.« Tief holte Gesa Luft, um sich zu beruhigen. »Trotzdem hättest du dir etwas mehr Mühe geben und wenigstens ein paar O-Töne einholen können. Das hier ist vielleicht nicht die Opernpremiere von Herrn von und zu. Aber unsere Leser verdienen trotzdem etwas Besseres.«

Vor allem aber würde Thomsen einen Wutanfall bekommen, wenn sie diesen Artikel las, und Björn womöglich auf der Stelle feuern.

Dessen Wangen färbten sich rötlich. Er sprang vom Stuhl auf. »Darum geht es also? Du denkst, ich bin viel zu versnobt und abgehoben, um hier was Ordentliches abzuliefern.«

»Geht das Ganze auch etwas leiser?« Die ersten Kollegen drehten schon die Köpfe in ihre Richtung. »Immerhin sind wir hier nicht allein.«

»Ist mir egal, wer das hier mitkriegt.« Er hob die Stimme. »Willst du wissen, warum ich so wenig zu dem Termin habe?«

»Ja. Erhelle mich.« Lässig stand sie vor ihm und reckte das Kinn. Leider verpuffte der Effekt ein wenig, weil sie ihm nur bis zur Brust reichte.

»Ich hab mich da um andere Dinge gekümmert.«

»Du meinst sicher Wichtigeres.« So wie die Planung seiner nächsten Premierenbesuche.

»Ganz genau.« Er senkte die Stimme. »Ich hab versucht, Gorzlitz auszuhorchen.«

»Du hast was getan?« Beinahe glaubte Gesa, sich verhört zu haben.

»Er ist schließlich ein Verdächtiger – zumindest auf unserer Liste. Also hab ich mich als ahnungsloser freier Mitarbeiter ausgegeben. Gorzlitz ist gleich darauf angesprungen und hat mich ausgefragt.«

»Typisch für ihn!« Ingo brannte wahrscheinlich vor Neugier darauf, wie es nach Uwes Tod mit der Polizeiredaktion der *Hamburger Abendpost* weiterging. »Was wollte er wissen?«

»Wer jetzt Uwes Arbeit macht. Wie du ohne ihn zurechtkommst. Ich schätze, er hofft darauf, dass er in Zukunft bei den Geschichten die Nase vorn hat.«

»Nur in seinen Träumen!« Manchmal mochte Ingos Unverfrorenheit ihm ja tatsächlich einen Vorteil verschaffen. Aber jemand, der sich immer nur durchs Leben schummelte, würde auf Dauer keinen Erfolg haben. »Konntest du denn etwas in Erfahrung bringen?«

»Nicht viel«, erwiderte Björn. »Gorzlitz scheint keine gute Meinung von Uwe zu haben. Er hat sich darüber ausgelassen, dass Uwe sich oft unkollegial verhalten hätte und nie sein Wissen teilen wollte. Außerdem hat er angeblich um jeden Preis versucht, der Erste zu sein, und dafür auch schlampig recherchierte Artikel veröffentlicht.«

»Ziemlich schäbig, so über einen Verstorbenen zu sprechen.« Selbst wenn Gesa einen Teil von Ingos Frust nachvollziehen konnte, ging das zu weit. »Gorzlitz musste immer härter für seinen Erfolg arbeiten als Uwe. Den haben alle gemocht – die Polizisten genauso wie die Kleinkriminellen, die ihm manchmal Infos zugespielt haben. Daher die Missgunst.«

»Wenn man dann noch bedenkt, dass sie dieselbe Frau geliebt haben, kann Gorzlitz einem schon beinahe wieder leidtun.«

»Übertreib es nicht.« Gesa setzte sich an Björns Schreibtisch und zog ihr Smartphone hervor.

»Was wird das?«, fragte er.

»Ich rufe die Feuerwehr an und rette unseren Artikel.« Inzwischen bereute sie, dass sie Björn so grob angefahren hatte. Da konnte sie wenigstens Wiedergutmachung leisten.

»Danke, das ist nett gemeint. Aber ich erledige das selbst.«

»Bist du sicher?« Gesa ließ ihr Handy sinken. Immerhin brauchte Björn für seine Texte normalerweise eine Ewigkeit.

Er nickte. »Ich weiß die gute Absicht zu schätzen. Aber wenn wir beide ein Team sind, möchte ich auch meinen Teil beitragen.«

»Okay.« Sie fühlte sich noch mieser wegen ihres Wutausbruchs – und weil sie ihm die drohende Kündigung verschwieg.

* * *

Das Büro von Franziska Lehrs befand sich im vierten Stock eines Rotklinkerbaus an einer belebten Kreuzung in Barmbek. Ursprünglich hatte Gesa beabsichtigt, die forensische Linguistikerin allein aufzusuchen. Doch um ihr Gewissen zu besänftigen, nahm sie Björn mit.

Der hielt ihr, ganz Gentleman, die Eingangstür auf. »Arbeitest du oft mit Sprachwissenschaftlern zusammen?«

»Nein, das ist das erste Mal. Normalerweise überlassen wir so was der Polizei.« Schließlich würden Lehrs' Dienste einiges kosten. »Aber hier geht es ja nicht um irgendeinen Fall, sondern um Uwe.«

Auch die Tür zum Treppenhaus öffnete Björn für sie. »Standet ihr euch eigentlich nahe?«

»Kann ich nicht behaupten.« Gesa nahm die Treppe im Laufschritt. Je weniger Zeit Björn blieb, um Fragen zu stellen, desto besser.

»Thomsen hat mal erwähnt, dass du schon sehr jung zum Blatt gekommen bist und bei ihr volontiert hast. Aber danach warst du eine ganze Weile weg.«

Neun Jahre. Doch über diese Zeit würde sie mit ihm nicht sprechen. »Das ist doch alles Schnee von gestern.« Sie klingelte an Lehrs' Bürotür. »Wen interessiert das noch?«

»Mich.« Björn musterte sie von der Seite. »Ich habe mich gefragt, wieso du nach so langer Zeit zurückgekehrt bist. Du wirkst auf mich eher wie jemand, der nur nach vorne blickt.«

Zum Glück öffnete sich in diesem Moment die Tür und Gesa blieb eine Antwort erspart.

Eine braun gebrannte Frau Anfang dreißig mit sportlichem Kurzhaarschnitt stand vor ihnen. »Sie müssen Frau Jansen sein.«

Gesa reichte ihr die Hand. »Und das ist mein Kollege, Herr Dalmann.«

»Schön, dass Sie so kurzfristig Zeit für uns haben«, ergänzte Björn.

»Bitte kommen Sie rein.« Franziska Lehrs trat zur Seite. »Ich bin schon gespannt, was Sie mir mitgebracht haben.« Sie führte Björn und Gesa in ein modern eingerichtetes Büro voller Chrom- und Glasmöbel.

Gesa, die sich insgeheim auf ein Kabinett voller Antiquitäten mit Stapeln jahrhundertealter Bücher gefreut hatte, war ein wenig enttäuscht. Zumindest gab es tatsächlich ein Bücherregal, auch wenn die Fachbücher darin alle neu aussahen.

Sie öffnete ihre Rucksacktasche und zog die Kopien aller Drohbriefe heraus, die sich speziell gegen Uwe oder die Polizeiredaktion richteten. »Können Sie für die hier ein Sprachprofil erstellen?«

»Ich werde es versuchen.« Lehrs nahm die Briefe entgegen. »Allerdings existiert so etwas wie ein eindeutiger sprachlicher Fingerabdruck leider nicht. Um die Texte einem Verfasser zuzuordnen, bräuchte ich eine Vergleichsprobe. Selbst dann wäre die Methode nicht hundertprozentig zuverlässig.«

»Und ohne Vergleichsprobe?«, fragte Björn.

Sie legte die Briefe auf ihrem Schreibtisch ab. »Vermutlich kann ich einige allgemeine Aussagen zum ungefähren Alter und Bildungsstand des Verfassers machen. Aber nichts, was in Ihrem Fall nützen würde.«

Gesa biss sich auf die Unterlippe. So, wie es sich anhörte, konnte Lehrs ihnen nicht helfen. Zumindest nicht im Augenblick. »Das bedeutet dann wohl, wir brauchen zunächst einen konkreten Verdacht und müssten uns dann von dieser Person eine Textprobe besorgen?«

»Das wäre der Idealfall.« Lehrs drehte das Notebook auf ihrem Schreibtisch herum und zeigte Björn und Gesa eine Schriftprobe. »Anhand dieses Textes möchte ich Ihnen kurz erläutern, wie ich vorgehe. Als Erstes …«

Ausgerechnet jetzt klingelte Gesas Handy. Sie zog das Smartphone aus der Tasche, um den Anruf wegzudrücken. Doch es war Steffen. Allein der Anblick seines Namens auf dem Display ließ ihren Puls in die Höhe schnellen. »Tut mir leid, aber da muss ich rangehen. Machen Sie bitte weiter.«

Ohne eine Antwort abzuwarten, verließ Gesa das Büro und schloss die Tür hinter sich. Sie lief zurück bis zum Eingangsbereich, um so viel Abstand wie möglich zwischen sich und die anderen zu bringen. Mit einem schweißfeuchten Zeigefinger tippte sie auf das Grüner-Hörer-Symbol. »Hast du Neuigkeiten?«

»Hallo, Gesa.« Steffens Tonfall klang ernst. »Ich möchte etwas mit dir besprechen. Aber nicht am Telefon. Hast du am Wochenende Zeit?«

»Natürlich. Und wenn nicht, würde ich sie mir nehmen.« Nach dem plötzlichen Adrenalinkick fühlte sie sich nun, da die Ernüchterung einsetzte, beinahe wackelig auf den Beinen. Wie hatte sie auch nur einen Moment lang hoffen können, Christian sei einfach so wiederaufgetaucht?

Doch gleich darauf kam ihr ein schrecklicher Gedanke. »Falls du mir sagen willst, dass ihr Gewissheit habt, möchte ich es jetzt gleich erfahren. Ich weiß, solche Dinge erzählt man normalerweise nicht am Telefon, aber ...«

»Nein, das ist es nicht. Wenn jemand Christian gefunden hätte, würde ich alles stehen und liegen lassen, um zu dir zu fahren. Aber das wird wohl nicht mehr passieren.«

»Sag das nicht!«, bat sie. »Das kannst du doch überhaupt nicht wissen.« Die Hoffnung war schließlich alles, was ihr noch blieb. Sie aufzugeben, käme einem Verrat an ihrer Liebe zu Christian gleich.

KAPITEL 10

In der U-Bahn stank es nach Knoblauchsoße und Schweiß. Der Waggon war voll mit Pendlern, die von der Arbeit nach Hause fuhren. Björn und Gesa standen im Mittelgang und lehnten sich an eine Abtrennung zu den belegten Sitzplätzen.

Björn erzählte Gesa, welchen Teil von Lehrs' Erläuterungen sie verpasst hatte. Doch ihre Gedanken schweiften immer wieder zu Christian ab. Einen Herzschlag lang hatte sie tatsächlich geglaubt, er könnte sich bei seinem Bruder gemeldet haben. Dabei würde er doch, falls er dazu in der Lage wäre, als Erstes sie anrufen.

»Wusstest du, dass die Handschriftenanalyse gar nicht zur forensischen Linguistik gehört?«, fragte Björn. »Sie ist ein eigenständiger Bereich.« Er lächelte sie an. »Danke übrigens.«

»Wofür?«

»Dass du mich mitgenommen hast. Ich weiß, du hättest diesen Termin genauso gut allein erledigen können.«

»Nicht der Rede wert«, wehrte sie ab. »Wenn du schon auf Thomsens Couch übernachtest und Verbindungsnachweise abtelefonierst, hast du dir auch mal was Gutes verdient.« Und für einen Intellektuellen wie ihn dürfte das Gespräch mit einer Wissenschaftlerin vermutlich interessanter gewesen sein, als einen Polizeieinsatz zu begleiten oder den Löschübungen der Feuerwehr zuzusehen.

»Sobald ich mein altes Ressort zurückhabe, werde ich mich revanchieren«, versprach er. »Dann nehme ich dich zu einer Premiere mit.«

»Ich bin nicht so der Klassikfan.« Der Zug bremste und Gesa stützte sich mit den Händen an der Trennwand ab, um das Gleichgewicht nicht zu verlieren. Verflucht, sie sollte Björn endlich sagen, dass es niemals dazu kommen würde. Selbst auf die Gefahr hin, dass sie danach mit der Arbeit allein dastünde.

»Wir könnten auch ins Theater gehen – oder zu einer Lesung. Was hältst du von Poetry Slam?«

»Ich denk drüber nach.« Warum nur musste Björn immer so nett sein? Da fühlte sie sich gleich doppelt gemein.

Zum Glück lieferte ihr eine frisch eingetroffene Kurznachricht von Thomsen einen willkommenen Vorwand, um das Thema zu wechseln. »Die Chefin schreibt, dass die Praktikantin für uns alle freien Fotografen abtelefoniert hat. Sie hat rausgefunden, wen Uwe anstelle von André gebucht hat.«

»Wer ist es?«

»Lennard Rieke.« Eine eher ungewöhnliche Wahl.

Björn zog die Stirn kraus. »Der Name sagt mir nichts.«

»Weil Lennard ganz neu dabei ist. Er macht seinen Bachelor in Fotografie und verdient sich als freier Mitarbeiter ein bisschen was dazu.« Allerdings dürfte Lennard kaum Uwes zweite Wahl für einen wichtigen Artikel gewesen sein – nicht einmal seine dritte oder vierte.

»Ich glaube, jetzt erinnere ich mich doch an ihn. Hat er Rastalocken und ein Hals-Tattoo?«

»Ja, das ist er.« Gesa hatte nicht einmal seine Nummer eingespeichert, doch zum Glück hatte Thomsen sie in weiser Voraussicht gleich mitgeschickt.

»Lennard Rieke. Hallo.«

»Moin. Hier spricht Gesa Jansen von der *Hamburger Abendpost*. Ich übernehme Uwes Termine und habe gehört, dass ihr für morgen Abend verabredet wart.«

»Ja, das stimmt. Ich dachte schon, der Termin fällt flach. Aber gern, ja. Wo wollen wir uns denn treffen?«

Gesa tauschte einen Blick mit Björn, der genauso gespannt aussah, wie sie sich fühlte. »Wo hättest du dich mit Uwe getroffen?«

»Keine Ahnung«, erwiderte Lennard. »Das wollte er mir noch mitteilen.«

Ein Ziehen breitete sich in ihrem Magen aus. Kaum mochte sie die nächste Frage stellen. »Aber du weißt schon, für welchen Termin dich Uwe gebucht hat, oder?«

»Bisher nicht.« Lennard klang erschreckend unbekümmert. »Du kannst das Geheimnis jetzt lüften.«

»Ich weiß es doch auch nicht.« Vor lauter Frust hätte Gesa am liebsten laut aufgestöhnt. Dabei konnte Lennard nichts dafür, dass Uwe ihn nicht eingeweiht hatte. »Hat Uwe ange-deutet, worum es geht?«

»Nein, tut mir leid. Ich schätze, dann wird es doch nichts mit dem Auftrag.«

»Da hast du leider recht.«

»Schade«, bemerkte Lennard. »Ach, eines noch. Uwe wollte von mir wissen, ob ich einen Anzug habe.«

»Einen Anzug?« Wie von selbst wandte Gesa sich zu Björn um. Dem einzigen Redakteur, der jeden Morgen mit einem weißen Hemd und dunklen Stoffhosen zur Arbeit kam. »Das klingt aber nicht nach einem Termin fürs Polizeiressort.«

»Hat mich auch gewundert. Aber mehr wollte er nicht verraten.«

»Natürlich nicht.« Uwe machte es ihnen wirklich nicht leicht, den Mord an ihm aufzuklären.

* * *

Die tief stehende Abendsonne verschwand hinter der Häuserreihe auf dem alten Deich. Stadtvillen in Pastellfarben und typisch norddeutsche Rotklinkerhäuser standen in friedlicher Eintracht nebeneinander. Gesa spazierte an ihnen vorbei in Richtung des Restaurants *Zur Post*.

Im Garten des Restaurants hatten Christian und sie früher so manche Maischolle verspeist. Ein Teil von ihr sehnte sich danach, dorthin zurückzukehren, um die alten Zeiten – wenigstens in Gedanken – wieder aufleben zu lassen. Doch genauso scheute sie die Vorstellung, diesen Ort mit einem solchen Besuch endgültig zu entzaubern.

Stattdessen zog sie ihr Handy aus der Jackentasche und wählte die eine Nummer, die sich sowohl in Uwes Verbindungsnachweis als auch in seinem Notizbuch fand und die sie bisher nie erreicht hatte. Dieses Mal beging sie nicht den Fehler, ihre Rufnummer zu übermitteln, sondern rief anonym an.

»Hallo.« Die männliche Stimme am anderen Ende kam ihr vage bekannt vor. Doch woher?

Am besten, sie bluffte und ließ sich nicht anmerken, dass sie keine Ahnung hatte, mit wem sie gerade sprach. »Hallo. Hier ist Gesa Jansen von der *Hamburger Abendpost*.«

»Woher haben Sie meine Nummer? Die hab ich Ihnen nicht gegeben.«

Der Mann kannte Gesa also auch. Sie hatte sich das nicht nur eingebildet. »Die Nummer war in Uwe Stolters Kontakten.« Dass kein echter Name dabeistand, brauchte sie ja nicht zu verraten.

Am anderen Ende der Leitung war ein tiefes Seufzen zu vernehmen. »Er hat mir versprochen, dass er sie nirgendwo aufschreibt.«

»Und er war damit auch sehr vorsichtig.«

Gesa blieb vor dem Restaurant stehen und spähte durch eins der Fenster ins Innere. Noch hielten sich die meisten Gäste vermutlich im Garten hinter dem Haus auf. Doch an den ersten Tischen saßen bereits Pärchen bei Kerzenschein und beugten sich über die Speisekarten. Früher hatten Christian und sie das Menü auswendig gekannt.

»Was wollen Sie? Rufen Sie wegen Freitag an?«

Gesa erstarrte.

»Die Sache ist gelaufen. Ich bin draußen.«

Vor Anspannung zog sie die Unterlippe zwischen ihre Zähne. Wenn ihr doch nur einfallen würde, woher sie diese Stimme kannte. »Wieso?«

»Weil ich keine Lust habe, so zu enden wie Uwe.«

»Sie glauben, er wurde deswegen getötet?« Ihr Herzschlag beschleunigte sich. Sie könnte der Wahrheit schon sehr nahe sein – auch wenn sie nicht einmal ahnte, worüber genau sie sich gerade unterhielten.

»Weiß ich doch nicht. Aber das Risiko geh ich nicht ein. Auch wenn Uwe schwer in Ordnung war.«

Sie umklammerte ihr Smartphone mit aller Kraft. »Wenn Sie wirklich glauben, Uwes Mörder zu kennen, könnten Sie selbst in Gefahr schweben. Es wäre sicherer für Sie, Ihr Wissen zu teilen. Dann hat niemand mehr einen Grund, Sie zum Schweigen zu bringen.«

»Sie haben doch keine Ahnung, mit wem Sie sich da anlegen.« Die Stimme am anderen Ende der Leitung bebte. »Die Typen sind eine Nummer zu groß für Sie.«

»Ach ja?« Verärgert knirschte sie mit den Zähnen. »Halten Sie mich etwa für ein Leichtgewicht?«

Ihr mochte der eine entscheidende Zentimeter gefehlt haben, um sich bei der Polizei zu bewerben, aber ihren

Polizeireporter-Job füllte sie genauso gut aus wie ihre männlichen Kollegen. Mindestens.

»Wenn Uwe die Geschichte bringen wollte, kann ich das auch. Wir sind es ihm schuldig, seine Arbeit zu beenden.«

»Uwe ist tot.« Der Mann wurde lauter. »Und wenn Sie so weitermachen, sind Sie vielleicht die Nächste. Aber ohne mich!«

Gesa wandte sich vom Restaurant ab und setzte ihren Spaziergang fort. Wenn sie die Augen schloss, konnte sie sich beinahe vorstellen, dass Christian noch immer neben ihr ging. »Ich verstehe Ihre Sorge. Doch es wäre falsch, deswegen den Kopf einzuziehen.«

»Sie verstehen gar nichts.« Er klang verzweifelt. »Sie waren nicht dabei. Sie mussten nicht hilflos zusehen, wie Uwe qualvoll verreckte.«

»Sie schon.« Wieso war ihr nicht eher aufgefallen, dass sie mit Kalle Noak sprach?

»Diesen Anblick vergesse ich nie. So möchte ich nicht abtreten. Um keinen Preis.«

»Die Polizei würde Sie schützen.« Gesa beschleunigte ihre Schritte – die einzige Möglichkeit, ihre wachsende Ungeduld zu verarbeiten.

Noak schnaubte. »Der war gut. Ne, mit der Polizei hab ich nichts am Hut. Die sollen mich schön in Ruhe lassen.«

»Das werden sie sowieso nicht tun und das wissen Sie auch.« Indem sie Noak unter Druck setzte, ging sie ein Risiko ein. Doch freiwillig würde er ihr nicht helfen. »Kennen Sie die aktuelle Aufklärungsquote für Mord und Totschlag in Hamburg? Sie liegt bei achtundneunzig Prozent. Die Polizei wird nicht lockerlassen, bis Uwes Mörder gefasst ist.«

»Gut so! Dann braucht mich ja keiner.«

»Im Gegenteil. Sie sind ein wichtiger Zeuge. Sie haben Uwe als Letzter lebend gesehen. Falls die Ermittler nicht mehr weiterwissen, werden sie auf Sie zurückkommen. Und wenn sie dann rausfinden, dass Sie ihnen nicht die volle Wahrheit erzählt haben, wirft das ein schlechtes Licht auf Sie.«

»Ich hab denen alles erzählt. Alles, was wichtig ist.«

»Dann ist der Freitag also nicht wichtig?« Sie konnte nur hoffen, dass sie sich auf der richtigen Spur befand und Noak diesen geheimnisvollen Termin tatsächlich verschwiegen hatte.

Er blieb ihr die Antwort schuldig.

Gesa hielt an und drehte sich um. Hinter ihr lag der Estedeich, mit dem sie so viele Erinnerungen verband. Einige waren glücklich, andere bestanden aus zerplatzten Träumen. Doch im Gegensatz zu Uwe besaß sie zumindest die Chance, sich neue, glückliche Erinnerungen zu schaffen.

»Worum geht es bei dieser Geschichte?«, fragte sie. »Was ist daran so gefährlich?«

»Ich hab Ihnen doch schon gesagt, dass ich als Informant aussteige. Den Deal hatte ich mit Uwe, nicht mit Ihnen. Sie kenne ich doch gar nicht.«

»Dann lernen wir uns eben besser kennen.« Gesa atmete tief durch und hoffte, dass Noak ihre Verzweiflung nicht bemerkte. »Sie können mir genauso vertrauen wie ihm.«

»Ihm hätte ich auch nicht vertrauen sollen«, brummte Noak. »Er hat mir sein Wort gegeben, dass meine Nummer niemals in fremde Hände gerät.«

»Unter normalen Umständen wäre das auch nicht passiert. Für seine Ermordung kann Uwe schließlich nichts.« Warum stellte sich dieser Mann nur so stur? »Er hat seine Quellen bestmöglich geschützt. Das können Sie mir glauben.«

»So gut wohl auch wieder nicht. Schließlich haben Sie mich gefunden.«

Gesa zögerte. Sich Noak gegenüber zu öffnen, könnte ein Fehler sein. Allerdings würde sie wohl nie sein Vertrauen gewinnen, wenn sie ihm selbst keinen Vertrauensvorschuss gewährte. »Ihre Nummer stand nur in Uwes Notizbuch, das er vollständig verschlüsselt hatte. Es hat uns Tage gekostet, den Code zu entziffern.«

»Dann wissen also nur Sie und Ihr Kollege, dass ich Uwes Informant war?«

»Sie haben mein Wort.« Gesa machte sich auf den Rückweg. Bis Sonnenuntergang dauerte es nicht mehr lange. Schon jetzt kühlte die Luft merklich ab.

Noak räusperte sich. »Dann habe ich wegen der Sache am Freitag also nichts zu befürchten?«

»Natürlich nicht. Niemand ahnt, was sie mit Uwe besprochen haben.« Zeit für einen weiteren Vorstoß. »Sie können mir gefahrlos sagen, worum es geht.«

»Wirklich niemand? Auch nicht die Polizei?«

»Auch die nicht.«

»So soll es auch bleiben. Tut mir leid.« Noak unterbrach die Verbindung.

Das durfte doch nicht wahr sein! Frustriert schob Gesa ihr Smartphone zurück in die Jackentasche. Kalle Noak war als Quelle verbrannt und sie wusste immer noch nicht, was es mit diesem Freitagstermin auf sich hatte.

Nur, dass sie es unbedingt herausfinden musste.

Kapitel 11

Kommissarin Karolin Lück saß Gesa schräg gegenüber und starrte sie an. Die Luft im Vernehmungsraum war warm und abgestanden – trotz der frühen Stunde und der herbstlich-kühlen Temperaturen draußen.

Gesa schwitzte. Sie erwiderte Lücks starren Blick. Die Kommissarin hatte sie eindeutig auf dem Kieker. Es stellte sich nur die Frage, warum.

»Sie waren fleißig, wie ich höre.« Lücks Tonfall klang alles andere als erfreut. »Sie haben mehrere Personen aus Herrn Stolters Umfeld interviewt.«

»Das ist richtig.« Keinen Zollbreit würde Gesa nachgeben, wenn die Lück ihr auf diese Art kam.

»Wir schätzen es nicht besonders, wenn sich jemand in unsere Ermittlungen einmischt.«

»Kann ich verstehen. Geht mir bei meiner Arbeit genauso.« Gesa beugte sich über den Tisch vor zu Lück. »Zum Glück herrscht in Deutschland Pressefreiheit. Abgesichert durch Artikel fünf des Grundgesetzes. Ich darf zu Herrn Stolters Tod so viel recherchieren, wie ich will.«

»Sie haben recht. Ich kann Sie nicht daran hindern.« Lücks Augen verengten sich. »Aber ich appelliere an Ihren gesunden Menschenverstand. Sie arbeiten doch schon lange genug als

Polizeireporterin, um zu wissen, welchen Schaden Sie damit anrichten.«

»Falls Sie darauf anspielen, dass Zeugen ihre Aussagen mit jeder Unterhaltung über das Thema stärker verändern, suchen Sie den Fehler bitte bei sich. Es ist doch nicht meine Schuld, dass Sie mit Herrn Extner erst so spät gesprochen haben.«

»Tatsächlich?« Auf Lücks Stirn erschien eine tiefe Falte. »Denn uns wurde die Arbeit beträchtlich durch eine zerstörte Festplatte erschwert.«

»Für die ich nicht das Geringste kann.« Im Stillen verfluchte Gesa Thomsen für ihre Entscheidung, die Polizei dermaßen zu verärgern. Die wirklich relevanten Infos hatte Uwe ohnehin nicht auf seinem Computer gespeichert. »Ich habe erst gestern meinen guten Willen gezeigt und Hauptkommissar Cracht ein Bündel Drohbriefe zukommen lassen.«

»Die Sie uns zwei Tage lang vorenthalten haben. Vermutlich, um sich einen Vorsprung zu verschaffen, denn die Story geht Ihnen ja über alles.«

Gesas Geduld mit der gestressten Kommissarin neigte sich dem Ende zu. »Ich verstehe, dass Sie unter Druck stehen. Das tue ich auch. Aber diese Unterstellungen müssen augenblicklich aufhören. Uwe war mein Kollege. Seinen Tod aufzuklären, hat für mich oberste Priorität. Nicht die Artikel, die ich über den Fall schreibe.« Jederzeit würde sie auf eine Schlagzeile verzichten, wenn sie damit die Aufklärung des Verbrechens gefährdete.

»Ich glaube Ihnen nicht.« Lück musterte sie, als würde sie auf ein Geständnis warten.

»Auch das ist mit der Meinungsfreiheit in Artikel fünf abgedeckt. Denken Sie, was immer Sie wollen.« Gesa rutschte auf der Sitzfläche ihres Stuhls herum. Falls die Lück sie nichts Sinnvolles fragte, war diese Vernehmung Zeitverschwendung.

»Sie sind nicht hier, um mich zu belehren. Ich will wissen, ob Sie Beweismittel zurückhalten.«

»Wie bitte?« Das Ganze wurde immer absurder.

»Sie haben mich schon verstanden.« Lücks Lippen wurden schmal. Endlich unterbrach sie den Blickkontakt und sah stattdessen zu dem Aufnahmegerät, das zwischen ihnen auf dem Tisch lag. »Befindet sich ein persönliches Notizbuch von Herrn Stolter mit einem schwarzen Ledereinband in Ihrem Besitz?«

Gesa stockte der Atem. Von der Existenz des Notizbuchs dürfte Lück überhaupt nichts ahnen. Es sei denn, André oder Silke hatten sie eingeweiht.

»Nein«, behauptete Gesa. Gern log sie Lück nicht ins Gesicht. Aber Uwes Quellen vertrauten darauf, dass sie anonym blieben. Deshalb musste Gesa sie schützen.

»Sie wissen aber, wovon ich rede.« Es war keine Frage. »Sie haben dieses Buch schon mal gesehen.«

»Ja.« Gesa zwang sich, gleichmäßig zu atmen. Je näher sie an der Wahrheit blieb, desto geringer war das Risiko, sich doch noch zu verraten.

»Und haben Sie eine Vorstellung davon, was genau Herr Stolter in diesem Buch notiert hat?«

»Er hat es mir nie gesagt.« Das zumindest entsprach der Wahrheit. »Und ich fand es unhöflich, ihn danach zu fragen.«

»Ausgerechnet Sie als Journalistin?« Lück zog die Brauen hoch. »Sie müssen es doch gewohnt sein, indiskrete Fragen zu stellen.«

»Aber nicht meinem Kollegen.« Vor allem nicht zu seinen Informanten.

»Herr Extner hat in seiner Vernehmung angegeben, dass sie ihn gefragt haben, wie sich der Code, in dem Herrn Stolters Notizen verfasst sein sollen, entschlüsseln lässt. Warum haben Sie ihn überhaupt danach gefragt, wenn Sie das Buch nicht besitzen?«

»Aus Neugier.« André hatte sie tatsächlich mit seiner Aussage reingeritten. Reine Gedankenlosigkeit oder wollte er damit von seiner eigenen Schuld ablenken?

Lück schüttelte leicht den Kopf. »Er schien fest davon überzeugt zu sein, dass Sie das Buch haben. Andernfalls hätten wir es auch irgendwo finden müssen.«

»Es sei denn, Herr Stolter hätte es vernichtet.« Eine gewagte Theorie, doch mit der richtigen Geschichte ließ sie sich hoffentlich verkaufen.

»Warum hätte er das tun sollen? Nach allem, was ich bisher gehört habe, war das Buch sehr kostbar für ihn.«

»Eben darum. Falls er geahnt hat, dass jemand seinen Tod wollte, könnte er es zerstört haben, damit es nicht in falsche Hände gelangte. Kein Journalist, der etwas auf sich hält, würde so etwas zulassen.«

»Und Herr Stolter war, nach dem, was ich bisher von allen Seiten gehört habe, wohl ein Vollblutjournalist.« Lücks Tonfall klang nun weniger feindselig. »Ist es das, was Sie glauben? Denken Sie, die Tat war geplant und Stolter hat es geahnt?«

Gesa zögerte. So gern sie den Verdacht auch von sich ablenken wollte, konnte sie es nicht verantworten, die Ermittlungen dafür auf eine falsche Spur zu lenken.

Tief holte sie Luft und sah Lück in die Augen. »Ich habe nicht die geringste Ahnung.«

»Danke für Ihre Ehrlichkeit.« Lück nickte ihr knapp zu. »Ich persönlich glaube zum jetzigen Zeitpunkt nicht daran. Dafür fehlen einfach die Anhaltspunkte.«

»Dann denken Sie immer noch, dass ich das Buch habe?«

»Entweder das«, erwiderte Lück. »Oder der Täter hat es Herrn Stolter abgenommen, um sein Verbrechen zu vertuschen. Ich hoffe, dass wir es bald finden.«

»Das hoffe ich auch«, log Gesa. Jetzt steckte sie in Schwierigkeiten.

* * *

»Schwierig?« Thomsens Tonfall erinnerte Gesa an Henris wütendes Knurren, kurz bevor er zu einer Kläffattacke ansetzte. »Dieses Wort existiert für mich nicht.« Die Chefredakteurin, die am Kopfende des Konferenztisches saß, musterte den unglücklichen Sportredakteur so finster, dass dieser in sich zusammensackte. »Der Spieler liegt schließlich nicht im Koma, sondern nur auf der Intensivstation. Da werden Sie es doch wohl schaffen, an ihn ranzukommen.«

Mit finsterer Miene blickte Thomsen sich in der Runde um. »Noch jemand hier, der mir heute die Laune verderben will?«

Einen Herzschlag lang befürchtete Gesa, dass Björn die Themenkonferenz dafür nutzen könnte, um über seine Rückkehr ins Kulturressort zu sprechen. Aber glücklicherweise besaß er wohl doch genügend Selbsterhaltungstrieb, um zu schweigen.

»Ganz im Gegenteil. Ich habe gute Neuigkeiten«, verkündete Alexandra Jäschke. »Mein Artikel über den geplanten Abriss der Sozialwohnungen in Winterhude hat voll eingeschlagen. Die ersten Politiker fordern bereits ein Gegengutachten.«

»Gut gemacht.« Thomsen lächelte schmallippig. »Aber ruhen Sie sich auf dem Erfolg nicht aus. Sie müssen jetzt nachlegen. Bringen Sie die Leute vom Bauamt ins Schwitzen.«

Sie wandte sich Gesa zu. »Was macht der Folgeartikel über Stolter?«

Genau diese Frage hatte Gesa befürchtet. »Herr Dalmann und ich folgen mehreren Hinweisen, aus denen sich spannende Geschichten ergeben können. Aber wir brauchen noch mehr Zeit.«

»Sie waren doch heute Morgen auf dem Revier. Was haben Sie da rausgefunden?«

»Dass Kommissarin Lück extrem verärgert ist, weil sie Beweismaterial vermisst.« Näher ins Detail würde Gesa vor ihren Kollegen nicht gehen. Aber Thomsen verstand sie mit Sicherheit auch so.

Die Chefredakteurin zog die Stirn in Falten. »Das kann doch wohl nicht alles sein!«

Gesa machte sich gerade. Andere mochten vor Thomsen kuschen, aber sie nicht. »Nein, ich wurde auch noch knapp zwei Stunden vernommen. Die Kommissarin wollte alles wissen, was ich in den letzten Tagen gemacht habe. Für mich sieht es so aus, als ob die Polizei immer noch keine heiße Spur hat und verzweifelt nach Hinweisen sucht.«

»Wir können nicht länger darauf warten, dass die Polizeipressestelle uns ein paar Brocken hinwirft«, erwiderte Thomsen. Sie musterte Gesa über den Rand ihrer türkisfarbenen Brille hinweg. »Bei dem exklusiven Zugang, den Sie haben, erwarte ich mehr von Ihnen. Schreiben Sie über das, was Sie bisher herausgefunden haben.«

»Damit würden wir die laufenden Ermittlungen gefährden. Ganz zu schweigen von dem Ärger, den wir uns einhandeln, wenn wir mit unseren Vermutungen danebenliegen.« Thomsen musste den Verstand verloren haben. »Es würde Abmahnungen ohne Ende hageln.«

»Dann liefern Sie mir eben etwas anderes.« Thomsen wandte sich Björn zu. »Zwei Reporter im Polizeiressort und trotzdem kaum Artikel im Blatt. So kann das nicht weitergehen!«

»Wir sind da an was dran«, behauptete Gesa. »Es war das Letzte, woran Uwe vor seinem Tod gearbeitet hat.«

»Warum sagen Sie das erst jetzt?« Die Falte auf Thomsens Stirn glättete sich. »Worum geht es?«

»Die Details wollte uns sein Informant am Telefon nicht verraten. Er fürchtet sich, weil er glaubt, dass er der Nächste sein könnte, der stirbt.«

Am Konferenztisch herrschte atemlose Stille. Björn starrte Gesa an, als würde er mit dem Gedanken spielen, sie in die geschlossene Abteilung einweisen zu lassen.

Thomsen lächelte. »Das klingt ja immer besser. Wann treffen Sie sich mit dem Informanten?«

»Schon heute Abend«, log Gesa. »Herr Dalmann und ich haben dafür noch einiges vorzubereiten. Können wir gehen?«

»Natürlich. Verschwinden Sie.« Thomsen winkte ab. »Wenn Sie mir eine Seite-eins-Geschichte bringen, werde ich Sie doch nicht aufhalten.«

»Danke.« Gesa beeilte sich, den Konferenzraum zu verlassen.

Björn blieb ihr dicht auf den Fersen. Kaum hatte er die Tür hinter ihnen geschlossen, stellte er Gesa auch schon im Flur zur Rede. »Was sollte das gerade?«, fragte er mit gesenkter Stimme. »Ich weiß von keinem Termin. Hast du dir das etwa ausgedacht?«

»Nicht so ganz.«

Gesa führte Björn weg von der Tür, hin zum Drucker- und Kopierraum. Dort hielt sich niemand freiwillig auf, weil die stickige Luft nach Toner roch. »Ich hatte noch keine Gelegenheit, dir davon zu erzählen, aber ich habe gestern Abend mit Kalle Noak telefoniert.«

Björn klopfte mit den Fingern auf dem riesigen Farbdrucker für die A3-Ausdrucke herum. »Steht seine Nummer in Uwes Buch?«

»Und in Uwes Verbindungsnachweis. Aber das Beste kommt noch.« Gesa machte eine dramatische Pause. »Noak wollte sich heute mit Uwe treffen. Uwes Besuch bei ihm muss mit diesem Freitagstermin zusammenhängen, über den weder André noch Lennard Genaueres wissen.«

»Lass mich raten: Noak hat dir nicht erzählt, worum es dabei geht?«

Gesa schüttelte den Kopf. »Er hat Angst. Nach Uwes Tod verständlich. Deshalb weigert er sich auch, uns als Informant zu helfen.«

»Unter diesen Umständen war es doch total leichtsinnig, Thomsen einen Artikel zu versprechen.« Björn wanderte in dem engen Zimmer auf und ab. »Du hast sie auf das Thema richtig heiß gemacht. Sie wird außer sich sein, wenn wir nicht liefern.«

»Ich musste sie davon abhalten, die Ermittlungen der Polizei zu gefährden. Und außerdem müssen wir etwas liefern. Da kommen wir jetzt nicht mehr drumherum.«

»Aber wie denn?« Er klang verzweifelt. »Der Termin ist schon heute Abend und wir haben keine Ahnung, wo Uwe überhaupt hinwollte.«

»Wozu sind wir Journalisten? Wir finden es schon heraus.« Gesa legte mehr Optimismus in ihre Stimme, als sie empfand. »Immerhin bleiben uns bis dahin noch knapp elf Stunden.«

KAPITEL 12

Die weißen Rosen standen in einer Milchglasvase auf dem Couchtisch und erinnerten Gesa daran, dass ihr letzter Besuch bei Silke Stolter erst zwei Tage zurücklag. Nach der kühlen Verabschiedung beim letzten Mal erweckte Silke nicht den Eindruck, als habe sie Gesa in der Zwischenzeit ihre Frage über Ingo Gorzlitz verziehen. Mit verkniffenem Mund saß sie auf der äußersten Ecke der Sofakante.

»Tut mir leid, dass ich schon wieder störe«, eröffnete Gesa das Gespräch. »Du hast im Moment wahrscheinlich eine Menge Dinge zu erledigen.«

»Das stimmt. Es liegt viel Papierkram an. Und ich weiß immer noch nicht, wann Uwe zur Bestattung freigegeben wird. Aber selbst wenn, bin ich mir gar nicht sicher, ob jetzt der richtige Zeitpunkt für eine Trauerfeier wäre.«

»Wie meinst du das?«

»Na, womöglich käme Uwes Mörder zur Beerdigung. Allein die Vorstellung, dass er mir die Hand gibt und sich ins Kondolenzbuch einträgt.« Silke schüttelte sich. »Diesen Gedanken ertrage ich nicht.«

»Verständlich.« Gesa rückte ein Stück näher. »Nicht zu wissen, wem man noch vertrauen kann, ist ein furchtbares Gefühl. Mir geht es im Augenblick ganz ähnlich. Trotzdem hätte ich dich nicht fragen dürfen, ob du Ingo einen Mord zutraust. Das war taktlos von mir.«

»Er würde so etwas nie tun.« Silke klang nun schon versöhnlicher. »Auch wenn er sich ja sonst allerhand geleistet hat.«

»Was genau meinst du damit?« Dass Silke von sich aus Ingos Fehler ansprach, passte nicht zu Andrés Behauptung, sie und Ingo seien wieder frisch verliebt.

Silke winkte ab. »Die meisten Geschichten kennst du vermutlich besser als ich. Uwe konnte sich immer furchtbar darüber aufregen, wenn Ingo ihm mit schmutzigen Tricks ein Thema vor der Nase weggeschnappt hat. Den Polizeifunk abhören und Informanten schmieren waren noch das Harmloseste.«

»Trotzdem hat Ingo auch seine netten Seiten.« Gesa überwand ein weiteres Stück Distanz zu Silke. »Er kann zum Beispiel sehr charmant sein.« Auch wenn sie selbst nicht darauf hereinfiel, musste sie Silke zumindest eine Brücke bauen. »Und er ist ein interessanter Gesprächspartner.«

»Viel erlebt hat er mit Sicherheit.« Silkes Stimme klang gepresst. Offenbar sprach sie nur ungern über ihre alte, frisch erblühte Liebe. Falls André überhaupt die Wahrheit gesagt hatte.

»Hat er sich nach Uwes Tod bei dir gemeldet?«

Silkes Gesichtszüge erstarrten. »Wieso fragst du das?«

»Es wäre doch nur naheliegend. Immerhin kannte er Uwe schon seit Ewigkeiten. Und ihr«, Gesa räusperte sich, »seid auch alte Bekannte.«

»Ist das deine Umschreibung dafür, dass wir früher ein Paar waren?«

Gesa zögerte. Jeder Satz, den sie äußerte, konnte dazu führen, dass Silke endgültig dichtmachte. Trotzdem musste sie es riskieren. »Früher und jetzt vielleicht wieder.«

»Wer behauptet das?« Silkes Stimme klang schrill. »Etwa wieder André?«

»Er hat es erwähnt, ja.« Dies war genau einer jener Momente, in denen Gesa sich dazu beglückwünschte, dass Beziehungsdramen normalerweise in der Promi-Redaktion bearbeitet wurden und nicht im Polizeiressort. »Stimmt es denn nicht?«

»Das geht weder André noch dich etwas an.«

»Damit hast du natürlich vollkommen recht. Aber bei einem ungeklärten Todesfall wird nun mal das ganze soziale Umfeld des Opfers auf den Kopf gestellt. Und wenn dabei ein wichtiges Puzzleteil fehlt, ergibt das Gesamtbild keinen Sinn.«

Silke sah Gesa nicht an, sondern starrte auf die weißen Rosen. »Uwe hat mir das Ganze bestimmt hundertmal erklärt. Aber es fühlt sich trotzdem völlig anders an, wenn du selbst betroffen bist. Beinahe so, als würde mein Leben nicht länger mir gehören. Verstehst du?«

»Nur zu gut.« Gesa war keine, die leichtfertig andere Menschen berührte. Deshalb streckte sie auch nicht die Hand nach Silke aus. Doch sie rückte näher, um wenigstens etwas Trost anzubieten. »Ich habe auch mal was Ähnliches durchgemacht wie du jetzt gerade.«

»Ich erinnere mich, dass Uwe es erwähnt hat. Dein Freund wurde in Syrien getötet, nicht wahr?«

»Nein!« Viel zu heftig schossen die Worte aus ihr heraus. Sie merkte es daran, wie Silke zusammenzuckte. »Ich meine, er ist nur verschollen.«

»Aber doch schon seit Jahren. Gibt es denn überhaupt noch Hoffnung?«

»Die gibt es immer.« Gesas Mund fühlte sich so ausgetrocknet an wie nach einem Sandsturm. Beinahe hätte sie vor Silke die Beherrschung verloren. So etwas durfte ihr nicht passieren. »Worauf ich eigentlich hinauswill: Ich kenne das Gefühl, wenn dir immer und immer wieder dieselben Fragen gestellt werden. So lange, bis du selbst nicht mehr weißt, ob du das alles wirklich erlebt hast oder ob es nur eine Geschichte ist, die du jemandem erzählst. Du suchst in deinen Erinnerungen nach Antworten und findest sie einfach nicht. Und es macht dich verrückt.«

»Ganz genau.« Silke wandte sich Gesa zu. »Aber vielleicht gibt es da auch gar nichts zu finden. Gut möglich, dass ich überhaupt nichts weiß, was zu Uwes Mörder führt.«

Gesa beugte sich vor. »Es käme auf einen Versuch an. Was läuft da zwischen Ingo und dir?«

»Nichts.«

»Also hat André sich geirrt?«

»Nein.« Silke setzte sich etwas aufrechter hin. »Ingo und ich haben uns ein paarmal getroffen. Wir waren im Café und im Kino. Alles ganz harmlos.«

»Hat Uwe davon gewusst?«, fragte Gesa.

»Wenn, dann nicht von mir. Ich wollte es ihm erst sagen, wenn ich mir sicher gewesen wäre, wohin das Ganze führte. Aber dazu ist es nicht mehr gekommen.«

»Weil Uwe vorher gestorben ist?«

»Nein. Weil ich mich entschieden habe, Ingo nicht mehr zu treffen.« Silke zog die Milchglasvase zu sich heran und strich über die Rosenblätter. »Ich dachte, er hätte sich vielleicht im Laufe der Jahre geändert. Aber der Ehrgeiz geht ihm immer noch über die Moral.«

»Was ist passiert?«

Über Silkes Nasenwurzel bildete sich eine steile Falte. »Hätte ich mir ja denken können, dass André zu feige war, dir die Wahrheit zu sagen. Er hat Ingo seine Aufträge für Uwe gesteckt.«

Gesa musste sich verhört haben. »Bist du dir sicher? Das wäre doch viel zu riskant.« Falls dieser Vorwurf stimmte, würde André in ganz Hamburg von keiner Zeitung mehr beauftragt werden.

»Uwe war davon überzeugt. Zuerst hat er sich nur gewundert, wieso Ingo so oft Artikel gebracht hat, von denen Uwe glaubte, er hätte sie exklusiv. Aber dann ist ihm aufgefallen, dass es alles Geschichten waren, für die er André gebucht hatte.«

»Was aber auch daran liegen könnte, dass André Uwes Lieblingsfotograf war und die meisten seiner Aufträge bekommen hat.«

»Und so hat André Uwes Treue ausgenutzt.« Silke ballte die Fäuste im Schoß. »Nachdem Uwe mir von seinem Verdacht erzählt hat, habe ich Ingo nicht mehr getroffen. Seine Arbeitsmethoden sind mir einfach zuwider.«

»Kennt er den Grund, warum ihr euch nicht mehr seht?« Falls ja, wäre das auf jeden Fall ein Tatmotiv.

»Nein. Ich habe ihm eine Ausrede aufgetischt von wegen, es sei noch zu früh nach Uwe und ich bräuchte erst mal Zeit für mich.« Silke zuckte mit den Schultern. »Keine Ahnung, ob er mir das abgekauft hat. Hauptsache, er wusste nichts von meinem Verdacht.«

»Damit er André nicht vorwarnen konnte.« So wie Gesa Uwe einschätzte, hatte der vorgehabt, einen Beweis für seine Vermutungen zu finden.

Silke nickte. »Uwe wollte ihm eine Falle stellen. Allerdings weiß ich nicht, ob er das noch geschafft hat.«

»Das ist die Frage.« Gesa räusperte sich. »Eins möchte ich noch von dir wissen. Hat Uwe dir gegenüber erwähnt, zu was für einem Termin er heute Abend wollte?«

»Leider nicht. Ist das für die Ermittlungen wichtig?«

»Ich hoffe nicht.« Allerdings steckten Björn und sie in ernsthaften Schwierigkeiten, wenn sie Thomsen nicht den versprochenen Seite-eins-Artikel liefern konnten.

* * *

»Was hast du rausgefunden?« Gesa eilte im Laufschritt durchs Schanzenviertel. Sie stellte ihr Smartphone auf volle Lautstärke, um Björn über den Verkehrslärm hinweg zu verstehen, während eine App sie zu dem IT-Fachgeschäft von Carsten Wischnewski navigierte.

»Nicht viel«, erwiderte Björn. »Die Sicherheitsfirma, für die Noak arbeitet, heißt *St. Pauli Security*. Sie bieten Wachdienste für Gebäude und Security-Mitarbeiter für Events an.«

Gesa passierte eine Tapasbar. Der Duft nach Knoblauch und gebratenem Fleisch entlockte ihrem leeren Magen ein Knurren. Doch das Mittagessen würde heute ausfallen müssen. »Gibt es auf der Website eine Liste mit Referenzkunden?«

»Leider nicht. Wenn wir rausfinden wollen, wo Noak heute Abend arbeitet, müssten wir in der Firma anrufen.«

»Auf keinen Fall! Wir wissen nicht, ob wir Noak damit gefährden, also kommt das nicht infrage. Lieber halten wir uns an Plan B.«

»Und wie sieht der aus?«, fragte Björn. »Sollen wir Noak abwechselnd beschatten?«

»Dafür fehlt uns die Zeit. Wir haben immerhin noch ein Blatt zu füllen.« Zwischen einem Comicladen und einer Bäckerei erspähte Gesa das IT-Fachgeschäft. »Such mit der Praktikantin nach Veranstaltungen für heute Abend.«

»Es ist Freitag. Da gibt es sicher Dutzende.«

»Wir wissen aber, dass Uwe Lennard für einundzwanzig Uhr gebucht hat. Das ist eine ungewöhnliche Zeit. Die meisten Events beginnen um zwanzig Uhr, die kannst du aussortieren.« Sie unterbrach die Verbindung und betrat den kleinen Laden.

Ein Mann Anfang vierzig kam ihr gemächlich entgegen. Er trug das rotblonde Haar zu einem schulterlangen Pferdeschwanz und musterte sie durch seine randlosen Brillengläser. »Notebook- oder Handy-Notfall?«

»Wie bitte?«

»Sie sehen so gestresst aus. Wenn jemand mit diesem Gesichtsausdruck meinen Laden betritt, sind meistens wichtige Daten futsch.«

»In diesem Fall nicht.« Gesa zückte ihren Presseausweis. »Mein Name ist Gesa Jansen und ich komme von der *Hamburger Abendpost*. Sind Sie Herr Wischnewski?«

»Der bin ich.« Das Lächeln auf Carsten Wischnewskis Gesicht erlosch. »Ich kann mir schon denken, warum Sie hier sind.«

»Dann hat die Polizei sich schon bei Ihnen gemeldet?«

»Das auch. Und mein Mitarbeiter hat mir von Ihrem Anruf erzählt.« Wischnewski dirigierte sie zu einem kleinen Tresen, auf dem ein Notebook und ein EC-Karten-Lesegerät standen. »Ich nehme an, Sie waren eine Kollegin von Herrn Stolter?«

»Das stimmt. Wir haben uns fünf Jahre das Ressort geteilt.« Gesa lehnte sich gegen den Tresen. »Ich bin es ihm einfach schuldig, herauszufinden, was passiert ist.«

»Ich will nicht in die Zeitung kommen. Schon gar nicht in diesem Zusammenhang. Das ist schlecht fürs Geschäft.«

»Natürlich nicht. Sie haben mein Wort. Ich möchte nur von Ihnen wissen, warum Herr Stolter Sie am Dienstag angerufen hat.«

»Normalerweise spreche ich nicht über meine Kunden. Ich bin auch kein Freund der Polizei oder des Überwachungsstaates, in dem wir leben.« Obwohl sie allein im Laden waren, senkte Wischnewski die Stimme. »Inzwischen gibt es ja praktisch überall Kameras, die uns auf Schritt und Tritt filmen.«

»Aber doch wohl nicht hier in Ihrem Laden?« Gesa lächelte ihn an.

Er winkte ab. »Wo denken Sie hin! Damit würde ich ja die meisten meiner Kunden vergraulen.«

»Werden Sie eine Ausnahme für mich machen und mir verraten, was mein Kollege von Ihnen wollte?« Angespannt hielt sie den Atem an.

Wischnewski zögerte. »Ich denke, ich kann Ihnen trauen. Und wenn ich's sogar der Polizei erzählt habe, und denen sage ich sonst gar nichts, dürfen Sie es auch erfahren.« Er strich sich über das Kinn. »Herr Stolter wollte sein Smartphone auf Spyware untersuchen lassen. Er glaubte, dass ihn jemand abhörte.«

»Und hatte er damit recht?«, fragte Gesa.

»Das weiß ich leider nicht. Er ist nicht mehr dazu gekommen, mir sein Handy vorbeizubringen.«

»Dann hat es vermutlich die Polizei als Beweismittel gesichert.« Hoffentlich wäre Cracht bereit, ihr zu verraten, ob sich tatsächlich Spionage-Software darauf befand. »Aber eines verstehe ich noch nicht. Herr Stolter hat Sie doch von seinem Handy aus angerufen. Falls er mit seiner Vermutung recht hätte …«

»… hat – wer auch immer das war – mitgehört. Ich hab ihm auch gesagt, dass das keine gute Idee war.« Wischnewski runzelte die Stirn. »Glauben Sie, er musste deswegen sterben?«

»Keine Ahnung«, sagte Gesa. »Wenn ich das nur wüsste.«

KAPITEL 13

Gesas knurrender Magen gab den Ausschlag. Anstatt pflicht-
schuldig auf direktem Weg zurück in die Redaktion zu fahren,
ging sie in die Bäckerei neben dem IT-Geschäft. Fast hätte
sie gleich wieder kehrtgemacht, denn die lange Schlange aus
Wartenden reichte nun um die Mittagszeit bis zur Ladentür.
Doch der Duft nach frisch gebackenen Brötchen war zu verlockend. Zumindest konnte sie die Wartezeit sinnvoll nutzen.

Hauptkommissar Ole Cracht nahm gleich nach dem zweiten Klingeln ab. »Moin, Frau Jansen. Was gibt's Neues bei
Ihnen?«

»Heute hoffe ich, dass Sie Neuigkeiten für mich haben.«
Gesa rückte in der Warteschlange auf.

»Ich würd Ihnen wirklich gern helfen. Aber Sie wissen ja
selbst, wie das bei laufenden Ermittlungen ist. Mehr als das, was
die Pressestelle rausgibt, darf ich nicht sagen.«

»Ich würde Sie auch nie um Täterwissen bitten. So gut kennen wir uns doch mittlerweile.«

Cracht schwieg einen Augenblick, bevor er antwortete.
»Uwe hat immer große Stücke auf Sie gehalten.«

»Das wusste ich nicht.« Ihr gegenüber war Uwe mit Lob
sehr sparsam umgegangen. Doch für einen Journalisten hatte er
ohnehin wenig geredet und stattdessen lieber zugehört.

»Können Sie mir sagen, was für einen Termin Uwe heute Abend um einundzwanzig Uhr gehabt hätte?«

»Nein, tut mir leid.«

»Können oder dürfen Sie mir die Frage nicht beantworten?« Gesa näherte sich der Verkaufstheke, doch noch versperrten ihr ein Zweimetermann und eine Frau mit Kinderwagen die Sicht auf die belegten Brötchen.

»Ich kann nicht. Genau wie Sie haben wir auch erfahren, dass es wohl einen Termin geben muss. Aber ob dieser für die Ermittlungen überhaupt relevant ist und worum es dabei gehen sollte, konnten wir bislang nicht herausfinden.«

»Danke für Ihre Offenheit.« Damit sanken ihre Chancen, Thomsen den angekündigten Artikel zu liefern, auf ein Minimum. Björn und die Praktikantin blieben ihre letzte Hoffnung. »Ich habe noch eine zweite Frage. Was hat die Untersuchung von Uwes Handy ergeben?«

»Das ist ein Beweismittel. Dazu darf ich mich nicht äußern.«

»Natürlich nicht.« Heute führte ihre Recherche sie von einer Sackgasse in die nächste.

»Haben Sie sich entschieden?« Die Stimme der Verkäuferin riss sie aus ihren Grübeleien.

»Ein belegtes Brötchen bitte. Nein, machen Sie drei draus.« Björn und die Praktikantin würden ebenfalls hungrig sein.

»Brötchen?«, fragte Cracht.

»Und welche?« Die Verkäuferin musterte sie.

Gesa deutete wahllos auf die erste Sorte, die ihr auffiel. Schinkenbrötchen mit Gurke und Tomate. Hoffentlich war keiner der anderen Vegetarier. »Im Grunde habe ich nur eine einzige Frage zu dem Handy. Wurde darauf eine Spionage-App entdeckt?«

»Sie haben mit Wischnewski gesprochen.« Crachts Tonfall klang anerkennend.

Die Verkäuferin legte eine Papiertüte auf den Tresen. »Sonst noch was?«

»Nein, danke. Das wäre alles.« Gesa kramte einen Zwanzigeuroschein aus ihrem Portemonnaie, was ihr ein Stirnrunzeln der Verkäuferin bescherte. »Hab's leider nicht kleiner.«

»Mit wem reden Sie da eigentlich?«, fragte Cracht.

»Oh, tut mir leid.« Gesa steckte ihr Wechselgeld ein und ergriff mit der freien Hand die Brötchentüte. »Ich bin beim Bäcker. Keine Zeit für eine Mittagspause.«

»So war's bei Uwe auch. Immer auf dem Sprung.« Er seufzte. »Ich darf Ihnen Ihre Frage nicht direkt beantworten. Aber sagen wir mal so. Wir beide kennen Uwe. Wenn er einen Verdacht hatte, dann war der sicher nicht grundlos.«

»Danke.« Gesa stieß die gläserne Ladentür mit der Schulter auf.

»Wofür? Ich habe Ihnen doch gar nichts gesagt.«

»Stimmt auch wieder.« Sie schlug den Weg zum U-Bahnhof Sternschanze ein. »War nett, mit Ihnen über Uwe zu plaudern.«

»Finde ich auch.« Es hörte sich so an, als ob Cracht lächelte. »Er war ein kluger Mann und bestimmt kein leichtes Opfer. Geben Sie gut auf sich acht.«

* * *

»Echt lecker!« Die Praktikantin biss erneut in ihr Schinkenbrötchen und krümelte dabei den Papierstapel auf Gesas Schreibtisch voll. »Danke, dass du an uns gedacht hast.«

»Gern geschehen.« Gesa wischte sich die Finger an einer Serviette ab und feuerte sie in den Papierkorb. Da ihr eigener Arbeitsplatz besetzt war, hockte sie auf der Kante von Björns Schreibtisch.

107

Björn hatte bislang kaum von seinem Brötchen abgebissen und klickte sich durch sämtliche Veranstaltungskalender, die im Netz zu finden waren. »Es muss doch etwas geben«, murmelte er.

»Nicht zwangsläufig.« Nur ungern gestand sich Gesa diese Möglichkeit ein. »Falls Uwe sich mit Noak an einem Objekt treffen wollte, das dessen Firma bewacht, werden wir dazu nichts finden.«

»Aber warum dann diese fixe Uhrzeit? Er hätte doch davon abweichen können, als André keine Zeit für ihn hatte.«

»Womöglich gibt es von Noaks Seite aus nur ein enges Zeitfenster, in dem die beiden sich ungestört hätten treffen können. Vor allem, falls er das Gebäude gemeinsam mit einem Kollegen bewacht.«

»Glaube ich nicht.« Björn scrollte sich durch einen weiteren Kalender. »Außerdem erinnere ich mich vage, dass diesen Freitag irgendwas um einundzwanzig Uhr los war. Ich habe es nur vergessen.«

»Du meinst, du wusstest es mal?« Das war ja zum Haareraufen!

Die Praktikantin legte ihr Brötchen auf einer Serviette ab. »Jetzt, da Gesa aufgegessen hat – darf ich es ihr sagen?«

»Mir was sagen?«, fragte Gesa scharf.

»Ja«, antwortete Björn. Dabei sah er nicht einmal von seinem Bildschirm auf.

Ihr Magen verkrampfte sich. »Was ist hier los?«

»Nichts Schlimmes.« Die Praktikantin lächelte sie an. »Es hat nur eine Dagmar Pries für dich angerufen. Sie wartet auf dem Rathausplatz auf dich. Direkt an der Alstertreppe.«

»Dagmar? Das ist doch Uwes Ex-Frau.« Wenn sie extra herkam, musste es sich um etwas Wichtiges handeln. Trotzdem hatte Björn ihr den Anruf verschwiegen. Gesa wandte sich zu ihm um. »Wieso hast du mir nichts gesagt? Dann hätte ich hier nicht so lange rumgesessen.«

»Eben darum. Du wärst sofort wieder aufgebrochen und hättest nicht einmal dein Brötchen gegessen.«

»Weil die Arbeit wichtiger ist.« Wann fing Björn endlich an, die richtigen Prioritäten zu setzen?

»Ein hungriges Gehirn arbeitet schlecht. Neulich erst hat mir eine kluge Frau gesagt, dass es keinen Sinn macht, die ganze Nacht durchzuarbeiten. Das gilt auch für den Tag.« Er lächelte sie an. »Davon abgesehen hatte Dagmar es nicht besonders eilig. Sie hat sich ein Buch mitgebracht und wollte sich damit in die Sonne setzen.«

»Darüber reden wir noch«, grummelte Gesa, war insgeheim aber schon wieder halb versöhnt. Seit Christians Verschwinden sorgte sich sonst niemand mehr so um sie.

Bis zum Rathausplatz war es nur ein kurzer Fußmarsch. Zahlreiche Hamburg-Touristen nutzten das sonnige Wetter für ein Selfie vor dem Rathaus oder legten in einem der Cafés und Restaurants, deren Tische und Stühle im Freien standen, eine Pause ein.

Gesa gönnte dem Rathaus, einem hundert Jahre alten Prachtbau aus Sandstein mit grünem Kupferdach, nur einen kurzen Blick. Stattdessen lief sie schnurstracks zu den Steintreppen, die zur Alster hinabführten. Die meisten Stufen wurden von Hamburgern und Besuchern besetzt, die sich in der Sonne rekelten und die Alsterschwäne betrachteten.

Sie zögerte. Verspätet fiel ihr ein, dass sie keine Ahnung hatte, wie Dagmar überhaupt aussah. Zu der Zeit, als Uwe mit ihr verheiratet gewesen war, hatte sie selbst als Volontärin für die Lokalredaktion gearbeitet und ihn kaum gekannt. Sie zog einen Zettel mit Dagmars Handynummer heraus. Ein kurzer Anruf sollte das Problem lösen.

Doch noch bevor sie Dagmars Nummer vollständig eingetippt hatte, erhob sich eine Frau Anfang fünfzig mit kurzen grauen Haaren in Jeans und Shirt von ihrem Platz und winkte ihr zu.

»Moin.« Gesa kam ihr entgegen. »Sie müssen Frau Pries sein.«

»Dagmar, bitte.« Uwes Ex-Frau besaß die gleiche sportliche Figur wie Silke. Im Gegensatz zu ihr wirkte sie allerdings nicht innerlich getrieben, sondern in sich ruhend. »Danke, dass du dir so kurzfristig Zeit für mich nimmst.«

»Kein Problem. Mein herzliches Beileid.«

»Vielen Dank. Uwe und ich hatten die letzten fünfzehn Jahre zwar kaum Kontakt, aber ich bin trotzdem erschüttert über die Umstände seines Todes.« Dagmar setzte sich wieder auf die Steinstufen und Gesa nahm neben ihr Platz.

»Ich nehme an, die Polizei hat mit dir gesprochen?«, fragte sie.

»Ja.« Dagmar zog ein Brötchen aus ihrer Handtasche und riss kleine Brocken davon ab, die sie ins Wasser warf. »Hauptkommissar Cracht. Uwe und er kannten sich schon ewig. Leider war ich keine große Hilfe. Der Kontakt zwischen Uwe und mir ist im Grunde schon vor Jahren eingeschlafen. Wir haben beide wieder geheiratet und jeder von uns hat sein Leben weitergelebt.«

Gesa streckte die Beine aus. »Aber etwas weißt du, nicht wahr? Sonst wärst du doch heute nicht hergekommen.«

»Ich bin mir nicht sicher, ob es wirklich wichtig ist. Aber ich habe Ole Cracht davon erzählt und ich finde, du solltest es auch wissen. Wäre Uwe noch am Leben, würde er es mir sehr übelnehmen, wenn ich der Polizei mehr sage als der *Hamburger Abendpost*.«

»Er war eben Reporter mit Leib und Seele.« Zu seinen Lebzeiten hatte Gesa sich manches Mal über Uwes schroffe Art

110

geärgert – und über die Tatsache, dass er ihr nur selten eine große Geschichte überließ. Aber je mehr sie durch sein Umfeld über ihn erfuhr, desto größer wurde ihr Bedauern, ihn nie richtig kennengelernt zu haben.

»Normalerweise haben Uwe und ich uns nur zu Weihnachten und unseren Geburtstagen geschrieben. Aber vor ein paar Tagen kam ein Brief von ihm.« Dagmar warf den Schwänen weitere Stücke ihres Brötchens zu. Die verwöhnten Vögel zeigten allerdings nur mäßiges Interesse. »Ich habe mich gewundert, weil das völlig untypisch für ihn war.«

»Hatte er eine Vorahnung?«, fragte Gesa.

»Nein, das nicht. Oder wenn, hat er zumindest nichts davon in seinem Brief erwähnt. Sein Schreiben war in erster Linie eine Entschuldigung.« Dagmar zerknüllte die leere Brötchentüte und steckte sie zurück in ihre Handtasche.

»Eine Entschuldigung wofür?«

»Für alles Mögliche. Dafür, dass er beinahe all unsere Hochzeitstage und Geburtstage wegen der Arbeit versäumt hat. Für seine vielen Spät- und Wochenendschichten und die gebrochenen Versprechen, weil die Zeitung immer vorging. Selbst, wenn er mal zu Hause war, kreisten seine Gedanken ständig um irgendwelche Artikel.«

»Das kenne ich von mir selbst.« Nur dass in Gesas Leben ein Partner fehlte, der sich daran hätte stören können. »Ist eure Ehe deswegen gescheitert?«

»Im Grunde ja. Die nächste Geschichte hatte immer Vorrang. Aber ich gebe auch mir die Schuld, weil ich das viel zu lange schweigend hingenommen habe.« Sie umklammerte ihre Knie. »Seine Entschuldigung war lange überfällig und ich hatte überhaupt nicht mehr damit gerechnet.«

»Weißt du, warum er dir gerade jetzt geschrieben hat?« Falls Uwe vermutet hatte, dass ihm jemand nach dem Leben trachtete, hatte er womöglich versucht, seine Angelegenheiten in Ordnung zu bringen.

»Ironischerweise war seine Arbeit der Grund dafür. Uwe ist für einen Journalistenpreis für sein Lebenswerk nominiert worden. Das hat er zum Anlass genommen, Bilanz zu ziehen.«

»Und dabei bemerkt, dass in seinem Leben einiges schiefgelaufen ist.« Gesa starrte auf die Schwäne. Die blieben ihren Partnern ein Leben lang treu und hatten den Menschen damit einiges voraus. Uwe hingegen war zweimal weitergezogen und von ihr selbst wurde erwartet, dass sie Christian einfach so vergaß.

»Er war nicht sonderlich stolz auf sich, obwohl er beruflich ja einiges erreicht hat«, erwiderte Dagmar. »Aber ich habe dich nicht hergebeten, um mit dir über unsere Ehe zu sprechen. Das ist alles Ewigkeiten her und bestimmt nicht fallrelevant. Etwas anderes vielleicht schon.«

Sie zog einen gefalteten Zettel aus der Tasche, der nach Uwes Handschrift aussah. Die meisten Zeilen waren mit Edding geschwärzt. »Ich habe dir die entscheidende Stelle kopiert.« Sie reichte Gesa das Blatt.

»Danke.« Gesa beugte sich über die wenigen noch leserlichen Zeilen. *Unter den Fehlern, die ich am meisten bereue, gibt es auch einen, den ich im Job gemacht habe. Er ist schon so viele Jahre her und verfolgt mich trotzdem in meinen Gedanken. Wer auch immer behauptet hat, die Zeit würde alle Wunden heilen, war bestimmt kein Journalist.* Sie wandte sich an Dagmar. »Welchen Fehler meint er damit?«

Dagmar zuckte mit den Schultern. »Das weiß ich leider nicht. Ich wünschte, ich hätte ihn gefragt. Aber als ich den Brief bekommen habe, war mein Eindruck, dass er es sich einfach nur von der Seele schreiben und nicht darüber reden wollte.«

»Gut möglich.« Sorgfältig verstaute Gesa das Papier in ihrer Rucksacktasche. »Hast du Uwe auf seinen Brief geantwortet?«

»Nein.« Dagmar stand auf und klopfte sich die Jeans aus. »Ich dachte, dazu wäre noch Zeit. Aber ich habe zu lange gewartet.«

Gesa erhob sich ebenfalls. »Du konntest schließlich nicht ahnen, was passieren würde.«

»Das nicht.« Dagmar sah die Schwäne an, nicht sie. »Trotzdem bereue ich es, dass wir nach Uwes Brief nicht noch einmal gesprochen haben. Er hat mich um Verzeihung gebeten. Aber er hat nie erfahren, dass ich ihm längst vergeben hatte.«

»Vielleicht hat er es ja trotzdem gespürt.« Gesas Augen brannten, doch sie vergoss keine Träne. Dagmar war nicht die Einzige, die sich versöhnliche letzte Worte wünschte. Doch im Gegensatz zu ihr durfte Gesa wenigstens noch hoffen.

KAPITEL 14

»Ich hab's!« Björn sprang von seinem Schreibtischstuhl auf und lief Gesa entgegen. »Ich weiß es wieder.«

Da sein Ausruf sämtliche Kollegen aus dem Großraumbüro aufgeschreckt hatte, fasste Gesa ihn am Arm und zog ihn mit sich in Richtung Flur. »Du meinst den Termin heute um einundzwanzig Uhr?«

»Genau den. Die Einladung kam schon vor Wochen und ich hatte längst abgesagt, deswegen war es mir entfallen.« Björn zückte sein Smartphone. »Aber dann hat mein Vater mir vorhin gemailt, weil seine Begleitung krank geworden ist, und gefragt, ob ich nicht doch einspringen kann.«

»Moment mal! Du bist eingeladen? Wozu?«

Björn wich ihrem Blick aus. »Nur so eine Party. Nichts Besonderes.«

»Wieso glaubst du, dass Uwe sich für eine Party interessiert hat?« Wahrscheinlich lag Björn mit seiner Vermutung völlig daneben.

»Es kommen da einige interessante Leute. Und mit Sicherheit gibt es Security an der Einlasskontrolle. Zu hundert Prozent sicher bin ich mir nicht, aber es spricht doch vieles dafür. Vor allem der Beginn um einundzwanzig Uhr.«

»Was für interessante Leute?«, fragte Gesa.

»Genau weiß ich es nicht. Aber ich nehme an, Senatoren, Staatsräte und Hamburger Geschäftsleute. Vielleicht auch ein paar Promis.« Björn strich sich über die Nase, als sei ihm das Thema unangenehm. »Es ist eine Art VIP-Party.«

»Wow! Und was hast du da verloren?« Doch dann erinnerte sich Gesa daran, was André ihr erzählt hatte. »Liegt es an deinem Vater?«

»Er wird oft zu solchen Veranstaltungen eingeladen.« Björn spielte an seinem Handy herum und sah sie immer noch nicht an. »Ich wollte nicht mitgehen, weil es heute Abend eine Theaterpremiere im *Deutschen Schauspielhaus* gibt.«

»Und weil du dich auf solchen Veranstaltungen unwohl fühlst.« Es war ein Schuss ins Blaue, aber Björns Körpersprache ließ kaum Zweifel aufkommen.

»Das auch, ja.« Er zupfte an seinem makellosen Hemdkragen. »Ich habe mich schon vor langer Zeit entschieden, nicht ins Familiengeschäft einzusteigen. Aber nicht jeder hat diese Entscheidung akzeptiert.«

»Dein Vater hofft also immer noch, dass du eines Tages die Reederei übernimmst.«

Es war keine Frage, dennoch nickte Björn. »Für ihn ist mein Kulturjournalismus nicht mehr als ein besseres Hobby, mit dem ich mir die Zeit vertreibe, bis der Ernst des Lebens beginnt. Ich habe es aufgegeben, mit ihm darüber zu streiten.« Sein Tonfall klang resigniert. »Wenn ich ihn heute zu dieser Party begleite, schürt das wieder seine Hoffnungen, dass er mir meine Journalistenflausen doch noch austreiben kann.«

»Aber du wirst es trotzdem tun, nicht wahr?« Gesa bat ihn nur ungern darum, doch es war ihre einzige Chance, wenn sie Uwes Spuren folgen wollten.

»Selbstverständlich. Der Job erfordert eben Opfer.«

Sie erwischte sich dabei, wie sie ihn anlächelte. »Die Einstellung gefällt mir. Du darfst deinem Vater aber nicht verraten, dass du ihn zu Recherchezwecken begleitest. Er würde sich vielleicht etwas anmerken lassen.«

»Nicht nur das.« Björn runzelte die Stirn. »Vermutlich würde er mich unter dieser Voraussetzung überhaupt nicht mitnehmen – aus Sorge, meine Berichterstattung könnte seine Geschäftspartner verärgern.«

»Besteht eine Chance, dass du mich mit reinschmuggelst?«, fragte Gesa.

»Leider nein. Ich weiß, es klingt furchtbar altmodisch, aber es sind nur männliche Gäste zugelassen.«

»Ruf mich auf jeden Fall zwischendurch mal an.« Es behagte ihr nicht, diese heikle Vor-Ort-Recherche Björn allein zu überlassen. Doch das konnte sie wohl kaum vermeiden.

»Versprochen.« Sein Lächeln wirkte angespannt. »Hab ein bisschen Vertrauen. Ich schaff das schon!«

* * *

Gesa kraulte durch ihre Bahn im Schwimmerbecken des Freibads Hollern-Twielenfleth. Auf einer der Außenbahnen schwamm eine Rentnerin mit altmodischer Badekappe, doch ansonsten war das Becken leer. Überhaupt befanden sich eine Stunde vor der Schließzeit nur noch wenige Gäste im Freibad.

Ihr war das recht. Heute trainierte sie nicht, um als Rettungsschwimmerin fit zu bleiben, sondern weil sie vor Anspannung nur so vibrierte und ihre überschüssige Energie loswerden musste. Was, wenn Björn in seiner Unerfahrenheit heute Abend den entscheidenden Hinweis übersah und Uwes letzte Geschichte ihnen damit für immer entglitt?

Gesa erreichte die Bande und wendete.

Wasser spritzte. Gunnars Kopf tauchte neben ihr aus den Fluten auf. Wie sie trug er eine Schwimmbrille. »Zehn Bahnen um die Wette«, verkündete er. »Der Verlierer gibt ein Eis aus.«

116

»Abgemacht!« Schon pflügte Gesa durchs Wasser. Gunnar war Rettungsschwimmer wie sie und dazu dreißig Zentimeter größer. Wenn sie eine Chance auf den Sieg haben wollte, musste sie ihr Bestes geben.

Einige Schwimmzüge lang lagen sie gleichauf, dann zog Gunnar an ihr vorbei. Seine langen Arme und Beine verschafften ihm auf der geraden Strecke einen Vorteil. Doch Gesa konnte schneller an der Bande wenden. Das musste sie ausnutzen.

Nach der ersten Wende lagen sie wieder gleichauf – allerdings nur für wenige Augenblicke. Gesa fiel zurück. Auch das kannte sie schon. Aber weil Gunnar sich seine Kräfte nie vernünftig einteilte, würde sie später wieder aufholen.

Auch ihre Arme wurden müde. Schließlich lag bereits eine ausgiebige Trainingseinheit hinter ihr. Sie zwang sich trotzdem, das Tempo beizubehalten. Für den Wettkampfsport und die Polizeiaufnahmeprüfung mochte sie zu klein gewesen sein, aber sie würde sich nicht von ihrem Bruder abhängen lassen.

Gunnar baute seinen Vorsprung aus. Er lag inzwischen eine halbe Bahn vorn. Im Gegensatz zu anderen Männern ließ er sie nie aus falsch verstandener Galanterie gewinnen. Das schätzte sie so an ihm.

Ihre Lungen brannten und ihre Arme fühlten sich an, als würden Gewichte daran hängen. Dennoch gab sie nicht auf. Gunnar fehlte nur noch eine Bahn. Sie musste ihn einholen. Nur noch ein wenig mehr Tempo, dann könnte sie es schaffen. Sie ignorierte ihren protestierenden Körper und schwamm so schnell, als hinge ihr Leben davon ab.

Es reichte nicht. Gunnar kam als Erster ans Ziel. Schwer atmend hielt er sich an der Bande fest und erwartete sie mit einem Siegerlächeln. »Das Eis geht auf dich.«

»Nächstes Mal verlierst du.« Mühsam erklomm sie die Leiter. Ihre Arme und Beine zitterten von der Anstrengung, doch das würde sie sich nicht anmerken lassen. »Welche Sorte?«

»Ein Magnum Classic.« Auch Gunnar kam aus dem Wasser und griff nach seinem Handtuch. »Ich hab einen Strandkorb genommen. Wir treffen uns dort.«

Gesa trocknete sich notdürftig ab und holte einen Zehneuroschein aus ihrer Badetasche. Kurz vor Feierabend brauchte sie am Verkaufsstand nicht einmal anzustehen. Sie holte Gunnars Magnum und für sich einen Flutschfinger, der hoffentlich ihren Durst löschen würde.

Sie lief zu den Strandkörben. Gunnar wartete schon auf sie. Sie reichte ihm sein Eis. »Genieß deinen Sieg, solange er anhält.«

»Danke.« Gunnar riss die Verpackung auf und setzte sich in den weißen Strandkorb. »Ist immer noch nett hier. Fast wie in unserer Kindheit.«

Gesa nahm neben ihm Platz. »Vermisst du die alten Zeiten manchmal?«

»Eigentlich nicht, denn dann hätte ich Melli und Tim nicht. Und sie sind das Beste, was mir je passiert ist.«

»Auch wieder wahr.« Sie lutschte an dem erhobenen Zeigefinger aus Limetteneis. »Trotzdem war damals einiges unkomplizierter.«

»Geht es wieder um Christian?«, fragte Gunnar.

»Steffen hat angerufen. Er will sich mit mir treffen. Vielleicht gibt es eine neue Spur.«

»Nach fünf Jahren? Das glaube ich nicht.« Gunnar musterte sie von der Seite. »Meinst du nicht, es wäre an der Zeit, dich damit abzufinden? Christian ist tot.«

»Nein, nur verschollen.« Sie biss den Limettenfinger ab, der genauso sauer schmeckte wie ihre Enttäuschung. War doch klar, dass Gunnar anders darüber dachte als sie. Schließlich taten das alle.

Er seufzte. »Sonst bist du immer die knallharte Reporterin, die sich an die Fakten hält. Aber in diesem Punkt versagt bei dir der Realitätssinn. Denkst du nicht, dass es irgendein

Lebenszeichen von Christian gäbe, wenn er noch – na ja – am Leben wäre?«

»Nicht, wenn er als Geisel gefangengehalten wird.«

»Es gab nie eine Lösegeldforderung.«

»Das ist typisch für Syrien. Du kennst doch die Zahlen von Reporter ohne Grenzen. Allein im letzten Jahr wurden in der Region dreißig Journalisten verschleppt. Von den meisten hat man nie wieder etwas gehört.«

»Frag dich mal, woran das liegt.« Gunnar drehte den Eisstiel zwischen seinen Fingern. »Solange du dich an diese Hoffnung klammerst, bist du völlig blockiert für dein eigentliches Leben.«

»Wenn du noch mal vorschlägst, dass ich mit deinem geschiedenen Feuerwehrkumpel ausgehen soll, stecke ich dir mein Eis in die Badehose.« Drohend hob Gesa die Überreste ihres Flutschfingers.

»Keine Sorge! Da hast du zu lange gezögert. Er ist schon wieder vom Markt.« Gunnar leckte an seinem Eis. »Habt ihr eigentlich inzwischen einen Ersatz für Uwe?«

»Ein Kollege aus dem Kulturressort ist eingesprungen, allerdings nur vorübergehend. Thomsen sucht noch nach jemand Besserem.«

»Hast du einen Favoriten?«

»Eigentlich nicht.« Sie beobachtete eine vierköpfige Familie, die ihre Sachen zusammenpackte. Auch Gunnar würde gleich zu Frau und Sohn heimkehren, während auf sie selbst nur ein leeres Haus wartete. »Uwe und ich haben nie richtig zusammengearbeitet. Jeder von uns hat sein eigenes Ding durchgezogen. Es wäre schön, wenn der oder die Neue etwas teamfähiger wäre.« Allerdings standen die Chancen dafür eher schlecht, denn Thomsen bevorzugte Journalisten mit Ehrgeiz und Ellenbogen.

»Dann drücke ich dir die Daumen, dass das klappt.« Gunnar vertilgte den letzten Rest Eis. »Und melde dich mal bei Mama und Papa. Die beiden machen sich Sorgen um dich.«

»Warum?« Gesa ließ ihr Eis sinken. »Du hast ihnen doch hoffentlich nichts von Uwe erzählt.«

»Ich bin unschuldig. Aber Melli ist möglicherweise was rausgerutscht. Jetzt fürchten die beiden, dass du das nächste Opfer werden könntest.«

»Na wunderbar!« Vor lauter Frust hätte sie ihr Eis am liebsten durch die Gegend geschleudert. Stattdessen sprang sie vom Strandkorb auf und warf den tropfenden Rest in den nächsten Mülleimer.

Gunnar folgte ihr. »Sei bitte nicht sauer auf Melli. Es war keine Absicht. Sie wollte nur von eurem geknackten Code erzählen. Es tut ihr total leid, dass sie sich verplappert hat.«

»Ich nehme ihr das nicht übel. Mir wird nur alles gerade ein bisschen zu viel.«

»Kann ich verstehen.« Er berührte sie am Arm. »Dann solltest du das Wochenende aber auch dazu nutzen, dich zu erholen, und nicht wieder unbezahlte Überstunden schieben.«

»Tue ich nicht«, erwiderte Gesa. Es war gelogen.

* * *

Gesa saß in einem alten Schaukelstuhl, den sie von ihrer Oma geerbt und knallrot angestrichen hatte, und starrte auf ihren digitalen Bilderrahmen. Seit fünf Jahren spielte er nun schon dieselben Fotos von Christian und ihr ab. Die meisten Bilder stammten aus Hamburg und dem Alten Land, doch es gab auch Schnappschüsse von ihren beruflichen Reisen. Nur nicht aus Syrien, denn dieses Kapitel verbannte Gesa so gut wie möglich aus ihren Erinnerungen.

Schon kurz vor halb zehn. Es juckte ihr in den Fingern, Björns Nummer zu wählen. Aber sie wollte ihn nicht mit einem Anruf zur falschen Zeit in Schwierigkeiten bringen. Stattdessen starrte sie abwechselnd auf ihr Handy und die Bildershow, die sie längst auswendig kannte.

Mit purer Gedankenkraft gelang es ihr, das Smartphone zum Klingeln zu bringen. Hastig nahm sie Björns Skype-Anruf an. »Na endlich!«

»Tut mir leid, dass es so lange gedauert hat.« Er hielt sich das Handy vors Gesicht. Im Hintergrund war ein Stehtisch zu sehen, auf dem Sektgläser standen. »Ich musste erst mal mit meinem Vater auf Begrüßungsrunde.«

»Kein Problem. Ist Noak da?«

»Ja, er steht vorne am Eingang. Er hat aber so getan, als ob er mich nicht kennt.«

»Womöglich hat er dich tatsächlich nicht wiedererkannt.« Wer rechnete schon damit, einen Reporter mit zerknittertem Hemd beim nächsten Mal in der Begleitung eines reichen Reeders zu treffen?

»Gefällt dir mein Smoking?« Björn hielt das Smartphone ein Stück von sich weg und ermöglichte Gesa damit zumindest einen Blick bis zu seiner Taille. Er trug ein makellos weißes Hemd, eine schwarze Anzugjacke und eine farblich passende Fliege.

»Piekfein.« Ihr waren eine Tarnjacke und derbe Stiefel an einem Mann deutlich lieber.

»Ich habe das Jackett extra für dich präpariert.«

»Wie meinst du das?«

»Du bekommst einen Livestream über die Mini-Kamera in meiner Brusttasche direkt auf dein Notebook. Parallel dazu können wir übers Handy telefonieren. Ich muss nur mal eben den Skype-Videoanruf beenden. Der kostet zu viel Bandbreite.«

Gesa verließ ihren Schaukelstuhl und rannte ins Arbeitszimmer, wo sie ihr Notebook hochfuhr. Danach rief sie Björn ganz normal über ihren Mobilfunkanbieter zurück. Gemeinsam richteten sie die Bildübertragung samt

Aufzeichnung ein. Für einen verkopften Feuilletonisten besaß Björn erstaunlich gutes Technik-Know-how.

»Hier läuft alles«, verkündete Gesa. »Wo hast du eigentlich so schnell die Mini-Kamera aufgetrieben?«

»Die hab ich gleich Mittwoch im Versandhandel bestellt. Nur für den Fall, dass wir dieses Spionagezeug für unsere Arbeit brauchen. Ich hab auch eine Sonnenbrille mit versteckter Kamera gekauft. Aber die eignet sich wohl schlecht für eine Abendveranstaltung.«

»Wäre zumindest recht auffällig.« Gesa schmunzelte. »Zeigst du mir jetzt den Rest der Party?«

»Gern. Machen wir einen Rundgang.«

Am Bildschirm verfolgte sie, wie Björn, auf dessen Brusthöhe sie sich nun befand, einmal quer durch den Saal lief und die Bilder aus seiner Spionagekamera dabei über das Handy kommentierte.

»Wie du siehst, ist diese Party so fein, dass es kein Büfett gibt. Nur Fingerfood, für das du einen Kellner erwischen musst.«

»Schmeckt es denn wenigstens?«, fragte sie.

»Ich bin noch nicht zum Essen gekommen.« Björn drehte sich schräg und ermöglichte ihr so einen Blick durch den riesigen Saal. Zahlreiche Männer in dunklen Anzügen wanderten im Raum umher. Die wenigen Frauen, die sich zwischen ihnen befanden, waren nicht nur deutlich jünger, sondern auch freizügiger gekleidet.

»Sind das etwa Escortdamen?«

»Ich glaube schon.« Er räusperte sich. »Manchmal tauchen solche Frauen auf dieser Art von Veranstaltungen auf.«

»Aber doch nicht von sich aus. Jemand muss sie engagieren.« Gesas Puls beschleunigte sich. »Das könnte eine Spur sein. Geh mal näher ran.«

»Muss das sein? Ich hab nicht so viel übrig für Callgirls.«

»Du brauchst ja auch mit keiner aufs Zimmer zu gehen. Es reicht schon, wenn du es versuchst.«

»Ich soll eine ansprechen?«

»Natürlich. Um unsere Theorie zu testen.« Vor lauter Ungeduld trommelte Gesa auf ihrem Schreibtisch herum. Wieso war Björn nur so ein Zauderer? »Entweder hat ein bestimmter Mann die Frau mitgebracht, dann wird sie ablehnen. Oder sie wurde tatsächlich engagiert, um die Gäste zu verwöhnen. Das riecht dann nach Bestechung.«

»Also gut«, sagte Björn. »Ich tue es. Welche soll es sein?«

Gesa kniff die Augen zusammen und musterte all die winzigen Personen, die sich zwischen den Stehtischen hin- und herbewegten. »Ganz rechts vor dem Schild zu den Toiletten läuft eine Frau, die gerade keinen Begleiter hat. Dunkelrotes Kleid und lange braune Locken.«

»Ich sehe sie.« Mit schnellen Schritten eilte er auf die Escortdame zu. »Aber nach dieser Aktion habe ich was gut bei dir.«

»Das nächste Mittagessen geht auf mich«, versprach Gesa. Dass sie sich schon morgen für eine unbezahlte Sonderschicht wiedersehen würden, behielt sie noch für sich.

Die Brünette im roten Kleid wurde auf dem Bildschirm immer größer. Schließlich verharrte das Kamerabild und ein Räuspern erklang. Die Frau drehte sich um.

»Guten Abend.« Björns Stimme hörte sich belegt an. »Mein Name ist Björn Dalmann. Und wie heißen Sie?«

»Lena.« Sie musterte Björn.

»Und weiter?«

»Lena genügt.«

Er trat noch näher und Lena wurde unscharf. »Ich habe mich gefragt, ob wir uns vielleicht näher kennenlernen können.«

»Du bist ja ganz schön direkt«, entgegnete sie. »Du gefällst mir, aber leider stehst du nicht auf meiner Liste.«

»Was für eine Liste?«

»Unwichtig. Vergiss einfach, was ich gesagt habe.« Lena öffnete ihre winzige rote Handtasche und zog ein Lederetui heraus. »Heute bin ich sehr beschäftigt. Ist meine erste von diesen Partys. Da will ich nichts falsch machen. Aber wir können uns gern ein andermal treffen.« Sie zog eine Visitenkarte hervor und schob sie in Björns Brusttasche.

Gesas Monitor wurde schwarz.

»Mit wem telefonierst du da eigentlich die ganze Zeit?«, fragte Lena.

»Mit niemandem. Das ist nur ein Trick, um nicht angesprochen zu werden.«

»Guter Trick!«

»Björn, hast du mal einen Moment?« Der Sprecher war ein Mann – etwas älter und hörbar schlecht gelaunt.

»Ja, natürlich. Hat mich gefreut.«

Im Hintergrund erklangen leise Stimmen und Gläserklirren. Gesa schloss die Augen, um sich besser konzentrieren zu können, doch die Gespräche waren zu weit weg.

»Was sollte das gerade?« Wieder die Stimme des älteren Mannes, dieses Mal deutlich leiser. »Ist dir denn nicht klar, was für eine Art Frau das ist?«

»Doch, ich denke schon.« Björn klang überraschend gefasst. »Genau deshalb habe ich sie ja angesprochen.«

»Willst du mich absichtlich bloßstellen? Geht es darum?« Der andere Mann wurde wieder lauter. »Bist du nur deswegen hergekommen?«

»Nein.«

»Hat es etwas mit deiner Mutter …?«

Die Handyverbindung brach ab. Bestimmt kein Zufall. Gesa biss sich auf die Unterlippe. Der ältere, wütende Mann musste Björns Vater sein. Hoffentlich hatte sie mit ihrer Bitte an Björn keinen ernsthaften Streit zwischen den beiden provoziert.

Unruhig wanderte sie im Zimmer auf und ab. Nicht zu wissen, was sich gerade auf der Party abspielte, brachte ihr Gedankenkarussell erst richtig in Schwung. Warum rief Björn nicht wieder an? Würde er, falls der Streit eskalierte, vorzeitig die Party verlassen und damit alles gefährden?

Eine gefühlte Ewigkeit lang passierte gar nichts. Dann bekam sie wieder ein Bild – doch nicht von der Party. Es war dunkel und die Umgebung wurde nur von Straßenlaternen erhellt. Der Ton war schlecht, aber sie hörte leises Verkehrsrauschen – und zwei Männerstimmen.

Kurz darauf kamen zwei Gestalten im Schatten einer Mauer ins Bild. Björn näherte sich ihnen von der Seite.

Angespannt hielt Gesa den Atem an.

Die beiden Männer verstummten mitten im Gespräch und wandten sich zu Björn um.

Einen von ihnen erkannte Gesa auf Anhieb: Kalle Noak. Er runzelte die Stirn.

Doch es war sein Begleiter, der das Wort an Björn richtete: »Können wir Ihnen helfen?«

Das Gesicht des Mannes kam ihr nicht bekannt vor, doch seine Stimme hatte sie erst neulich am Telefon gehört. Noaks Gesprächspartner war kein anderer als Lars Lumbach. Konnte es tatsächlich Zufall sein, dass Uwe ihn so kurz vor seinem Tod für eine Recherche kontaktiert hatte und der TV-Redakteur nun ausgerechnet hier aufkreuzte? Es schien zumindest höchst unwahrscheinlich.

Leider hatte Gesa ohne Handyverbindung zu Björn keine Chance, ihm ihre Gedanken mitzuteilen. Im Gegensatz zu ihr kannte er Lumbach nicht. Sein Zögern dauerte jetzt schon auffällig lange.

»Ich habe mich nur gefragt«, er räusperte sich, »wie man auf eine bestimmte Liste kommt.«

»Das ist die große Frage, nicht wahr?« Lumbach zwinkerte ihm zu und marschierte davon.

Noak schien das Thema weniger amüsant zu finden, denn seine Miene verfinsterte sich noch mehr. »Sie sollten von dieser Liste nicht einmal wissen. Es ist gefährlich.«

»Hat Uwe Stolter sie gekannt?«, fragte Björn mit gesenkter Stimme. »Musste er deswegen sterben?«

»Weiß ich nicht.« Noak sah sich um. »Gehen Sie bitte, bevor uns noch jemand zusammen sieht.«

»Was stört Sie daran?« Björn rührte sich keinen Zentimeter, was Gesa ihm hoch anrechnete. »Sie sind schließlich kein Informant mehr. Also brauchen Sie auch keine Angst haben aufzufliegen.«

»Wenn jemand Sie erkennt und mein Chef glaubt, dass ich Ihnen was gesteckt hab, feuert er mich auf der Stelle.« Wieder drehte Noak suchend den Kopf. »Geh'n Sie jetzt, bevor es noch Ärger gibt.«

»Das kann ich leider nicht. Nicht, bevor ich weiß, welche Geschichte Uwe hier recherchieren wollte.«

»Also schön.« Noak seufzte abgrundtief. »Schau'n Sie morgen bei mir vorbei, dann erzähle ich Ihnen mehr. Aber nur, wenn Sie jetzt verschwinden.«

»Abgemacht.« Björns ausgestreckter Arm tauchte im Bild auf. Nach kurzem Zögern schlug Kalle Noak ein.

Anstatt auf direktem Weg zurück auf die Party zu gehen, überquerte Björn die Straße. »Achtung, gleich kommt's!«, murmelte er und drehte sich nach rechts.

Hinter einem parkenden Auto kauerten Lennard und Ingo. Als sie Björn entdeckten, zuckten sie sichtbar zusammen.

Gesa prustete los.

»Viel Spaß noch, Herr Gorzlitz!«, grüßte Björn. »Ich geh dann mal wieder rein.«

Allein für den entgeisterten Ausdruck auf Ingos Gesicht hatte sich dieser Abend schon gelohnt.

KAPITEL 15

Gesa massierte ihren verspannten Nacken, während sie das digitale Archiv der *Hamburger Abendpost* durchforstete. Die schier unüberschaubare Anzahl an Geschichten aus dem Polizeiressort machte ihre Suche von vornherein beinahe aussichtslos. Trotzdem durften Björn und sie nicht aufgeben.

Björn saß Gesa am Schreibtisch gegenüber und gähnte hinter vorgehaltener Hand. Unter seinen Augen lagen dunkle Schatten, die ihr leichte Gewissensbisse bereiteten. Dennoch musste diese Wochenendschicht leider sein, wenn sie endlich einen Fortschritt erzielen wollten.

»Können wir es nicht irgendwie eingrenzen?«, fragte Björn. »Das Archiv reicht mehr als fünfzehn Jahre zurück und Uwe hat fast täglich etwas veröffentlicht.«

»Such nur nach Veröffentlichungen mit Sperrvermerk.« Wenn jemand wütend genug war, um Drohbriefe zu schreiben, gab es womöglich auch eine Unterlassungserklärung oder sogar eine Richtigstellung zu dem jeweiligen Artikel. »Ich gehe davon aus, dass wir uns, was die aktuellen Drohbriefe betrifft, auf das letzte Jahr konzentrieren können. Dann geht uns allerdings der alte Fall durch die Lappen, der Uwe noch immer beschäftigt hat.«

»Es gibt ohnehin keine Garantie dafür, dass der gespeichert ist«, bemerkte Björn. »Schließlich sind die Ausgaben aus Uwes Anfangsjahren nie digitalisiert worden.«

»Recht hast du. Nimm du die letzten sechs Monate und ich konzentriere mich auf die Zeit davor.« Womöglich staubte der gesuchte Artikel auch unentdeckt im Handarchiv ein. »Mir gefällt es nicht, so viele Artikel auszusortieren. Aber anders werden wir wohl nicht fertig.« Zudem würde es die Arbeit von Franziska Lehrs erheblich erschweren, wenn sie die Drohbriefe mit zu vielen Textproben abgleichen musste.

»Wie kommen wir eigentlich von den Artikeln auf die Textproben?«

»Das wird Fleißarbeit.« Gesa speicherte einen weiteren Artikel mit Sperrvermerk in ihrer Suche ab. »Bei den neueren Fällen könnte es noch Schreiben in der Rechtsabteilung geben.«

»Von denen die meisten vermutlich doch von Anwälten formuliert wurden.« Björn ließ die Maus los und strich sich über sein glatt rasiertes Kinn. »Und die haben wohl kaum die späteren Drohschreiben verfasst.«

»Ein guter Einwand. Alle, die sich einen Anwalt genommen haben, können wir im Nachgang ebenfalls aussortieren. Wer sich für diesen Weg entscheidet, will nichts Illegales machen.«

Gesa schrieb sich dazu eine Erinnerungsnotiz und pappte das Post-it an den Rand ihres Bildschirms. »Einige Betroffene haben hoffentlich auch unter ihrem richtigen Namen an die Redaktion geschrieben und sich beschwert, bevor das Ganze eskaliert ist. Bei den anderen müssen wir das Netz durchsuchen. Facebook und Instagram sei Dank dürfte das in den meisten Fällen nicht allzu schwer werden.«

»Schon unglaublich, wie viel Ärger ihr im Nachhinein mit euren Artikeln habt«, bemerkte Björn. »Ich kann mich nur an eine einzige Richtigstellung erinnern, als ich eine Schauspielerin zehn Jahre zu alt gemacht habe.«

»So was nehmen Frauen übel.« Gesa scrollte sich durch ihre Suchergebnisse und überflog die Schlagzeilen. »Apropos. Hast du dich schon bei Lena gemeldet?«

»Natürlich nicht! Ich habe doch nicht ernsthaft vor, eine Escortdame zu engagieren.«

»Das ist mir klar. Solche Ausgaben wären auch nicht übers Spesenkonto abgedeckt. Aber ein Anruf kostet ja nichts.« Womöglich würde Lena sich gesprächiger zeigen, wenn sie sich unbeobachtet fühlte.

Björn verzog das Gesicht. »Nur, wenn es unbedingt sein muss. Lass uns erst mal versuchen, mehr über Noak rauszufinden.«

»Das werden wir. Keine Sorge!« Gesa schickte ihre ausgesiebte Trefferliste an den Drucker. »Ich fasse es immer noch nicht, dass du Ingo und Lennard hinter dem Auto aufgescheucht hast.«

»Die Frage ist nur, wie Ingo von diesem Termin erfahren hat. War es André oder hat er tatsächlich Uwes Handy abgehört?«

»André scheidet meiner Meinung nach aus. Er ist nicht der Typ, der jemandem hilft, wenn er selbst nicht davon profitiert. Und er hatte gestern keine Zeit.«

Björn musterte sie. »Dann glaubst du André also, dass er nichts über den Termin wusste?«

»In diesem Fall ja. Dafür spricht auch, dass Uwe Lennard ebenfalls nicht eingeweiht hat. Und hätte Lennard eine Ahnung gehabt, wohin Uwe wollte, hätte er es uns gesagt und den Termin lieber für die *Abendpost* gemacht. Wir zahlen nämlich besser als die *Nord Nachrichten*.« Gesa gab den Namen *Lars Lumbach* als Suchbegriff bei Google ein.

»Dann muss Ingo es durch seine Spionagesoftware erfahren haben. Ganz schön übel!«

»Möglich wär's. Aber ich glaube nicht daran.« Sie schickte den Link zu einem Foto von Lumbach an Björn. »Es war gestern noch ein Journalist vor Ort. Guck mal in dein Mailpostfach. Ich denke nicht, dass der auch Spionagesoftware benutzt.«

»Lars Lumbach, der TV-Redakteur?« Björn runzelte die Stirn. »Ich glaube, meine Oma hat früher seine Sendung gesehen. Der hat sich doch mit Noak unterhalten.«

»Was dafür spricht, dass die beiden sich kennen. Vermutlich war Noak nicht nur Uwes Informant, sondern arbeitet auch mit Ingo und Lumbach zusammen.« Gesa runzelte die Stirn. »Allerdings glaube ich kaum, dass Uwe davon gewusst hat.«

Björn stand auf und griff nach seinem Sommermantel. »Höchste Zeit, dass wir uns Noak noch mal vornehmen.«

* * *

»Wir haben nicht viel Zeit.« Noak begrüßte Gesa und Björn ohne Umschweife an Frau Schroeders Wohnungstür. »Meine Nachbarin ist nur kurz auf dem Wochenmarkt. Spätestens in 'ner halben Stunde müsste sie zurück sein. Bei mir ist immer noch abgesperrt.« Er nickte in Richtung der Nachbarwohnung, die mit dem rot-weißen Siegel der Hamburger Polizei beklebt war.

»Dann beeilen wir uns«, entgegnete Gesa.

Björn und sie folgten Noak ins Innere. Es stank nach Zigaretten und alter Katzenstreu. Die getigerte Katze, die sie schon von ihrem letzten Besuch kannten, strich um Noaks Beine, verschwand dann aber im Nebenzimmer.

Gesa und Björn nahmen auf dem Sofa Platz, während Noak sich auf einen abgewetzten Ledersessel plumpsen ließ. Er musterte Björn mit einem leichten Stirnrunzeln. »Das gestern war nicht okay. Sie hätten mich vorwarnen können.«

»Wie denn?«, fragte Björn. »Sie haben uns doch überhaupt nicht gesagt, dass Sie dort sein würden.«

130

»Weil ich nicht Ihr Informant bin. Ich hab das für Uwe gemacht, nicht für die Zeitung.«

»Das verstehe ich gut«, mischte Gesa sich ins Gespräch. »Sie haben ihm vertraut. Uns hingegen kennen Sie kaum. Warum sollten Sie da mit uns reden?«

Noak starrte sie an. Vermutlich, weil sie ihm gerade seinen Text vorweggenommen hatte.

Sie schlug die Beine übereinander. »Vielleicht hilft es ja, wenn Sie uns verraten, wie Uwe damals Ihr Vertrauen gewonnen hat.«

Damit hatte sie anscheinend das Falsche gesagt. Seine Miene verschloss sich. »Über Uwe haben wir genug geredet. Ich dachte, Sie wollten was anderes wissen.«

»Da haben Sie recht«, sagte Björn. »Erzählen Sie uns von der Liste.«

Noak zögerte. Schließlich seufzte er und ließ die Schultern sinken. »Ich mach's. Aber wenn Sie deswegen draufgehen, hab ich keine Schuld.«

»Natürlich nicht. Sie wären dafür genauso wenig verantwortlich wie für Uwes Tod.«

Etwas an Björns Worten brachte Noak dazu, den Blick zu senken. Gesa machte sich im Geiste eine Notiz dazu, um ihren Kollegen später darauf anzusprechen.

»Die Liste ist geheim.« Noak rutschte auf der Sitzfläche seines Sessels herum und entlockte damit dem Leder ein leises Quietschen. »Ich weiß nur, dass es sie gibt. Aber das ist auch schon alles.«

Das kaufte Gesa ihm nicht ab. »Sie arbeiten doch schon seit Jahren für *St. Pauli Security*. Und da wollen Sie mir weismachen, dass Sie nicht wissen, was auf diesen Partys abläuft?«

Er zuckte mit den Schultern. »Vielleicht will ich's auch gar nicht so genau wissen. Ist besser so.«

Björn schüttelte den Kopf. »Wenn Sie wirklich so ahnungslos wären, hätte Uwe sich nicht mit Ihnen getroffen. Sie verheimlichen uns doch was.«

»Sie sind nicht von der Polizei.« Noak verschränkte die Arme vor der Brust. »Ich muss gar nicht mit Ihnen reden.«

»Aber Sie haben uns doch zu sich eingeladen.« Gesas Behauptung war weit hergeholt, nachdem Noak am Vorabend vermutlich fast allem zugestimmt hätte, um Björn wieder loszuwerden. »Etwas gibt es, das Sie uns sagen möchten.«

»Das geht schon jahrelang so.« Noak räusperte sich. »Ab und zu schmeißt jemand eine teure Party und lädt dazu Politpromis ein. Es stoßen immer Callgirls dazu und sie kümmern sich um die Gäste. Aber nicht um alle.«

Gesa beugte sich vor. Wenn Noak die Wahrheit sagte, ging es vermutlich um Bestechung. »Die Frauen waren nur für ausgewählte Gäste bestimmt? Solche, die auf der Liste standen?«

Noak nickte.

»Das bedeutet, es gab zwei Kategorien von Gästen. Aber warum?«

Er blieb ihr die Antwort schuldig.

»Wer bezahlt für diese Partys?«, fragte Björn.

»Keine Ahnung«, behauptete Noak.

»Aber Ihre Security-Firma muss doch von jemandem engagiert worden sein.«

»Das läuft alles über meinen Chef. Und der sagt uns nicht mehr, als wir wissen müssen.«

»Trotzdem machen Sie sich doch sicher Ihre Gedanken.« Gesa bemühte sich um einen beiläufigen Tonfall. »Was glauben Sie?«

»Bei den vielen Politikern, die dort ein- und ausgehen, will wohl jemand Stimmen kaufen.« Noak zog die Schultern hoch. »Aber damit habe ich nichts zu tun. Ich bewache bloß den Eingang.«

»Niemand denkt, dass Sie in irgendwas verwickelt sind«, log Gesa. »Sie erledigen nur Ihren Job. Und für das, was hinter verschlossenen Türen passiert, können Sie nichts.«

»Genau.« Von Noaks Stirn perlten feine Schweißtropfen, die er mit seinem Ärmel abwischte. »Sie sollten jetzt gehen.«

»In einer Minute.« Gesa hoffte, sie könnte zwei daraus machen. »Wer war der Mann, mit dem Sie sich unterhalten haben, als mein Kollege zu Ihnen kam? Auch jemand aus Ihrer Firma?«

»Nein, ein Gast. Er wollte den Weg zur nächsten Bahnstation wissen.«

Gesa drehte sich zu Björn um, der unmerklich den Kopf schüttelte. Natürlich war Lumbach später nicht als Gast auf der Party aufgetaucht. Dafür hatte er auch gar nicht die passende Kleidung getragen.

»Wussten Sie, dass gestern noch andere Journalisten vor Ort waren?«, fragte Gesa.

»Nein.« Noaks Augen weiteten sich. Ob ihn die Neuigkeit selbst überraschte oder der Umstand, dass Gesa ihm auf die Schliche gekommen war, ließ sich leider nicht von seinem Gesicht ablesen.

»Stimmt«, ergänzte Björn. »Ein paar Kollegen hatten sich in der Straße hinter parkenden Autos versteckt.«

»Was? Sie meinen, wir wurden belauscht?« Noak wandte sich an Björn. »Ich meine, wir beide. Glauben Sie, die konnten uns hören?«

»Nein, dafür waren sie zu weit weg. Allerdings gehe ich davon aus, dass sie alles gesehen haben.«

Noak erblasste.

»Wobei es doch überhaupt nichts Verfängliches zu sehen gab.« Björn lächelte ihn an. »Nur zwei Männer, die ein paar Worte gewechselt haben. Sie brauchen nichts zu befürchten.«

»Die konnten bestimmt nichts erkennen. War ja ziemlich dunkel.« Noaks Stimme klang gepresst. »Die wissen gar nichts.«

Gesa tauschte einen Blick mit Björn. Jede Wette, dass Noak sich nicht wegen ihrer Unterhaltung sorgte. Doch was hatten Lumbach und er zu verbergen?

* * *

»Nochmals danke für die Einladung.« Björn nahm eine Gabel voll Chicken Masala und lehnte sich in seinem Stuhl zurück. Er sah müde und abgespannt aus. Ganz anders als die anderen Besucher der Europa Passage, die ihre Einkaufstüten auf den freien Stühlen um die Restauranttische verstauten und sich lebhaft unterhielten. Es duftete nach gebratenem Fleisch, Pizza und einem Mischmasch der verschiedensten Gewürze.

»Gern geschehen«, erwiderte Gesa. »Wenn wir schon am Wochenende arbeiten, haben wir uns wenigstens eine Pause verdient.« Sie stocherte in ihrem Currygericht herum und unterdrückte ein Gähnen. Auch sie hatte vergangene Nacht zu wenig geschlafen. »Ich denke, wir können ausschließen, dass Noak Ingos Informant ist. Dafür sah er zu erschrocken aus.«

»Aber Lumbach kennt er.« Björn ließ seine Gabel sinken. »Könnten Uwe und er zusammengearbeitet haben?«

»Möglich wäre es. Das Lokalfernsehen ist schließlich kein direkter Konkurrent der *Abendpost*. Irgendeine Info hat Lumbach Ingo zugespielt, so viel wissen wir schon. Gut möglich, dass die beiden sich hin und wieder Tipps gegeben haben.«

»In diesem Fall könnte Lumbach ebenfalls in Gefahr sein. Er wirkte gestern allerdings nicht im Geringsten ängstlich auf mich. Im Gegensatz zu Noak schien er sich auch nicht darum zu sorgen, wer ihn sehen konnte.«

Ein berechtigter Einwand. Gesa trank das restliche Mineralwasser aus ihrem Pappbecher in einem Zug. Das Curry hatte es in sich. »Wir wissen doch gar nicht, ob diese Liste tatsächlich so gefährlich ist, wie Noak behauptet. Vielleicht will er uns auch nur in die Irre führen.«

»Und von sich selbst ablenken.« Björn seufzte. »Okay. Ich komme wohl nicht darum herum, diese Lena anzurufen. Allerdings glaube ich kaum, dass sie uns freiwillig etwas erzählen wird. Vermutlich ist ihr inzwischen selbst klar geworden, wie sehr sie sich verplappert hat.«

»Uns womöglich nicht. Aber falls wir merken, es steckt mehr dahinter, können wir immer noch Cracht informieren. Dann soll die Polizei sie vernehmen.«

»Bist du sicher, dass du das tun willst? Denn danach können wir uns Noak als Informanten endgültig abschminken. Schlimmstenfalls verlieren wir auch noch die Geschichte. Thomsen würde toben.«

»Ist mir egal.« Gesa schob die Pappbox mit dem Curry von sich weg. »Falls die Polizei dadurch denjenigen fasst, der Uwe auf dem Gewissen hat, verzichte ich gern auf meine Schlagzeile.«

»Die Betonung liegt auf *falls*. Genauso gut könnte es aber sein, dass jemand anderes ihn umgebracht hat – aus Gründen, die wir nicht einmal ahnen.« Björn schob sich eine weitere Gabel Chicken in den Mund.

»Oder Noak steckt doch mit drin. Er war bei unserem ersten Gespräch nicht aufrichtig und heute hat er wieder gelogen. Ich könnte Lars Lumbach fragen, was er gestern bei Noak wollte. Aber auch das ist riskant.«

»Ich würde es sein lassen«, entgegnete Björn. »Noch ahnt Lumbach nicht, dass wir an derselben Geschichte dran sind.«

»Es sei denn, Noak hat ihn vorgewarnt.«

»Das glaube ich nicht. Noak will vor allem in Ruhe gelassen werden. Solange er nicht dazu gezwungen ist, wird er niemandem etwas erzählen.«

»Du hast recht! Das ist es!« Vor Aufregung stieß Gesa ihren leeren Pappbecher um, der daraufhin über den Tisch rollte. »Er hat überhaupt nicht freiwillig für Uwe als Informant gearbeitet. Wahrscheinlich wusste Uwe etwas über ihn und hat es als Druckmittel benutzt.«

Björn stellte ihren Becher wieder aufrecht hin. »In dem Fall könnte er selbst der Täter sein und die Bedeutung dieser Liste nur künstlich aufbauschen. Dagegen spricht allerdings, dass die Polizei ihn bislang nicht in Gewahrsam genommen hat.«

»Diese Spekulationen bringen uns nicht weiter«, sagte Gesa. »Du solltest deine Quellen anzapfen.«

»Ich habe doch schon gesagt, dass ich mit Lena sprechen werde.«

»Nicht nur mit ihr.« Der nächste Teil würde heikel werden. »Dein Vater kann uns vielleicht auch weiterhelfen.«

»Ich soll ihn aushorchen?« Björn verzog das Gesicht, als hätte er Schmerzen. »Das meinst du hoffentlich nicht ernst!«

»Könnte doch sein, dass er mehr weiß und jemanden von der Liste kennt.« Dass auch die Chance bestand, dass Reeder Dalmann selbst auf der Liste stand, behielt sie wohl besser für sich.

Björn erhob sich und sammelte seinen Pappbehälter und den Becher ein. »Ich hab das gestern nur für dich getan – ich meine, für unsere Recherche. Aber jetzt gehst du zu weit. Halt meine Familie da raus!«

»Jetzt auf einmal?« Sie verließ ebenfalls ihren Platz. »Du hast doch selbst vorgeschlagen, diese Party zu besuchen.«

»Aber nicht, um meinem Vater was anzuhängen.«

»Ich glaube nicht, dass ihn jemand mit Callgirls besticht. Schließlich ist er kein Politiker.«

»Die Antwort ist nein.« Ohne einen Abschiedsgruß stapfte Björn davon und warf im Vorbeigehen seine Abfälle in einen Mülleimer.

Gesa folgte ihm durch die Restaurantmeile bis zu den Rolltreppen. »Nun sei nicht gleich so empfindlich! Die Familie um Rat zu fragen, ist doch nichts Schlimmes. Ich habe meine Schwägerin auch gebeten, uns bei dem Code zu helfen.«

»Das lässt sich doch überhaupt nicht vergleichen.« Björn nahm die Rolltreppe nach unten und Gesa sah sich gezwungen, ihm zu folgen.

»Okay, ich hab's begriffen. Tut mir leid. Wir lassen deinen Vater außen vor.« Sie streckte die Hand nach Björn aus, zog sie aber wieder zurück. Schließlich waren sie Kollegen, keine Freunde. »Ist jetzt alles okay?«

Er drehte sich auf der Rolltreppe zu ihr um. Durch die Stufe zwischen ihnen befanden sie sich beinahe auf Augenhöhe. »Gib mir etwas Zeit«, sagte er. »Wir sehen uns Montag.«

»Alles klar.«

Am Ende der Rolltreppe marschierte Björn weiter zur nächsten Treppe, die ihn ins Erdgeschoss bringen würde.

Gesa begleitete ihn nicht, sondern bog nach links zu den Geschäften auf der mittleren Ebene ab. Sie hatte nicht mal Lust zum Shoppen, aber sie wollte sich ablenken. Ob von ihren Schuldgefühlen Björn gegenüber oder von ihrer Angst vor Steffens Besuch und seinen möglichen Folgen, vermochte sie nicht zu sagen.

KAPITEL 16

Gesa durchquerte die offene Schranke vor dem grün gestrichenen Sperrwerk-Häuschen und betrat die Brücke über die Este. Strahlender Sonnenschein begrüßte sie und funkelte auf der Wasseroberfläche. Das alte Este-Sperrwerk war Christians Lieblingsplatz. Sie beugte sich links über das Geländer und sah zum steil abfallenden Ufer hinüber. Von der Brücke aus erkannte sie sogar ihr Haus. Heute war die *Apfelkönigin* am Liegeplatz vertäut und Gesa spielte mit dem Gedanken, später eine kleine Bootsfahrt zu unternehmen. Das würde ihre aufgewühlten Nerven hoffentlich ein wenig beruhigen.

Sie war zu früh dran. Mit zittrigen Fingern zog sie ihr Smartphone aus der Hosentasche und wählte Alexandras Nummer.

»Hallo, Gesa. Was gibt's?« Ein deutliches Gähnen war zu hören.

»Hab ich dich etwa geweckt?«, fragte Gesa. Um kurz vor drei am Nachmittag schien das doch eher unwahrscheinlich.

»Kein Problem. Ich habe nur ein Mittagsschläfchen gemacht. Ist gestern ziemlich spät geworden – oder heute Morgen recht früh. Wie man's nimmt.« Ihre Kollegin klang verdächtig gut gelaunt. »Du hast mich noch nie am Wochenende angerufen. Es muss also wichtig sein.«

»Damit hast du leider recht.« In wenigen Sätzen schilderte Gesa Björns Partybesuch. »Was wir jetzt dringend brauchen, ist ein Politiker, der auspackt.«

»Und du hoffst, dass ich euch den verschaffen kann?«

»Wer, wenn nicht du? Du verfügst nun einmal über die besten Kontakte und das nötige Fingerspitzengefühl. Björn hat mir ein Dutzend Politiker genannt, die gestern auf der Party waren.« Unruhig lief Gesa auf der kleinen Brücke auf und ab. »Wirst du es tun?«

Alexandra seufzte. »Na schön. Ich gebe mein Bestes. Aber ich werde niemanden so bedrängen, dass ich mir den Kontakt ruiniere. Schließlich bin ich auf meine Quellen genauso angewiesen wie ihr.«

»Danke! Das hast was gut bei mir. Ich schicke dir gleich eine Namensliste.«

»In Ordnung. Ich melde mich, wenn es was Neues gibt. Bis später.« Alexandra legte auf.

Gesa zog ihre Notiz mit den Namen aus der Tasche und fotografierte sie. Hoffentlich konnte Alexandra etwas erreichen, denn auf das Callgirl von der Party wollte Gesa sich lieber nicht verlassen.

Noch immer kein Steffen in Sicht. Kurzfristig hatte die Arbeit sie erfolgreich abgelenkt, doch nun raste ihr Puls wieder. Worüber genau wollte er nur mit ihr reden?

Pünktlich auf die Minute kam Steffen ihr vom anderen Ufer der Este aus entgegen. Er trug sein kastanienbraunes Haar kürzer als Christian und an den Schläfen zeigte sich das erste Grau. Trotzdem versetzte die Ähnlichkeit der beiden Brüder ihr seit Christians Verschwinden jedes Mal einen Stich.

»Hallo, Gesa.« Zumindest Steffens Stimme klang dunkler. Er umarmte sie zur Begrüßung. »Wie geht es dir?«

»Gut, und selbst?« Innerlich vibrierte sie vor Ungeduld und wollte den Small Talk so schnell wie möglich hinter sich bringen.

»Ich kann nicht klagen. Mir wurde eine Praxis in Blankenese zum Kauf angeboten. Der bisherige Arzt will nächstes Jahr in den Ruhestand gehen.«

»Du überlegst, die Klinik zu verlassen?« Gesa konnte es kaum glauben. »Es gefällt dir dort doch so gut.«

»Aber die Arbeitszeiten schlauchen. Ich werde auch nicht jünger. Und es gibt schlimmere Ecken als den Elbstrand.« Er zwinkerte ihr zu. »Vielleicht möchte ich auch einfach nur so schön wohnen wie du.«

»Kann ich verstehen.« Ihr Blick schweifte über das Wasser. Christian und sie hatten die meiste Zeit aus gepackten Koffern gelebt und in Hamburg nur eine winzige Mietwohnung besessen. »Denkst du, Christian würde sich hier auf Dauer wohlfühlen? Wir haben nie so richtig über die Zukunft gesprochen.«

Steffen zog die Schultern hoch. »Welche Rolle spielt das noch? Du solltest das tun, was für dich das Richtige ist.«

»Aber ich möchte ihn dabei nicht ganz außer Acht lassen. Das fühlt sich einfach falsch an.«

»Lass uns ein Stück gehen«, schlug Steffen vor. Er nickte in Richtung des schmalen Trampelpfades auf der unbebauten Uferseite.

Gesa folgte ihm über die Brücke hinein in die kleine Wildnis. Der Pfad führte durchs Dickicht und war zu schmal, um nebeneinanderher zu gehen. Auf der linken Seite befand sich die Este, auf der rechten Seite standen die Apfelbäume ordentlich an Spalieren. Die Äste hingen voller roter Äpfel, die bald abgeerntet würden.

»Das Konsulat in Syrien hat seine Arbeit immer noch nicht wieder aufgenommen«, bemerkte Steffen. »Vorigen Monat habe ich zum fünften Mal die Botschaft in Beirut kontaktiert. Auch dort kann man uns nicht helfen.«

»Die Lage ist derzeit sehr unübersichtlich«, stimmte Gesa zu. »Aber deshalb dürfen wir uns nicht entmutigen lassen. Früher oder später finden wir jemanden, der weiß, was mit Christian passiert ist.«

»Du hast doch schon Hunderte syrischer Flüchtlinge nach ihm gefragt.«

»Aber in Deutschland leben mehr als sechshunderttausend.« Einer von ihnen musste Christian gesehen haben.

Steffen blieb stehen und wandte sich ihr zu. »Ich glaube, du weißt selbst, wie hoffnungslos das alles ist.«

»Ich suche ja nicht allein nach ihm. Viele Kollegen beteiligen sich.« Oder hatten das zumindest während der ersten ein bis zwei Jahre getan. »Aber du bist doch bestimmt nicht hergekommen, um mit mir darüber zu diskutieren, wie wahrscheinlich es ist, dass wir Christian noch finden werden.«

»Bin ich nicht.« Steffen lief nun an ihrer Seite und ihre Hände berührten sich beim Gehen.

Seine Nähe sollte sich tröstlich anfühlen, doch Gesas Nackenhaare stellten sich auf. Was immer er ihr zu sagen hatte, würde ein schwerer Schlag werden, den er vorsichtig vorbereitete.

»Fünf Jahre sind eine lange Zeit. Für dich, für mich und insbesondere für meine Eltern. Sie möchten einen Abschluss.«

»Den möchte ich auch.« Sie wandte sich zu den Apfelbäumen um und blinzelte eine Träne weg. »Aber das klappt nur, wenn wir weiter nach der Wahrheit suchen. Wir müssen herausfinden, was ihm zugestoßen ist.«

»Nein. Es wäre schön, wenn wir das eines Tages erfahren. Doch wir können nicht unser ganzes Leben darauf ausrichten. Uns bleibt nur übrig, die Tatsache zu akzeptieren, dass Christian nicht mehr zurückkommt. Er ist tot.«

Sie biss sich auf die Lippe und schmeckte Blut. »Das weißt du nicht. Gerade in Syrien gibt es immer wieder Vermisste, die nach Jahren plötzlich wiederauftauchen.«

»Du klammerst dich an einen Strohhalm. Und vielleicht tröstet dich das ja sogar.« Er ergriff ihre linke Hand und drückte sie. »Aber für Mama und Papa ist dieses ewige Bangen und Hoffen die reinste Folter. Wir haben sehr lange darüber gesprochen und uns die Entscheidung nicht leicht gemacht, aber wir werden Christian für tot erklären lassen.«

»Was?« Sie musste sich verhört haben. »Das dürft ihr nicht tun!«

»Es ist besser für uns alle – auch für dich, glaub mir. Du kannst nicht ewig allein in diesem schönen Haus wohnen und für Christian einen Platz freihalten, während das Leben an dir vorbeizieht. Du solltest jemand Neues kennenlernen.«

Sie befreite sich aus seinem Griff. »Sag das bitte nicht. Er ist immerhin dein Bruder.« Wie konnte Steffen sich nur wünschen, dass sie Christian durch einen anderen ersetzte? Allein der Gedanke brachte ihren Magen zum Verkrampfen.

»Ich würde alles dafür geben, dass er noch am Leben wäre.« Steffen blieb stehen und sah ihr ins Gesicht. »Ich kannte Christian gut genug, um zu wissen, dass er das hier nie für dich gewollt hätte. Wenn er jetzt hier sein könnte, würde er dir sagen, dass du nach vorn blicken solltest und nicht zurück.«

»Er an meiner Stelle hätte mich niemals aufgegeben.« Vermutlich wäre er ohne sie nicht einmal aus Syrien abgereist. »Wenn ihr Christian für tot erklären lasst, wer wird dann noch nach ihm suchen?«

»Das tut auch jetzt keiner mehr außer dir. Und schlag bitte nicht wieder vor, nach Syrien zurückzukehren«, bat er. »Das wäre viel zu gefährlich.«

»Du hörst dich schon an wie meine Eltern. Ich musste ihnen versprechen, hierzubleiben, solange die Lage dort derart angespannt ist. Deswegen bin ich zur Untätigkeit verdammt.« Sie scharrte mit den Schuhen im Gras. »Was ihr plant, kommt mir allerdings vor, als würdet ihr Christian im Stich lassen.«

»Wir möchten nur trauern. Das geht nicht in diesem Schwebezustand. Es soll eine kleine Abschiedsfeier geben. Deswegen wollte ich heute mit dir sprechen.« Steffen räusperte sich. »Es wäre schön, wenn wir die gemeinsam gestalten könnten.«

Auf einmal fühlte es sich so an, als sei die Umgebungstemperatur um zehn Grad gesunken. »Nein.« Schützend verschränkte Gesa die Arme vor der Brust. »Das kann ich nicht.« Allein die Vorstellung, vor einem leeren Sarg zu sitzen und dabei an Christian zu denken, ließ sie erschaudern.

»In Ordnung.« Steffen sprach mit ihr in diesem sanften Tonfall, mit dem er sonst seine Patienten beruhigte. »Es reicht völlig aus, wenn du einfach nur dabei bist. Wir möchten das nicht ohne dich machen.«

»Tut mir leid, aber da bin ich raus.«

»Die Alternative wäre, niemals zu trauern. Findest du das etwa besser?« Er musterte sie. »Hat Christian nicht einen würdigen Abschied verdient?«

Sie zog die Schultern hoch. »Ich kann das nicht.«

»Das verstehe ich«, erwiderte Steffen.

Er war immer so furchtbar verständnisvoll. Leider brauchte sie nicht sein Verständnis, sondern seine Zuversicht. Denn ihre eigene war beinahe aufgebraucht.

* * *

Gesa saß am Bug der *Apfelkönigin* hinter dem Steuerrad in der halb offenen Kabine und genoss die Aussicht auf das dunkle Wasser der Este und das mit Bäumen bewachsene Ufer. Steffens Besuch hatte sie sehr mitgenommen und sie wartete immer noch auf eine Nachricht von Alexandra, doch zum Glück war Melli spontan bei ihr aufgetaucht, um sie wieder aufzuheitern.

»Gunnar tut zwar so, als sei es keine große Sache, aber insgeheim ist er doch stolz auf seine neue Tresse.« Melli lächelte. »Und Tim erst! Er erzählt jedem, dass sein Papa jetzt Erster Hauptfeuerwehrmann ist.«

»Sind es wirklich schon zwanzig Jahre? Wahnsinn, wie die Zeit vergeht!« Nur zu gut erinnerte sich Gesa daran, wie Gunnar als schlaksiger Sechzehnjähriger bei der Freiwilligen Feuerwehr angefangen hatte. Damals hätte sie nie damit gerechnet, dass er so lange dabeibleiben würde. »Wir sollten das feiern.«

»Finde ich auch. Wobei …« Über Mellis Gesicht huschte ein Schatten. »Ist denn dafür jetzt der richtige Zeitpunkt?«

Gesa nickte. »Gerade jetzt. Was Christians Eltern vorhaben, kann ich immer noch kaum fassen, und dazu die Sache mit Uwe. Ich fänd's schön, das alles für eine Weile zu vergessen.«

»Dann ist es ausgemacht.« Melli lächelte sie an. »Du kommst morgen zu uns zum Essen.«

»Da sage ich nicht Nein.« Gesa blickte in den strahlend blauen Himmel. Mit Melli an ihrer Seite sah die Welt gleich etwas sonniger aus. Trotzdem ließ ihr die Sache mit Alexandra keine Ruhe. »Kannst du bitte nachsehen, ob ich einen Anruf verpasst habe?« Sie deutete im Fahren auf die verschlossene Kunststoffbox, in der sie ihre Wertsachen aufbewahrten. »Mein Handy liegt da drinnen.«

»Nur unter Protest. Es ist schließlich Wochenende.« Melli nahm den Deckel ab und fischte Gesas Smartphone heraus. Sie reichte es ihr.

»Danke.« Gesa drückte die Zeigefingerkuppe auf den Sensor und entsperrte das Gerät. Zwei entgangene Anrufe von Alexandra und eine Sprachnachricht.

»Was Wichtiges?«

»Weiß ich noch nicht.« Sie rief die Mailbox ab.

»Ich bin's noch mal.« Alexandras Stimme klang angespannt. »Tut mir leid, aber ich breche das jetzt ab. Ich habe bei drei Personen von Björns Liste mein Glück versucht. Keiner weiß angeblich von irgendwas. Dafür waren meine Gesprächspartner richtig sauer, dass ich ihnen zutraue, Kontakt zu Escortdamen zu haben. Eine mögliche Bestechung habe ich vorsichtshalber nicht mal erwähnt. Du brauchst mich nicht zurückzurufen. Ich wollte dir nur sagen, dass ich euch nicht helfen kann. Bis Montag!«

»Verdammt!« Gesa schob das Smartphone in ihre Hosentasche. »So wie es aussieht, kann Alexandra mir bei der Recherche nicht helfen. Jetzt bin ich doch wieder auf Björn angewiesen.«

Melli musterte sie. »Wie macht sich dein neuer Kollege eigentlich?«

»Er ist ein bisschen komisch, aber ganz nett.«

»Inwiefern komisch?«

»Na ja.« Gesa steuerte nach links, um ein Kanu zu überholen. »Er zieht sich jeden Tag an wie für ein Bewerbungsgespräch. Beim Arbeiten hört er Klassikmusik. Und ständig hält er mir Türen auf oder lässt mir den Vortritt. Das finde ich ziemlich irritierend.«

»Klingt doch ganz nett. Ein Gentleman also. Wie sieht er aus?«

»Normal.« Gesa starrte das Steuerrad an, als würde es ihre gesamte Konzentration erfordern, die *Apfelkönigin* auf Kurs zu halten.

»Normal?«, fragte Melli. »Was soll das bedeuten? Du bist doch Journalistin. Du kannst das besser.«

»Eben durchschnittlich.« Damit wurde sie Björn zwar nicht ganz gerecht, aber würde sie etwas anderes behaupten, könnten die Folgen verheerend sein.

»Was bedeutet das? Ist er Mitte fünfzig, hat eine Halbglatze und einen Bierbauch?«

»Nicht direkt.« Ihre beste Freundin zu beschwindeln, kam nicht infrage. Auch wenn der Gedanke verlockend erschien. »Stell ihn dir eher Anfang dreißig und schlank vor – mit blonden Haaren und grauen Augen.«

Melli stieß einen Pfiff aus. »Wenn das für dich durchschnittlich ist, möchte ich gern wissen, wer bei dir als attraktiv durchgeht. Brad Pitt vielleicht?«

»Das Aussehen ist bei einem Kollegen doch nebensächlich. Da geht es um die beruflichen Fähigkeiten.«

»Verstehe.« Melli musterte sie. »Also ist er kein guter Journalist?«

»Das würde ich so nicht behaupten.« Gesa drosselte das Tempo, als sie einen besonders schönen Streckenabschnitt mit alten Fachwerkhäusern erreichten. »Ich glaube, von seiner Arbeit als Kulturredakteur versteht er was. Und er hat eine gute Schreibe. Aber den Job als Polizeireporter macht er nur, weil Thomsen ihn dazu zwingt. Das merkt man halt.«

»Der Ärmste! Stell dir vor, du müsstest plötzlich Theaterstücke und Kunstausstellungen besuchen und etwas darüber schreiben. Dabei würdest du vermutlich auch nicht die beste Figur machen.«

»Schon möglich, dass ich ein wenig zu streng mit ihm bin«, räumte Gesa ein. »Björn kann schließlich nichts dafür, dass er kein Ersatz für Uwe ist.«

»Das ist vielleicht nicht schlecht«, bemerkte Melli. »So gut seid du und Uwe doch gar nicht miteinander ausgekommen. Ich hatte immer den Eindruck, er sah dich ein wenig als Bedrohung an.«

»Nein, das glaube ich nicht«, antwortete Gesa automatisch. Dabei lag Melli mit ihrer Vermutung gar nicht mal falsch. »Es war einfach seine Art, dass er jede wichtige Geschichte selbst machen wollte und niemandem vertraut hat.«

»Klingt für mich, als wärst du mit deinem neuen Kollegen besser dran. Und jung ist er auch noch.« Melli zwinkerte ihr zu. »Kann ich mal ein Foto sehen?«

»Wenn du danach Ruhe gibst.« Gesa zog ihr Handy wieder hervor. Selbst hatte sie natürlich kein Foto von Björn geschossen – wozu auch? Doch sie fand ein Bild von ihm im Archiv der *Hamburger Abendpost*. Die Aufnahme zeigte Björn beim Besuch eines Kulturfestivals vor zwei Jahren. Gesa reichte Melli das Smartphone zurück.

»Wow! Der ist ganz und gar nicht Durchschnitt.« Melli lächelte sie an. »Kann es sein, dass du mir das verheimlichen wolltest, damit ich dich nicht frage, wie du ihn findest?«

»Fragen darfst du«, erwiderte Gesa. »Nur nichts Falsches in meine Antwort hineininterpretieren.«

»Das würde ich nie machen«, behauptete Melli. »Also, wie findest du ihn?«

KAPITEL 17

Alexandra Jäschke musterte Gesa, die im Flur der Bauaufsicht auf ihrem Smartphone herumtippte, mit einem Stirnrunzeln. »Bitte beeile dich. Sie fangen gleich an.«

»Okay. Sekunde.« Gesa schaltete ihr Handy auf stumm und schob es zurück in die Tasche. Wenn Björn und sie Alexandra schon zu einer Pressekonferenz begleiten durften, sollten sie dort zumindest alles unterlassen, was ein schlechtes Licht auf ihre Kollegin werfen konnte. Vermutlich hatte Gesa schon genug Schaden angerichtet. »Steckst du unseretwegen eigentlich in Schwierigkeiten?«, fragte sie.

»Der Pongratz will angeblich nie wieder mit mir reden, weil ich ihn wegen – ich zitiere: so einem Schwachsinn – am Wochenende belästigt habe.«

»Das tut mir sehr leid.« Sie hätte Alexandra nicht um diesen Gefallen bitten sollen. »Ist er ein wichtiger Kontakt?«

»Ein Hinterbänkler, aber ab und zu ganz nützlich.« Alexandra hielt ihr die Tür auf. »Wenn er das nächste Mal in die Zeitung will, kriegt er sich schon wieder ein.«

Sie betraten einen Besprechungsraum der Bauaufsicht, in dem sich heute die Journalisten tummelten.

Björn winkte Gesa schon von Weitem zu. Anscheinend hatte er – mal wieder ganz der vorausschauende Gentleman – Plätze für sie beide freigehalten.

Gesa bahnte sich ihren Weg zwischen einem Kamerateam und zwei Radioreportern hindurch und setzte sich auf den leeren Stuhl rechts von ihm. »Danke.«

»Keine Ursache.« Björn beugte sich zu ihr und senkte die Stimme. »Hast du den Kontakt aus Uwes Notizbuch erreicht?«

»Ja. Dieses Mal hat es geklappt.«

»Und verbirgt sich hinter dem Decknamen *teure Begleitung* tatsächlich eine Escortdame?«

»Zumindest eine Frau. Aber sobald sie gemerkt hat, dass ich nicht Uwe bin, hat sie aufgelegt.« Eine weitere Sackgasse. »Allmählich habe ich den Eindruck, dass Uwes Quellen uns rein gar nichts nützen werden.«

Alexandra, die mittlerweile auf Björns linker Seite saß, legte den Zeigefinger gegen die Lippen. »Es geht los.«

Ein beleibter Mann Anfang fünfzig in Jeans und Sakko trat an den Mikrofonständer. »Die meisten von Ihnen kennen mich bereits. Für die anderen möchte ich mich kurz vorstellen. Mein Name ist Axel Milz. Ich bin Leiter der hiesigen Bauaufsicht. Auf vielfachen Wunsch informiere ich Sie heute über das Projekt *Wohnen mit Flair* in Winterhude.«

Alexandra beugte sich über ihren Schreibblock und machte mit einem leisen Klicken ihren Kugelschreiber einsatzbereit.

Gesa hingegen lehnte sich in ihrem Stuhl zurück, um Milz zu beobachten. War der Mann korrupt und vielleicht sogar zu einem Mord fähig?

»Ein Wohnblock aus den Sechzigerjahren am Wiesendamm, der schwere bauliche Mängel aufweist, soll abgerissen werden. Im Anschluss sieht die Planung vor, dass dort ein moderner Wohnkomplex mit Eigentumswohnungen im Passivhaus-Energiesparstandard entsteht.«

Zahlreiche Arme schossen in die Höhe. Milz nickte einer Radiomoderatorin mit Kopfhörern zu, die ihm ein Richtmikrofon unter die Nase hielt. »Mehrere Parteien und Bürgerinitiativen fordern inzwischen eine Prüfung des Gebäudegutachtens. Wird es dazu kommen?«

»Das kann ich Ihnen zum aktuellen Zeitpunkt noch nicht sagen«, erwiderte Milz. »Es wurde aber eine Anfrage an den Senat gestellt.«

Als Nächster kam der Fernsehjournalist an die Reihe. »Was soll mit den jetzigen Mietern passieren?«

»Ihnen wird alternativer Wohnraum zur Verfügung gestellt.«

»In Winterhude?«, hakte der Journalist nach. »Denn ich habe gehört, einigen Bewohnern sollen Wohnungen in Billstedt angeboten worden sein – und zwar in übelster Lage.«

Milz' Stirn glänzte feucht. »Dazu kann ich Ihnen leider nichts Genaues sagen.«

Nun meldete sich auch Alexandra zu Wort. »Warum sollen auf dem Baugrund keine neuen Sozialwohnungen entstehen, sondern teure Eigentumswohnungen? Und das, obwohl in Hamburg seit Jahren ein Mangel an bezahlbarem Wohnraum herrscht.«

Gesa beugte sich vor. Milz fühlte sich eindeutig nicht wohl in seiner Haut. Er klammerte sich am Mikrofonständer fest und sein Kopf nahm einen ungesunden Rotton an.

»Das Konzept eines Passivhauses ist aus umweltpolitischer Sicht sehr zu begrüßen. In Kombination mit sozialem Wohnungsbau wäre das finanziell allerdings nicht realisierbar gewesen.« Ein einzelner Schweißtropfen rann ihm über den Nasenrücken.

Björn beugte sich zu Gesa vor und sein warmer Atem kitzelte sie am Ohr. »Hier ist eindeutig etwas faul.«

»Und wie!« Alexandra konnte sich auf eine Schlagzeile für das Politikressort freuen. Allerdings wirkte der Bauamtsleiter nicht wie jemand, der die Nerven besaß, einen lästigen Journalisten zu töten – nicht einmal mit Gift – und sich danach nicht zu verraten. Doch womöglich gab es jemanden in seinem Umfeld, der dazu fähig war.

Ein Redakteur im Antifa-Shirt hob die Hand. »Für mich sieht es aus, als sollten hier sozial schwache Mieter aus ihren Wohnungen vertrieben werden, weil sich die reichen Nachbarn an ihnen stören.«

»Ich versichere Ihnen, dass das nicht der Fall ist«, entgegnete Milz. »Uns liegen alle Bewohner von Winterhude gleichermaßen am Herzen.«

Allmählich wurde es interessant. Leider vibrierte ausgerechnet jetzt Gesas Redaktionshandy. Es war einer ihrer Kontakte bei der Polizei. Sie wandte sich an Björn und Alexandra. »Ich muss los. Wir sehen uns später.«

Geduckt schlich sie aus dem Raum und zog leise die Tür hinter sich zu. Sobald sie ungestört war, nahm sie den Anruf entgegen. »Gesa Jansen. Hallo.«

»Moin, Frau Jansen. Am Hauptbahnhof gibt es ein Zugunglück mit Personenschaden.«

»Suizid?« In dem Fall würde sie ohnehin nicht berichten und könnte sich die Anreise auch sparen.

»Laut Zeugen wurde die Frau vor den Zug gestoßen. Der Täter ist noch flüchtig.«

»Danke für die Info. Ich mache mich gleich auf den Weg.« Gesa beendete das Gespräch.

So gern sie auch in den Besprechungsraum zurückkehren und den Rest der Pressekonferenz miterleben würde, das hier ging vor. Denn nichts durfte wichtiger sein als die nächste Titelgeschichte.

* * *

Gesa stieg am Hauptbahnhof aus der U2 und lief die Treppe von Gleis 1 zum Verbindungsweg im Laufschritt hinauf. Der Fernbahnhof war übersichtlich angelegt mit vierzehn tiefer gelegten, parallel verlaufenden Gleisen, die alle von beiden Enden des Bahnhofs aus zugänglich waren. Wenn Gesa mehr Zeit hatte, stöberte sie gern in den Geschäften der Wandelhalle oder holte sich in einem der zahlreichen Restaurants etwas zu essen. Heute allerdings war von der sonst so geschäftigen Stimmung im Bahnhof nichts zu spüren.

Die große digitale Anzeigentafel unter der Decke zeigte für die Gleise 11 und 12 *Zugverkehr ausgesetzt* an. Gesa beschleunigte ihre Schritte und überholte einige Jugendliche, die eng beisammenstanden und sich mit gedämpften Stimmen unterhielten.

»Habt ihr mitbekommen, was hier passiert ist?«, fragte Gesa.

Ein etwa Achtzehnjähriger im dunkelgrauen Hoodie drehte sich zu ihr um. »Da war so'n Typ, der hat 'ne Frau geschubst. Direkt vorn Zug.« Er ahmte die Bewegung mit seinen Händen nach. »Der blieb nicht mal Zeit, um zu schreien.«

Sein Kumpel nickte. »Danach ist er abgehauen. Zwei Männer sind ihm hinterher. Keine Ahnung, ob die ihn noch erwischt haben.«

»Danke.« Gesa hastete weiter zu Gleis 11 fast am Ende des Bahnhofs. Die Rolltreppe und die normale Treppe, die zu den Gleisen hinunterführten, waren beide mit Pylonen abgesperrt. Vor den rot-weißen Hütchen standen zwei Security-Mitarbeiter der Bahn, die vermutlich den Auftrag hatten, niemand Unbefugtes durchzulassen.

Mit wenig Hoffnung zückte Gesa ihren Presseausweis und hielt ihn den Männern unter die Nasen. »Kann ich vorbei?«

»Nein«, antwortete ihr der Kleinere der beiden. »Nur Zutritt für Einsatzkräfte der Feuerwehr und Polizei.«

»Verstehe.« Sie zückte ihr Smartphone und suchte nach der besten Stelle, um ein Bild von den Gleisen zu machen. Viel war ohnehin nicht zu erkennen: Nur Sanitäter und Polizisten, die eng beieinanderstanden und ihr die Sicht verdeckten. Trotzdem drückte sie ab. Aber für ein Titelbild reichte ihr Handy-Zoom nicht.

Also rief sie Thomsen an. »Es gibt hier einen Großeinsatz am Hamburger Hauptbahnhof an Gleis 11. Ich brauche einen Fotografen, der sofort kommen kann.«

»Ich kümmere mich darum«, erklärte Thomsen. »Wie groß wird die Geschichte?«

»Könnte was für den Titel sein. Eine Frau wurde auf die Gleise gestoßen.« Gesa stellte sich auf die Zehenspitzen, um den Pulk aus Schaulustigen besser zu überblicken. Natürlich befand sich Ingo unter ihnen – gleich an vorderster Front. »Noch etwas. Bitte schicken Sie nicht Herrn Extner.«

»Wieso nicht? Stolter hat immer gern mit ihm zusammengearbeitet.«

»Das erklär ich Ihnen später. Lennard Rieke wäre gut, wenn er Zeit hat. Ich muss jetzt auflegen. Gerade habe ich jemanden erspäht, mit dem ich dringend reden sollte.« Dass es sich dabei um Ingo Gorzlitz handelte, behielt Gesa für sich.

»Lassen Sie sich nicht aufhalten.« Thomsen beendete das Gespräch.

Gesa kämpfte sich zu Ingo durch, der sich so weit über die Brüstung beugte, dass er beinahe vornüber auf die Gleise kippte. »Ingo! Wir müssen reden. Jetzt!«

Er drehte sich zu ihr um und zog die Brauen hoch. »Schlechtes Timing wie immer. Ich kann gerade nicht. Bin beschäftigt.«

»Du dürftest doch inzwischen genügend Bilder geschossen haben, um ein ganzes Album damit zu füllen.«

»Aber mir fehlt noch eins von der Bahre, wenn die Frau weggebracht wird. Oder das, was von ihr noch übrig ist.« Seine Kaltschnäuzigkeit hätte Gesa vermutlich die Sprache verschlagen, wenn sie ihn nicht schon jahrelang gekannt hätte.

»Wir können uns auch hier unterhalten. Mir ist es egal, wer uns hört.« Ihr Blick schweifte über die Menschenmenge, die größtenteils aus sensationslüsternen Bahnfahrern zu bestehen schien. »Du hast Uwes Themen gestohlen.« Ganz sicher konnte Gesa sich zwar nicht sein, doch das Flackern in Ingos Augen deutete darauf hin, dass sie mit ihrer Vermutung richtiglag.

»Na schön. Reden wir.« Ingo gab seinen Platz an der Brüstung auf und begleitete Gesa zu einer ungestörten Stelle vor einem Fahrkartenautomaten.

Er musterte sie mit einem Stirnrunzeln. »Ich finde es schon heftig, was du gerade behauptet hast – noch dazu in der Öffentlichkeit. Wie kommst du auf so einen Schwachsinn?«

»Uwe hatte dich schon länger unter Wind. Und auf der Demo hat er dich dann zur Rede gestellt. Euer Streit ist mehreren Zeugen aufgefallen.«

»Man soll ja nicht schlecht über die Toten reden, aber Uwe war zuletzt nicht mehr ganz dicht.« Ingo verschränkte die Arme vor der Brust. »Er hat mich beschuldigt, sein Handy abzuhören. Als hätte ich so etwas nötig.«

»Hast du.« Gesa reckte das Kinn. »Uwe war bei fast jeder Geschichte schneller als du.«

»Weil er schlampig recherchiert hat.«

»Weil die Menschen ihm mehr vertrauten als dir. Er hatte das größere Netzwerk und die besseren Quellen – und die hast du angezapft.«

»Das vermutest du nur. Aber dir fehlen die Beweise.« Ingos Augen wurden schmal. »In Wahrheit sind deine Anschuldigungen nichts weiter als ein Bluff. Du hoffst, dass ich darauf reagiere und mich dadurch verrate.« Die letzten Worte setzte er mir seinen Zeigefingern in Anführungszeichen.

Von draußen ertönten Sirenen. Weitere Polizeibeamte betraten den Bahnhof.

Ingo reckte den Hals, blieb aber vor dem Fahrkartensautomaten stehen. »War's das jetzt?«

»Ganz und gar nicht.« Sie sah ihm fest in die Augen. »Hast du Uwe getötet?«

Ingos Gesichtszüge entglitten ihm. »Jetzt gehst du zu weit!«

»Das ist keine Antwort. Du hattest Gelegenheit und Motiv. Uwe wusste, dass du irgendwie von seinen Geschichten erfahren hast. Also hat er sein Handy auf Spionagesoftware überprüfen lassen.« Dass es dazu nicht mehr gekommen war, brauchte Ingo ja nicht zu wissen.

»Falls da was gefunden wurde, dann sicher nicht von mir. Uwe hätte mich nie an sein Smartphone gelassen, um so was zu installieren.«

Ein berechtigter Einwand. Womöglich stimmte ja doch Silkes Vermutung, dass André Ingo mit Informationen versorgt hatte. Darauf durfte Gesa Ingo allerdings nicht ansprechen, solange sie sich nicht hundertprozentig sicher war.

»Dann hast du es eben anders angestellt. Eine Wanze in seiner Jacke versteckt, dich in seine Mails gehackt oder was auch immer. Aber Uwe hat es bemerkt und er hat darüber auch mit Silke gesprochen.«

Ingos Augen weiteten sich. »Deshalb war also plötzlich Funkstille. Ich hätte wissen müssen, dass er nichts unversucht lassen würde, um uns reinzupfuschen.«

»Ich sage doch, du hast ein Motiv.« Gesa trat noch näher an Ingo heran, auch wenn sie nun den Kopf in den Nacken legen musste. »Zweimal hat Silke dich wegen Uwe verlassen. Du musst unglaublich wütend auf ihn sein.«

»Niemand würde uns als beste Freunde bezeichnen. Das stimmt. Aber gerade geht deine Fantasie mit dir durch. Silke hat mich damals nicht für Uwe verlassen. Sie bleibt nur nicht gern lang allein. Mir war's egal, dass sie nach mir was mit ihm angefangen hat.«

Ingo stand mit dem Rücken zu den Gleisen – im Gegensatz zu Gesa. Sie bemerkte durchaus, dass die Überreste der armen getöteten Frau mit einer Plane bedeckt und abtransportiert wurden. Doch Gesa ließ sich nichts anmerken und richtete ihren Blick zurück auf Ingo. »Das kaufe ich dir nicht ab. Wenn Silke dir wirklich so wenig bedeuten würde, hättest du dich doch jetzt nicht wieder mit ihr getroffen, kaum dass sie frei war.«

»Die beiden haben sich schon vor zwei Jahren getrennt. Ich hab also nicht gerade in Habachtstellung gelauert.« Er kratzte sich an der Nase. »Und die paar Dates, die wir in den letzten Wochen hatten, gingen von Silke aus. Sie hat mich über Facebook angeschrieben. Es war ganz nett, sie wiederzusehen, aber mehr auch nicht.«

»Ich weiß nicht, ob du mir oder dir etwas vormachen willst, soweit es Silke betrifft. Aber was die andere Sache angeht, hast du dich verraten.«

»Ach ja?« Ingo trommelte gegen den Fahrkartenautomaten. »Sagt dir das dein angeblicher Reporterinstinkt?«

»Eher meine Menschenkenntnis.« Gesa riskierte einen schnellen Seitenblick. Das Opfer befand sich jetzt außer Sichtweite. Dafür tauchte Lennard mit einer Kamera um den Hals auf.

»Meiner Erfahrung nach reagieren die meisten Menschen mit Wut oder Fassungslosigkeit, wenn man ihnen etwas unterstellt, was sie nicht getan haben. Als ich von dir wissen wollte, ob du für Uwes Tod verantwortlich bist, hat dich das total schockiert. Das konnte ich dir ansehen.« Gesa holte tief Luft. »Aber mein Vorwurf, dass du Uwes Geschichten stiehlst, hat dich kaltgelassen.«

Er furchte die Stirn. »Wenn mich so was schon aus der Bahn werfen würde, wäre ich im falschen Job. Mir wurden schon ganz andere Sachen unterstellt.«

»Das glaube ich dir gern. Danke für das Gespräch.«

»Totale Zeitverschwendung!«, brummelte Ingo. Er wandte sich um. »Nein! Das darf doch nicht wahr sein!« Wütend starrte er sie an. »Das hast du extra gemacht.«

»Schon möglich.« Sie verkniff sich ein schadenfrohes Grinsen.

»Lennard! Gut, dass du hier bist.« Ingo stürmte auf den jungen Fotografen zu. »Hast du die Bahre drauf?«

»Nein«, erwiderte Lennard. »Und ich kann dir auch keine Bilder verkaufen. Ich bin heute exklusiv von der *Abendpost* gebucht.«

»Verdammt!« Ingo kehrte zurück zu Gesa und reckte das Kinn. »Das hier hat noch ein Nachspiel.«

Kapitel 18

»Verdammt!« Thomsen schleuderte den Hundeknochen gefähr-lich nah an den Köpfen von Björn und Alexandra vorbei gegen die Wand. Henri, dem das Temperament seines Frauchens anscheinend nichts ausmachte, hechtete hinterher.

Gesa legte einige ausgedruckte Artikel auf Thomsens Schreibtisch ab und linste dabei auf ihren Bildschirm. Anscheinend stöberte die Chefin schon wieder im Internet nach einer neuen Bluse. Hoffentlich hatte sie nicht ernsthaft vor, das gerade angezeigte Modell in Bonbonrosa zu nehmen. »Wir sind zwei Jahre zurückgegangen. Ein Zweifel scheint ausgeschlossen.«

»Bei achtunddreißig Artikeln gab es identische Fotos«, ergänzte Björn. »Für die *Nord Nachrichten* verwendet Herr Extner ein anderes Kürzel als bei uns, aber er muss es einfach sein.«

Gesa nickte. »Zumal ich mich wenigstens an zwei Geschichten erinnere, bei denen Stolter erwähnt hat, er wäre der einzige Journalist vor Ort gewesen. Außerdem ist es die plausibelste Erklärung, wie Gorzlitz an Stolters Themen heran-gekommen sein könnte.«

»Dass Extner uns so hintergangen hat, macht mich maß-los wütend.« Thomsen trommelte mit den Fingern auf ihrem

Schreibtisch. »Der Mann ist ab sofort für alle Aufträge gesperrt. Allerdings verstehe ich eines nicht. Wenn Gorzlitz seine Informationen über Extner erhalten hat, wer hat dann Stolters Handy ausspioniert?«

Alexandra trat vor. »Da kann ich vielleicht weiterhelfen. Ich habe mich ein wenig über das umstrittene Bauprojekt in Winterhude schlau gemacht. Das Gebäude mit den Mietwohnungen wurde kürzlich verkauft – und zwar an Harald Ruhlt.«

»Der Name kommt mir bekannt vor.« Björn hockte am Boden und kraulte Henri zwischen den Ohren, während dieser an seinem Knochen nagte. »Ist er nicht ein Mäzen, der die Hamburger Kunst und Kultur fördert?«

»So tritt er gern in der Öffentlichkeit auf. Doch er hat auch noch eine andere Seite. Sein Geld stammt hauptsächlich aus dubiosen Immobiliengeschäften. Er wurde deswegen schon mehrfach angezeigt. Und«, Alexandra machte eine dramatische Pause, »es hält sich hartnäckig das Gerücht, Ruhlt würde seine Mitarbeiter und Gegner abhören. Nachweisen konnte ihm das bisher aber niemand.«

»Vermutlich lässt er andere seine Drecksarbeit machen«, bemerkte Gesa. »Und um erfolgreich zu sein, muss er ein großes Netzwerk haben und Leute an den richtigen Stellen schmieren.« Ihr Blick schweifte zu Björn. »War er am Freitag auf der Party?«

Björn richtete sich auf. »Das weiß ich leider nicht. Ich kenne Ruhlt nur vom Hörensagen.«

Alexandra hielt ihm ihr Smartphone unter die Nase. »Erkennst du ihn wieder?«

Er zögerte. »Ich glaube ja. Doch. Er war dort. Allerdings haben wir uns nicht unterhalten. Ich habe ihn nur von Weitem gesehen. Er befand sich in Begleitung eines jungen Mannes.«

Thomsen beugte sich über ihren Schreibtisch. »Wann bekomme ich denn den Artikel zu dieser Sexskandal-Party?«

»Bald«, behauptete Gesa. »Das wird Riesenwellen schlagen, deshalb müssen wir unangreifbar sein. Wir brauchen noch eine Insiderquelle, die unsere Vermutungen bestätigt.«

»Lassen Sie sich damit nicht zu lange Zeit. Die Konkurrenz schläft nicht. Für heute ist die Seite eins ja versorgt.« Thomsen wandte sich an Alexandra. »Der Bahnschubser hat Ihre Geschichte vom Titel verdrängt. Sie bekommen stattdessen den Aufmacher im Politikteil.«

»Das habe ich mir schon gedacht«, bemerkte Alexandra. Im Gegensatz zu manch anderen Kollegen nahm sie einen Rückschlag gelassen hin.

Thomsen rückte ihre Brille zurecht. »Und von Ihnen, Frau Jansen, möchte ich hundert Zeilen in einer Stunde auf meinem Schreibtisch haben.«

»Ist so gut wie erledigt.« Schließlich hatte Gesa O-Töne des Einsatzleiters und von zwei Augenzeugen. Damit schrieb sich die Geschichte praktisch von selbst.

»Dann will ich Sie nicht länger von der Arbeit abhalten.« Thomsen zerknüllte die Ausdrucke mit Andrés doppelt verkauften Fotos und warf sie in den Papierkorb. »Ich habe hier auch noch einiges zu erledigen.«

Damit meinte sie dann wohl ihren Frustkauf. Beinahe tat sie Gesa leid. André hatte zwei Jahrzehnte lang für die *Hamburger Abendpost* fotografiert. Sein Verrat musste die Chefredakteurin schwer treffen, auch wenn sie sich nur ihre Wut anmerken ließ.

Björn, mal wieder ganz Gentleman, hielt Alexandra und Gesa die Tür zum Flur auf.

»Danke.« Alexandra lächelte ihr im Vorbeigehen zu. Ihr gefiel es anscheinend, hofiert zu werden.

Gesa hingegen fehlte die Geduld für solche Albernheiten. Sie lief voraus ins Großraumbüro und setzte sich an ihren Rechner. Das Zugunglück war tragisch für die Betroffenen, aber Alltag im Polizeiressort.

Sie legte sich Kugelschreiber und Notizblock bereit und rief bei der zuständigen Pressestelle an. »Gibt es schon Neuigkeiten zum Tatverdächtigen?«

Der Mitarbeiter bejahte. »Er befindet sich in Polizeigewahrsam. Ich darf Ihnen aber nur das Alter und den Wohnort verraten. Es handelt sich um einen Einundzwanzigjährigen aus Altona.«

»Vorbestraft?« Sie ahnte die Antwort bereits.

»Dazu darf ich Ihnen keine Auskunft geben.«

»Irgendeine Chance, dass es bis zwanzig Uhr neue Infos gibt?« Falls ja, konnte sie ihre Feierabendpläne begraben und sich auf eine Abendschicht in der Redaktion einstellen.

»Das hängt vom Verlauf der Ermittlungen ab.« Eine nette Umschreibung dafür, ob der Täter in der Vernehmung kooperierte oder nicht.

»Wer ist das Opfer?«, fragte Gesa.

»Eine siebzehn Jahre alte Schülerin. Michelle K. Ebenfalls aus Altona. Und bevor Sie fragen: Ich kann Ihnen noch nicht sagen, ob sich Täter und Opfer kannten.«

»Schade. Dann muss ich erst mal mit dem Wenigen arbeiten, das Sie rausgeben dürfen.« Gesa zeichnete Kringel auf ihren Block. »Vielleicht wird es ja bis Druckschluss noch etwas mehr.«

»Das hoffe ich auch. Bis später dann.« Der Mann legte auf.

Gesa stieß im Geiste ein paar Flüche auf die Vorschriften der Polizei aus, während sie die Computertastatur in Höchstgeschwindigkeit bearbeitete. Thomsen musste sich eben erst mal mit einem provisorischen Artikel zufriedengeben.

Sie öffnete ihre eigenen Fotos auf dem Smartphone und rief sich damit den Tatort wieder ins Gedächtnis. Zu Gleis 11 gehörte ein langer Bahnsteig für den ICE und andere Fernzüge, der noch weit aus der Bahnhofshalle hinaus ins Freie reichte. Überall mussten Reisende gestanden haben, doch der Mann

161

hatte sich ausgerechnet für Michelle entschieden. Zufall oder Absicht?

»Du hast da wieder diese Denkerfalte auf deiner Stirn.« Björn beugte sich über seinen Schreibtisch zu ihr vor. »Worüber grübelst du nach?«

»Ob das vorhin eine Beziehungstat war. Täter und Opfer hatten schließlich ein ähnliches Alter.« Gesa öffnete Lennards Mail mit seinem Dropbox-Link und wählte zwei Fotos für den Download aus. »Oder der Mann war auf Drogen und hat Michelle willkürlich ausgewählt.«

Björn lächelte. »An dir ist wirklich eine Kriminalkommissarin verloren gegangen.«

»Es ist einfach leichter, den Kram zu schreiben, wenn ich die Hintergründe kenne.« Dass sie tatsächlich schon als kleines Mädchen davon geträumt hatte, eines Tages Polizistin zu werden, brauchte Björn nicht zu erfahren.

Gesa mailte ihren Artikel an die Kollegen aus der Onlineredaktion, damit sie ihn auf die Website stellen konnten, und hängte auch gleich Lennards Bilder an. »Hast du es noch mal bei Lena, der Escortdame, versucht?«

»Ja, aber da geht nur die Mailbox ran. Ich habe ihr eine Nachricht hinterlassen.« Björn rieb sich die Nase. »Keine Sorge. Ich habe nicht gleich erwähnt, dass ich Journalist bin.«

»Das ist gut.« Vermutlich hatte Lena genauso wenig Lust, mit der Presse zu reden, wie Noak.

»Brauchst du mich heute Abend?«, fragte Björn. »Denn wenn nicht, würde ich gern eine Ausstellungseröffnung besuchen.«

»Dann geh. Ich schaff das schon.« Falls kurzfristig noch etwas Wichtiges reinkam, konnte sie notfalls einen freien Mitarbeiter rausschicken.

»Danke.« Er schenkte ihr ein Lächeln. »Ich will nicht völlig den Anschluss verlieren.«

»Welchen Anschluss?« Gesa scrollte sich durch ihr digitales Telefonbuch und suchte Crachts Nummer.

»Den im Kulturressort. Ich bin jetzt schon sechs Tage weg und habe zig Termine verpasst. Hoffentlich kann ich bald zurück.«

»Ich bin sicher, Thomsen sucht schon nach einem Ersatz für Uwe.« Gesa zog die Unterlippe zwischen ihre Zähne. Sie sollte ihm die Wahrheit sagen. Nicht hier im Großraumbüro, wo alle mithören konnten, aber allzu lange durfte sie es nicht mehr vor sich herschieben.

Stattdessen rief sie Cracht an. »Gesa Jansen hier. Es gibt etwas, worüber wir reden müssen. Haben Sie einen Augenblick Zeit?«

»Diese Frage sollten Sie bei der Kripo nie stellen, wenn Sie eine ehrliche Antwort wollen. Aber lassen wir das. Ich nehme mir die Zeit. Worum geht's?«

»Ich habe bei meinen Recherchen etwas herausgefunden, das Sie möglicherweise noch nicht wissen.« Gesa senkte die Stimme. »André Extner, der freie Fotograf, mit dem Uwe oft zusammengearbeitet hat, hat ihn hintergangen. Kurz vor Uwes Tod drohte das Ganze aufzufliegen.«

»Das ist mir allerdings neu«, entgegnete Cracht.

»Vermutlich wissen Sie von dem Streit zwischen Uwe und Ingo Gorzlitz auf der Demo gegen rechte Gewalt. Uwe war aufgefallen, dass Ingo regelmäßig von seinen Exklusivgeschichten erfahren und ihm die Themen gestohlen hat.«

»Davon habe ich gehört, ja.«

»Uwe hat geglaubt, Ingo habe sein Handy abgehört. Allerdings hat er seiner Frau Silke gegenüber den Verdacht geäußert, Extner könnte seine Themen weitergetragen haben.«

»Haben Sie dafür Hinweise gefunden?«

»Und ob!« Gesa wippte mit dem rechten Fuß, doch nicht einmal das half gegen ihre Unruhe. »Wir haben Artikel aus dem Archiv der *Hamburger Abendpost* mit denen der *Nord Nachrichten* verglichen und zahlreiche ähnliche Fotos gefunden. Dabei beauftragen wir Fotografen ausschließlich mit einem Exklusivvertrag für die jeweilige Geschichte.«

»Wenn Sie das herausgefunden haben, wäre Uwe vermutlich auch bald dahintergekommen«, entgegnete Cracht. »Was hätte das für Extner bedeutet?«

»Einen Gesichtsverlust. Wir werden Extner nie wieder beschäftigen und so was spricht sich in der Branche rum. Auch andere Medien könnten ihn auf ihre schwarze Liste setzen nach diesem Vertrauensbruch. Schlimmstenfalls verliert er seine berufliche Existenz.« Gesa stieß sich mit den Füßen ab und drehte sich in ihrem Schreibtischstuhl wie ein Kreisel um die eigene Achse. Gleich fühlte sie sich etwas besser. »Damit hätte er zumindest ein starkes Motiv.«

»Tun Sie mir einen Gefallen«, bat Cracht. »Reden Sie nicht noch einmal mit Extner oder Gorzlitz. Ich werde die beiden hierher zur Vernehmung laden.«

»Versprochen.« Gesa nahm noch einmal Schwung. »Schließlich will ich nichts tun, was die laufenden Ermittlungen gefährdet. Aber wenn Sie wissen, wer Uwe das angetan hat, möchte ich es als Erste erfahren.«

»Das werden Sie«, versprach Cracht. »Sie haben mein Wort.«

* * *

Gesa spazierte über den alten Deich und hielt sich das Handy ans Ohr. Längst war die Sonne untergegangen und das einzige Licht stammte von den Straßenlaternen und aus den Fenstern der Häuser, an denen sie vorbeilief. Ihr gefiel die Einsamkeit nach dem Trubel des Tages – und das wesentlich besser als die Nachrichten, die Christians alter Freund Norman für sie hatte.

»Es tut mir leid, aber ich glaube nicht, dass du verhindern kannst, dass Christians Eltern diesen Antrag stellen«, sagte er. »Natürlich bin ich als Strafverteidiger kein Experte auf diesem Rechtsgebiet. Doch als Christians nächste Angehörige haben sie die Möglichkeit dazu.«

»Aber das Amtsgericht wird ihren Antrag zurückweisen, nicht wahr? Im Verschollenengesetz steht schließlich zehn Jahre und Christian wird erst seit fünf Jahren vermisst.« An diese Hoffnung musste sie sich klammern.

»Wäre Christian hier in Deutschland verschwunden, würde ich dir zustimmen. Aber es glaubt wohl niemand, dass er sich freiwillig in Syrien abgesetzt hat. Als du ihn das letzte Mal lebend gesehen hast, wurde auf euch beide geschossen. Auch das spricht dafür, dass er tot ist.«

»Nur wenn man seine Leiche gefunden hätte.« Gesa beschleunigte ihre Schritte. Ein kühler Abendwind ließ sie frösteln. Vielleicht waren es aber auch Normans Worte. »Niemand dort würde sich mit einem Toten belasten. Falls ihn jemand mitgenommen hat, dann nur, weil er lebend einen Wert besaß.«

»Fünf Jahre ohne Lösegeldforderung legen allerdings die Vermutung nahe, dass er inzwischen nicht mehr am Leben ist.« Norman räusperte sich. »Bei Unglücksfällen gilt normalerweise eine Jahresfrist. Allerdings könntest du Glück haben, dass das Gericht den Antrag ablehnt, weil Syrien als Kriegsgebiet gilt. Dann müssten Christians Eltern warten, bis der Krieg mindestens ein Jahr vorüber ist und Christian ausreichend Gelegenheit für eine Heimkehr gehabt hätte.«

»Das kann dauern.« Gesa schöpfte neue Hoffnung. »Ich sage mir auch immer wieder, dass die erschwerte Kommunikation der Grund dafür ist, dass wir immer noch nichts von ihm gehört haben.«

»Das wäre ein Argument. Und vielleicht wird der Richter zu dem gleichen Schluss kommen wie du. Trotzdem rate ich dir dringend davon ab, dich in diese Angelegenheit einzumischen. Das schafft nur Unfrieden zwischen dir und Christians Familie.«

Gesa presste die Lippen zusammen. Christian und sie hätten heiraten sollen. Dann wäre sie aus juristischer Sicht eine Angehörige und nicht nur die Lebensgefährtin, deren Meinung nichts zählte.

»Alles, was ich dir gerade gesagt habe, war mein Rat als Freund«, bemerkte Norman. »Wenn du eine verbindliche juristische Auskunft möchtest, frag bitte jemanden, der tatsächlich auf diesem Fachgebiet Experte ist.«

»Danke. Das wird nicht nötig sein.« Sie blieb stehen und betrachtete ihren kleinen Hamburger Stadtteil, in dem sie jedes einzelne Haus und die meisten der achthundertvier Einwohner zumindest vom Sehen her kannte. »Ich werde nicht dagegen vorgehen, weil ich weiß, dass Christian das nicht wollen würde. Aber ich kann auch nicht so tun, als fände ich es in Ordnung, was seine Eltern vorhaben.«

»Was glaubst du, wie lange der Bürgerkrieg noch andauern wird?«, fragte Norman.

Gesa atmete tief durch. »Noch eine Ewigkeit.«

KAPITEL 19

Die Morgensonne strahlte auf die Terrasse des Alsterpavillons. Gesa lehnte sich in ihrem Holzstuhl zurück und betrachtete das glitzernde blaue Wasser. Um sie herum verzehrten die Gäste ihr Frühstück und unterhielten sich dabei. Es duftete nach Kaffee und frisch gebackenen Brötchen. In Momenten wie diesen fiel es ihr manchmal schwer, zu glauben, dass Hamburg laut der Kriminalstatistik zu den gefährlichsten Städten Deutschlands gehörte.

Björn verspätete sich. Um die Wartezeit zu überbrücken, rief Gesa auf ihrem Smartphone die Online-Ausgabe der *Nord Nachrichten* auf. Das zweitklassige Foto von Ingo entlockte ihr ein klein wenig Schadenfreude, auch wenn sie ihm zugestehen musste, dass er eine ziemlich gute Schreibe hatte.

»Tut mir leid!«, rief Björn ihr schon von Weitem entgegen. »Ich habe meine Bahn verpasst.«

»Kein Problem.« Gesa deutete auf den freien Stuhl zu ihrer Linken. »Wir haben noch Zeit.«

»Ich hab deinen Artikel gelesen.« Björn hängte seine Sommerjacke über die Lehne eines freien Stuhls und setzte sich. »Hat mir sehr gut gefallen.«

»Danke. Auch wenn der Ex, der sich rächt, ja schon fast ein Klischee ist.«

Eine Kellnerin kam an ihren Tisch und stellte vor Gesa ihr französisches Frühstück ab. Sie wandte sich an Björn. »Darf ich Ihnen auch etwas bringen?«

»Nur einen grünen Tee bitte.« Er wartete, bis die Bedienung wieder gegangen war, bevor er weitersprach. »Lena hat mich gestern Abend zurückgerufen.«

»Und was hat sie gesagt?« Gesa bestrich ihr Croissant mit Butter und tunkte es in den Kaffee.

»Sie war wenig erfreut, als sie begriffen hat, dass ich kein Treffen mit ihr vereinbaren wollte. Erst dachte ich, sie legt gleich wieder auf.«

»Aber das hat sie nicht?« Gesa biss in das süße, noch warme Gebäck.

Björn schüttelte den Kopf. »Vermutlich wollte sie nur sicher-gehen, dass wir ihr keinen Ärger machen. Sie hat mich eindring-lich gebeten, ihren Namen auf keinen Fall in Zusammenhang mit der Liste zu erwähnen.«

»Als ob Lena ihr richtiger Name wäre.« Gesa nahm einen Schluck Kaffee. Hier schmeckte er sehr viel besser als aus der uralten Redaktionsmaschine.

»Trotzdem wirkte sie beunruhigt. Sie hätte die Liste nie erwähnt, wenn sie geahnt hätte, dass ich Journalist bin.«

»Vermutlich nicht.« Gesa löffelte Erdbeermarmelade auf ihr Hörnchen. Wenn sie schon ungesund frühstückte, dann bis zum Zuckerschock. »Aber irgendetwas muss sie dir geliefert haben – als Gegenleistung für dein Schweigen.«

Björn starrte sie an. »Du willst doch hoffentlich nicht andeuten, dass ich sie erpresst …«

Die Bedienung kehrte mit seinem Tee zurück und stellte das Kännchen vor ihm ab.

»Danke.«

Gesa beugte sich über den Tisch und sprach möglichst leise. »Natürlich hast du das nicht. Aber diese Frau kennt dich nicht.

Vermutlich ist sie daran gewöhnt, dass jede Gefälligkeit mit einem Gegengefallen erwidert werden muss. Also, was hat sie dir erzählt?«

»Über die Liste? Kein einziges Wort mehr«, erwiderte Björn. »Dafür hatte sie einiges über Kalle Noak zu sagen.«

»Was denn?« Sie legte ihr Croissant zurück auf den Teller. Das hier versprach, interessant zu werden.

»Der Mann arbeitet nicht nur als Türsteher. Er verdient sich auch was als Dealer hinzu. Allerdings beliefert er hauptsächlich die Partygäste und verkauft sein Zeug nicht frei auf der Straße.«

»Wow!« Mit dieser Wendung hatte sie nicht gerechnet. »Kein Wunder, dass Noak so besorgt war, jemand könnte ihn gesehen haben.«

Björn runzelte die Stirn. »Ich weiß nicht so recht. Er hat sich doch mit Lumbach unterhalten. Glaubst du ernsthaft, dass der Drogen konsumiert?«

»Er wäre nicht der erste Journalist, aber nein. Was nicht bedeutet, dass er keine gekauft haben könnte.«

»Du meinst, er ist für einen seiner Beiträge undercover im Drogenmilieu unterwegs? Der Sender hat zwar ein Crime-Format, trotzdem scheint mir das ziemlich gewagt.«

»Es wäre eine Möglichkeit.« Gesa rührte in ihrem Kaffee herum. »Oder Lumbach will Noak als Informanten gewinnen. Vielleicht kauft er etwas bei ihm, um sich später sein Schweigen mit Informationen bezahlen zu lassen.«

»Riskant.« Björn trank von seinem Tee. »Ganz besonders nach dem, was Uwe zugestoßen ist.«

»Ich habe Kollegen schon ganz andere Dinge tun sehen, um bei einer Geschichte Erster zu sein. Um welche Drogen geht es eigentlich?« Sie biss in das Marmeladencroissant und genoss die fruchtige Süße auf ihrer Zunge.

»Um typische Partydrogen wie Speed, Ecstasy und LSD. Genaueres konnte Lena mir angeblich nicht sagen, weil sie nie seine Kundin war.«

»Das würde ich an ihrer Stelle auch behaupten.« Gesa trank ihren Kaffee aus. »Wir sollten so schnell wie möglich noch mal mit Noak reden. Jetzt bin ich überzeugter denn je, dass er uns nicht die volle Wahrheit gesagt hat. Leider hilft uns das nicht bei unserem aktuellen Problem.«

Björn musterte sie. »Du meinst, wir haben immer noch nicht genug Stoff für den Artikel über die Sexpartys, den du Thomsen versprochen hast.«

»Ganz genau.« Sie sah auf ihre Armbanduhr. »Und in einer halben Stunde beginnt die Themenkonferenz.«

* * *

»Was soll das heißen: Sie haben immer noch nicht genug für einen Artikel?« Thomsens Mund verengte sich zu einem Strich und über ihrer Nase erschien eine steile Falte. Mit der rechten Hand klopfte sie auf den Konferenztisch. »Seit Tagen halten Sie mich hin. Stolter an Ihrer Stelle hätte längst geliefert.«

Gesa tauschte einen Blick mit Björn, der aussah, als würde er am liebsten den Konferenzraum verlassen. Mit diesem Wunsch war er nicht allein. Alexandra sah auf ihre Armbanduhr und die Kollegen aus der Onlineredaktion rutschten unruhig auf ihren Stühlen herum.

»Stolter hatte eine Informantin, die leider nicht bereit ist, mit uns zu reden«, erwiderte Gesa. »Wir müssen Ersatz für sie finden. Andernfalls basiert unser Artikel nur auf Vermutungen. Da es immerhin um den Ruf zahlreicher Politiker geht, müssen wir uns auf Unterlassungsklagen gefasst machen.«

»Danke. Ich brauche keine Belehrungen von Ihnen.« Thomsens Tonfall klang bissig. »Ich bin schon etwas länger hier im Haus als Sie. Ja, die Geschichte sollte wasserdicht sein. Aber Sie haben selbst gesagt, dass Gorzlitz auch vor Ort war. Wenn wir noch länger zögern, bringt er seinen Artikel vor uns.«

»Das glauben wir nicht«, mischte Björn sich ins Gespräch. »Er hat vielleicht einen Tipp bekommen, aber er hatte keinen Zugang zur Party oder zu Stolters Informanten. Für ihn dürfte es noch schwieriger werden als für uns, Einzelheiten in Erfahrung zu bringen.«

»Zumindest hat der Mann Biss und kennt keine Skrupel«, erwiderte Thomsen. »Vielleicht sollte ich ihn einstellen. Dann bekomme ich wenigstens das Blatt voll.«

Vor Wut knirschte Gesa mit den Zähnen. Diese Drohung stieß Thomsen seit Jahren aus, wann immer sie mit Uwes oder Gesas Leistung unzufrieden war. »Wir liefern die Geschichte, sobald wir verlässliche Informationen haben. Gut möglich, dass dies schon heute der Fall sein wird.«

»Wie das?«, fragte Thomsen. »Wo wollen Sie auf einmal eine Informantin herbekommen?«

»Über einen anderen Informanten von Stolter.« Gesa gefiel es nicht, Thomsen Versprechungen zu machen, die Björn und sie womöglich nicht halten konnten. Doch noch schlimmer war die Aussicht, Ingo als neuen Kollegen zugeteilt zu bekommen. »Er wollte bisher nicht kooperieren, aber jetzt haben wir ein Druckmittel.«

»Sie haben vierundzwanzig Stunden.« Thomsen musterte Gesa über den Konferenztisch hinweg. »Enttäuschen Sie mich nicht.«

* * *

»Sie schon wieder!« Noak verzog beim Anblick von Gesa und Björn, die vor seiner Wohnungstür standen, das Gesicht. »Was wollen Sie noch? Ich hab doch am Samstag schon alles erzählt.«

171

»Leider nicht.« Vorsorglich stellte Gesa einen Fuß in die Tür. »Sie durften also zurück in Ihre Wohnung.«

»Hat ja auch lange genug gedauert«, brummte Noak.

»Dürfen wir reinkommen?«, fragte Björn.

Noak schüttelte den Kopf. »Ich hab noch nicht aufgeräumt. Sieht alles total chaotisch aus.«

»Das macht uns nichts«, sagte Gesa. Noak erschien ihr nicht wie der Typ, der sich leicht genierte. Vielleicht ging es ihm auch um etwas ganz anderes. »Sie können uns ruhig in Ihre Wohnung lassen. Wir wissen ohnehin von den Drogen.«

Noak entgleisten die Gesichtszüge und er wurde kreidebleich.

Gesa nutzte das Überraschungsmoment, stieß die Tür auf und zwängte sich an ihm vorbei. Björn folgte ihr nach sichtlichem Zögern. Drinnen roch es nach Muff und schalem Bier. Im Flur standen leere Getränkekisten und schmutzige Schuhe. Das Wohnzimmer sah kaum besser aus.

Vorsichtig umrundete Gesa einen Stapel DVDs und einen großen Fleck auf dem Teppich, der eingetrocknet war und aussah, als könnte er von Erbrochenem stammen. Dazu gab es schmutzige Schuhabdrücke – vermutlich von den Ersthelfern – und eine Armee toter Fliegen auf der Fensterbank.

»Die haben hinterher nicht mal aufgeräumt.« Noak ließ sich in einen verschlissenen Sessel sinken. »Hinterlassen einfach einen Saustall und hauen ab.«

Insgeheim beglückwünschte Gesa sich zu ihrer robusten Jeans, während sie auf der speckigen Ledercouch Platz nahm. Auffordernd klopfte sie auf die freie Stelle neben sich, weil sie befürchtete, dass Björn sich in seiner empfindlichen Anzughose nicht freiwillig setzen würde.

»Herr Noak«, eröffnete Gesa das Gespräch: »Wir brauchen Ihre Hilfe. Können Sie den Kontakt zu einer Escortdame herstellen, die bereit ist, mit uns über die VIP-Partys und über die Liste zu sprechen?«

»Keine Chance.« Noak kratzte sich am Bauch. »Die Frauen reden nicht über ihre Kunden. Das wäre schlecht fürs Geschäft.«

»Im Artikel würde kein Name auftauchen. Wir sichern völlige Anonymität zu.«

»Warum sollte sich eine darauf einlassen?«

»Um Ihnen einen Gefallen zu tun. Ein paar der Damen sind doch sicher Ihre Kundinnen.« Zumindest hoffte Gesa darauf.

»Kann sein.« Noak kniff die Augen zusammen und musterte sie. »Aber was hab ich davon, Ihnen zu helfen? Damit riskier ich höchstens jede Menge Ärger.«

»Den haben Sie schon.« Endlich setzte sich Björn neben sie. »Die Polizei ist nicht so dumm, wie Sie glauben. Mit Sicherheit hat dort längst jemand erkannt, dass Ihre Aussage nicht stimmen kann.«

»Ich hab denen nichts als die Wahrheit gesagt.« Noak reckte das Kinn. »Was meinen Sie überhaupt?«

»Den zeitlichen Ablauf.« Gesa trommelte mit den Fingern auf der Couchlehne herum. »Das Gift hat schnell gewirkt. Aber nicht so schnell, wie Sie behaupten.« Sie sprang von ihrem Sitzplatz auf, auch wenn es kaum eine freie Fläche auf dem schmuddeligen Wohnzimmerteppich gab, um ihrem Bewegungsdrang nachzugeben. »Als Uwe zusammengebrochen ist, konnten Sie nicht gleich den Notruf wählen. Das wäre zu riskant gewesen.«

»Erst mussten Sie Ihre Drogen wegschaffen«, ergänzte Björn. »Sie zu verstecken oder im Müll zu entsorgen, kam nicht infrage. Sie brauchten ein sicheres Versteck.«

»Dadurch haben Sie wertvolle Zeit vergeudet. Zeit, in der Uwe vielleicht noch hätte gerettet werden können.« Gesa trat in ihrer Hast gegen eine leere Bierflasche, die umkippte und über den Boden rollte. »Wie lange hat sein Todeskampf wirklich gedauert?«

»Fünf Minuten«, entgegnete Noak. »Genau, wie ich gesagt habe.«

»Hoffentlich stimmt das auch«, erwiderte Gesa. »Denn falls der Rechtsmediziner zu dem Schluss kommt, dass Uwe fünf Minuten vor seinem Tod gar nicht mehr in der Lage gewesen wäre, die Treppe bis in den dritten Stock zu nehmen, sieht es schlecht für Sie aus. Dann gelten Sie ganz schnell als tatverdächtig.«

Noak wurde noch eine Spur blasser. »Aber ich hab doch den Notruf gewählt, damit Uwe gerettet wird. Das würde sein Mörder nicht tun.«

»Wenn es bereits zu spät ist, dann schon. Alles andere hätte erst recht verdächtig gewirkt. Die Kripo wird vermutlich davon ausgehen, dass Sie noch Zeit brauchten, um Ihre Spuren zu verwischen. Das Gift durfte schließlich nicht in Ihrer Wohnung gefunden werden.«

»Ich war es nicht!« Noak krallte sich in die Armlehnen seines Sessels. »Kann sein, dass ich ein bisschen langsam reagiert hab, als Uwe schlecht geworden ist. Aber das ist auch schon alles.«

»So was kann unter Schock schon einmal vorkommen«, bemerkte Björn. »Wahrscheinlich haben Sie in der Panik auch nicht gleich ihr Handy gefunden.«

»Richtig. Jetzt erinnere ich mich. Das blöde Ding hab ich überall gesucht. Hat ewig gedauert.«

»So ein Blackout ist ganz normal.« Gesa unterbrach ihre Wanderung durch das Wohnzimmer. »Aber Sie sollten der Polizei unbedingt von der Suche nach Ihrem Handy erzählen, damit niemand die falschen Schlüsse zieht. Wäre doch furchtbar, wenn der Täter entkommt, weil die Kripo sich stattdessen auf Sie konzentriert.«

»Da haben Sie recht.« Noak rieb sich die Nase. »Aber krieg ich da keine Schwierigkeiten, wenn ich meine Aussage ändere?«

»Nein. Sie standen nicht unter Eid und haben auch nicht versucht, jemandem eine Straftat anzuhängen. Das geht schon in Ordnung.«

»Danke für die Warnung.« Noak räusperte sich. »Und wegen der Frau, da lass ich mir was einfallen.«

KAPITEL 20

Franziska Lehrs führte Gesa in ihr Büro, nahm eine schmale Mappe von ihrem gläsernen Schreibtisch und reichte sie ihr. »Das hier sind die Ergebnisse meiner Analyse. Ich habe eine gute und eine schlechte Nachricht für Sie.«

»Die schlechte zuerst.« Gesa schlug die Mappe auf und überflog die ersten Zeilen. Das linguistische Gutachten las sich ausgesprochen zäh. Vermutlich hätte Björn seine Freude daran.

»Von den Textproben, die Sie mir geschickt haben, stimmt keine mit einem der Drohbriefe überein.«

Das war entmutigend. »Und die gute Nachricht?«

»Drei der Drohbriefe stammen vom selben Verfasser. Ich habe ein deutliches Sprachmuster erkannt.«

»Gleich drei? Klingt nach einer Spur.« Gesa schloss die Mappe. »Und was verrät Ihnen das Sprachmuster?«

»Ich gehe von einem Mann in mittleren Jahren aus. Deutsch ist seine Muttersprache, aber er hat keine höhere Bildung genossen.« Lehrs breitete Kopien der drei Briefe auf ihrem Schreibtisch aus. Darauf waren zahlreiche Wörter unterstrichen oder eingekringelt. »In seinen Briefen finden sich immer wieder dieselben Ausdrücke wie *Schlamperei* und *Schande*. Zudem verwendet er ständig Plusquamperfekt, was eher unüblich ist.«

176

»Woher wissen Sie, dass es sich um einen Mann handelt?«
Immerhin kam Gift durchaus auch als Waffe einer Frau in
Betracht.

»Zu hundert Prozent kann ich mir nicht sicher sein. Dafür
ist die forensische Linguistik nicht exakt genug. Aber Frauen nei-
gen tendenziell dazu, kürzere Sätze zu bilden, Ich-Botschaften
zu senden und ihre Aussagen abzuschwächen. Dieser Schreiber
hier macht aber das genaue Gegenteil. Er verallgemeinert und
beschimpft alle Journalisten. Seine Sätze sind verschachtelt, und
der Schreibstil wirkt hochaggressiv.«

Gesa beugte sich über einen der Briefe. »Mit eurer
Schlamperei hattet ihr mein Leben zerstört. Es wird Zeit, dass
ihr dafür bezahlt.«

»Er klingt wütend und verzweifelt.« Lehrs sammelte die
Briefe ein und reichte sie Gesa. »Ich an Ihrer Stelle würde diese
Drohung ernstnehmen und sehr vorsichtig sein.«

»Sie meinen, die Drohung könnte sich auch gegen mich
richten?« Gesa überflog die Briefe, obwohl sie längst jeden von
ihnen gelesen hatte. »Er schreibt zwar im Plural. Aber der Vorfall,
auf den er sich bezieht, scheint weit in der Vergangenheit zu liegen. So lange arbeite ich noch nicht im Polizeiressort.«

»Er könnte sich in seinen Briefen auf mehrere Journalisten
beziehen, die ihm seiner Meinung nach ein Unrecht angetan
haben, oder auch auf den ganzen Berufsstand. Zu ärgerlich, dass
keine der Sprachproben passt. Aber bei der aktuellen Datenlage
kann ich leider nicht mehr für Sie tun.«

»Sind Sie einverstanden, wenn ich Ihr Gutachten der Kripo
zur Verfügung stelle?«, fragte Gesa. »Vielleicht können sie dort
mehr damit anfangen als wir.«

»Es ist Ihr Gutachten und Sie können frei darüber ver-
fügen.« Lehrs reichte ihr zum Abschied die Hand. »Weiterhin
viel Erfolg und passen Sie auf sich auf.«

»Danke. Das werde ich.«

Gesa fuhr zurück in die Redaktion. In der Bahn bekam sie eine Kurznachricht von einer unbekannten Nummer. Die Person schlug Gesa ein Treffen in zwei Stunden auf der Joggingstrecke um die Außenalster vor. Statt eines Namens stand unter der Nachricht: *Kalle lässt grüßen.*

Also hatte Noak sein Wort gehalten – und das schneller als erwartet. Sie schrieb eine Antwort, in der sie den Termin bestätigte, und stieg am Bahnhof Gänsemarkt aus. Da die Mittagspause wieder flachfallen musste, kaufte sie beim Bäcker ein mit Mett belegtes Brötchen und verzehrte es im Gehen.

Sie kaute noch am letzten Bissen, als sie gegen die Tür zu Thomsens Büro klopfte.

»Herein!« Thomsens Ruf wurde von freudigem Gebell begleitet.

Gesa trat ein. Prompt sprang Henri an ihren Hosenbeinen hoch.

Thomsen saß in der bonbonrosa Bluse aus dem Internetshop an ihrem Schreibtisch und versah eine ausgedruckte Seite mit Kommentaren. »Erfolg gehabt?«

»Was die Partygeschichte angeht, ja. Ich treffe mich gleich mit einer Escortdame. Aber das linguistische Gutachten hat leider nicht viel ergeben.«

»Das hatte ich befürchtet. Ein teurer Spaß, der uns nicht weiterbringt.« Thomsen strich einen kompletten Absatz mit dem Rotstift durch. Der Glitzernagellack auf ihren Fingernägeln ähnelte den Discokugeln aus den Neunzigerjahren.

»Ist sonst noch was?«, fragte die Chefredakteurin.

»Ja, allerdings.« Unaufgefordert zog Gesa den Besucherstuhl zu sich heran. »Frau Lehrs hat eine interessante Entdeckung gemacht. Drei der Drohbriefe stammen vom selben Verfasser.«

»Das klingt bedenklich.«

»Leider habe ich keine Ahnung, mit welchem Artikel Stolter so viel Wut auf sich gezogen hat. Aber es muss schon sehr lange her sein. Deshalb hoffe ich, dass Ihnen vielleicht jemand einfällt.« Gesa holte die Kopien der drei Schreiben aus ihrer Rucksacktasche und legte sie vor Thomsen ab. »Können Sie sich die bitte genauer ansehen?«

»Bei den vielen Geschichten, die täglich über meinen Schreibtisch gehen, wäre es schon ein Wunder, wenn ich mich erinnern würde.« Sie beugte sich über die Blätter und las schweigend. Dabei vertiefte sich die Falte über ihrer Nasenwurzel und ihr korallenrot geschminkter Mund wurde immer schmaler. Schließlich schob sie die Schreiben von sich weg. »Sagt mir nichts. Wie ich mir gedacht habe.« Doch ihr gepresster Tonfall ließ anderes vermuten.

»Sind Sie sich ganz sicher? Denn ich habe den Eindruck, dass die Briefe etwas in Ihnen ausgelöst haben. Unbehagen vielleicht?«

»Ist das ein Wunder? Wer immer diese Briefe verfasst hat, droht damit, sich zu rächen. Vielleicht hat er seine Drohung ja längst wahrgemacht.« Thomsen reckte das Kinn. »Aber wir lassen uns nicht unterkriegen. Gehen Sie zurück an die Arbeit. Wir haben immer noch ein Blatt zu machen.«

* * *

Graue Wolken zogen auf und feiner Nieselregen tröpfelte in Gesas Nacken. Sie zog die Kapuze ihrer dünnen Sommerjacke über den Kopf und stellte sich unter eine der großen Linden, die den breiten Sandweg am Alsterufer säumten. Jetzt am Spätnachmittag liefen die ersten Feierabendjogger an ihr vorbei. Doch so richtig voll würde es erst in ein bis zwei Stunden werden. Vorausgesetzt, der Regen nahm nicht weiter zu.

Die Ausgabe der *Hamburger Abendpost*, die Gesa als Erkennungsmerkmal aufgerollt in der Hand hielt, verwandelte sich allmählich in einen feuchten Papierklumpen und der helle Sand zu ihren Füßen färbte sich dunkel.

Eine einzelne Frau in schwarzen Leggins und einem pinkfarbenen Shirt joggte auf Gesa zu. Sie wandte sich zu ihr um und verlangsamte ihre Schritte. »Sind Sie Frau Jansen?«

»Das bin ich.« Gesa wedelte mit den Überresten ihrer Zeitung.

Die Frau trippelte nun neben ihr auf der Stelle. »Sie können Vivien zu mir sagen. Kalle hat mir schon erzählt, dass Sie fit aussehen. Was dagegen, wenn wir uns im Laufen unterhalten?«

»Nein, gar nicht.« Zwar trug Gesa keine Joggingschuhe, sondern dunkle Sommerboots, aber ein paar Kilometer konnte sie auch darin laufen. Sie schnallte sich ihre Rucksacktasche auf den Rücken und klemmte sich die feuchte Zeitung unter den Arm.

Vivien lief weiter und gab ein flottes Tempo vor. »Was genau wollen Sie von mir wissen?«

»Was hat es mit der Liste auf sich?« Die Zeitung geriet ins Rutschen und Gesa hielt Ausschau nach einem Mülleimer, um das lästige Ding zu entsorgen.

»Normalerweise werde ich direkt von den Kunden über meine Agentur gebucht. Doch bei diesen Partys läuft es anders. Ein anonymer Auftraggeber übernimmt die Rechnung. Aber nur für die Gäste, die auf der Liste stehen.«

»Das heißt, Sie wissen vorher nicht, mit wem Sie am Ende des Abends mitgehen werden?«

»Genau. Natürlich muss ich niemanden begleiten, wenn ich nicht will. Dann wird einfach nur mein Stundensatz für die Party abgerechnet.«

Gesa erspähte einen Papierkorb und machte einen Schlenker. »Stehen immer dieselben Namen auf der Liste?«

»Nein.« Sie liefen an einer Mutter mit Kinderwagen vorbei und Vivien wartete, bis die Frau außer Hörweite war. »Die

Namen ändern sich jedes Mal. Die meisten Männer kommen erst auf die Liste, nachdem sie schon einige Partys besucht haben.«

»Haben Sie eine Ahnung, wer der anonyme Auftraggeber sein könnte? Gibt es vielleicht einen Mann, der auf allen Partys war?«

»Da gibt es mehr als einen. Aber keine Namen. Das hat Kalle mir versprochen.«

»Okay.« Im Laufen befreite Gesa sich von der Kapuze und zog ihren Reißverschluss ein Stück hinunter. Allmählich wurde ihr warm. »Haben die Männer auf der Liste etwas gemeinsam? Sind es alles Politiker?«

»Nicht alle, aber viele.«

Der Regen verdichtete sich. Millionen winziger Wassertropfen brachten die Oberfläche der Alster zum Kräuseln. Noch empfand Gesa den Regen in ihrem Gesicht als angenehme Abkühlung. »Wer steht sonst auf der Liste?«

»Wirtschaftsgrößen. Amtsleiter. Männer mit Macht in den richtigen Positionen.«

Gesa bedauerte, dass ihre Diktiergerät-App nicht mitlief. Doch bislang konnte sie sich auch so alles merken. »Also geht es dabei um Bestechung, nicht wahr?«

»Vermutlich.« Vivien bewegte sich leichtfüßig und ließ kein Anzeichen von Erschöpfung erkennen. Wenn sie bei Noak Drogen kaufte, dann sicher nicht für sich selbst. »Eine Stunde Escortservice beginnt bei fünfhundert Euro. Aber zu den Partys kommt keine, die weniger als tausend nimmt.«

»Das hört sich nach einer Menge Geld an, die der Gastgeber springen lässt.« Und das nicht nur für die Escortdamen. Auch die Location, Speisen, Getränke und das Servicepersonal mussten einiges kosten. »Wer so viel investiert, möchte dafür auch eine Gegenleistung. Haben Sie je mitbekommen, dass auf diesen Partys über Politik gesprochen wurde? Zum Beispiel über wichtige Abstimmungen, die unmittelbar bevorstanden?«

181

»Nein.« Vivien überholte ein Joggerpärchen von Mitte fünfzig. »Politik ist auf diesen Partys tabu. Wahrscheinlich, weil die Gäste aus verschiedenen Parteien stammen. Da würde es nur Streit geben.«

Oder der Gastgeber wollte seine Einflussnahme nicht allzu plump gestalten. Hochrangige Politiker und Wirtschaftsbosse waren in dieser Hinsicht vermutlich empfindlich.

»Wie rechnest du ab?«, fragte Gesa. »Über die Agentur?«

»Ja. Ich melde dort am nächsten Morgen, was gelaufen ist.«

»Mit Namen?«

»Natürlich nicht!« Vivien klang geradezu entrüstet. »Die Partygäste sollen doch anonym bleiben.«

»Dann läuft also alles rein auf Vertrauensbasis?« In dem Fall könnte eine Escortdame sich den Sex mit einem Partygast auch nur ausdenken.

»Nein. Dafür ist unser Service zu teuer. Ich kenne nur die Namen der Gäste. Aber für die Abrechnung brauche ich die Nummer auf der Einladungskarte.«

»Und die erhalten Sie vom Gast nach erbrachter Dienstleistung?«

»Ja. So läuft es.«

Das viele Reden beim Joggen bescherte Gesa Seitenstechen. Dabei lief sie vor der Arbeit regelmäßig ihre Runde und war eigentlich gut im Training. »Wie kommen Sie an die Liste? Wird sie Ihnen vorab zugeschickt?«

»Nein. Das wäre zu riskant. Niemand von uns soll etwas Schriftliches in die Finger bekommen.« Wenigstens klang Vivien nun auch ein wenig kurzatmig. »Wir müssen die Liste auswendig lernen – direkt vor der Veranstaltung.«

»Das bedeutet, jemand bringt sie vorbei?« Möglichst unauffällig hielt Gesa sich die schmerzende Seite. »Wer denn?«

»Einer von Kalles Kollegen. Den Namen sag ich nicht. Er bringt die Liste in einem versiegelten Umschlag und macht ihn vor unseren Augen auf. Wenn wir die Namen auswendig gelernt haben, zündet er das Papier mit seinem Feuerzeug an.« Vivien wandte sich zu Gesa um. »Er gibt es nicht einen Moment aus der Hand und passt auf, dass niemand sein Smartphone rausholt. Der Typ ist paranoid.«

Gesa öffnete den Mund und streckte die Zunge heraus, um ein paar Tropfen einzufangen. Sie hätte sich eine Flasche Wasser mitbringen sollen.

»Besteht die Chance, dass dieser Kollege mit mir redet?«, fragte sie.

»Nein. Kalle sagt, den dürfen Sie auf keinen Fall ansprechen. Dann ist er seinen Job los. Und ich könnte bei der Agentur rausfliegen.«

»Was machen Sie eigentlich sonst so beruflich?« Lange hielt Gesa dieses Mördertempo nicht mehr durch.

»Ich bin Fitnesscoach und Ernährungsberaterin.« Vivien fiel in einen sportlichen Schritt. »Wir sollten jetzt mit dem Cool Down anfangen. Sie hatten genug.«

Das wusste Gesa selbst. Es von Vivien zu hören, versetzte ihrem Ego dennoch einen Dämpfer. »Wie reagieren Sie, wenn jemand auf der Party Sie anspricht, der nicht auf der Liste steht?«

»Kommt darauf an, wonach mir der Sinn steht.« Vivien machte kreisende Bewegungen mit den Armen. »Entweder sage ich, dass ich leider schon verplant bin, oder wir machen eine Buchung über meine Agentur. Solange ich nicht vorzeitig die Party verlasse, ist das kein Problem.«

»Aber Sie würden demjenigen nicht von der Liste erzählen, oder?«

»Natürlich nicht.« Vivien schüttelte den Kopf und feine Tropfen spritzten aus ihrem klatschnassen Pferdeschwanz. »Keiner der Gäste soll von der Liste wissen – am wenigsten die, die draufstehen.«

Kapitel 21

»Deine Handschrift ist wirklich schwer zu entziffern.« Björn starrte das Blatt mit Gesas Notizen an, als könnten sich die darauf gekrakelten Buchstaben durch pure Willenskraft in Schönschrift verwandeln. Im Zeitlupentempo gab er etwas in seine Tastatur ein und stockte erneut. »Was hast du da geschrieben?« Er deutete auf einen leicht verschmierten Absatz.

Gesa, die hinter ihm stand, beugte sich über seine Schulter. »Wer die Liste erstellt, ist ein gut gehütetes Geheimnis.«

»Okay, danke.« Björn tippte weiter. »Das Nächste kann ich auch nicht lesen.«

»Ich kann nichts dafür. Es hat geregnet.« Unmittelbar nach ihrem Gespräch mit Vivien hatte sie alles aufgeschrieben, was sie noch erinnerte, um bloß nichts zu vergessen. »Da steht: Die Partys finden einmal im Monat an wechselnden Locations statt.« Gesa sah auf ihre Armbanduhr. »Noch zwei Stunden bis Redaktionsschluss. Wir sollten uns ranhalten.«

»Und du meinst, das funktioniert?«, fragte Björn. »Ich habe noch nie einen Artikel mit jemandem zusammen geschrieben.«

»Klar, warum denn nicht?« Gesa kehrte an ihren Platz zurück und holte ihren Notizblock aus der Tasche. »Du übernimmst die Schilderung der Party und ich schreibe über die Hintergründe.« Sie reichte Björn über die zusammengeschobenen Tische hinweg ihren Block. »Willst du auch meine Notizen zu unserem Gespräch mit Noak?«

»Nein, danke. Die brauche ich nicht. An das meiste erinnere ich mich noch.« Er tippte weiter. Für Gesas Geschmack ein wenig zu langsam, aber immerhin. »Weißt du, was mich die ganze Zeit über beschäftigt?«

»Nein. Was denn?«

Björn unterbrach seine Arbeit und sah Gesa in die Augen. »Ich frage mich, ob mein Vater auch auf der Liste steht. Nicht, dass ich glaube, er würde so ein Angebot annehmen. Aber es ist trotzdem ein komisches Gefühl.«

»Kann ich verstehen.« Gesa wollte sich ihren Vater auch nicht mit einem Callgirl vorstellen. Sie senkte die Stimme. »Sei ehrlich! Warst du eigentlich ein klein wenig enttäuscht, dass niemand versucht hat, dich zu bestechen?«

»Nein. Wieso hätte das auch jemand versuchen sollen? Ich besitze schließlich keinen Einfluss, den man sich erkaufen könnte.«

Gesa tippte Noaks Zitate ab und brachte sie in eine sinnvolle Reihenfolge, um sie später mit Fließtext anzureichern. »Wenn du nicht schon so lange im Voraus eingeladen worden wärst, würde ich mir Sorgen um dich machen.«

»Wieso das?«

»Dann würde ich befürchten, dass der Täter dich extra eingeladen hätte, um dich auszuhorchen.«

Björns Augen weiteten sich. »Du meinst zum Stand unserer Recherchen? An diese Möglichkeit habe ich überhaupt nicht gedacht.«

»Hat dich denn auf der Party jemand auf Uwe angesprochen? Oder auf deine Arbeit?«

»Ein paar Bekannte meines Vaters haben sich ganz allgemein erkundigt, was ich beruflich mache. Aber denen habe ich erzählt, dass ich für das Kulturressort schreibe. Über Uwe wollte

185

niemand etwas wissen. Wie soll ich Vivien eigentlich im Artikel nennen?«

»Denk dir einen Vor- und Nachnamen aus. Prüf aber nach, dass die Kombi nicht wirklich existiert.« Gesa musterte ihre Notizen aus dem Gespräch mit Kalle Noak. »Bei Noak wird es schwieriger. Ich glaube, ich muss seine Zitate weglassen. Mir fällt einfach nicht ein, wie ich sonst seine Identität verschleiern soll.«

»Ist vermutlich das Beste«, stimmte Björn ihr zu. »Bei den wenigen Security-Mitarbeitern würde sein Chef sofort auf ihn kommen. Könnte die Geschichte denn auch ohne ihn funktionieren?«

»Nicht ganz so gut, aber es müsste klappen.« Gesa löschte die Zitate aus ihrem Text. Zum Glück hatte Vivien genug Verwertbares gesagt, um den Artikel zu tragen. »Ich will nach Feierabend noch mal aufs Revier.«

»Zu Lück?«, fragte Björn.

»Nein, zu Cracht. Ich bringe ihm das linguistische Gutachten.«

»Das könntest du auch per Mail schicken. Wozu dieser Aufwand?«

»Es ist eine gute Gelegenheit, nach dem Stand der Ermittlungen zu fragen.« Viel durfte Cracht ja ohnehin nicht verraten. Aber Gesas Chancen, überhaupt etwas Neues zu erfahren, standen vermutlich besser, wenn sie ein kleines Geschenk mitbrachte. »Vielleicht hat Cracht eine Idee, von wem die drei Drohbriefe stammen könnten. Schließlich ist er schon Ewigkeiten dabei.«

»Glaubst du das wirklich?« Björn runzelte die Stirn. »Immerhin kann sich noch nicht mal Thomsen daran erinnern.«

»Das nehme ich ihr nicht ab.« Gesa sprach möglichst leise, damit ihre Kollegen nicht mithören konnten. »Ich glaube, sie verschweigt uns etwas. Und ich will herausfinden, was das ist.«

* * *

In Ole Crachts Büro war kaum etwas vom Linoleumboden zu erkennen, weil überall Aktenstapel herumlagen. Dafür sah sein Schreibtisch akkurat aufgeräumt aus. Vorsichtig bahnte Gesa sich den Weg zum Besucherstuhl und hob eine Handvoll Mappen von der Sitzfläche.

Cracht nahm ihr gegenüber Platz. »Die Unordnung tut mir leid. Es sieht hier nicht immer so schlimm aus, aber ich habe mir einige alte Fallakten kommen lassen.«

»Sind das alles hier unaufgeklärte Fälle?«

»Zum Glück nicht. Die meisten haben wir gelöst.« Cracht deutete auf einen Stapel links von Gesa, der fast bis an die Fensterbank reichte. »Das sind alles größere Fälle, über die Uwe mal berichtet hat. Ich gleiche sie mit den Drohbriefen ab.«

»Dann habe ich etwas für Sie.« Gesa zog eine Kopie von Lehrs' Gutachten aus ihrer Rucksacktasche. »Die forensische Linguistikerin, die wir beauftragt haben, ist zu dem Schluss gekommen, dass drei der Briefe vom selben Verfasser stammen müssen.«

Sie reichte Cracht die schmale Mappe. »Leider haben wir keine Handschriftenprobe. Die Briefe sind natürlich nicht unterzeichnet und für die Anschrift auf den Umschlägen wurde ein bedrucktes Adress-Etikett verwendet.«

Cracht setzte seine Lesebrille auf und las schweigend. Schließlich ließ er die Mappe sinken. »Gar nicht mal schlecht, was die Gutachterin alles rausgefunden hat. Leider trifft ihre Beschreibung auf eine Menge Personen zu, mit denen Uwe zu tun hatte.«

»Ein wenig kann ich es vielleicht eingrenzen. Auf einem der Umschläge war der Poststempel gut erkennbar. Ich habe die Nummer mit der Liste aller Briefzentren abgeglichen. Abgeschickt wurde das Schreiben in Berlin.«

»Ich kann mich an keinen Fall mit Berlinbezug erinnern.«
Cracht runzelte die Stirn. »Aber ich habe so einen Verdacht, wer
die Briefe geschrieben haben könnte.«

»Wirklich?« Gesas Beine zuckten vor Ungeduld, doch sie
blieb tapfer sitzen, anstatt unaufgefordert die Aktenberge zu
durchwühlen.

»Ich bin gestern erst wieder auf die Fallakte gestoßen. Der
Mann heißt irgendwas mit D. Dorn? Nein, Dormer. Jetzt fällt es
mir wieder ein. Volker Dormer aus Hamburg-Lurup. Er stand
unter Verdacht, seine Ex-Freundin getötet zu haben. Letztlich
konnte ihm die Tat nicht nachgewiesen werden.«

»Lassen Sie mich raten: Sein Ruf war trotzdem ruiniert.«

»Und wie! Gut möglich, dass er tatsächlich von hier weg-
gezogen ist. Für die Medien war er ein gefundenes Fressen: Der
eifersüchtige Ex, der die Trennung nicht akzeptiert hat und
zum Stalker wurde. Vieles sprach damals gegen ihn. Trotzdem
mussten wir ihn am Ende aus Mangel an Beweisen ziehen lassen. Ist mir nicht leichtgefallen.«

»Kann ich mir vorstellen.« Gesa klopfte mit den Fingern
auf ihre Oberschenkel, weil sie mal wieder vor Nervosität nicht
wusste, wohin mit ihrer überschüssigen Energie. »Wie hat Uwe
sich damals verhalten? Hat er Dormers Persönlichkeitsrechte
verletzt?«

Cracht zuckte mit den Schultern. »Das Ganze ist zwanzig
Jahre her. So genau erinnere ich mich nicht.«

»Aber trotzdem ist Ihnen gleich dieser Fall in den Sinn
gekommen, als ich Ihnen die Drohbriefe gezeigt habe. Dafür
muss es doch einen Grund geben.«

»Die Fälle, die wir nicht lösen können, bleiben hier oben
hängen.« Cracht tippte sich an die Stirn. »Die anderen versuche
ich zu vergessen. Klappt nicht immer, aber ich arbeite dran.«

»Dann hat Uwe damals also nichts falsch gemacht?« Es fiel Gesa schwer, das zu glauben. »Oder rücken Sie damit nur nicht raus, weil er tot ist und Sie nichts Schlechtes über ihn sagen wollen?«

Crachts Schweigen dauerte auffällig lange.

»Das werte ich als ein Ja.«

»Wir wissen doch beide, wie Uwe manchmal war. Er wollte immer der Erste sein.« Cracht räusperte sich. »Und dass er die Artikelserie zusammen mit Maike Thomsen geschrieben hat, hat die Sache nicht besser gemacht.«

»Unsere Chefredakteurin war auch daran beteiligt?« In diesem Fall wunderte Gesa gar nichts mehr, schließlich gab es wohl kaum eine ungeduldigere Person als Thomsen.

Cracht nickte. »Damals war sie noch Chefreporterin, aber schon sehr ehrgeizig. Bei jeder großen Polizeigeschichte hat sie sich eingeklinkt. Ich schätze, sie hat ordentlich Druck gemacht, damit ihr niemand zuvorkommen konnte.«

»Aber die beiden waren nicht die einzigen, oder? Die anderen Reporter hielten Dormer doch ebenfalls für schuldig.«

»Jeder tat das. Viele tun es heute noch. Aber Uwe hatte damals den besten Draht zu den Eltern des Opfers. Er hat die meisten Artikel über den Fall geschrieben und Dormer damit enorm geschadet. Trotz Balken über den Augen haben ihn eine Menge Leute erkannt.« Cracht rieb sich das Kinn. »Würde mich nicht wundern, wenn Dormer noch immer einen Groll gegen Uwe hegt.«

»Wurde das Opfer damals denn auch mit Gift getötet?«, fragte Gesa.

»Nein. Michaela Gräz starb an Genickbruch. In ihrem Körper befand sich einiges an Alkohol, aber kein Gift. Die Tat damals wirkte impulsiv und passt nicht zu dem, was Uwe widerfahren ist. Allerdings sind seitdem zwanzig Jahre vergangen. Dormer könnte aus seinen Fehlern gelernt haben, falls er denn überhaupt der Täter ist.«

»Sie glauben nicht daran?«

»Im Zweifelsfall gilt nun mal die Unschuldsvermutung«, bemerkte Cracht. »Das ist auch richtig so. Trotzdem sollten wir wohl mit Dormer reden. Gleich drei Drohbriefe abzuschicken – das ist bedenklich. Wenn er denn überhaupt der Verfasser ist.«

Gesa wippte mit dem linken Fuß. »Gibt es etwas zu dem Stand der Ermittlungen, was Sie mir sagen können?«

»Leider nicht viel.« Cracht sah sich im Zimmer um. »Wir stecken noch mittendrin. Bisher haben wir niemanden in Gewahrsam genommen.«

»Was ist mit Extner und Gorzlitz?«

»Auch dazu darf ich nichts sagen. Hätten wir allerdings ein Geständnis, wären Sie die erste Journalistin, die davon erfährt.«

»Danke.« Gesa schluckte ihre Enttäuschung hinunter. Cracht musste sich an die Vorschriften halten und konnte auch für sie keine Ausnahme machen, nur weil sie Uwes Kollegin gewesen war.

»Ich habe zu danken.« Der Hauptkommissar lächelte sie an. »Denn ich glaube, es liegt nur an Ihnen, dass eine gewisse Person ihre Aussage geändert hat.«

»Oh, das war ich nicht allein. Mein Kollege, Herr Dalmann, hat kräftig geholfen.« So schlecht, wie anfangs befürchtet, machte Björn sich gar nicht im Polizeiressort.

Crachts Lächeln fiel in sich zusammen. »Es gibt also schon einen Ersatz für Uwe?«

»Wir bemühen uns, die Lücke zu füllen. Aber niemand wird ihn so einfach ersetzen.« Gesa rutschte auf ihrem Stuhl herum. »Jetzt, da Sie mir gerade so furchtbar dankbar sind: Darf ich einen ganz kurzen Blick in Dormers Akte werfen? Immerhin ist sie ja schon fast antik.«

Cracht schüttelte den Kopf, sah aber schon weniger bedrückt aus. »Keine Chance!«

KAPITEL 22

Entnervt betrat Gesa das Großraumbüro. Der angebliche Wohnungsbrand, zu dem sie heute Morgen in aller Eile gefahren war, hatte sich als Fehlalarm entpuppt, den verkohlte Brötchen in einem Backofen ausgelöst hatten. Wer vergaß denn bitte schön sein Frühstück im Backofen und fuhr zur Arbeit?

Sie wollte Björn ihr Leid klagen, doch sein Schreibtisch war unbesetzt. Dafür kam ihr Alexandra entgegen. »Guten Morgen! Du siehst ganz schön gestresst aus. Ist alles in Ordnung?«

»Eigentlich ja. Ich bin bloß umsonst einmal durch die halbe Stadt gefahren. Und wie läuft es bei dir?«

»Sehr gut.« Sie lächelte. »Die Serie über den Sozialbau-Abriss beschert uns reihenweise Leserbriefe. Harald Ruhlt zieht diese Masche ja nicht zum ersten Mal durch, aber dieses Mal bekommt er ordentlich Gegenwind. Leider weigert er sich inzwischen, mit mir zu sprechen.«

»Du lässt ihn eben nicht gut aussehen.« Gesa lehnte sich gegen ihren Schreibtisch. »Rate mal, wer heute noch einen Termin bei ihm hat.«

»Nein!« Alexandra knuffte sie in die Seite. »Wie hast du das fertiggebracht?«

»Ich habe ihm gesagt, dass es nicht um den Neubau in Winterhude geht, sondern um Recherchen zum ungeklärten

191

Tod meines Kollegen. Apropos: Hast du eine Ahnung, wo Björn steckt?«

»Deswegen bin ich eigentlich zu dir rübergekommen. Er war heute Morgen schon hier und ist zu einem schweren Verkehrsunfall gefahren.«

»Wie lange ist das her? Soll ich nachkommen?« Hätte sie doch bloß eine Rufumleitung für das Polizeihandy auf ihr Smartphone eingerichtet!

»Das würde nichts mehr bringen. Björn ist vor mehr als einer Stunde aufgebrochen.« Alexandra wandte sich zum Gehen. »Erzähl mir nachher, wie es mit Ruhlt gelaufen ist.«

Innerlich fluchend fuhr Gesa ihren Computer hoch. Björn war noch nicht so weit, allein zu einem Unfallort zu fahren, an dem es womöglich Tote gab. Doch nun ließ sich nichts mehr daran ändern.

Sie öffnete das digitale Zeitungsarchiv und suchte nach Michaela Gräz. Es gab keinen Treffer. Folglich mussten sich die Artikel im Handarchiv bei den noch älteren Ausgaben befinden. Leider war die letzte Archivmitarbeiterin vor fünfzehn Jahren entlassen worden. Gesa würde sich selbst durch mehrere Jahrgänge der *Hamburger Abendpost* kämpfen müssen, wenn sie die Artikel lesen wollte.

Vorher googelte sie Volker Dormer und wurde tatsächlich fündig. In Berlin gab es unter diesem Namen einen Eintrag für ein Elektrofachgeschäft. Mehr als die Anschrift und eine Telefonnummer fand sie allerdings nicht. Dormer schien in den sozialen Netzwerken nicht vertreten zu sein oder wenn doch, dann zumindest nicht unter seinem richtigen Namen. Es gab kein einziges Foto von ihm. Womöglich scheute er selbst nach all den Jahren noch die Öffentlichkeit.

Gesa glich seine im Netz angegebene Mobilfunknummer mit Uwes Verbindungsprotokoll ab und erstarrte. Dormers

Nummer stand tatsächlich auf der Liste. Uwe und er hatten vor Uwes Tod mehrfach telefoniert.

Die Nummer befand sich auf der oberen Hälfte der Liste, die Björn hätte abtelefonieren sollen. Anscheinend hatte er diese Aufgabe nicht sonderlich ernst genommen, weil ihm ja ohnehin nur daran lag, schnellstmöglich ins Kulturressort zurückzukehren.

Vor Wut presste Gesa die Lippen zusammen. Wegen Björns Nachlässigkeit wäre ihnen beinahe eine wichtige Spur entgangen. Doch damit konnte sie sich später befassen.

Sie verließ das Großraumbüro und lief an den Fahrstühlen vorbei zum Treppenhaus. Die Bewegung würde ihr hoffentlich helfen, sich ein wenig abzureagieren. Die drei Stockwerke bis ins Erdgeschoss legte sie im Laufschritt zurück. Doch ihre Wut war leider nicht verflogen. Am Empfangstresen lieh sie sich den Schlüssel für das Archiv und hinterließ ihren Presseausweis als Pfand.

Das Archiv befand sich im Keller gleich neben dem Heizungsraum. Nur unter Schwierigkeiten gelang es Gesa, den Schlüssel im Schloss herumzudrehen. Die Tür quietschte beim Öffnen in den Angeln. Wenigstens funktionierte das Licht noch. Drei grelle Neonröhren beleuchteten gnadenlos die dicke Staubschicht auf den deckenhohen Regalbrettern und die toten Kellerasseln zu Gesas Füßen. Die Luft roch abgestanden und das rote Warnlicht am Raumluftentfeuchter zeigte an, dass er dringend geleert werden musste.

Suchend sah Gesa sich um. Die alten Zeitungsausgaben waren monatsweise zu Büchern gebunden worden und standen in den Regalen nach Jahrgängen sortiert. Auf den ältesten Buchrücken entdeckte sie die Jahreszahl 1950. Zum Glück brauchte sie nicht annähernd so weit zurückzugehen. Doch selbst, wenn sie nur einige Jahrgänge durchsah, würde das viel Zeit kosten.

In der Mitte des Zimmers standen ein eingestaubtes Hängeregister und mehrere Kartons voller Kataloge und Karteikarten. Nach einem vorsichtigen Blick darauf entschied sich Gesa, dass es vermutlich einfacher wäre, die gebundenen Monatsausgaben durchzusehen, als das Katalogsystem zu verstehen. Sie würde sich eben von den neueren Sammelbänden zu den älteren durcharbeiten.

Gesa zog den ersten Band aus dem Regal. Staub wirbelte auf und brachte sie zum Niesen. Verdammt, waren die Dinger schwer! Vorsichtig stellte sie den Sammelband zurück und stapelte zwei Kartons zu einem provisorischen Tisch. Dort legte sie die gebundenen Zeitungen ab.

Vor achtzehn Jahren hatte Gesa ein Volontariat bei der *Hamburger Abendpost* gemacht, nachdem ihr Traum von einer Laufbahn als Polizistin gescheitert war. An den Fall Michaela Gräz erinnerte sie sich allerdings nicht. Vermutlich lag er noch etwas länger zurück.

Da die getötete Frau es mit Sicherheit wenigstens einmal auf den Titel geschafft hatte, konzentrierte Gesa sich auf die ersten Seiten. Selbst so war die Suche zeitraubend und beschwerlich, weil sie ständig die schweren Bände vom Regal zu den Kartons und wieder zurück tragen musste.

Sie kämpfte sich durch zahlreiche Monatsbände und war insgesamt schon beinahe zwanzig Jahre zurückgegangen, als sie schließlich fündig wurde. *Schreckliches Ende einer Disco-Nacht* stand über dem Aufmacher. Das Foto zeigte eine junge Frau mit blondem Bob, die in die Kamera lächelte.

Gesa las den Artikel, der von Uwe und Thomsen gemeinsam verfasst worden war. Die zwanzigjährige Michaela Gräz hatte mit ihrer gleichaltrigen Freundin eine Diskothek in Hamburg Lurup besucht, war aber allein zurück nach Hause gegangen. Dort kam sie nie an. Stattdessen wurde sie in der Nähe der Diskothek mit gebrochenem Genick tot aufgefunden.

In diesem Artikel wurde der stalkende Ex-Freund noch mit keinem Wort erwähnt. Gesa zog das Smartphone aus ihrer Jeanstasche und fotografierte die Seite ab. Danach nahm sie sich die späteren Ausgaben noch mal vor. Eine zweite Titelgeschichte gab es zwar nicht, aber dafür jede Menge Aufmacher im Lokalteil.

Spekulationen, ob der berüchtigte Discomörder nach mehr als zehn Jahren Pause wieder zugeschlagen hatte, wichen schon bald der Vermutung, dass Michaelas Ex-Freund Volker D. sie getötet habe. Von Stalking, Drohungen und Eifersuchtsszenen in der Öffentlichkeit war die Rede.

Innerlich konnte Gesa nur den Kopf schütteln über so viel Vorverurteilung. Das sah Uwe gar nicht ähnlich – zumindest nicht dem Uwe, den sie kannte. Doch vielleicht war er mit Anfang dreißig auch ein völlig anderer Mensch gewesen und sehr viel forscher vorgegangen.

Sie fotografierte alle Artikel und notierte sich die Erscheinungsdaten. Knapp zwanzig Jahre lagen zwischen Michaelas und Uwes Tod. Konnte es da überhaupt einen Zusammenhang geben? Andererseits hatten Dormer und Uwe mehrfach miteinander telefoniert, was sicher kein Zufall war. Etwas musste kürzlich passiert sein.

Noch immer tief in Gedanken versunken, kehrte Gesa zum Großraumbüro zurück und stieß an der Tür beinahe mit Björn zusammen.

Er sah blass aus und ließ die Schultern hängen. Sogar sein sonst so tadelloses Hemd wirkte schmuddelig und zerknittert. War das etwa Blut an seinem rechten Ärmel?

Vorsichtig berührte Gesa ihn am Arm. »Bist du verletzt?«

»Nein. Das Blut stammt nicht von mir. Es waren anfangs nicht genug Sanitäter vor Ort, da habe ich versucht zu helfen. So viele Tote und Verletzte! Es war grauenvoll.«

»Das glaube ich dir. Trotzdem müssen wir reden.«

»Jetzt?« Björn starrte sie an. »Gönn mir wenigstens eine kleine Pause. Ich bin völlig fertig.«

»Was spielt das für eine Rolle?«, fragte Gesa. »Du hast einen Artikel zu schreiben. Wahrscheinlich den Aufmacher. Da ist keine Zeit für Pausen. Fang endlich an, das hier ernst zu nehmen.«

»Das tue ich doch längst. Da lag ein abgerissenes Bein mitten auf der Straße. Viel ernster kann es nicht mehr werden.«

»Was ist dann mit Volker Dormer?« Sie verschränkte die Arme vor der Brust.

Björn krauste die Stirn. »Dem Elektriker? Was soll mit ihm sein?«

»Er stand auf deiner Hälfte von Uwes Telefonliste. Warum hast du mir nichts von ihm erzählt?«

»Na und? Dann hat Uwe eben einen Elektriker engagiert. Wieso ist das wichtig?«

»Weil der Typ ihn möglicherweise umgebracht hat.« Manchmal war Björn wirklich schwer von Begriff. »Hast du ernsthaft geglaubt, Uwe würde einen Elektriker Berlin kommen lassen und die horrenden Anfahrtskosten bezahlen, wenn es jede Menge Handwerker hier in Hamburg und Umgebung gibt?«

Björn zögerte. »Mir war gar nicht bewusst, dass Dormer aus Berlin ist. Das sieht man einer Handynummer schließlich nicht an.«

»Und du hast keinen Hintergrund-Check gemacht. Genau das meine ich. Wenn es um einen Maler oder Komponisten ginge, wärst du nie so nachlässig. Aber das hier interessiert dich einfach nicht genug, damit du dir richtig Mühe gibst.«

»Es reicht!« Björn hob die Stimme.

Einige Kollegen gaben nicht einmal mehr vor zu arbeiten, sondern musterten sie ungeniert.

»Du glaubst, weil ich in deinem Ressort der Neue bin, kannst du mich nach Belieben herumschubsen und bevormunden. Da irrst du dich. Ich habe mir eine Menge gefallen lassen, doch damit ist Schluss.« Er wandte sich an ihre Zuschauer. »Ich gehe jetzt zu Thomsen rein und verlange meinen alten Job zurück.« Nun blickte er Gesa ins Gesicht. »Sieh zu, wie du ohne mich klarkommst.« Bevor sie etwas erwidern konnte, stapfte Björn bereits davon.

Sie starrte ihm hinterher. Vermutlich sollte sie Björn nachlaufen und ihn davon abhalten, sich in Schwierigkeiten zu bringen. Doch andererseits war Björn eben kein Frischling, der ihren Schutz brauchte, sondern ein erwachsener Mann, der seine Taten selbst verantworten musste. Sollte er sich doch von Thomsen feuern lassen!

Sie würde sich an ihren Schreibtisch setzen und Meldungen schreiben. Oder die Ablage aufräumen. Hauptsache, sie verschwendete keinen weiteren Gedanken an Björn Dalmann, der überhaupt nicht ihr Partner im Polizeiressort sein wollte. Der sogar Thomsen die Stirn bot, um endlich von dort wegzukommen.

Ihr Verstand riet ihr ganz klar, sich fernzuhalten. Dennoch schlich Gesa den Flur entlang bis zu Thomsens Büro. Leider war die Tür verschlossen und sie konnte nicht verstehen, was dort drinnen gesprochen wurde. Solange Thomsen nicht laut wurde, standen die Chancen vermutlich gut, dass Björn mit seiner Beschwerde noch einmal davonkam.

Gesa ging in die Redaktionsküche, die gleich neben Thomsens Büro lag, und schenkte sich einen Becher von dem abgestandenen Kaffee aus der Filtermaschine ein. Mit dem Getränk in der Hand als Alibi positionierte sie sich zwischen der Küche und Thomsens Büro. Bislang war der Geräuschpegel nicht gestiegen, was sie als gutes Zeichen wertete.

Plötzlich flog die Tür auf und Björn stürmte heraus. Als er Gesa bemerkte, vertiefte sich die Falte auf seiner Stirn noch. »Du hast es die ganze Zeit gewusst, nicht wahr?«

»Was meinst du?« Langsam trat sie den Rückzug in Richtung Küche an, damit Thomsen nicht jedes Wort mitbekam.

»Dass Thomsen nie vorhatte, mich in mein Ressort zurückzuschicken. Sie findet meine Artikel zu abgehoben und am Geschmack der Leser vorbei. Aber ich wette, das hat sie dir längst erzählt.« Björns Augen verengten sich. »Wer hat es noch gewusst? Etwa die gesamte Redaktion? War ich der Einzige, der keine Ahnung hatte?«

»Nein. Sie hat es nur mir gesagt. Ich wollte dir davon erzählen, aber ich hatte Angst, dass du mich dann mit der ganzen Arbeit allein lässt.«

»Nicht ich bin hier das Kollegenschwein.« Björn betrat die winzige Küche und wanderte vor dem Kühlschrank und dem Spülbecken auf und ab. »Ich wäre schon nicht von heute auf morgen verschwunden. Aber du!« Anklagend zeigte er mit dem Finger auf sie. »Du wolltest knallhart abwarten, bis Thomsen einen neuen Polizeireporter gefunden hat und mich rauswirft.«

Gesa zog die Unterlippe zwischen ihre Zähne. Leugnen war in diesem Fall zwecklos. »Tut mir leid, dass ich mich so verhalten habe. Aber ich mache es wieder gut. Wenn du willst, rede ich mit Thomsen, damit sie dir noch eine Chance gibt.«

»Nicht nötig. Das hat sie schon«, brummte er. »Ich kann mich als Polizeireporter versuchen oder gehen. Da es in Hamburg nur so von arbeitslosen Journalisten wimmelt, gehe ich bestimmt nicht freiwillig, bevor ich etwas Neues habe.«

»Das klingt doch gar nicht mal so schlecht.«

»Ist nicht dein Verdienst.« Er musterte sie finster. »Wir müssen wohl noch eine Weile miteinander auskommen. Aber vergessen werde ich das hier nicht.«

KAPITEL 23

Der Lärm schmerzte in Gesas Trommelfell. Sie hielt sich die Ohren zu und sah zu den beiden riesigen Kränen auf, die Blöcke für die Fassade bewegten. Das Fundament für das Gebäude war bereits gegossen und daneben lagerte Material. Drei Bagger fuhren über das sandige Gelände. Links und rechts von der Baustelle ragten bereits die fertigen Neubauten der HafenCity in den bewölkten Himmel.

Gesa umklammerte den Griff ihres Regenschirms, den sie vorsorglich bei sich trug. Der Streit mit Björn ging ihr nicht aus dem Sinn, doch im Augenblick fehlte ihr die Zeit, sich mit diesem Problem zu befassen. Sie musste sich auf Harald Ruhlt konzentrieren.

Mit schnellen Schritten lief sie an einem riesigen Stapel Abwasserrohre vorbei und hielt auf einen Container zu, von dem sie vermutete, dass dort das Büro der Bauaufsicht untergebracht war. Sie klopfte gegen die Tür und wartete. Das »Herein!« ging im hohen Geräuschpegel beinahe unter.

Im Inneren des Containers saß ein Mann an einem winzigen Schreibtisch. Er trug einen Blaumann und hatte seinen weißen Schutzhelm vor sich auf der Tischplatte abgelegt. Bei ihrem Eintreten stand er auf. »Moin. Sind Sie Frau Jansen?«

»Die bin ich.«

»Mein Name ist Kai Müller. Ich bin hier der Bauleiter. Herr Ruhlt hat mich gebeten, Sie zu ihm zu bringen.« Er öffnete eine große Kunststoffkiste und holte einen weiteren weißen Helm heraus. »Setzen Sie den auf. Ist Vorschrift.«

»Danke.« Gesa löste ihren Pferdeschwanz und stülpte sich den Helm über.

Auch Müller setzte seinen Helm auf. »Bleiben Sie bitte die ganze Zeit an meiner Seite. Die Jungs mit ihren Baggern fahren hier manchmal rasant.«

»Danke für die Warnung!« Gesa folgte ihm nach draußen. Es roch nach Zement und Diesel. Zum Glück versank sie mit ihren wetterfesten Stiefeln nicht gleich im aufgeweichten Erdreich.

Müller und sie umrundeten die Bauarbeiten an der Bodenplatte weiträumig. Dennoch klingelten Gesa die Ohren. Bei diesem Krach konnte sie sich unmöglich mit Harald Ruhlt unterhalten. Doch vielleicht lag genau das in seiner Absicht.

Der Investor erwartete Gesa auf einem kleinen Erdhügel, von dem aus man die Baustelle vermutlich gut überblicken konnte.

Müller verabschiedete sich mit einem Nicken von ihr und marschierte davon.

Gesa erklomm den Hügel.

Ruhlt musterte sie von oben, kam ihr aber keinen einzigen Schritt entgegen. Er trug einen dunklen Anzug – dazu derbe Arbeiterstiefel und einen weißen Schutzhelm.

»Gesa Jansen, hallo. Wir haben telefoniert.« Sie reichte Ruhlt die Hand. Er besaß einen festen, trockenen Händedruck. »Können wir irgendwo hingehen, wo es ruhiger ist?«

»Sicher.« Ruhlt stieg auf der anderen Seite vom Erdhügel hinunter und marschierte am Bauzaun entlang. »Auf Dauer gewöhnt man sich an den Lärm.«

Sie erreichten eine Pforte und verließen die Baustelle über einen Schotterweg. Gleich darauf tat sich eine ganz andere Welt vor ihnen auf: die brandneue HafenCity mit luxuriösen Wohngebäuden, Büros und Geschäften.

Ruhlt wandte sich zu Gesa um. »Hier entsteht Hamburgs schönster Stadtteil. Ich bin stolz und dankbar, etwas dazu beizutragen.«

»Das glaube ich Ihnen.« Sie sah sich um. »An wie vielen dieser Neubauten sind Sie beteiligt?«

»Ich will Sie nicht mit Zahlen langweilen.« Er lächelte aalglatt. »Sie haben mich um Hilfe gebeten.«

»Das stimmt. Ich versuche, die letzten Tage im Leben meines Kollegen Uwe Stolter zu rekonstruieren. Vielleicht finden wir so heraus, was ihm zugestoßen ist.«

»Das ist doch wohl eher Aufgabe der Polizei.« Ruhlt schritt einen Sandweg entlang, der zu einer befestigten Straße führte. »In fünf Jahren werden Sie die ganze Gegend nicht wiedererkennen. Waren Sie schon in der Elphi?«

»Nein, noch nicht.« Dass Gesa auch nicht vorhatte, sich freiwillig klassische Musik anzuhören, brauchte sie schließlich nicht zu erwähnen.

»Das sollten Sie möglichst bald nachholen. Der große Saal ist ein Traum.«

»Haben Sie sich mit Herrn Stolter auch über die Elbphilharmonie unterhalten?«, fragte Gesa.

»Nein, das Thema kam bei seinem Besuch nicht auf.« Ruhlt wirkte immer noch selbstbewusst, doch der warme Klang war aus seiner Stimme verschwunden. »In unserem Gespräch ging es ausschließlich um das *Wohnen-mit-Flair*-Projekt am Wiesendamm.«

»Was wollte Herr Stolter dazu wissen?«

»Er hat sich vor allem für das bauliche Gutachten über die Bestandsimmobilie interessiert. Anscheinend kursieren

Gerüchte, dass es dabei nicht mit rechten Dingen zugegangen sei.«

»Ist an den Gerüchten was dran?«

»Nein, natürlich nicht. Das Gutachten wurde von einer seriösen Expertin erstellt, Frau Dr. Bettina Prausel.« Er holte ein silbernes Etui aus seiner Anzugtasche und zog eine Visitenkarte heraus, die er Gesa reichte. »Richten Sie ihr schöne Grüße von mir aus. Sie soll Ihnen das Gutachten zur Verfügung stellen. Das Gleiche habe ich auch zu Ihrem Kollegen gesagt, denn ich habe nichts zu verbergen.«

»Dann werde ich mich auf Sie berufen. Vielen Dank.« Gesa schob die Karte in ihre Gesäßtasche.

Sie erreichten die befestigte Straße und Ruhlt blieb stehen. »Sehen Sie sich nur gründlich um. Hier musste einiges abgerissen werden, damit dieser Stadtteil überhaupt entstehen konnte. Aber war es das nicht wert?«

»Mag sein«, räumte Gesa ein. »Trotzdem lässt sich das hier nicht mit Ihrem Bauprojekt in Winterhude vergleichen. Es werden eine Menge Menschen dadurch ihre Wohnungen verlieren.«

»Niemand landet auf der Straße. Allen Mietern werden Ersatzwohnungen angeboten.«

»Aber nicht im gleichen Stadtteil. Würden Sie freiwillig von Winterhude nach Billstedt ziehen?«

»Wenn ich dafür eine modernere und größere Wohnung zum gleichen Preis bekäme, warum nicht?« Ruhlt musterte sie. »Sie sind doch eine kluge Frau. Sicher ist Ihnen bewusst, dass sozialer Wohnungsbau in bestimmten Gegenden nicht gern gesehen wird.«

»Natürlich ist mit Widerstand von den anderen Anwohnern zu rechnen. Doch ich halte Sie nicht für einen Mann, der deswegen klein beigibt. Wenn Sie sich dafür entschieden haben, dort Luxuswohnungen zu bauen, dann wohl eher wegen des Profits.«

»Jetzt werden Sie beleidigend.« Ruhlts Augen verengten sich. »Für die Gentrifizierung kann ich nichts. Aber wenn Sie wirklich Ihre Hausaufgaben gemacht haben, dann wissen Sie auch, wie viel ich der Stadt jedes Jahr durch Spenden zurückgebe. Ich bin niemand, der sein Vermögen hortet.«

»Sie waren in den vergangenen Jahren extrem großzügig«, räumte Gesa ein. »Allein für die Hamburger Kunst und Kultur dürften Sie mehr als fünf Millionen Euro gespendet haben.«

»Es waren sieben Millionen. Ich engagiere mich auch für soziale Projekte – zum Beispiel bei einem Leseprojekt für Grundschüler. Es geht mir nicht nur um die schönen Künste, sondern vor allem um die Menschen.«

»Natürlich.« Gesa glaubte ihm kein Wort.

Schweigend standen sie nebeneinander und betrachteten die modernen Wohnkomplexe, in denen schon ein winziges Apartment mehr kostete als zwei Häuser mit Garten im Hamburger Umland.

»Interessieren Sie sich eigentlich für Politik?«, fragte Gesa.

»Ich habe nicht vor, demnächst für den Senat zu kandidieren. Aber in meiner Position als Investor bleibt es nicht aus, dass ich mich mit bestimmten politischen Themen befasse. Wieso fragen Sie?«

»Mein Kollege hat Sie am Freitag auf einer Party getroffen, die wohl hauptsächlich von Politikern besucht wurde. Er selbst fühlte sich dort ziemlich verloren. Und Sie? Hat es Ihnen gefallen?« Angespannt hielt Gesa den Atem an.

Ruhlt ließ sich mit der Antwort Zeit. »Freitag sagen Sie? Nein. Da war ich nicht einmal in der Stadt. Er muss mich wohl mit jemandem verwechselt haben.«

»Oh. Das ist mir jetzt aber unangenehm.« Gesa schlug die Hände vor den Mund wie ein verschämtes Schulmädchen.

»Und ich dachte schon, Sie planen dort Ihr nächstes Projekt.«
Zufrieden registrierte sie Ruhlts Stirnrunzeln. »Solche Partys
dienen ja oft dem Netzwerken. Sie müssen vermutlich eine
Menge Kontakte pflegen.«

»Wie meinen Sie das?« Seine Stimme klang gepresst.

»Na, als Hamburger Mäzen werden Sie doch sicher oft zu
Spendenveranstaltungen eingeladen.«

»Charity Events – natürlich!« Ruhlts Miene ent-
spannte sich. »Ja, ich besuche öfter Spendengalas und andere
Wohltätigkeitsveranstaltungen. So viele, dass ich schon den
Überblick verliere.«

»Kann ich mir vorstellen.« Gesa verkniff sich ein Lächeln.
Ruhlt hatte sie einen ordentlichen Schrecken eingejagt. »Zurück
zu meinem Kollegen, Herrn Stolter. Sie haben ihm also die
Visitenkarte Ihrer Gutachterin gegeben. Worüber haben Sie
sonst noch gesprochen?«

»Er hat die üblichen Fragen gestellt. Warum ich das
Gebäude nicht saniere, anstatt es abzureißen. Oder wieso
auf dem Gelände nicht wenigstens neue Sozialwohnungen
entstehen.«

»Was haben Sie ihm geantwortet?«

»Dass sich beides nicht gerechnet hätte. Aufwendige
Renovierungen sind meistens sogar teurer als ein Abriss
mit anschließendem Neubau. Zudem war der Preis für das
Grundstück völlig überzogen. Mit Mietwohnungen würden
vielleicht meine Enkel den Break-even noch erleben.«

»Sagten Sie gerade: Preis für das Grundstück?«

»Wie bitte?« Ruhlt zog die Augenbrauen hoch.

»Sie haben doch kein Grundstück gekauft, sondern ein
Haus. Die vermieteten Sozialwohnungen dürften sich dabei
sogar wertmindernd auf den Kaufpreis ausgewirkt haben. Hätte
das Haus leer gestanden, wäre der Preis vermutlich doppelt so
hoch ausgefallen.«

»Das ist reine Spekulation.« Ruhlts Tonfall klang nun deutlich schärfer. »Sie sollten sich nicht in Dinge einmischen, von denen Sie nichts verstehen.«

»Ich habe, wie Sie es nennen, meine Hausaufgaben gemacht. Gemäß dem Zweckentfremdungsverbotsgesetz dürften Sie den Wohnblock nur abreißen lassen, wenn dort wieder sozialer Wohnungsbau entsteht. Aber selbst für den Fall, dass Sie die Mieten im Anschluss moderat anheben, kämen Sie nicht annähernd auf den gleichen Gewinn wie bei einem Verkauf. Der Quadratmeterpreis für eine Eigentumswohnung in einer Lage wie Winterhude liegt bei viertausend Euro.«

»Es käme immer noch eine Verwertungskündigung infrage«, entgegnete Ruhlt. »Ich hätte es nicht nötig, das Gutachten zu beeinflussen.«

»Gegen diese Kündigung hätten Ihre Mieter aber Einspruch eingelegt und vermutlich auch recht bekommen, weil Sie Ihnen keine angemessenen Ersatzwohnungen in der näheren Umgebung anbieten können. Zudem hätte die Stadt Ihnen diese Zweckentfremdung nicht genehmigt, weil der bezahlbare Wohnraum viel zu knapp ist. Nein. Sie brauchten unbedingt ein Gutachten, das dringend einen Abriss empfiehlt.«

»Und zwar zur Sicherheit meiner Mieter«, entgegnete Ruhlt. »Sie wären doch die Erste, die einen empörten Artikel schreiben würde, wenn das Gebäude einstürzt und Menschen zu Schaden kommen.«

»Bei akuter Einsturzgefahr wäre das Wohnhaus längst evakuiert worden. So dramatisch kann die Baufälligkeit also nicht sein.«

Gesa wippte ungeduldig mit dem Fuß. Männer wie Ruhlt waren nicht ihr Fall. Sie bedauerte Alexandra, die in ihrem Ressort vermutlich täglich mit solchen Typen zu tun hatte. »Da ich das Gutachten bislang nicht kenne, macht es wenig Sinn, hier ins Detail zu gehen. Dafür habe ich noch eine Frage zu Ihrem Gespräch mit Herrn Stolter.«

»Dazu habe ich Ihnen schon alles gesagt. Mein nächster Termin beginnt gleich.« Demonstrativ sah Ruhlt auf seine Lacroix-Armbanduhr.

»Ich werde mich kurzfassen. Versprochen. Kam Ihnen Herr Stolter bei Ihrem Treffen nervös vor?«

»Nervös? Nein, eigentlich nicht. Warum?«

»Ach, er war überzeugt, dass jemand Spionage-Software auf sein Handy gespielt hat.« Gesa zückte ihr Smartphone und strich ein paarmal über das Display. »Wahrscheinlich hat er sich das nur eingebildet. Ich habe jedenfalls alles gründlich abgesucht und nichts darauf gefunden. Sicherheitshalber sollte ich es wohl doch zur Polizei bringen.«

»Das haben Sie noch nicht getan?«, fragte Ruhlt.

»Nein. Vorher musste ich einige heikle Daten löschen. Quellenschutz steht bei uns an erster Stelle. Aber ich will auch nicht riskieren, dass ein Verbrecher davonkommt, nur weil ich Herrn Stolters Handy behalten habe.«

»Solche Software lässt sich in der Regel ohnehin nicht zurückverfolgen«, bemerkte Ruhlt. »Ich wurde auch mal gehackt.«

»Nicht von uns Normalsterblichen. Aber die Cybercrime-Abteilung der Polizei hat da sicher ganz andere Möglichkeiten.« Sie schob das Smartphone zurück in ihre Rucksacktasche. »Vielen Dank, dass Sie sich die Zeit genommen haben.«

»Das war doch selbstverständlich.« Ruhlt schüttelte ihr zum Abschied die Hand. Seine fühlte sich mittlerweile leicht feucht an. »Viel Erfolg bei Ihrer Recherche.«

»Danke. Den werde ich haben.« Zufrieden machte Gesa sich auf den Rückweg. Ruhlt hatte den Köder geschluckt. Nun brauchte sie nur noch abzuwarten, ob er aus Panik einen Fehler beging und sich dadurch verriet.

KAPITEL 24

René Schlesinger, Inhaber einer Baufirma in Hamburg-Harburg, empfing Gesa in seinem Büro. Der Raum war zweckmäßig mit einem schlichten Schreibtisch und einem kleinen Besprechungstisch mit vier Stühlen eingerichtet. Auch Schlesinger selbst wirkte in seinem blauen Hemd und den Jeans im Vergleich zu Harald Ruhlt erfrischend uneitel. Er begrüßte sie mit Handschlag. »Moin, Frau Jansen. Was kann ich für Sie tun?«

»Ich habe einige Fragen zu dem *Wohnen-mit-Flair*-Projekt am Wiesendamm.«

Er seufzte. »Wer hat die nicht? Seitdem die Bauaufsicht diese Presseerklärung abgegeben hat, steht mein Telefon nicht mehr still.« Er deutete auf die freien Stühle. »Bitte setzen Sie sich.«

»Danke.« Gesa nahm am Besprechungstisch Platz. »Ich komme gleich zur Sache. Kennen Sie das Gutachten zum baulichen Zustand des Wohnblocks?«

Schlesinger zog einen Stuhl zu sich heran und setzte sich neben sie. »Nicht im Detail. Um den Abriss kümmert sich ein anderes Unternehmen. Ich bin nur für den Neubau zuständig.«

»Stammen die Pläne dazu von Ihnen?«

»Von meinem Architekten, ja. Es gab eine Menge Vorschriften im Bebauungsplan zu beachten. Aber das kenne ich schon. Je teurer die Wohngegend, desto detaillierter der B-Plan.«

Gesa beugte sich vor. »Ich nehme an, es muss ein schwerer Schlag für Ihre Firma sein, dass jetzt alles noch einmal geprüft wird und der Baustart sich verzögert.«

»Sollte man meinen. Aber ich bin, ehrlich gesagt, ganz froh drum. Bei dem Bauboom, der momentan herrscht, weiß ich gar nicht, wo ich meine Jungs zuerst hinschicken soll. Auf einige Gewerke muss ich monatelang warten. Wenn sich da was nach hinten verschiebt, umso besser.«

Das klang nicht gerade so, als hätte Schlesinger sich an Uwes Recherchen zu dem Gutachten gestört – falls er überhaupt von ihnen wusste. »Vor mir hat mein kürzlich verstorbener Kollege schon an dieser Geschichte gearbeitet. Uwe Stolter. Hat er sich mal bei Ihnen gemeldet?«

»Nein, daran würde ich mich erinnern«, sagte Schlesinger. »Ich hab das von Ihrem Kollegen in der Zeitung gelesen. Mein Beileid.«

»Vielen Dank.« Gesas Kehle fühlte sich plötzlich eng an. Die Trauer um Uwe ließ sie aus Zeitmangel viel zu selten zu und dann überfiel es sie einfach von einem Moment auf den anderen.

Schlesinger musterte sie. »Weiß man denn inzwischen, wer es war?«

»Die Polizei ermittelt noch.« Sofern Schlesinger sich nicht als besonders gewiefter Lügner entpuppte, konnte Gesa ihn wohl von ihrer Verdächtigenliste streichen. »Gut möglich, dass er jemandem mit seinen Recherchen in die Quere gekommen ist.«

»Mir jedenfalls nicht.« Schlesinger stand auf. »Tut mir leid, dass ich nicht mehr Zeit für Sie habe. Aber ich muss jetzt zu einer Abnahme auf einer meiner Baustellen.«

»Natürlich.« Gesa erhob sich ebenfalls und reichte ihm zum Abschied die Hand. »Danke, dass Sie mich so kurzfristig dazwischengeschoben haben.«

»Gern geschehen.« Schlesinger begleitete sie bis an die Tür. »Passen Sie auf sich auf.«

»Mach ich.« War diese Bemerkung nett gemeint oder doch eine versteckte Drohung? Gesa zwang sich zu einem Lächeln, mit dem sie ihre Verunsicherung überspielte.

Dennoch gingen ihr Schlesingers Worte nicht so schnell aus dem Kopf und begleiteten sie auf ihrem Rückweg. Hatte ihr Instinkt sie getäuscht und der Bauunternehmer wusste doch mehr, als er zugab? Sie stieg am Bahnhof Harburg in die S3 und fuhr bis zur Haltestelle Jungfernstieg.

Da sie schon wieder ihre Mittagspause ausfallen ließ, kaufte sie sich in dem unterirdischen Bahnhof beim Bäcker ein mit einer Fischfrikadelle belegtes Brötchen, das sie gleich im Gehen aß. Mit schnellen Schritten nahm sie die Treppe nach oben und trat ins Freie.

Der Jungfernstieg war jetzt, am frühen Nachmittag, noch angenehm leer. Nur einige Touristen und Mütter mit Kinderwagen machten einen Spaziergang an der Binnenalster.

Gesa sah zum Himmel. Dort zogen sich Regenwolken zusammen. Lange würde der Schauer nicht mehr auf sich warten lassen. Sie schwenkte ihren Schirm im Laufen wie ein Pendel hin und her und ging ihre Unterhaltungen mit Schlesinger und Ruhlt im Geiste noch einmal durch. Machte sie es sich zu einfach, indem sie Ruhlt verdächtigte, nur weil er unsympathisch war und Alexandra schlecht über ihn gesprochen hatte? Womöglich sollte sie doch eher Schlesingers Freundlichkeit hinterfragen.

Ruhlt hatte geleugnet, auf der Party gewesen zu sein. Aber warum? Wollte er nicht mit den Callgirls in Verbindung gebracht werden? Oder war er womöglich der geheimnisvolle

Gastgeber, der versuchte, sich politische Entscheidungen zu erkaufen? Geld genug für diese Rolle besaß er jedenfalls.

Ein heftiger Ruck brachte Gesa ins Stolpern. Viel zu dicht brauste ein Radfahrer an ihr vorbei. Ihr stockte der Atem. Der Typ hielt ihre Rucksacktasche in der Hand, die sie sich dummerweise nur locker über die Schulter gehängt hatte. »Stehen bleiben!«, brüllte sie aus voller Kehle und hechtete hinterher. »Haltet den Dieb!«

Natürlich kam ihr niemand zur Hilfe. Der Fahrer trat kräftig in die Pedale. Gesa würde ihn nicht mehr einholen. In einem letzten Verzweiflungsakt warf sie ihren Regenschirm nach ihm. Er verfing sich zwischen seinen Beinen und das Rad kippte um.

Gesa rannte, so schnell sie konnte.

Der Mann lag am Boden, rappelte sich aber überraschend flink wieder auf.

Gesa zielte mit dem Knie auf seine Weichteile, doch der Typ blockte ihren Tritt. Seine Faust traf sie an der Schläfe. Schmerz explodierte in ihrem Kopf und ihr knickten die Knie weg. Sie sackte auf dem Bürgersteig zusammen. Mit letzter Kraft klammerte sie sich an den Fahrradrahmen, um den Mann an der Flucht zu hindern. Doch der Räuber rannte zu Fuß weg.

»Verdammt!« Sie versuchte aufzustehen, aber alles drehte sich.

Ein Kinderwagen schob sich in ihr Sichtfeld. »Sind Sie verletzt?«, fragte eine Frauenstimme.

»Ich bin nicht sicher, wie schlimm es ist.« Gesa fasste sich an den pochenden Schädel. »Sehen Sie den Kerl noch irgendwo?«

»Nein, der ist abgehauen. Soll ich einen Rettungswagen für Sie rufen?«

»Nein, danke. Das wird wohl nicht nötig sein. Aber verständigen Sie bitte die Polizei.« Ganz langsam rappelte Gesa sich wieder hoch. Ihr wurde schwindelig.

Die junge Mutter telefonierte mit der Polizei. Danach wandte sie sich wieder an Gesa. »Möchten Sie jemanden anrufen?« Sie bot ihr Handy an.

»Danke.« Gesa nahm es entgegen. »Ich sollte wohl meine Karten sperren lassen und bei der Arbeit Bescheid sagen.« Sie wählte die 116 116 für den zentralen Sperrnotruf.

Noch während sie ihre Daten durchgab, hielt ein Polizeiwagen und zwei Beamte stiegen aus. Die Streifenpolizistin und ihr männlicher Kollege kamen direkt auf Gesa zu.

»Haben Sie uns angerufen?«, fragte die Polizistin.

»Das war ich«, meldete sich die Frau mit dem Kinderwagen zu Wort. »Diese Dame ist das Opfer. Der Räuber ist in Richtung Gänsemarkt davongelaufen. Er trägt eine dunkle Regenjacke mit Kapuze.«

Der Polizeibeamte wandte sich an Gesa. »Was ist mit Ihnen? Konnten Sie etwas erkennen?«

»Leider nicht.« Ein pochender Schmerz zog durch ihren Kopf. »Es ging alles so schnell. Die Tasche, die er mitgenommen hat, ist eine schwarze Rucksacktasche aus Baumwolle. Darin befinden sich mein Portemonnaie mit allen Karten und mein Handy.«

»Wie heißen Sie?«

»Gesa Jansen.«

»Okay. Ich gebe es schnell an die Kollegen durch.« Der Polizist trat zur Seite und griff nach seinem Funkgerät.

In der Zwischenzeit nahm seine Kollegin Gesas Personalien und die der hilfsbereiten Zeugin auf.

Das Baby quengelte und die Mutter schob den Kinderwagen vor und zurück. Es half nichts.

»Gehen Sie ruhig«, sagte die Polizistin. »Wir haben ja Ihre Kontaktdaten.«

Gesa gab der Frau ihr Smartphone zurück. »Vielen Dank für alles.«

»Dafür nicht. Ich hoffe, Sie schnappen den Typen.« Die Mutter schob ihren Wagen davon.

Der Polizist gesellte sich wieder zu ihnen. »Unsere Kollegen sind da dran. Falls Ihre Tasche gefunden wird, informieren wir Sie umgehend.« Er runzelte leicht die Stirn. »Am Kopf bekommen Sie eine ordentliche Beule. Das sollte sich ein Arzt ansehen.«

»Später. Erst möchte ich Anzeige erstatten.« Gesa deutete auf das Herrenrad, das immer noch am Boden lag. »Das gehört dem Täter. Am Lenker müssen seine Fingerabdrücke sein.«

»Wir nehmen es mit aufs Revier«, entgegnete der Polizist. »Wenn wir Glück haben, ist die Rahmennummer registriert.« Er zog sich Einweghandschuhe an und hievte das Rad in den Kofferraum. »Den Rest erledigen wir auf dem Revier.«

Seine Kollegin hielt Gesa die hintere Wagentür auf. »Bitte steigen Sie ein.«

Vorsichtig setzte Gesa sich auf die Rückbank. Jede hastige Bewegung verschlimmerte ihren Schwindel, deshalb schnallte sie sich im Zeitlupentempo an.

Normalerweise wäre sie das kurze Stück zum nächsten Polizeirevier zu Fuß gelaufen. Doch jetzt war sie dankbar, während der dreiminütigen Fahrt sitzen zu können. Ihre Beine begannen zu zittern und sie fror. Vermutlich der Schock.

Sie lehnte sich gegen die Rückbank und schloss für einen Moment die Augen. Ihr war zum Glück nicht viel zugestoßen, doch der Räuber hatte alles von ihr: Handy, Presseausweis, Kreditkarte, Führerschein und Wagenschlüssel. Sogar einen Schlüssel zu ihrem Haus. Sollte sie deswegen das Türschloss auswechseln lassen?

Der Wagen hielt. Gesa schlug die Augen wieder auf. Sie parkten direkt vor der Wache. Am liebsten wäre Gesa einfach sitzen geblieben, so erschöpft fühlte sie sich. Aber das kam nicht infrage.

Der Polizist kümmerte sich um das Fahrrad, während seine Kollegin Gesa in das Gebäude hineinbegleitete. Vor der Anmeldung saßen bereits einige Besucher im Wartebereich, doch die Polizistin führte Gesa an ihnen vorbei zu einem kleinen Büro. Darin standen nur ein Schreibtisch mit Computer und zwei Besucherstühle. Dankbar ließ Gesa sich auf einen von ihnen sinken.

Die Polizistin nahm hinter dem Schreibtisch Platz. »Das Wichtigste habe ich mir eben zwar schon notiert, aber wir müssen noch ein Protokoll verfassen. Haben Sie noch irgendein Dokument, um sich auszuweisen?«

»Nein, das war alles in meiner Rucksacktasche.« Gesa verfluchte sich für ihren eigenen Leichtsinn. »Ich habe nichts mehr bei mir. Weder Geld noch Schlüssel.«

»Kann Sie jemand abholen?«

So weit hatte sie noch gar nicht vorausgedacht. »Mein Bruder vielleicht.« Allerdings wäre es für Gunnar eine elendig lange Fahrerei. Vielleicht sollte sie sich lieber von Thomsen das Geld für ein Taxi borgen. »Ich muss auch bei der Arbeit Bescheid sagen. Die warten da auf mich.«

»Sie können gleich eins unserer Telefone benutzen.« Die Polizistin tippte auf ihrer Tastatur. »Lassen Sie uns vorher den Sachverhalt aufnehmen.«

Gesa rieb sich die pochende Schläfe und gab ihre Personalien an. Danach gingen die Polizistin und sie den Raubüberfall genau durch. Angestrengt versuchte Gesa, sich die Einzelheiten des Raubes ins Gedächtnis zu rufen. Doch an viel erinnerte sie sich leider nicht. »Sein Gesicht habe ich nur ganz kurz gesehen. Er war jung, höchstens Anfang zwanzig, und hatte ein glatt rasiertes Kinn. Augen- und Haarfarbe weiß ich nicht mehr.«

»Würden Sie ihn wiedererkennen?«

»Das weiß ich nicht. Er könnte sich beim Sturz verletzt haben. Aber nicht besonders schwer, denn er ist danach noch sehr schnell weggerannt. Einen Anhaltspunkt habe ich allerdings.« Gesa rutschte auf der Sitzfläche ihres Stuhls herum. Das nächste Thema, das sie ansprechen musste, war heikel. »Der Mann könnte ein Mitarbeiter oder Bekannter von Harald Ruhlt sein.«

»Dem Investor?« Unglauben schwang in der Stimme der Polizistin mit. »Wie kommen Sie denn auf diese Idee?«

»Weil ich heute mit Herrn Ruhlt gesprochen habe. Ich hege den Verdacht, dass er das Smartphone von einem meiner Kollegen abgehört hat. Und um meine Theorie zu testen, habe ich ihm gegenüber behauptet, dass ich das betreffende Handy bei mir hätte und direkt zur Polizei bringen würde. Es wäre schon ein unglaublicher Zufall, wenn ich danach von einem gewöhnlichen Räuber überfallen worden wäre.«

Die Polizistin krauste die Stirn. »Sie halten es also für wahrscheinlicher, dass Herr Ruhlt nach Ihrer Unterhaltung jemanden beauftragt hat, Ihre Rucksacktasche zu rauben?«

»Ich weiß, es klingt weit hergeholt. Aber ich bin überzeugt davon, dass es sich so abgespielt hat.«

»Wenn Sie für diese Vermutung keine weiteren Anhaltspunkte haben, rate ich Ihnen dringend, sie für sich zu behalten. Üble Nachrede ist eine Straftat. Und was in einem Polizeibericht steht, ist aktenkundig.« Sie sah Gesa lange an. »Sie haben vorhin einen ziemlichen Schlag auf den Kopf bekommen, der Sie vermutlich noch beeinträchtigt. Deswegen werde ich Ihre Bemerkung zu Herrn Ruhlt in Ihrem eigenen Interesse übergehen. Wenn man so aufgewühlt ist wie Sie gerade, kann einem so was schon mal rausrutschen.«

Vor lauter Frust presste Gesa den Kiefer zusammen. Sie hatte schon befürchtet, dass die Polizistin ihr nicht glauben würde. »Wenn es dem Täter einfach nur um eine Handtasche gegangen wäre, hätte es viel lohnendere und leichtere Opfer gegeben. Doch er hat mich ausgewählt.« Nicht die Mutter mit dem Kinderwagen, die ihm vermutlich keine drei Schritte hinterhergerannt wäre, oder eine reiche Touristin.

»Das ist schwer zu verkraften, nicht wahr?« Der strenge Ausdruck in den Augen der Polizistin wurde milder. »Viele Opfer fragen sich, warum es ausgerechnet sie getroffen hat. Aber damit sollten Sie sich nicht belasten. Die Antwort auf diese Frage werden Sie ohnehin nicht erfahren.«

»Doch, das werde ich«, entgegnete Gesa. »Ich kann sehr hartnäckig sein.«

KAPITEL 25

»Ich hätte wirklich die Bahn nehmen können.« Gesa lehnte sich auf dem Beifahrersitz zurück und genoss das angenehme Gefühl einer kühlen Lederkopfstütze. Erstaunlich, wie bequem so ein alter Jaguar war. Wenn ihr Schädel nur nicht so pochen würde, könnte sie vermutlich auf der Stelle einschlafen. Und wenn Björn nicht neben ihr säße.

Für einen kurzen Moment wandte er den Kopf in ihre Richtung. »Kommt nicht infrage. Du hast vermutlich eine Gehirnerschütterung.«

»Was nicht bewiesen ist.« Allerdings konnte sie nicht leugnen, dass sie unter leichter Übelkeit litt und ihr schwindelig war.

»Ich fasse es nicht, dass du so leichtsinnig warst! Ruhlt dermaßen zu provozieren, das ist doch …« Er schüttelte den Kopf. »Was, wenn er tatsächlich Uwe auf dem Gewissen hat? Willst du etwa auch so enden?«

»Natürlich nicht.« Björn übertrieb es mit seiner Besorgnis. »Ich hätte von Ruhlt weder Nahrung noch Getränke angenommen. Aber ich musste ihn provozieren, um zu sehen, wie er reagiert.«

»Nun hast du ja deine Antwort. Bist du jetzt zufrieden?«

»Einen derart plumpen Raubüberfall habe ich nicht vorausgesehen.« Gesa massierte ihre pochende Schläfe. »Und wir wissen ja auch nicht mit Bestimmtheit, ob Ruhlt wirklich den Auftrag dazu gegeben hat.«

»Du denkst, es könnte Schlesinger gewesen sein?«

»Wenn, dann nicht allein. Ihm gegenüber habe ich das Smartphone ja gar nicht erwähnt. Aber vielleicht arbeiten Ruhlt und er auch zusammen – ich meine, jenseits der Legalität.«

Björn fuhr an *Planten un Blomen* vorbei in Richtung der A7. »Ich sehe mir mal sein Bild an. Vielleicht erkenne ich ihn ja von der Party wieder.«

»Gute Idee. Wegen vorhin …«

»Ich möchte nicht darüber sprechen.« Seine Augen verengten sich.

»Okay.« Ihr Mund fühlte sich trocken an. »Jedenfalls danke, dass du das hier tust. Das hätte ich nicht erwartet.«

»Du erwartest generell nicht sonderlich viel von mir, nicht wahr?« Sein Tonfall klang eher traurig als wütend.

»So habe ich das nicht gemeint. Aber Cranz liegt wohl kaum auf deinem Heimweg. Hin und zurück sind es immerhin sechzig Kilometer.«

»Die schaffe ich auch noch.« Björn konnte ja ganz schön stur sein. »Was hattest du denn beabsichtigt, bei Ruhlt mit deiner Bemerkung zu erreichen?«

»Dass er Panik bekommt und versucht, die Spionagesoftware wieder zu löschen. Dann hätte die Kripo ihn auf frischer Tat ertappt.«

»Ich bezweifle, dass das so ohne Weiteres funktioniert. Dafür müsste er das Smartphone noch mal in seine Hände bekommen.«

»Dann kann Schlesinger es auf keinen Fall gewesen sein. Er hat sich schließlich nicht mit Uwe getroffen.« Gesa runzelte die Stirn. »Ich sollte Cracht informieren. Die Beamtin auf dem

Revier hat mich nicht für voll genommen. Sie glaubt, dass ich mir das mit Ruhlt nur einbilde.«

»Nimm's ihr nicht übel. Wahrscheinlich hat sie es ständig mit verrückten Spinnern zu tun, die sich solche Dinge zusammenreimen.« Björn nahm die Autobahnauffahrt auf die A7 in Richtung Süden.

Ein Handy klingelte.

»Kannst du bitte mal nachsehen, ob es die Redaktion ist?«, bat Björn. »Ich bin abgehauen, bevor mein Artikel abgenommen wurde.«

»So etwas solltest du wirklich nicht tun. Vor allem nicht bei einem Aufmacher.« Suchend sah Gesa sich im Wagen um. »Wo hast du dein Handy denn hingelegt?«

»Es ist in meiner Jacke auf der Rückbank. Und sag mir nicht, was ich zu tun oder zu lassen habe. Ich werde bestimmt nicht in der Redaktion Däumchen drehen, bis Thomsen meinen Artikel gelesen hat, wenn es dir schlecht geht und du dringend nach Hause musst.«

»So schlimm ist es auch wieder nicht.« Nach ihrer Auseinandersetzung vorhin fand Gesa es doppelt unangenehm, dass Björn ihretwegen so einen Aufwand betrieb. Sie angelte sich seine Jacke und zog das Smartphone aus der Tasche. »Das ist nicht Thomsen, sondern eine unbekannte Handynummer.«

»Könnte Dormer sein. Den habe ich vorhin zigmal versucht zu erreichen. Geh bitte ran.«

Nun tat es ihr noch mehr leid, dass sie Björn so angegriffen hatte. »Gesa Jansen am Apparat von Björn Dalmann. Hallo.«

»Volker Dormer von *Dormer Elektrofachhandel* hier. Sie hatten vorhin angerufen.« Dormer sprach mit leichtem Hamburger Dialekt, auch wenn das Berlinerische ebenfalls erkennbar war.

»Danke für Ihren Rückruf.« Gesa stellte auf Lautsprecher, damit Björn mithören konnte. »Herr Dormer, es geht um drei

Briefe, die Sie meinem Kollegen geschickt haben. Sein Name ist Uwe Stolter.«

»Ich habe Ihnen nichts zu sagen.«

»Das glaube ich Ihnen nicht. Sie hätten Herrn Stolter doch nicht dreimal geschrieben, wenn es nicht wichtig für Sie wäre.« Sie musste es schaffen, Dormer lange genug in der Leitung zu halten, um eine Beziehung zu ihm aufzubauen. »Vermutlich haben Sie es noch nicht gehört. Aber mein Kollege ist kürzlich verstorben.«

»Noch nicht gehört?« Dormer schnaubte. »Die Polizei hatte mich deswegen vorgeladen.«

»Die Polizei kann Ihnen nicht geben, was Sie wollen. Ich schon.« Gesa holte tief Luft. »Ihnen ist vor zwanzig Jahren ein Unrecht widerfahren und Sie möchten Ihren Ruf wiederherstellen. Erzählen Sie mir, was damals wirklich passiert ist, und ich werde Ihre Seite der Geschichte veröffentlichen.«

Björn zog die Brauen hoch.

Gesa schüttelte leicht den Kopf, um ihm zu signalisieren, dass sie nur bluffte. Falls Dormer keinen glaubhaften Beweis für seine Unschuld vorbringen konnte, würde sie ihm bestimmt keine Plattform bieten, um sich zu profilieren.

»Das könnte Ihnen so passen! Sie wollen also ein zweites Mal Kapital aus mir schlagen, aber da mache ich nicht mit.«

»Warum haben Sie dann überhaupt die Briefe an Herrn Stolter geschrieben?«, fragte Gesa. »Was wollten Sie damit erreichen?«

»Ich hatte ihm nicht gedroht. Diese Unterstellung ist eine Unverschämtheit!« Dormer legte auf.

»Du hast gar nicht erwähnt, dass es sich um Drohbriefe handelt«, bemerkte Björn. »Damit hat Dormer sich selbst verraten.«

»Nicht unbedingt. Jemand von der Polizei hat schließlich schon mit ihm gesprochen. Dort liegen die Drohbriefe vor. Gut möglich, dass die Beamten Dormer in der Vernehmung damit konfrontiert haben. Allerdings spricht Dormer auffällig häufig im Plusquamperfekt – genau wie unser Drohbriefschreiber.«

»Und was jetzt?«

»Wir brauchen einen Beweis, dass die Briefe tatsächlich von ihm stammen. Dann haben wir ein Druckmittel und können ihn vielleicht dazu bringen, mit uns zu reden. Verpflichtet ist er dazu schließlich nicht.«

»Ich nehme mal an, mit Beweis meinst du ein linguistisches Gutachten.« Björn wechselte auf die mittlere Spur und überholte einige Lastkraftwagen.

»Dafür bräuchten wir allerdings einen Vergleichstext und damit meine ich keine Elektrikerrechnung. Leider findet sich Dormer in keinen sozialen Medien, was das Ganze äußerst schwierig macht.«

»Was glaubst du, warum er es getan hat?«

»Du meinst, die Drohbriefe?«

Björn nickte. »Wenn er tatsächlich vorhatte, Uwe zu töten, wäre er damit doch ein unnötiges Risiko eingegangen. Ohne diese Briefe hätte ihn nach all den Jahren wohl kaum jemand mit Uwe in Verbindung gebracht.«

»Nicht alles, was Menschen tun, lässt sich rational erklären. Gut möglich, dass Dormer anfangs gar nicht vorhatte, Uwe zu töten, und sich mehr und mehr in seine Wut hineingesteigert hat.«

»Aber wütend könnte er doch eigentlich nur sein, wenn er zu Unrecht beschuldigt worden wäre. Und angenommen, er hat damals niemanden getötet: Wie wahrscheinlich ist es dann, dass er es jetzt getan hat?«

»Das sind eine Menge Fragen, auf die ich keine Antwort weiß.« Gesa befühlte die Schwellung an ihrer Schläfe. Das blöde Ding war ganz schön groß. »Zu geistigen Höhenflügen bin ich heute nicht mehr in der Lage.«

»Tut mir leid.« Björn musterte sie, obwohl er doch auf die Fahrbahn sehen sollte. »Möchtest du nicht doch, dass ich dich in die Notaufnahme bringe?«

»Um dort vier oder fünf Stunden herumzusitzen und zu warten? Nein danke. Steffen sieht sich das nachher an. Er ist Arzt.«

»Ist Steffen dein Freund?«

Die Frage erwischte sie kalt. Björn war noch nicht lange genug bei der *Hamburger Abendpost*, um das Drama um Christian damals mitbekommen zu haben. Und sie selbst hatte sich, wie üblich, bedeckt gehalten. »Nein. Ich bin … war mit seinem Bruder zusammen. Es ist kompliziert.«

»Mit komplizierten Beziehungen habe ich auch so meine Erfahrungen. Inzwischen weiß ich, dass das nichts für mich ist.«

»Ich hätte es mir auch nicht freiwillig ausgesucht. Das kannst du mir glauben.« Gesa biss sich auf die Unterlippe. Sie sollte Klartext reden und Björn erzählen, wie es tatsächlich um Christian stand. Früher oder später würde er es ohnehin erfahren. Doch sie brachte die Worte einfach nicht heraus und dann war die Gelegenheit verstrichen.

»Ich rufe wohl besser Cracht an«, sagte sie schließlich. »Wenn Ruhlt nicht davor zurückgeschreckt ist, mir einen Räuber auf den Hals zu hetzen, hat er bei Uwe vielleicht zu noch drastischeren Methoden gegriffen.«

»Bei einem Mann in seiner Position fällt es mir schwer zu glauben, dass er sich selbst die Hände schmutzig macht«, erwiderte Björn.

»Aber jeder Mitwisser birgt ein Risiko.« Gesa wählte Crachts Nummer.

Nach dem vierten Klingeln nahm der Hauptkommissar ab. »Moin, Frau Jansen. Haben Sie Neuigkeiten für mich?«

Gesa schilderte den Überfall auf dem Jungfernstieg.

Cracht pfiff durch die Zähne. »Mein lieber Scholli! Das hätte böse enden können. Beim nächsten Mal überlassen Sie die Festnahme doch bitte meinen Kollegen und spielen nicht den Helden.«

»Es war leichtsinnig von mir«, räumte Gesa ein. »Aber ich wollte ihn einfach nicht entkommen lassen. Vermutlich hätte er uns zu Ruhlt geführt. Leider hat mir auf dem Revier niemand geglaubt, dass er hinter dem Überfall steckt.«

»Ruhlt mag ja ein fragwürdiges Geschäftsgebaren haben, aber strafrechtlich ist er bislang nicht in Erscheinung getreten. Ich kann schon verstehen, dass die Kollegen da skeptisch waren. Ich kenne Sie ja ein wenig besser. Deshalb werde ich diesem Hinweis nachgehen.«

»Danke.« Erleichtert ließ Gesa die hochgezogenen Schultern sinken. »Zwar habe ich für meine Vermutungen keine Beweise – noch nicht –, aber ich weiß, dass Ruhlt mich in einem anderen Punkt angelogen hat.«

»Schön wär's, wenn jeder, der mir ins Gesicht lügt, auch gleich der Täter wäre«, sagte Cracht. »Dann könnte ich nach der ersten Befragung die Akte schließen.«

Gesa sah zu Björn, der sie pflichtbewusst nach Hause fuhr, obwohl er wütend auf sie sein musste. »Haben Sie inzwischen noch mal mit Extner und Gorzlitz gesprochen?«

»Haben wir. Aber mehr darf ich dazu leider nicht sagen. Die Ermittlungen laufen noch.«

»Verraten Sie mir wenigstens, ob Sie eine heiße Spur haben? Ich kann bei diesem Fall überhaupt nicht abschätzen, wann er gelöst sein wird.«

»Da geht es mir nicht anders. Ich rechne nicht damit, dass wir in den nächsten Tagen ein Geständnis bekommen. Normalerweise ist der Kreis der Verdächtigen kleiner. Hier wissen wir nicht mal, ob wir alle auf dem Schirm haben, die in Betracht kommen.«

»Uwe war gut darin, seine Quellen zu schützen.« Auch sonst hatte er seine Geheimnisse sorgfältig gehütet. »Je länger ich an dieser Geschichte arbeite, desto stärker merke ich, wie wenig ich ihn überhaupt gekannt habe.«

In der Leitung war ein Räuspern zu hören. »Sie stecken schon viel zu tief drin in diesem Fall. Es wäre besser, wenn Sie den Rest uns Profis überlassen. Es ist nicht Ihre Aufgabe, Verbrechen aufzuklären.«

»Ich weiß.« Gesa rutschte ein wenig auf dem Beifahrersitz herum, gab es jedoch gleich wieder auf, weil sich dadurch ihr Kopfschmerz verstärkte. »Ich kann mich nicht einfach zurücklehnen und darauf warten, dass Sie den Täter überführen. Es geht hier immerhin um Uwe.«

»Er hätte nicht gewollt, dass Sie sich seinetwegen in Gefahr begeben«, entgegnete Cracht. »Heute sind Sie noch mal mit einer Gehirnerschütterung davongekommen. Doch wer weiß, ob Sie beim nächsten Mal so viel Glück haben.«

»Ich werde ab sofort vorsichtiger sein«, versprach Gesa.

Cracht erwiderte nichts darauf. Doch Björns leichtes Kopfschütteln verriet, dass er ihr nicht glaubte. Er kannte sie schon viel zu gut.

KAPITEL 26

Der Wagen hielt vor ihrem Grundstück. Selten hatte Gesa sich so über den Anblick ihres kleinen Fachwerkhauses gefreut wie an diesem Nachmittag. Sie wollte nur noch die Füße hochlegen und die Augen schließen. Doch nachdem Björn die dreißig Kilometer lange Fahrt auf sich genommen hatte, um sie nach Hause zu begleiten, gehörte es sich wohl, dass sie ihn wenigstens kurz hineinbat.

Trotz ihres Streites stieg Björn aus und öffnete die Beifahrertür für sie. Wenigstens versuchte er nicht auch noch, ihr aus dem Wagen zu helfen.

»Magst du mit reinkommen?«, fragte sie.

»Ich bleibe auf jeden Fall, bis Steffen dich untersucht hat. Mit einer Gehirnerschütterung ist nicht zu spaßen.«

»Das brauchst du nicht. Ich fühle mich ganz okay. Warte eben. Ich hol nur den Ersatzschlüssel.«

Sie umrundete das Gebäude und betrat die Terrasse. Da vermutlich jeder Einbrecher zuerst unter der Fußmatte oder umgestülpten Blumentöpfen nachsehen würde, hatte sie ihren Schlüssel unter die Sitzfläche eines Terrassenstuhls geklebt. Nur unter welchen?

Mühsam ging sie in die Knie und kämpfte gegen den Schwindel an. Ganz langsam senkte sie den Kopf und sah unter den Stühlen nach. Beim dritten wurde sie schließlich fündig und zog den Klebestreifen samt Schlüssel ab. Als sie wieder aufstand, schoss ihr ein scharfes Stechen durch den Kopf. Heute war wirklich nicht ihr Tag.

Björn wartete an der Haustür auf sie. Bei ihrem Anblick runzelte er die Stirn. »Du siehst blass aus.«

»Es geht schon.« Gesa schloss die Tür auf und ging voraus. Im Nachhinein fiel ihr ein, dass Björn an ihrer Stelle vermutlich seinem Gast den Vortritt gelassen hätte. Doch zu spät. Heute arbeitete ihr Gehirn ohnehin nur auf Sparflamme. Sie zog die Stiefel aus und feuerte sie in eine Ecke des Flurs.

Björn entledigte sich ebenfalls seiner Schuhe und stellte sie säuberlich nebeneinander auf der Schmutzfangmatte ab. »Ein hübsches Haus! Echtes Fachwerk und Reet – das sieht man selten. Wie alt ist es?«

»Spätes neunzehntes Jahrhundert.« Trotz ihrer misslichen Lage musste Gesa schmunzeln. Typisch Björn, dass er sich so für ein historisches Gebäude interessierte. »Zum Glück stammen Strom- und Wasserleitungen aber aus dem einundzwanzigsten Jahrhundert.«

Sie führte ihn in ihre cremefarben lackierte Echtholzküche, die sie von den Vorbesitzern übernommen hatte. Dort füllte sie den Wassertank des Vollautomaten nach. »Möchtest du normalen Kaffee, Milchkaffee oder Cappuccino?«

»Ich trinke Tee, wenn du welchen hast.«

»Stimmt ja. Das hatte ich ganz vergessen.« Sie schaltete den Wasserkocher ein und zog ein Schubfach ihres Küchenschranks auf. »Meine Auswahl ist leider begrenzt. Ich habe Salbei-, Kamillentee und Erkältungstee im Angebot.«

»Lass mich raten. Du trinkst nur Tee, wenn du erkältet bist?«

»So ungefähr.« Vermutlich sollte sie sich doch mal ein paar besser schmeckende Sorten anschaffen. »Was darf es sein?

Wobei …« Sie öffnete den Kühlschrank. »Ich habe auch noch Eistee.«

»Dann nehme ich den.«

»Eine gute Wahl.« Gesa stellte die Verpackung auf die Arbeitsplatte und holte zwei Gläser aus dem Schrank. Danach warf sie eine Kopfschmerztablette ein, die sie mit einem Schluck Wasser aus dem Hahn hinunterspülte. »Kennst du die Gegend hier?«

»Nicht besonders gut. Ich war zuletzt als Kind im Alten Land – zum Blütenfest.«

Sie nahm den Eiswürfelbehälter aus dem Gefrierfach und warf in jedes Glas drei apfelförmige Eiswürfel. »Das Blütenfest ist unser absolutes Jahreshighlight. Aber ich mag auch die Zeit der Apfelernte. Bald geht es wieder los.« Sie füllte Eistee in die Gläser und reichte eines an Björn weiter. »Wohl bekomm's.«

»Danke.« Er prostete ihr zu. »Worauf trinken wir? Auf Uwe?«

»Nein, nicht bevor der Fall gelöst ist. Stoßen wir lieber auf die Wahrheit an. Darauf, dass wir sie bald herausfinden.«

»Auf die Wahrheit!« Björn ließ sein Glas gegen Gesas klirren.

Der Eistee schmeckte süß, aber auch fruchtig und erfrischend. Eigentlich hatte Gesa ihn für Tims nächsten Besuch gekauft, doch nun war sie froh, Björn etwas anderes als Apfelsaft anbieten zu können.

Er zog sich einen Barhocker heran und setzte sich an den Tresen in der Mitte des Raums. »Weißt du schon, wann Steffen nach dir sieht?«

»Sobald er sich aus der Klinik loseisen kann.« Gesa warf einen Blick auf ihre Armbanduhr. »Das könnte noch eine Weile dauern. So lange brauchst du wirklich nicht zu warten.«

»Will ich aber.« Er musterte sie. »Hast du heute überhaupt schon etwas gegessen?«

»Ein halbes Brötchen.« Die andere Hälfte hatte sie während des Überfalls fallengelassen. »Ich sollte mich auch besser zurückhalten. Mir ist immer noch flau im Magen.«

»Dann mache ich dir etwas leicht Bekömmliches. Hast du Appetit auf Rührei?«

»Du brauchst mich nicht zu bedienen.« Björns Fürsorge war ihr unangenehm. Erst recht, nachdem sie ihn heute so schäbig behandelt hatte.

»Bitte setz dich.« Er klopfte auf den Barhocker neben sich. »Und keine Sorge! Ich gehöre nicht zu den Männern, die gleich die ganze Küche in Brand stecken.«

»Das wäre nicht so schlimm.« Gegen ihren Willen musste sie lächeln. »Mein Bruder ist bei der Feuerwehr.«

»Wie gesagt, in der Küche kannst du mir vertrauen.« Björn holte eine Teflonpfanne aus dem Eckschrank. Er goss Olivenöl in die Pfanne und stellte den Induktionsherd an. Das leise Rauschen der Dunstabzugshaube erklang.

Gesa lehnte sich gegen den Küchentresen und sah jedem seiner Handgriffe zu. Der letzte Mann, der für sie gekocht hatte, war Christian gewesen. Es schien eine Ewigkeit her zu sein und dennoch sah sie ihn beinahe vor sich: die warmen, dunklen Augen, das stoppelige Kinn und seine sportliche Gestalt. Ihre Kehle fühlte sich auf einmal viel zu eng an und selbst der süße Eistee bekam einen bitteren Beigeschmack.

»Was dagegen, wenn ich mich ins Wohnzimmer setze?«, fragte sie. »Ich muss ein paar Anrufe erledigen.«

»Nein, natürlich nicht.« Björn schlug ein Ei auf und das heiße Öl in der Pfanne zischte.

Gesa floh aus der Küche. Zum Glück gab es wirklich noch einige Telefonate, die sie führen wollte. Sie holte die kopierten Seiten von Uwes Notizbuch hervor – das Original verwahrte sie lieber in ihrem Schreibtisch in der Redaktion – und setzte sich in ihren roten Schaukelstuhl. Etwa die Hälfte der verschlüsselten

Nummern hatte sie mittlerweile abtelefoniert. Leider mit einem sehr durchwachsenen Ergebnis.

Zum zweiten Mal versuchte sie heute ihr Glück beim *dicken Dampfplauderer.* Der Name entlockte ihr ein kleines Schmunzeln. Uwe hatte durchaus einen trockenen Humor besessen. Das war ihr früher nie aufgefallen.

Nach dem achten Klingeln wurde endlich abgenommen. »Hallo?« Eine ältere männliche Stimme.

Gesa, die darauf gehofft hatte, dass sich jemand mit Namen melden würde, blieb nichts anderes übrig, als sich selbst zuerst vorzustellen. »Guten Abend. Mein Name ist Gesa Jansen von der *Hamburger Abendpost.* Ich habe Ihre Nummer in den verschlüsselten Aufzeichnungen meines kürzlich verstorbenen Kollegen, Herrn Stolter, gefunden.«

»Was wollen Sie?«

»Ich möchte, dass wir uns kennenlernen. Sie waren Herrn Stolters Kontaktperson und nach seinem Tod …«

»Kein Interesse.«

Diesen Spruch hörte Gesa nicht zum ersten Mal. Vor lauter Frust umklammerte sie die Armlehne des Schaukelstuhls. »Mir ist bewusst, dass es Zeit braucht, um ein Vertrauensverhältnis aufzubauen. Aber wenn Sie mir die Gelegenheit geben, mich Ihnen kurz vorzustellen …«

»Es spielt keine Rolle, wer Sie sind. Ich bin nicht bereit, mit jemand anderem zu reden. Rufen Sie diese Nummer nie wieder an.« Er beendete das Gespräch.

Gesa strich die Nummer auf ihrer Liste durch. Für Uwe mochten seine Kontakte kostbar gewesen sein, ihr dagegen erschienen sie allmählich nutzlos. Bisher gab es nur zwei Personen, die sich bereit erklärt hatten, sie weiterhin zu informieren. Und selbst bei denen bezweifelte Gesa, dass sie es ernst meinten.

Die Türklingel riss sie aus ihren Grübeleien. Vorsichtig stand sie vom Schaukelstuhl auf und ging im Schneckentempo zur Tür.

Draußen stand Steffen. »Tut mir leid. Ich habe es nicht eher geschafft. Wie fühlst du dich?«

»Leichter Schwindel und mittelstarke Kopfschmerzen.« Gesa trat beiseite, um ihn einzulassen. »Danke, dass du extra einen Hausbesuch machst.«

»Für Familie doch immer.« Ernst musterte er sie. »Und das bleibst du auch – ganz unabhängig von Christian. Ich möchte, dass du das weißt.«

»Bitte, lass uns jetzt nicht über Christian reden«, bat Gesa. »Ein Kollege ist noch hier. Er hat mich hergebracht.«

Steffen zog sich die Schuhe aus. »Vernünftig von ihm. Mit Verdacht auf ein Schädel-Hirn-Trauma darfst du auf keinen Fall Auto fahren. Morgen übrigens auch noch nicht.«

»Jetzt sei doch nicht so streng.« Gesa führte ihn ins Wohnzimmer. »Wo soll ich mich hinstellen?«

»Direkt an die Terrassentür. Da haben wir das beste Licht.« Steffen leuchtete ihr mit einer schmalen Taschenlampe ins Gesicht. »Schmerzt das Licht in den Augen?«

»Ein wenig.« Sie blinzelte.

»Jetzt versuch, meinem Finger zu folgen.« Er hielt seinen rechten Zeigefinger in die Höhe und bewegte ihn seitlich über ihr Gesichtsfeld. »Deine Reaktionen sind so weit in Ordnung. Trotzdem solltest du es die nächsten Tage ruhiger angehen lassen und …« Er stockte.

Mit einem Tablett in der Hand betrat Björn das Wohnzimmer. Der köstliche Duft des frischen Rühreis zog Gesa in die Nase und dazu ein Hauch von Basilikum. Behutsam stellte Björn das Tablett auf dem Couchtisch ab. »Sie müssen Steffen sein.« Er streckte die Hand aus. »Ich bin Björn, ein Kollege von Gesa.«

Steffen schüttelte ihm die Hand. »Freut mich, Sie kennenzulernen. Danke, dass Sie Gesa nach Hause gebracht haben.«

»Das war doch selbstverständlich. Mit einer Gehirnerschütterung ist schließlich nicht zu spaßen.« Björn musterte
Gesa. »Wie schlimm ist es denn?«

»Nicht so schlimm. Ich habe noch mal Glück gehabt.« Sie
beugte sich über den Couchtisch und zog das Tablett zu sich
heran. »Das sieht wirklich köstlich aus. Vielen Dank! Möchtet
ihr beide auch was?«

»Nein, danke«, sagten Björn und Steffen wie aus einem
Mund.

»Ich mache mich auf den Heimweg«, bemerkte Björn.
»Vorausgesetzt, es ist wirklich sicher, dich allein zu lassen.«

»Das lässt sich bei einem Schädel-Hirn-Trauma nie hundertprozentig vorhersagen«, entgegnete Steffen. Er wandte sich
an Gesa. »Besser wäre es, wenn heute Nacht jemand nach dir
sieht.«

»Dann schlafe ich bei Gunnar oder bei meinen Eltern.«
Hauptsache, Björn fühlte sich nicht genötigt, bei ihr zu über-
nachten, und machte die ganze Angelegenheit damit noch
unangenehmer.

»Willst du erst mal klären, ob deine Familie überhaupt zu
Hause ist?«, fragte Björn.

»Nein, danke. Das klappt schon.« Gesa zwang sich zu einem
Lächeln. »Danke fürs Fahren und für das Rührei. Aber du solltest jetzt aufbrechen. Vielleicht brauchen Sie dich noch mal in
der Redaktion, falls es Neuigkeiten zu diesem Unfall gibt.«

Er verzog das Gesicht. »Erinnere mich bloß nicht daran.
Diese Bilder hatte ich gerade verdrängt.«

»'tschuldigung.«

Gesa begleitete Björn zur Haustür. Nur zu deutlich spürte
sie dabei Steffens Blicke in ihrem Rücken. »Gute Heimfahrt.«

»Bis dann!« Björn drehte sich im Weggehen zu ihr um und winkte.

Bevor sie noch versehentlich zurückwinkte, schloss sie hastig die Tür.

Steffen trat hinter sie. »Ich hoffe, er geht nicht meinetwegen.«

Gesa drehte sich zu ihm um. »Was willst du damit andeuten?«

»Gar nichts.« Ernst sah er ihr in die Augen. »Aber dieser Björn scheint ein netter Kerl zu sein. Und offensichtlich sorgt er sich um dich. Falls du ihn magst, wäre das völlig in Ordnung.«

»Das wäre es nicht. Christian könnte immer noch irgendwo da draußen sein. Außerdem ist Björn nur ein Kollege, wie ich schon gesagt habe.«

Steffen zog die Brauen hoch. »Nur ein Kollege, der dich heimfährt, bekocht und sogar die Nacht bei dir verbringen würde?«

»Björn hat ein Höflichkeitsproblem.«

»Wirklich? Auf mich wirkte er einfach sehr höflich.«

»Sag ich doch.« Gesa rieb sich die pochende Schläfe. Dieses Diskutieren strengte heute ungeheuer an. »Es ist bei ihm schon zwanghaft. Er kann gar nicht anders. Ständig muss er mir Türen aufhalten oder den Vortritt lassen. Als wären wir in einem Fünfzigerjahre-Film.«

»Du Ärmste!« Steffen besaß doch tatsächlich die Frechheit, sie anzugrinsen. »Soll ich dich jetzt zu Gunnar fahren, der sich ganz zeitgemäß benimmt und dir die Schokolade klaut?«

»Gleich«, sagte Gesa. »Vorher möchte ich noch mein Rührei essen.«

KAPITEL 27

Fast anderthalb Stunden brauchte Gesa mit zwei Fähren und der U-Bahn, um von Cranz zur Redaktion am Gänsemarkt zu gelangen. Schwindel und Übelkeit waren zum Glück über Nacht verschwunden und der Kopfschmerz beinahe vollständig abgeklungen. Dennoch fühlte sie sich angeschlagen. Vermutlich hätte sie auf Steffen hören und sich einen Tag krankschreiben lassen sollen. Doch nach gestern wollte Gesa Björn nicht schon wieder hängen lassen.

Schließlich traf sie beinahe eine Stunde zu früh ein, weil sie einen großzügigen Zeitpuffer eingeplant hatte. Das Großraumbüro war noch verwaist. Sie schaltete die Deckenbeleuchtung ein und fuhr ihren Computer hoch. Nach ihrem überstürzten Aufbruch gestern gab es sicher jede Menge aufzuholen.

»Hallo, Gesa.« Die Stimme von Ingo Gorzlitz ließ sie zusammenzucken. Lässig lehnte er im Türrahmen. »Überrascht, mich zu sehen?«

»Eigentlich nicht.« Sie verschränkte die Arme vor der Brust. »Es war doch nur eine Frage der Zeit, bis du hier auftauchst, um dir Uwes Job unter den Nagel zu reißen. War vermutlich ein schwerer Schlag für dich, dass du bei Thomsen abgeblitzt bist.«

»Da muss ich dich leider enttäuschen. Wir werden jetzt Kollegen.« Ingo zwinkerte ihr zu. »Du darfst mir gratulieren.«

Gesa musste sich verhört haben. »Wenn das ein Scherz sein soll, ist er nicht lustig. Thomsen würde dich niemals einstellen. Nicht, nachdem du Uwes Geschichten gestohlen hast.«

»Es verletzt mich, dass du mir nicht glaubst.« Ingo schlenderte auf sie zu. »Den Neuen im Polizeiressort habe ich ja schon kennengelernt: eine totale Niete! Und du hast dir zu viel vorgenommen und eine Bruchlandung hingelegt.« Er tippte sich an den Kopf. »Sieht übel aus. Tut es noch weh?«

»Nur, wenn ich dich ansehe«, presste sie hervor. Ingos Dreistigkeit war legendär, doch heute ging er zu weit. »Sollte sich rausstellen, dass du auch nur das Geringste mit Uwes Tod zu tun hast, bringe ich dich mit dem größten Vergnügen auf den Titel. Das ist übrigens der einzige Weg, wie du es jemals auf unsere Seite eins schaffen kannst.« Wütend stürmte sie aus dem Raum.

Wie konnte Thomsen es wagen, ihr derart in den Rücken zu fallen? Ohne anzuklopfen, riss Gesa die Tür zu ihrem Büro auf. »Ist es wahr?«

Ihre Frage musste noch schärfer herausgekommen sein, als beabsichtigt, denn Henri verkroch sich augenblicklich unter dem Tisch.

Thomsen hingegen wirkte weniger beeindruckt. Im Schneckentempo faltete sie ihre Zeitung zusammen und hob den Kopf. »Wozu die Aufregung? Ich habe Ihnen einen Gefallen getan.«

»Ganz sicher nicht! Bestenfalls hat Gorzlitz nur Uwes Geschichten gestohlen. Schlimmstenfalls ist er sogar für seinen Tod verantwortlich. Und so jemanden haben Sie eingestellt?«

»Erstens ist noch nichts unterschrieben. Und zweitens wird so ein Vertrag hinfällig, falls Gorzlitz im Gefängnis landet. Sie können also beruhigt sein.«

Gesa trat an Thomsens Schreibtisch. »Ich beruhige mich erst, wenn Sie mir versprechen, dass Gorzlitz hier nicht anfängt. Alles, nur den nicht!«

»Merkwürdig.« Die Chefredakteurin musterte sie. »Fast das Gleiche haben Sie doch auch über Dalmann gesagt. Eigentlich dachte ich, ich tue Ihnen einen Gefallen, wenn ich jemanden einstelle, der was von dem Job versteht.«

»Das habe ich anfangs auch geglaubt. Aber dann ist mir bewusst geworden, dass ich unrecht hatte.« Gesa lief im Zimmer auf und ab. Dabei stieß sie beinahe gegen einen großen Karton vom Versandhandel. Anscheinend hatte Thomsen sich schon wieder neue Kleidung bestellt. Bei so vielen Frustkäufen musste es wirklich schlecht um ihre Laune stehen.

»Ja, es nervt manchmal, dass ich Dalmann Dinge erklären muss, die für mich selbstverständlich sind«, fuhr Gesa fort. »Aber dafür weiß ich, dass ich mich auf ihn als Kollegen verlassen kann. Glauben Sie ernsthaft, Gorzlitz an seiner Stelle hätte mich gestern nach Hause begleitet? Dem traue ich eher zu, dass er meine Abwesenheit nutzen würde, um mir meine Geschichte zu stehlen.«

»Genau das schätze ich so an Gorzlitz. Er ist skrupellos und ehrgeizig. Dalmann ist Ihretwegen gestern einfach abgehauen. Nichts für ungut, aber die Titelgeschichte hätte ihm doch wohl wichtiger sein sollen als Ihre Gesundheit. Dem Mann fehlt einfach der Reporterinstinkt.«

»Wenn Sie so auf Bluthunde stehen, warum haben Sie dann ausgerechnet einen Havaneser?«

Thomsen zog die Brauen bis zum Haaransatz hoch. »Ich verstehe nicht ganz, was Sie mir mit dieser Hundemetapher sagen wollen.«

»Sie tun immer so, als wären Sie ein harter Hund. Aber in Wahrheit können Sie Gorzlitz nicht ausstehen. Wäre es anders, hätten Sie sich einen Mastiff oder Bullterrier als Wachhund abrichten lassen. Stattdessen verwöhnen Sie dieses verschmuste Fellknäuel hier.« Gesa lugte unter den Tisch, wo Henri sich zusammengerollt hatte.

»Niemand erwartet von Ihnen, dass Sie Gorzlitz zwischen den Ohren kraulen«, bemerkte Thomsen. »Sie brauchen ihn nicht einmal zu mögen. Sie sollen nur mit ihm zusammenarbeiten.«

»Das kann ich aber nicht. Der Mann ist kein Teamplayer.«

»Das war Uwe auch nicht«, erwiderte Thomsen. »Und es hat Sie nie gestört.«

»Aber jetzt stört es mich – und zwar gewaltig. Außerdem haben Sie Dalmann angeboten, dass er als Polizeireporter bleiben kann. Wollen Sie ernsthaft das Ressort aufstocken?«

»Bei den sinkenden Abonnentenzahlen? Träumen Sie weiter! Aber auf Dalmann kann ich mich im Ernstfall eben nicht verlassen. Sie haben doch selbst erlebt, wie er unter dem emotionalen Druck eingebrochen ist.«

»Ein einziges Mal. Das passiert den Besten von uns. Oder haben Sie vergessen, wie Stolter zwei Wochen lang kaum noch gesprochen hat, nachdem er bei diesem Tatort mit den zwei ermordeten Kindern war?« Gesa holte tief Luft. »Gorzlitz an seiner Stelle hätte vermutlich noch die Kamera draufgehalten.«

»Jetzt gehen Sie zu weit! Unsere Unterhaltung ist hiermit beendet.« Demonstrativ schlug Thomsen ihre Zeitung wieder auf. Es waren die *Nord Nachrichten*. Und mitten auf dem Titel: Ingos Bericht über den gestrigen Unfall und ein Foto mit drei Leichensäcken.

* * *

Zum dritten Mal betrat Gesa das Büro von Franziska Lehrs. Dabei wusste sie nicht einmal, was sie heute hier sollte. Aber da Gesa Björn um ein dringendes Treffen vor der Themenkonferenz gebeten hatte, konnte sie sich schlecht beschweren, wenn er sie hierherbestellte.

Björn, der schon vor ihr eingetroffen war, stand mitten im Zimmer und hielt eine schmale Mappe in der Hand. »Wir haben einen Treffer.«

»Wo kommt der so plötzlich her?«, fragte Gesa.

»Herr Dalmann hat mir gestern Abend eine Textprobe geschickt.« Lehrs setzte sich hinter ihren Schreibtisch und rief ein Dokument auf. »Mit hoher Wahrscheinlichkeit ist der Verfasser identisch mit dem der drei Drohbriefe.«

»Stammt die Textprobe von Volker Dormer?«

»Ja.« Björn reichte Gesa die Mappe. »Du hast selbst gesagt, dass wir ohne Druckmittel gegen ihn nicht weiterkommen.«

»Schon. Aber das war doch erst gestern Nachmittag.« Davon abgesehen hätte Gesa nicht einmal gewusst, wo sie eine Textprobe von Dormer besorgen könnten. »Wie bist du überhaupt da rangekommen?«

»Ganz einfach war es nicht«, räumte Björn ein. »Wie du schon richtig bemerkt hast, hat Dormer keinen Facebook-Account. Auch bei Instagram und Twitter habe ich ihn nicht gefunden. Aber ich dachte mir: Wer Drohbriefe an die Zeitung schickt, schreibt vielleicht auch normale Leserbriefe. Also habe ich mich auf den Internetseiten der Berliner Lokalzeitungen umgesehen und bin dort auf einen Volker D. gestoßen, der auffällig oft seine Meinung kundtut. Und das sehr aggressiv.«

»Der Mann scheint ein Choleriker zu sein«, stimmte Lehrs zu. »Er regt sich über alles Mögliche auf und wird in seiner Wortwahl dann recht drastisch.«

»Klingt nicht gerade nach einem sympathischen Zeitgenossen.« Gesa blätterte durch die schmale Mappe, die mehrere ausgedruckte Leserbriefe und eine kurze Einschätzung der forensischen Gutachterin enthielt. »Vermutlich konnte er seine Wutausbrüche vor zwanzig Jahren noch sehr viel weniger kontrollieren als heute.«

»Das spricht dafür, dass er doch für den Tod seiner Freundin verantwortlich ist«, sagte Björn. »Doch wieso dann diese Wut auf Stolter, wenn der mit seinen Artikeln richtiglag?«

»Gut möglich, dass Dormer sich eingeredet hat, alles sei nur ein Unfall gewesen. Oder dass Michaela Gräz selbst schuld daran sei, was ihr zugestoßen ist. Womöglich betrachtet er sich trotz allem als Opfer.«

Lehrs schloss ihr Dokument per Mausklick, stand auf und holte eine Seite aus dem Drucker. »Leider übersteigt es meine wissenschaftlichen Möglichkeiten, Ihnen eine seriöse Prognose zu geben, ob dieser Mann seine Aggressionen nur verbal aus-lebt oder eine echte Gefahr darstellt.« Sie reichte Gesa das Blatt. »Das sind noch ein paar Anmerkungen zu dem Gutachten.«

»Vielen Dank.« Gesa steckte die bedruckte Seite zu den anderen Blättern in die Mappe. »Sie haben uns ein ganzes Stück weitergeholfen. Den Rest erledigen die Polizei und wir.«

Lehrs begleitete sie zur Tür. »Ich werde den Fall in der Presse weiterverfolgen. Alles Gute für Sie beide.«

»Danke.« Björn schüttelte ihr zum Abschied die Hand. »Auch dafür, dass Sie uns heute Morgen so kurzfristig dazwi-schengeschoben haben.«

»Sehr gern geschehen.« Lehrs lächelte Björn eine Spur zu lange an und schloss die Tür.

* * *

Gesa wartete, bis sie das Treppenhaus hinter sich gelassen hatten und wieder ins Freie traten. Tief holte sie Luft. »Dein Job steht auf dem Spiel.«

»Wie bitte?«

»Bevor ich dich mit Tims Handy angesimst habe, war ich schon in der Redaktion. Und rate mal, wem ich dort begegnet bin.«

»Wer ist Tim?«, fragte Björn.

»Mein Neffe. Aber das spielt jetzt keine Rolle. Wir müssen uns beeilen.« Gesa marschierte los in Richtung U-Bahnhof Barmbek und Björn folgte ihr. Sie würden sich auf jeden Fall zur Themenkonferenz verspäten. »Ingo Gorzlitz war da. Er hatte einen Termin bei Thomsen.«

»Glaubst du, er will ihr einen Deal anbieten wegen der gestohlenen Themen?«

Sie schnaubte. »Wo denkst du hin? Davon abgesehen ist es nicht strafbar, was er getan hat. Die Spionagesoftware stammt schließlich nicht von ihm. Nein, er hat mit Thomsen über einen Arbeitsvertrag verhandelt.« Im Gehen wandte sie sich zu Björn um. »Er will deine Stelle in der Polizeiredaktion.«

Gesa hatte mit Wut und Empörung gerechnet. Doch Björn lief einfach nur schweigend neben ihr her.

»Warum sagst du nichts dazu?«

»Vielleicht ist es ja besser so.« Sein Tonfall klang resigniert. »Ich war ohnehin nur der Lückenbüßer, bis Thomsen jemand Besseres findet. Ingo mag nicht sonderlich sympathisch sein, aber er weiß wenigstens, was er tut.«

»Blödsinn!« Gesa hielt an einer roten Fußgängerampel und drückte auf den Knopf. »Ich stelle dir jetzt eine ganz einfache Frage und darauf möchte ich eine klare Antwort: Willst du bleiben oder nicht?«

Björn zögerte.

Die Ampel sprang auf Grün, doch Gesa blieb stur stehen. »Ich gehe keinen Schritt weiter, bis du was gesagt hast.«

Er zuckte mit den Schultern. »Ich habe keine Ahnung, was das Richtige wäre. Anfangs wollte ich nur zurück zur Kultur. Jetzt weiß ich, dass das keine Option ist. Es gibt hier ein paar

Kulturmagazine, die mit Freien zusammenarbeiten. Vielleicht könnte ich denen meine Artikel verkaufen.«

»Reden wir Klartext. Deine Aussichten im Kulturjournalismus sind unterirdisch. Aber noch hast du die Option, das Beste aus deinem Job in der Polizeiredaktion zu machen. Dafür, dass du erst seit zwei Wochen dabei bist, hast du dich schon gut reingefuchst.«

»Das klang gestern noch ganz anders.« Björn musterte sie. »Wenn ich ehrlich sein soll, hatte ich den Eindruck, dass du mich loswerden wolltest.«

»Tut mir leid, was ich gesagt habe.« Gesa drückte erneut den Knopf für die Fußgängerampel. »Ich kann manchmal ein bisschen schroff sein.«

Björns Mundwinkel zuckten. »Da widerspreche ich dir nicht.«

»Aber ich finde, wir haben uns inzwischen ganz ordentlich zusammengerauft. Es wird sicher noch eine Weile dauern, bis wir ein perfektes Team sind, und ich kann auch nicht versprechen, dass ich nie wieder die Geduld verliere. Trotzdem möchte ich gern, dass du bleibst. Falls es das ist, was du auch willst.« Erwartungsvoll sah sie ihn an.

Wieder schaltete die Ampel auf Grün, doch Gesa rührte sich nicht.

Björn räusperte sich. »Ich würde ja gern bleiben. Aber was ist mit Ingo?«

»Da habe ich eine Idee.« Gesa lief über die Straße. »Komm schon. Wir müssen eine Themen-Konfi sprengen.«

* * *

Mit Schwung flog die Tür zum Konferenzraum auf. Seite an Seite betraten Gesa und Björn das stickige Zimmer, in dem augenblicklich die Unterhaltung verstummte. Dreißig Kollegen saßen um den ovalen Tisch und drehten sich zu ihnen um.

Die einzige Person, die keinerlei Miene verzog, war Thomsen. Herausfordernd starrte sie Gesa in die Augen. »Sie sind zu spät.«

»Die Titelgeschichte für morgen hat uns aufgehalten.« Gesa starrte zurück. »Aber die schreibe ich nur mit meinem Partner.«

Thomsen beugte sich vor. »Wird das hier etwa ein Ultimatum?«

Im Raum wurde es so still, dass Gesa beinahe glaubte, Henris Schritte in Thomsens Büro am anderen Ende des Flurs zu hören. Sie reckte das Kinn. »Wenn Sie Herrn Dalmann entlassen und stattdessen Ingo Gorzlitz einstellen, dann kündige ich.«

Björn sog hörbar den Atem ein. Diesen Teil ihres Auftritts hatte sie nicht mit ihm abgesprochen. Ihr Puls raste. Thomsen zu erpressen, war riskant und konnte leicht nach hinten losgehen.

Über Thomsens Nase bildete sich eine tiefe Falte. »Vielleicht sollte ich Sie beim Wort nehmen. Gorzlitz hat mir einen Exklusivartikel über seinen letzten gemeinsamen Einsatz mit Stolter angeboten.«

»Na, das wird dann ja eine rührige Geschichte«, entgegnete Gesa. »Die beiden haben sich fast geprügelt, weil Stolter Gorzlitz verdächtigt hat, sein Handy abzuhören, und Extner ist dazwischengegangen. Das wäre weder ein angemessener Nachruf auf Stolter noch ein würdiger Einstand für Gorzlitz. Wir haben etwas Besseres für Sie.«

»Lassen Sie hören.«

Gesa schwieg. Das Verkaufen der Geschichte war Björns Part und der musste ihm unbedingt gelingen.

Björn zupfte an seinem Hemdsärmel. »Das wahre Leben des Drohbriefschreibers. Ein Exklusivinterview mit Volker Dormer, der vor zwanzig Jahren unter Verdacht stand, seine Ex-Freundin getötet zu haben, und bis heute unter den Folgen leidet.«

»Moment mal!« Thomsen sprang von ihrem Stuhl auf. »Heißt das etwa, Dormer lässt sich tatsächlich auf ein Interview ein?«

»Ihm bleibt keine andere Wahl«, behauptete Gesa. »Wir können ihm nachweisen, dass drei der Drohbriefe von ihm stammen. Falls er auf der Verdächtigenliste nicht an erster Stelle stehen will, sollte er eine gute Erklärung parat haben.«

»Und falls er doch der Täter sein sollte, umso besser!« In Thomsens Stimme schwang deutliche Begeisterung mit. »Aber noch fehlt Ihnen seine Zusage, nicht wahr?«

»Wir fahren umgehend zu Dormer nach Berlin«, verkündete Björn. »Und wir kehren erst zurück, wenn wir haben, was wir wollen.«

»Das nenne ich eine Ansage.« Thomsen nickte Björn zu. »Unter diesen Umständen lehne ich mich auch aus dem Fenster. Falls Sie beide uns diese Titelgeschichte heute liefern, sage ich Gorzlitz ab. Dann sind Sie das neue Polizeireporter-Team. Aber wenn Sie mit leeren Händen zurückkommen, war es das. Dann wird Gorzlitz erster Polizeireporter und Sie«, Thomsen wandte sich an Gesa, »können sich überlegen, ob Sie unter diesen Bedingungen bleiben oder Herrn Dalmann bei der Stellensuche Gesellschaft leisten.«

»Wir werden Sie nicht enttäuschen«, entgegnete Gesa. »Können wir los?«

»Natürlich.« Thomsen winkte ab. »Lassen Sie sich nicht aufhalten.«

KAPITEL 28

Gesas E-Smart blieb in der Tiefgarage und sie fuhren wieder mit Björns altem Jaguar. Da Gesa immer noch die Nachwehen von dem Schlag auf ihren Kopf spürte, schloss sie die Augen und verschlief den größten Teil der Strecke. Jedes Mal, wenn sie kurz hochschreckte, sah sie auf Björns Smartphone in der Halterung, das ihnen die Route nach Berlin-Friedrichshain anzeigte. Dann nickte sie wieder ein.

Ein sanftes Rütteln an ihrer linken Schulter weckte sie endgültig. »Wir sind da.«

»Schon?« Gesa blinzelte. Der Wagen parkte kurz hinter einer Kreuzung am Straßenrand. Rechts von ihnen befand sich ein gelb verputztes Gebäude mit Schaufenstern. Auf dem Firmenschild des Elektrofachgeschäfts stand Dormers Name. »Du hättest mich früher wecken sollen. Jetzt haben wir uns gar nicht richtig auf das Gespräch vorbereitet.«

»Dafür bist du ausgeruht.« Björn stieg aus dem Wagen und hielt ihr die Beifahrertür auf. »Außerdem brauchst du für so eine Unterhaltung keine große Vorbereitung. Das schaffst du doch mit links.«

Gesa betrachtete sich im Beifahrerspiegel und fuhr mit den Fingern durch ihre vom Schlaf zerzausten Haare. Ihre Beine kribbelten beim Aussteigen. »Immerhin hängen unsere Jobs an diesem Artikel.«

»Nur meiner.« Björn fasste sie an den Schultern. »Sollte heute etwas schieflaufen – auch wenn ich nicht damit rechne –, dann versprich mir, dass du meinetwegen nicht ebenfalls kündigst.«

»Tue ich nicht. Aber mit Ingo will ich nicht zusammenarbeiten. Und zwar um meiner selbst willen. Hast du das linguistische Gutachten?«

»Sekunde.« Björn öffnete die hintere Tür und ergriff eine Mappe von der Rückbank. »Wie verhalten wir uns, falls er uns gleich wieder rauswirft?«

»So weit dürfen wir es eben nicht kommen lassen.« Gesa streckte sich. »Wir müssen ihm klarmachen, dass mit uns zu reden seine beste Option ist.«

Bevor Björn noch weitere Bedenken äußern konnte, stieß sie die Ladentür auf. Ein leiser Gong erklang. Gesa lief an Waschmaschinen und einem Regal voller Küchengeräte vorbei und hielt direkt auf den verwaisten Verkaufstresen zu. Zu ihrem Glück hielten sich keine anderen Kunden im Laden auf.

Ein Mann kam aus dem Hinterzimmer. Das wenige verbliebene Haupthaar trug er raspelkurz und über seine linke Wange zog sich eine markante Narbe. Seine schiefe Nase sah aus, als sei sie mindestens einmal gebrochen worden.

Björn stellte sich neben Gesa. »Sind Sie Volker Dormer?«

»Der bin ich.« Dormers Augen verengten sich. »Warum fragen Sie?«

»Mein Name ist Björn Dalmann und das ist meine Kollegin Gesa Jansen.« Er nickte in ihre Richtung. »Sie beide haben schon miteinander telefoniert. Wir kommen von der *Hamburger Abendpost*.«

»Den Weg hätten Sie sich sparen können.« Dormers Tonfall klang feindselig. »Ich will nicht mit Ihnen reden.«

»Das haben Sie mir gesagt, ja.« Gesa trat noch etwas näher an den Tresen heran. »Allerdings haben Sie auch behauptet, dass die Drohbriefe ans Polizeiressort nicht von Ihnen stammen. Mittlerweile liegt uns der Gegenbeweis vor.«

Mit großer Geste klappte Björn die Mappe auf und legte sie vor Dormer auf dem Tresen ab. »Die Ergebnisse unseres forensisch-linguistischen Gutachtens sind eindeutig. Anhand einer vergleichenden Textanalyse mit von Ihnen verfassten Leserbriefen wurden Sie als Autor identifiziert.« Björns Behauptung war zwar stark übertrieben, schindete aber hoffentlich Eindruck.

Dormers Gesicht verlor alle Farbe. »Von diesem Gutachten höre ich heute zum ersten Mal. Wieso hatte die Polizei nichts davon gesagt?«

»Weil die Redaktion der *Hamburger Abendpost* es in Auftrag gegeben hat.« Gesa richtete sich zu ihrer vollen Größe auf, doch es nützte nichts. Sie reichte Dormer trotzdem nur bis an die Brust. »Wir wollten unbedingt herausfinden, wer unseren Kollegen Uwe Stolter so kurz vor seinem Tod massiv bedroht hat.«

»Aber das war ich nicht.«

»Unsere Gutachterin kommt zu einem anderen Ergebnis«, behauptete Björn. Wenn er wollte, konnte er streng und entschlossen klingen.

»Also gut.« Dormer ließ die Schulter sinken. »Die Briefe sind von mir. Aber mit dem Tod von Stolter hatte ich nichts zu tun. Das müssen Sie mir glauben.«

»Das würden wir gern«, sagte Gesa. »Aber dafür müssen Sie uns erzählen, was wirklich geschehen ist. Wieso haben Sie Stolter diese Briefe geschickt?«

Dormer schwieg. Er schien mit sich zu ringen. Schließlich verließ er seinen Platz hinter dem Tresen, schloss die Ladentür ab und drehte das Schild im Schaufenster auf *geschlossen*.

Er sah Gesa fest in die Augen. »Stolter und diese Thomsen, die hatten damals mit ihren Artikeln mein Leben ruiniert. Ich konnte nicht mehr auf die Straße gehen, ohne dass ich belästigt wurde. Freunde, Nachbarn, Bekannte – alle hatten diese verfluchten Lügen über mich gelesen. Am Ende musste ich aus Hamburg weg, obwohl ich überhaupt nichts getan hatte.«

Gesa zog Tims Smartphone aus ihrer Jackentasche. »Wenn Sie einverstanden sind, zeichne ich dieses Gespräch auf.« Auf ein Nicken von Dormer hin startete sie die Aufnahme-App. »Ich verstehe, dass Sie sehr wütend waren. Aber die ganze Geschichte ist zwanzig Jahre her. Wieso ausgerechnet jetzt diese Briefe? Dafür muss es doch einen Auslöser gegeben haben.«

»Zwanzig Jahre klingt lange, nicht wahr? Aber für mich fühlt sich das alles an, als wäre es gestern passiert. Und dann dreht dieser Schmierfink auch noch einen Scheißfilm, so als wäre das Ganze ein verdammtes Jubiläum. Das Schmierenstück wird an Michaelas Todestag ausgestrahlt. Total geschmacklos! Dadurch war alles wieder hochgekommen.«

»Davon wusste ich nichts«, erwiderte Gesa. Für Dormer musste dieser neue TV-Beitrag ein Albtraum sein. »Deshalb kann ich Ihnen auch versichern, dass die *Abendpost* nicht daran beteiligt ist.«

»Weiß ich doch.« Er winkte ab. »So ein Typ von *Hamburg TV* hatte mich deswegen angerufen – den Namen erinnere ich nicht mehr. Ich hatte dem klar und deutlich gesagt, er soll mich in Ruhe lassen.«

»Hat er das getan?«, fragte Björn.

»Nachdem ich ihm mit einem Anwalt gedroht hatte, da schon. Aber zu wissen, dass der Fall wieder im Fernsehen gezeigt wird, macht mich echt fertig. Und da hatte ich auch noch gelesen, dass Stolter einen Preis für sein Lebenswerk kriegen sollte. Ausgerechnet der! Da war mir der Kragen geplatzt.«

Gesa lehnte sich gegen eine Waschmaschine. »Das kann ich gut verstehen. Sie verlieren Ihr gesamtes soziales Umfeld, müssen sich hier in Berlin ein neues Leben aufbauen, und der Mann, der Ihrer Meinung nach daran schuld ist, wird auch noch mit einem Preis für seine Arbeit belohnt.«

»Genau. Das ist einfach nicht gerecht.«

»Und deshalb haben Sie selbst für Gerechtigkeit gesorgt.«

»Nein!« Dormer brüllte fast. »Wie oft soll ich denn noch sagen, dass ich es nicht gewesen war! Ich hatte Stolter seit zwanzig Jahren nicht mehr gesehen.«

»Aber Sie beide haben kürzlich telefoniert«, mischte Björn sich ein. »Laut Verbindungsprotokoll ganze zwanzig Minuten. Wieso, wenn Sie den Mann so sehr gehasst haben?«

»Er hat sich bei mir entschuldigt.« Auf einmal hörte Dormer sich beinahe kleinlaut an. »Auch ohne dieses Zeugs da«, er deutete auf die Mappe, die auf dem Tresen lag, »war er dahintergekommen, dass ich es war.«

»Wie hat sich das angefühlt?«

»Gut.« Dormer strich sich über den kahlen Kopf. »Ich hatte zwanzig Jahre darauf gewartet, dass das jemand tut. Die von der Polizei halten mich ja wohl immer noch für schuldig. Denen tut gar nichts leid – außer, dass sie mich nicht drangekriegt hatten. Aber Stolter hatte das beschäftigt. Er fand, dass er den Journalistenpreis so nicht verdient hat.«

Gesa strich über die Waschmaschine. »Hat er Ihnen angeboten, den Preis abzulehnen?«

Dormer nickte. »Aber das wollte ich nicht. Was hätte mir das genützt? Also hatte ich ihm gesagt, er soll seinen Fehler von damals wiedergutmachen.«

Björn klopfte sich mit dem Zeigefinger gegen das Kinn. »Doch Ihren Namen hätte er nur reinwaschen können, indem er den alten Fall wieder aufrollt.«

»Das hatte er vor.«

Gesa stockte der Atem. Falls Dormer die Wahrheit sagte und tatsächlich unschuldig war, hatte Uwe mit seinen Recherchen womöglich den Täter von damals aufgeschreckt und sich damit in Gefahr gebracht. »Wissen Sie, wie weit Herr Stolter mit seinen Recherchen gekommen ist?«

»Nicht sehr weit. Wir hatten zuletzt eine Woche vor seinem Tod telefoniert. Er wollte sich sofort melden, sobald er was Wichtiges rausfindet. Aber ich hatte nichts mehr von ihm gehört.« Dormer runzelte die Stirn. »Wäre ja auch zu schön gewesen.«

»Wenn wir zurück in Hamburg sind, durchforste ich seine Unterlagen«, versprach Gesa. »Aber vorher müssen Sie etwas für uns tun. Erzählen Sie uns bitte alles ganz genau, woran Sie sich noch erinnern.« Sie hielt Dormer das Smartphone unter die Nase.

»Zuerst hatte ich abgestritten, dass die Briefe von mir kamen. Stolter war sich von Anfang an völlig sicher gewesen. Er hatte mir deswegen aber keine Vorwürfe gemacht. Ich dachte ja, der will mich anzeigen.«

»Das hätte er nie getan. Aber ich meine nicht Ihr Telefonat mit Stolter.« Gesa holte tief Luft. »Erzählen Sie uns von Michaela.«

Dormer starrte sie an. Aus seinem Blick sprach purer Schmerz. »Ich hatte es damals mit ihr vermasselt. Sie war meine große Liebe, aber ich hatte sie nicht gut behandelt. War viel zu oft wütend geworden und hatte sie angebrüllt.«

»War das alles?«

»Ich schwör's.« Dormer hob die Hände und drehte die Handflächen nach außen. »Manchmal lass ich zwar die Fäuste sprechen, aber ich hab nie eine Frau grob angefasst. Schon gar nicht Michaela.«

»Wieso hat sie dann nach der Trennung ein Kontaktverbot erwirkt?«, fragte Björn.

Dormer zuckte mit den Schultern. »Keine Ahnung. War total übertrieben.«

»Wirklich?« Gesa trommelte mit den Fingern auf die Waschmaschine. »Denn im Polizeibericht steht, dass Sie Michaela gestalkt haben sollen.«

»Ich hatte ein paarmal bei ihr angerufen und stand einmal abends vor ihrer Tür. Aber das war auch schon alles gewesen. Wieso sie das als Bedrohung empfunden hatte, verstehe ich nicht.«

»Was haben Sie denn zu ihr gesagt?«

»Nur, dass sie zurückkommen soll und dass ich mich ändern werde. Ich hatte ihr nicht gedroht – kein Stück. Aber ihr Vater mochte mich nicht besonders. Würde mich nicht wundern, wenn er der Polizei eingeredet hatte, dass ich's gewesen bin.«

»Die Polizei lässt sich in ihre Ermittlungen nicht einfach so reinreden.« Gesa verengte die Augen. »Wenn Sie bei denen auf der Verdächtigenliste gelandet sind, muss es dafür einen guten Grund geben. Nennen Sie ihn. Für dieses Rumgeeiere hat keiner von uns Zeit.«

Dormer zögerte merklich. »Das hört sich jetzt schlimmer an, als es war. Und die Polizei hatte das in den falschen Hals gekriegt.«

»Sie waren am Tatort, nicht wahr?«

»Nein, natürlich nicht!« Dormer räusperte sich. »Aber ich hatte versucht, in die Disco reinzukommen, in der Michaela und ihre Freundin waren. Ich wollte noch mal mit ihr reden.«

Björn lief vor einem Regal mit Mixern auf und ab. »Woher wussten Sie von Michaelas Discobesuch? Hat sie es Ihnen erzählt?«

Dormer schüttelte den Kopf. »Ein Kumpel hatte sie dort gesehen. Er ist raus zur nächsten Telefonzelle und hatte mich angerufen. Ich bin sofort los, aber der Türsteher hatte mich nicht reingelassen. Hätte er bloß!« Dormer verzog das Gesicht. »Vielleicht wäre sie dann noch am Leben.«

»Warum wurden Sie abgewiesen?«, hakte Gesa nach. »Gab es einen Dresscode?«

»Nein, so fein ging es da nicht zu.« Er wich ihrem Blick aus. »Ich hatte schon mal Ärger mit einem anderen Gast.«

»Damit meinen Sie vermutlich, dass gegen Sie ein Hausverbot verhängt wurde wegen einer Schlägerei?«

»So ähnlich. Bin nicht gerade stolz auf meine wilden Jahre.« Dormer rieb sich die schiefe Nase. »Heute lebe ich anders. Das alles liegt hinter mir.«

»Aber so richtig mit der Vergangenheit abschließen konnten Sie nie«, bemerkte Björn. »Haben Sie Herrn Stolter all die Jahre im Auge behalten?«

»Nur, weil ich Michaela nicht gleich aufgeben wollte, bin ich noch lange kein Stalker«, brummte Dormer. »Ich hatte seine Karriere nicht weiter verfolgt. Wozu auch?« Sein Tonfall hörte sich nicht ganz aufrichtig an.

»Was ist mit Ihren alten Freunden aus Hamburg? Besteht da noch Kontakt?«, fragte Gesa.

»Schon ewig nicht mehr. Die meisten wollten nichts mehr von mir wissen, als ich damals in Verdacht geriet. Und der Rest hatte sich mit den Jahren verlaufen.«

»Wenn das wirklich stimmt, dann frage ich mich, warum dieser geplante Fernsehbeitrag Sie dermaßen aus der Bahn wirft.« Gesa wippte mit ihrem rechten Fuß. »Hier in Berlin sieht doch niemand das Hamburger Lokalprogramm. Da könnte es Ihnen eigentlich fast egal sein.«

»Meine Eltern leben noch in Hamburg. Wenn das alles wieder hochkommt, kriegen sie es ab.«

»Das verstehe ich. Wir werden versuchen, Ihnen zu helfen. Aber dafür müssen Sie uns die Wahrheit sagen.« Gesa sah Dormer fest in die Augen. »Was genau ist passiert, nachdem der Türsteher Sie abgewiesen hat?«

KAPITEL 29

Der Kopfschmerz meldete sich zurück, doch davon ließ Gesa sich nicht bremsen. Hoch konzentriert beugte sie sich über ihr Notebook und tippte die Sprachaufnahme von Tims Smartphone ab, während Björn in gleichmäßigem Tempo auf der zweiten Spur von rechts über die A24 fuhr.

»Jemand hatte mit roter Farbe *Mörder* an die Eingangstür unseres Wohnblocks geschrieben«, erzählte Volker Dormer in der Aufnahme. »Meine Mutter hatte die Polizei gerufen, doch sie sind nicht mal gekommen. Und dann die Briefe, die wir erhalten hatten. Im Vergleich dazu waren meine Schreiben harmlos.«

»Glaubst du ihm, dass er unschuldig ist?«, fragte Björn.

Gesa stoppte die Wiedergabe und sah von der Tastatur auf. »Ich bin mir nicht sicher. Natürlich könnte es stimmen, dass er sich um seine Eltern sorgt und deshalb nicht will, dass noch mal über den Fall Michaela Gräz berichtet wird. Aber es gäbe noch eine andere Erklärung.«

»Nämlich, dass er eben doch für ihren Tod verantwortlich ist und sich fürchtet, dass ein Zeuge von damals sich an ihn erinnert, wenn der Beitrag im Fernsehen ausgestrahlt wird.« Kurz wandte Björn sich zu Gesa um. »Findest du es nicht verdächtig, dass Dormer angeblich die ganze Nacht allein durch Lurup gewandert ist, nachdem er an der Disco abgewiesen wurde? Das muss doch kalt und ungemütlich gewesen sein.«

»Er war uns gegenüber nicht ganz ehrlich – das glaube ich auch.« Gesa zog die Unterlippe zwischen ihre Zähne. »Ich vermute ja, dass er darauf gehofft hat, Michaela auf ihrem Heimweg abzupassen und noch mal mit ihr zu sprechen. Die Frage ist nur: Hat er sie nicht getroffen, weil sie vorher getötet wurde? Oder musste sie sterben, weil diese Unterhaltung nicht gut ausging?«

»Selbst wenn Dormer seine Ex-Freundin getötet haben sollte, bedeutet das noch lange nicht, dass er auch für Uwes Tod verantwortlich ist.«

»Da stimme ich dir zu.« Gesa stellte einen Absatz in ihrem Text um. »Zumal die Todesarten so unterschiedlich sind. Ein Genickbruch spricht für Gewalt und Impulsivität, während Gift eher auf Planung und eine körperlich unterlegene Person als Täter hinweist.«

»Oder der Täter hat sein Vorgehen den Umständen ange-passt«, bemerkte Björn. »Vor zwanzig Jahren war es noch viel einfacher, jemanden in Hamburg auf offener Straße unbemerkt zu töten. Heute gibt es doch überall Videoüberwachung.«

»Nicht zu vergessen, dass jeder ein Smartphone mit sich herumträgt. Apropos, ich muss eben telefonieren.« Gesa klappte das Notebook zu und suchte Dagmars Handynummer aus ihren Kontakten.

Es klingelte eine halbe Ewigkeit, bis Uwes Ex-Frau schließ-lich abnahm. »Tut mir leid. Ich hab das Klingeln nicht gehört. Bin gerade beim Kochen.«

»Dann will ich auch nicht lange stören.« Gesa atmete tief durch. »Ich habe eine Bitte an dich. Wärst du damit einver-standen, dass ich eine Passage aus Uwes Brief an dich in einem Artikel abdrucke?«

Am anderen Ende der Leitung blieb es lange still. »Ich weiß nicht so recht. Wozu soll das gut sein?«

»Ich möchte einen Artikel über den beruflichen Fehler schreiben, den Uwe so bereut hat.«

»Du hast rausgefunden, was es war?«

Gesa lehnte sich gegen die Lederkopfstütze und schloss kurz die Augen. Leider nahm das Pochen hinter ihrer linken Schläfe dadurch nicht ab. »Es ging um einen ungeklärten Todesfall vor zwanzig Jahren. Uwe hat es noch geschafft, sich bei dem Mann zu entschuldigen, der damals ins Kreuzfeuer der Medien geriet. Nun möchten wir dessen Version der damaligen Ereignisse bringen.«

»Das hätte Uwe gefallen. Unter diesen besonderen Umständen kann ich unmöglich Nein sagen.« Dagmars Stimme klang gepresst. »Dann ist er mit dem Mann also noch ins Reine gekommen?«

»Das ist er.« Uwes Versprechen, das er nicht mehr hatte einlösen können, behielt Gesa für sich. Es gab keinen Grund, Dagmar damit zu belasten.

»Ein Glück! Das erleichtert mich. Ich meine, Uwe ist unter derart schrecklichen Umständen gestorben. Da ist es schon ein Trost zu wissen, dass er wenigstens diese Last nicht mit ins Grab nimmt.«

»Danke, dass du einverstanden bist.« Gesa klappte ihr Notebook wieder auf und öffnete einen Mailanhang, der den abfotografierten Brief von Uwe mit Dagmars Schwärzungen enthielt. »Ich verspreche auch, dich namentlich nicht zu erwähnen.«

»Das weiß ich doch.« In der Leitung erklang ein Räuspern. »Manchmal frage ich mich, ob Uwe in seinen letzten Augenblicken geahnt hat, wer ihm das angetan hat. Vielleicht hat er es sogar gewusst und konnte sich nur nicht mehr äußern.«

»Mit solchen Gedanken quälst du dich bloß.« Einhändig tippte Gesa die entscheidende Passage aus dem Brief ab. »Außerdem glaube ich nicht, dass er es gewusst hat. Ein Mann war doch bei ihm, als er starb. Dieser Kalle Noak hat uns erzählt, was Uwes letzte Worte waren. Er hat davon gesprochen, dass jemand ihn vergiftet hat. *Jemand.* Bei einem konkreten Verdacht hätte er doch wohl einen Namen genannt.«

»Nicht unbedingt. Er war immer sehr vorsichtig damit, jemanden vorschnell zu verurteilen. Vermutlich wegen dieser alten Geschichte, die ihm immer noch naheging. Du hast diesen Noak ja getroffen. Was ist er für ein Mensch? Vertraust du ihm?«

»Kein Stück weit«, räumte Gesa ein.

»Das habe ich befürchtet. Oje! Mir kochen gerade die Kartoffeln über. Ich muss Schluss machen.« Grußlos legte Dagmar auf.

Gesa schob das Smartphone zurück in ihre Jackentasche. »Ein Glück, dass Dagmar zugestimmt hat. Mit dem Zitat aus dem Brief wird es ein runder Artikel.«

»Er würde noch besser werden, wenn wir einen weiteren O-Ton hätten«, bemerkte Björn. »Fragst du oder soll ich es tun?«

* * *

»Die Antwort lautet Nein.« Thomsen stand vom Schreibtisch auf und wanderte durch ihr Büro. »Niemand erinnert sich noch daran, dass ich damals an den Artikeln beteiligt war. So soll es auch bleiben.«

Gesa verschränkte die Arme vor der Brust. Insgeheim beneidete sie Björn ein wenig darum, dass er vorhin das längere Streichholz gezogen hatte und ihren Artikel weiterschreiben durfte. »Was ist aus Ihrem Grundsatz geworden: Nichts geht über die Schlagzeile?«

»Zu meinem Motto stehe ich. Aber ich habe auch einen Ruf zu verlieren.«

»Weil Sie vor zwanzig Jahren einen Fehler gemacht haben? So etwas passiert doch jedem mal.«

»Das war kein richtiger Fehler. Wir haben damals geschrieben, dass die Polizei davon ausgeht, Dormer habe seine Ex getötet. Und das stimmte ja auch.« Thomsen öffnete die angelehnte Schranktür etwas mehr. Henri lugte durch den Spalt, blieb aber auf seiner Kuscheldecke liegen. »Was die Öffentlichkeit daraus gemacht hat, war nicht unsere Schuld.«

»Ganz so eindeutig sehe ich die Rechtslage da nicht«, bemerkte Gesa. »Immerhin geht es auch um Dormers Persönlichkeitsrechte, die durch die Berichterstattung über ihn massiv verletzt wurden.«

»In Abwägung des öffentlichen Interesses.« Thomsens Augen verengten sich. »Sie sind lange genug dabei, um zu wissen, dass wir uns auf diesem Gebiet in einer Grauzone bewegen. Hätte Dormer gestanden oder wäre er überführt worden, wäre an unseren Artikeln nichts auszusetzen gewesen.«

»Diese ganze hypothetische Diskussion führt doch zu nichts.« Gesas rechter Fuß zuckte vor Ungeduld, aber sie gab dem Drang nicht nach. »Für den Artikel wäre es ein schöner Abschluss, wenn Sie ein Zitat liefern würden. Aber wir können die Geschichte auch ohne Sie erzählen.«

»Tun Sie das. Sie haben mehr als genug Stoff.« Thomsen tippte gegen den Nasenbügel ihrer Lesebrille. Das heutige Modell hatte schwarz-weiße Streifen wie ein Zebra. »Wobei Sie immer noch vor dem Problem stehen, dass Sie nicht wissen, ob dieser Dormer unschuldig ist oder nicht. Wie wollen Sie das journalistisch lösen?«

»Zu diesem Punkt hatte Herr Dalmann eine Idee, die mir sehr gut gefällt. Wir verkaufen die ganze Geschichte als Stolters letzten Wunsch, der sich kurz vor seinem Tod für seinen größten beruflichen Fehler entschuldigt, um würdig zu sein, den Journalistenpreis für sein Lebenswerk zu erhalten. Selbst, falls Dormer doch schuldig sein sollte, haben wir damit nichts Falsches geschrieben.«

Thomsen nickte. »Keine schlechte Idee. Dalmann kann ja doch mehr, als unsere Leser zu langweilen. Nach seinem Ausbruch neulich war ich überzeugt davon, dass er aufgibt.«

»Den ersten Toten vergisst man nie. Und in seinem Fall befanden sich sogar Kinder unter den Opfern. Aber Herr Dalmann ist zäh – und im Gegensatz zu Gorzlitz ein guter Teamplayer.« Gesa musterte Thomsen. »Sie werden sich doch an unsere Vereinbarung halten?«

»Selbstverständlich. Ich stehe zu meinem Wort und sage Gorzlitz ab. Wird ein harter Schlag für ihn werden. Wussten Sie eigentlich, dass er sich damals um Ihren Posten beworben hat?«

»Nein. In dem Fall wundert es mich, dass Sie ihn nicht genommen haben.« Nach ihrer Rückkehr aus Syrien war Gesa in denkbar schlechter Verfassung gewesen. Selbst wenn ihre Erfahrung als Kriegsreporterin sicher etwas zählte, hatte sie hier in Hamburg noch einmal von vorn anfangen müssen. »Im Gegensatz zu mir kannte Gorzlitz die Abläufe in einer Polizeiredaktion und verfügte über ein großes Netzwerk.«

»Und über ein noch größeres Ego.« Der Ausdruck, der über Thomsens Gesicht huschte, sah beinahe wie ein Schmunzeln aus. »Stolter hat mir rundheraus gedroht, auf der Stelle zu kündigen, falls ich seinen größten Konkurrenten einstelle – nicht, dass ich mich durch so etwas einschüchtern ließe. Aber auch mir war bewusst, dass es mit den beiden niemals gut gehen würde.«

»Also haben Sie mich gewählt, weil ich keine Bedrohung für Stolter darstellte.« Diese Erkenntnis schmerzte, auch wenn sie nicht überraschend kam.

»Kommt darauf an, was Sie unter Bedrohung verstehen. Sie hätten sicher nichts unternommen, um Stolter von seinem angestammten Platz zu verdrängen. Aber das bedeutet nicht, dass Sie ihm nicht eines Tages gefährlich geworden wären.«

Thomsen griff nach dem Hundegeschirr und zog die Schranktür ganz auf. »Wenn Henri und ich von unserem Spaziergang zurückkommen, will ich Ihre Titelgeschichte auf meinem Schreibtisch haben. Das Ganze schreit nach einem Folge-Artikel. Sehen Sie zu, dass Sie diesen TV-Beitrag vorab sichten – am besten auch das ungeschnittene Material.«

»Ist schon so gut wie erledigt«, versprach Gesa.

Trotz ihrer nervigen Kopfschmerzen fühlte sie sich auf dem Rückweg ins Großraumbüro seltsam beschwingt. Björn durfte bleiben und sie beide hatten ihre erste gemeinsame Titelgeschichte.

Bei ihrem Eintreten sah Björn von seiner Arbeit auf. »Wie ist es gelaufen?«

»Wir bekommen kein Zitat. Leider.« Sie setzte sich ihm gegenüber an ihren Schreibtisch.

»Warum siehst du dann so gut gelaunt aus?«

»Weil die Geschichte trotzdem super wird. Wie weit bist du mittlerweile?«

»Fast fertig. Sag mal, hast du zufällig Pflaster hier? Ich hab mich eben am Papier geschnitten.« Er hielt seinen rechten Zeigefinger in die Höhe, der mit einem Stück Taschentuch umwickelt war.

»Ja. Sekunde.« Gesa zog ihre Schreibtischschublade auf und holte die Pflasterpackung heraus. »Wenn du wüsstest, wie oft ich die brauche.« Sie stutzte. »Warst du an meiner Schublade?«

»Natürlich nicht!« Björn klang regelrecht entrüstet. »Ich schnüffle doch nicht in deinen Sachen herum.«

»Schade.«

»Wie bitte?«

»Für einen Moment hatte ich noch die Hoffnung, dass du es rausgenommen hast.« Gesa legte die Pflaster vor Björn auf dem Schreibtisch ab.

»Was fehlt denn?«, fragte er.

»Uwes Notizbuch. Ich befürchte, Ingo hat es bei seinem Besuch heute Morgen gestohlen.«

KAPITEL 30

Gesa beugte sich über den weiß lackierten Empfangstresen, doch die Mitarbeiterin von *Hamburg TV* nahm sie einfach nicht zur Kenntnis. Stattdessen telefonierte sie über ihr Headset und das vermutlich nicht gerade dienstlich. »Ernsthaft? Ne, oder? Das würde ich mir auch nicht gefallen lassen.«

Gesa räusperte sich extra laut.

Wieder keine Reaktion. »Sag ich doch schon die ganze Zeit. Aber auf mich hört sie ja nicht.«

»Entschuldigung!«

Endlich sah die Empfangsdame sie an. »Ruf dich später zurück.« Sie wandte sich Gesa zu. »Guten Morgen.«

»Hallo. Mein Name ist Gesa Jansen. Ich möchte mit dem verantwortlichen Redakteur sprechen, der einen bestimmten Beitrag für Ihr Crime-Format produziert hat. Es geht um den ungeklärten Tod von Michaela Gräz.«

»Haben Sie einen Namen für mich?«, fragte sie.

»Leider nicht. Deswegen habe ich ja das Thema des Beitrags genannt. Können Sie es darüber nicht herausfinden?«

»Na schön. Dann brauche ich den Ausstrahlungstermin.«

»Den weiß ich leider auch nicht. Der Beitrag wurde noch nicht gesendet. Ich bin selbst Journalistin und recherchiere zu demselben Fall.« Aus purer Gewohnheit griff Gesa in die

Ersatztasche, um ihren Presseausweis hervorzuziehen. Doch den hatte sie nicht mehr. »Mir wurde vorgestern die Handtasche gestohlen. Deswegen kann ich mich nicht ausweisen. Aber Sie finden meinen Namen auf der Website der *Hamburger Abendpost*.«

»Ich kann oben in der Redaktion anrufen und für Sie nachfragen«, bot die Empfangsdame an. »Aber nicht alle Redakteure arbeiten in der Frühschicht. Und wenn der Beitrag noch nicht gesendet wurde, darf Ihnen auch keine Kopie ausgehändigt werden. So sind die Richtlinien.«

»In Ordnung. Versuchen Sie bitte trotzdem Ihr Glück«, bat Gesa. Dieser Tag fing genauso mies an, wie der gestrige geendet hatte. Im Geiste stellte sie sich bereits ihre nächste Begegnung mit Ingo vor. Der würde sie noch richtig kennenlernen.

Die Empfangsdame telefonierte mit der Redaktion und wandte sich danach wieder an Gesa. »Der Beitrag stammt von Herrn Lumbach und er ist sogar im Haus. Er holt Sie gleich hier ab.«

»Danke.« Lars Lumbach also. Den kannte sie zumindest, auch wenn er sich beim letzten Mal ziemlich verschlossen gegeben hatte.

Gesa wartete vor der gläsernen Drehtür. Zwei Frauen liefen an ihr vorbei, hielten ihre Sicherheitskarten vor den Scanner und verschwanden in Richtung der Aufzüge.

Ein Mann kam durch die Sicherheitstür auf sie zu. Er trug ein hellblaues Hemd und Jeans und hatte sein volles, dunkles Haar zurückgegelt. Auch wenn sie Lars Lumbach bisher nur auf Fotos und in Björns Spionagevideo gesehen hatte, erkannte sie ihn auf Anhieb.

»Guten Morgen, Frau Jansen!« Lumbach reichte Gesa die Hand. »Ich habe gehört, Sie interessieren sich für einen meiner Beiträge?«

»Das stimmt. Danke, dass Sie sich Zeit für mich nehmen.«

»Leider müssen wir uns beeilen. In fünfzehn Minuten ist Abfahrt für meinen Kameramann und mich.« Lumbach führte Gesa zu der Drehtür und hielt seine Karte gegen den Scanner. Ein grünes Licht leuchtete auf. »Nach Ihnen, bitte.«

Sie passierten die Sicherheitstür und fuhren mit dem Aufzug in den sechsten Stock. Das Großraumbüro des Senders erinnerte Gesa stark an ihren eigenen Arbeitsplatz – nur, dass alles etwas edler aussah. Es gab höhenverstellbare Schreibtische und ergonomische Stühle. Zwischen den einzelnen Arbeitsplätzen standen mannshohe Palmen.

Lumbach folgte Gesas Blick. »Die sind für das Raumklima. Wenn alle Computer zur gleichen Zeit laufen, kommt die Klimaanlage manchmal kaum dagegen an.«

»Das Problem kenne ich.« Noch waren allerdings die meisten Schreibtische unbesetzt.

Lumbach führte Gesa durch das Büro zu einer Schallkabine, die ein wenig wie ein überdimensionales Aquarium aussah. »Unser Schneideraum. Hier sind wir ungestört.« Er hielt ihr die Tür auf.

Im Schneideraum befanden sich ein Schreibtisch, auf dem zwei Bildschirme standen, ein Computer und eine beeindruckende Anzahl an Lautsprechern. Falls die beim Schneiden tatsächlich alle aufgedreht wurden, musste die Kabine gut isoliert sein.

Gesa schloss die Tür hinter sich und setzte sich auf einen der beiden Stühle.

Lumbach nahm neben ihr Platz. »Es geht also um Michaela Gräz?«

»Eigentlich eher um Volker Dormer. Ich habe mich gestern mit ihm getroffen.«

»Da hatten Sie mehr Glück als ich. Mit mir hat er nicht einmal geredet.« Lumbach startete den Computer. »Allerdings kann ich es dem Mann nicht verdenken, dass er nach all den Jahren seine Ruhe will.«

»Warum überhaupt dieser TV-Beitrag?«, fragte Gesa. »Gibt es in dem Fall neue Erkenntnisse?«

»Nicht, dass ich wüsste. Unser Programmleiter ist ein großer Zahlenfan. Die zehn gefährlichsten Orte in Hamburg. Die fünf dümmsten Verbrecher von St. Pauli. Ein seit zwanzig Jahren ungeklärter Todesfall. Mit Jubiläen hat er es besonders.« Lumbach verzog das Gesicht. »Ich habe wirklich versucht, ihm dieses Thema auszureden, weil es so undankbar ist. Aber keine Chance.«

»Also wollten Sie den Beitrag überhaupt nicht bringen?«

»Ich hatte eine viel bessere Geschichte über einen Serienvergewaltiger, aber es musste unbedingt dieser Fall sein.« Lumbach musterte sie. »Mir blieb keine Wahl. Aber warum befassen Sie sich ausgerechnet mit dieser Uraltgeschichte?«

»Weil mein Kollege Uwe Stolter kurz vor seinem Tod Kontakt zu Dormer hatte. Ich frage mich, ob das Zufall ist oder ob mehr dahintersteckt.«

»Und jetzt erhoffen Sie sich Antworten aus meinem Beitrag. Da muss ich Sie leider enttäuschen. Wie schon gesagt, konnte ich Dormer nicht interviewen.«

Gesa beugte sich vor. »Aber Sie haben doch sicher mit Michaelas Angehörigen und den Zeugen von damals gesprochen. Was haben die Ihnen über Dormer erzählt?«

»Nicht viel. Die Eltern kannten den Ex-Partner ihrer Tochter kaum. Sie mochten ihn nicht besonders und waren ganz froh, als es zwischen den beiden aus war.« Lumbach rief das Programm für einen Videoplayer auf. »Am besten, Sie sehen sich den Einspieler an. Aber erwarten Sie nicht zu viel. Der Beitrag dauert nur zehn Minuten.«

»Was ist mit dem Rohmaterial?«

»Tut mir leid. Das ist vor der Veröffentlichung tabu. Aber ich kann Ihnen auch so sagen, dass Sie dort nichts Interessantes finden würden. Wenn es mir gelungen wäre, den Fall im Alleingang zu lösen, hätte ich mehr als zehn Minuten Sendezeit gekriegt.« Lumbach stand auf. »Ich muss mich jetzt auf den Weg machen. Normalerweise dürfte ich Sie nicht hier allein im Schneideraum zurücklassen. Aber da Sie Stolters Kollegin sind, mache ich eine Ausnahme.«

»Sie werden es nicht bereuen«, versprach Gesa. »Ich rühre hier nichts an.«

»Das weiß ich doch.« Lumbach klopfte ihr im Vorbeigehen auf die Schulter. »Machen Sie's gut.«

»Danke. Sie auch.«

Gesa wartete, bis sie den Schneideraum für sich allein hatte, und startete das Video. Da sie Lumbach nicht hintergehen wollte, verzichtete sie darauf, den Ton der Aufnahme per Smartphone mitzuschneiden. Stattdessen zückte sie Kugelschreiber und Notizblock.

Zu ihrer Enttäuschung kratzte der Beitrag von Lumbach tatsächlich nur an der Oberfläche. Es gab ein paar Fotos aus Kindheit und Jugend der mit zwanzig Jahren getöteten Michaela Gräz. Dazwischen wurden O-Töne der trauernden Eltern und des damals leitenden Ermittlers geschnitten, der sich inzwischen im Ruhestand befand. Auch einige alte Schlagzeilen hatten ihren Weg in den Beitrag gefunden – darunter ein Aufmacher der *Nord Nachrichten* mit dem reißerischen Titel *War es Mord aus Eifersucht?*.

Gesa notierte sich die Namen von Michaelas Eltern: Jutta und Peter Gräz. Die beiden lebten immer noch in Hamburg-Lurup und würden hoffentlich aufzuspüren sein. Davon abgesehen gab es leider nichts in Lumbachs lieblos produziertem Beitrag, das sie weiterbrachte. Vermutlich sollte sie dankbar sein, dass sie keine Gelegenheit bekam, auch noch das ungeschnittene Material zu sichten.

Gesa schob ihren Notizblock, in dem sie kaum eine halbe Seite beschrieben hatte, zurück in ihre Ersatztasche. Dormer war schließlich nicht ihre einzige Spur. Vielleicht würde der nächste Termin sie weiterbringen.

* * *

Dr. Bettina Prausel musterte Gesa über den Rand ihrer teuren Designer-Lesebrille hinweg, als wäre sie ein unappetitliches Insekt, das sich in ihr Büro verirrt hätte. »Ich verstehe noch immer nicht, was das Ganze hier soll.«

»Meine Bitte ist doch ziemlich einfach. Ich möchte Ihr Gebäudegutachten zu dem Mehrfamilienhaus am Wiesendamm, das Sie für Herrn Ruhlt erstellt haben.« Gesa rutschte auf der Sitzfläche des unbequemen Besucherstuhls herum. »Er hat mir persönlich versichert, dass dies kein Problem sei.«

»Nichts für ungut, aber Sie als Laie könnten ein solches Gutachten fehlinterpretieren. Nachdem einige Aktionisten bereits Stimmung gegen das Projekt machen, möchte ich vermeiden, dass der Konflikt noch verstärkt wird.«

»Ich würde mir nie anmaßen, die Kenntnisse eines Bauingenieurs zu besitzen. Aber bitte trauen Sie mir zu, dass ich komplizierte Texte lesen und verstehen kann. Das gehört zu meinem Beruf als Journalistin dazu.«

»Trotzdem geht es hier um ein äußerst sensibles Thema. Herrn Ruhlt ist womöglich gar nicht bewusst, welches Risiko er damit eingeht.«

»Wovon genau sprechen Sie?« Langsam reichte es Gesa. »Ich bin durchaus in der Lage, aus einem Gutachten herauszulesen, ob ein Gebäude einsturzgefährdet ist oder nicht. Oder geht es hier um etwas anderes? Stimmt etwas mit dem Gutachten nicht?«

»Das ist eine infame Unterstellung!« Über Dr. Prausels Nase bildete sich eine steile Falte. »Ich arbeite seriös und unabhängig.«

»Das mit der Seriosität stelle ich zum jetzigen Zeitpunkt noch nicht infrage. Aber unabhängig? Sie erstellen doch ständig Gutachten für Herrn Ruhlt. Vermutlich ist er sogar Ihr wichtigster Kunde. Da wäre es menschlich sogar verständlich, wenn Sie ihm mit dem Ergebnis ein wenig entgegenkommen wollen.«

»Wenn ich so etwas täte, könnte ich mein Unternehmen auch gleich schließen.« Ihr Tonfall klang scharf. »Ich habe Herrn Ruhlt kein Gefälligkeitsgutachten erstellt, damit er seinen Abriss genehmigt bekommt. Das ist es doch, was Sie glauben.«

»Im Augenblick glaube ich noch gar nichts.« Gesa zwang sich, ruhig sitzen zu bleiben. »Ich wundere mich bloß, warum Sie sich so schwer damit tun, mir einen Gefallen zu erweisen – zumal Ihr Kunde mir bereits grünes Licht gegeben hat. Haben Sie meinem Kollegen, Herrn Stolter, eigentlich die gleiche Antwort gegeben, als er sich an Sie gewendet hat?«

»Stolter? Der Name sagt mir nichts«, behauptete Dr. Prausel. »Es hat sich nie ein Kollege von Ihnen bei mir gemeldet.«

»Sind Sie ganz sicher? Es müsste vermutlich zwei bis drei Wochen her sein.«

»Zu dieser Zeit war ich im Urlaub. Schon möglich, dass da die Mail Ihres Kollegen untergegangen ist, auch wenn das natürlich nicht passieren sollte.« Dr. Prausel stand auf und signalisierte damit, dass ihre Unterhaltung beendet war. »Auch wenn ich es nach wie vor für einen Fehler halte, werde ich Ihnen das Gutachten mailen, sobald ich mich bei Herrn Ruhlt rückversichert habe.«

»Das verstehe ich. Vielen Dank.« Gesa reichte ihr zum Abschied die Hand.

»Soll ich das Gutachten an Sie schicken oder an Herrn Stolter?«

»An mich bitte.« Gesa schluckte schwer. Entweder wusste die Gutachterin tatsächlich nichts von Uwes Tod oder sie spielte sehr überzeugend die Ahnungslose.

Kapitel 31

»Gute Neuigkeiten!« Björn eilte auf Gesa zu und redete so laut, dass es vermutlich das halbe Großraumbüro mitbekam. »Es hat sich ein Zeuge bei uns gemeldet.«

»Geht es dabei um Michaela Gräz oder um Uwe?« Gesa schälte sich aus ihrer Jacke und warf sie über die Stuhllehne.

»Weder noch.« Nun senkte Björn doch die Stimme. »Ein junger Politiker von den Sexpartys hat sein Gewissen entdeckt und möchte auspacken. Allerdings musste ich ihm versprechen, dass wir seinen Namen nicht nennen und ihn auch nicht kenntlich zeigen. Mit einem Schattenrissfoto ist er einverstanden.«

»Wow!« Gesa ließ sich auf ihren Schreibtischstuhl plumpsen. »Bist du sicher, dass der Mann kein Spinner ist?«

»Mir hat er ja seinen Namen genannt: Maximilian Wanrich. Ich habe ihn gleich gegoogelt. So weit scheint alles, was er mir erzählt hat, zu stimmen. Allerdings wollte er am Telefon nicht ins Detail gehen, sondern persönlich mit uns sprechen.«

»Das ist mir in einem solchen Fall auch lieber. Wann können wir uns treffen?«

»Leider erst am Montag. Er verbringt das Wochenende in München«, erwiderte Björn. »Da ist nichts zu machen.«

»Schade. Bitte tu mir den Gefallen und sag Thomsen noch nichts. Sonst wird sie uns die ganze Zeit bedrängen, doch noch

266

etwas für die Samstagausgabe zu schreiben.« Gesa rief auf ihrem Computer die Facebook-Seite auf und gab den Namen von Dr. Bettina Prausel ein. »Hattest du mit der Suche nach Jutta und Peter Gräz Erfolg?«

»Sofern die beiden im Telefonbuch unter P. Gräz eingetragen sind, ja.« Björn schob ein Post-it in Gesas Richtung. Darauf stand fein säuberlich die Nummer eines Hamburger Festnetzanschlusses. »Ich habe extra noch nicht angerufen, weil ich dachte, das möchtest du vielleicht lieber selbst erledigen.«

»Danke.« Sein Feingefühl überraschte sie immer wieder aufs Neue. Sie klebte den Zettel neben ihre Tastatur und setzte ihre Suche auf Facebook fort. »Dr. Prausel war übrigens ein zäher Brocken, aber am Ende hat sie nachgegeben. Wir bekommen das Gutachten.«

»Da wird sich Alexandra freuen. Sie ist überzeugt, dass es dabei nicht mit rechten Dingen zugegangen ist.«

»Ich glaube auch nicht, dass die Prausel eine weiße Weste hat. Allerdings behauptet sie, dass Uwe sie wegen ihres Urlaubs nicht erreicht hat. Sollte das stimmen, fällt sie als mögliche Täterin wohl flach.«

Gesa scrollte sich durch die Timeline der Gutachterin. Dr. Prausel hatte nicht gelogen. Im fraglichen Zeitraum gab es mehrere Posts, die sie an einem Strand und in der Innenstadt von Palma zeigten. »Falls sie kein kriminelles Superhirn ist und einen Mallorca-Urlaub als Fake-Alibi fingiert hat, können wir sie ausschließen.«

»Das denke ich auch«, sagte Björn. »Im Vergleich zu Ruhlt hat sie deutlich weniger zu verlieren. Ein Gutachten ist ein Stück weit auch Auslegungssache. Sie hätte sich da eher rausgewunden, anstatt Uwe etwas anzutun.«

»Ich hoffe wirklich, die Polizei findet heraus, wer mir die Rucksacktasche gestohlen hat. Falls die Spur zu Ruhlt führt, kriegen wir ihn womöglich auch wegen Uwe dran.« Gesa griff nach ihrem Leih-Handy von Tim. »Allerdings sollte ich wohl realistisch sein und mir endlich ein neues Smartphone kaufen. Ewig kann ich das meinem Neffen nicht mehr antun.«

Björn zog die Brauen hoch. »Hat er dir sein Smartphone eigentlich freiwillig überlassen? Wenn ja, dann muss er dich wirklich gernhaben.«

»Das hoffe ich doch. Allerdings bin ich mir nicht ganz sicher, ob nicht auch ein wenig Bestechung mit im Spiel war.« Sie wählte die Nummer von Björns Zettel. Der Freiton erklang. »Kannst du bitte einen kleinen Background-Check zu Ruhlt machen? Falls er tatsächlich jemanden auf mich angesetzt hat, dann vermutlich eine Person, der er vertraut. Alles andere wäre zu riskant.«

»Ich setze mich dran. Aber würdest du den Räuber denn überhaupt wiedererkennen?«

»Ich hoffe …« Ein Geräusch in der Leitung ließ Gesa augenblicklich verstummen.

»Gräz hier.« Die Stimme klang nach einer älteren Frau.

»Guten Tag! Mein Name ist Gesa Jansen. Spreche ich mit Jutta Gräz?«

»Die bin ich. Aber Ihr Name sagt mir leider nichts.«

»Wir kennen uns auch noch nicht.« Nun kam der heikle Teil und Gesa wippte unter dem Tisch mit ihrem rechten Fuß. »Ich bin Reporterin bei der *Hamburger Abendpost*. Möglicherweise hat sich vor einiger Zeit mein Kollege, Uwe Stolter, schon bei Ihnen gemeldet.«

»Ja, hat er. Das muss wohl drei Wochen her sein. Aber mein Mann und ich wollten nicht mit ihm reden. Jetzt tut uns das leid. Schrecklich, was mit Ihrem Kollegen passiert ist. Mein herzliches Beileid.«

»Vielen Dank. Ich kann verstehen, dass Sie und Ihr Mann zur Ruhe kommen möchten. Deshalb fällt es mir auch nicht leicht, Sie darum zu bitten. Aber ich muss wirklich dringend mit Ihnen beiden reden. Es besteht die Möglichkeit, dass der Tod meines Kollegen in Zusammenhang mit dem Fall Ihrer Tochter steht.«

»Das hat uns der Polizist auch gesagt, der mit uns gesprochen hat. Ich kann das alles noch gar nicht richtig glauben.«

Ein Klingeln ertönte. Das Polizeihandy. Automatisch streckte Gesa den Arm danach aus und stieß dabei mit Björn zusammen, der ebenfalls danach griff. Mit einem entschuldigenden Lächeln zog sie ihre Hand zurück und widmete sich wieder ihrem Telefonat. »Ich verstehe, dass das ein Schock für Sie sein muss. Wären Sie trotzdem bereit, mit mir zu reden?«

»Können Sie sich nicht das Protokoll von der Polizei holen? Wir haben diesem Herrn Cracht alles gesagt, was wir wissen.«

»Leider darf die Polizei mich nicht so einfach eine Akte einsehen lassen – besonders nicht in einem laufenden Verfahren. Es wäre mir eine große Hilfe, wenn Sie sich mit mir treffen.« Gesas Kehle fühlte sich eng an. »Herr Stolter ist in dem Wissen gestorben, dass er damals in seiner Berichterstattung vielleicht einen großen Fehler begangen hat. Sollte das zutreffen, möchte ich es wiedergutmachen.«

»Sie erwarten ernsthaft, dass wir mit Ihnen reden, um diesem Dormer zu helfen?«

Gesa trommelte mit den Fingern auf den Schreibtisch. Björn runzelte beim Telefonieren die Stirn. Da musste etwas Schlimmeres passiert sein. »Erwarten kann ich gar nichts von Ihnen. Ich bitte Sie lediglich darum. Falls Volker Dormer unschuldig sein sollte und all die Jahre fälschlicherweise verdächtigt wurde, wäre er in gewisser Weise auch ein Opfer.«

»Dieser Mann ist ganz sicher nicht unschuldig.« Die Stimme von Jutta Gräz klang gepresst. »Er hat unsere Tochter auf dem Gewissen.«

Björn beendete sein Telefonat und schob einen beschriebenen Zettel zu Gesa hinüber. Darauf stand: *Banküberfall in Harburg. Kann ich das übernehmen?*

»Einen Moment bitte.« Gesa ließ ihr Smartphone sinken. »Bist du dir sicher, dass du das willst?«

»Ja, bin ich.« Björn erwiderte ihren Blick. »Hab ein bisschen Vertrauen.«

»Dann viel Erfolg!« Gesa nickte Björn zum Abschied zu. Sie zog einen Kugelschreiber aus dem Stiftebecher und malte wilde Kringel auf ihren Notizblock. »Ich habe mir Herrn Dormers Seite angehört und ich möchte mir genauso Ihre anhören. Aber dazu müssen Sie mir auch die Chance geben. Eine halbe Stunde Ihrer Zeit genügt schon.«

Jutta Gräz seufzte. »Also schön, kommen Sie vorbei.«

»Und wann?«

»Am besten gleich. Bringen wir es hinter uns.«

* * *

Die Wohnung von Jutta und Peter Gräz roch nach frischer Farbe. Die Regale im Wohnzimmer waren leer geräumt. Dafür standen mehrere Kartons voller Bücher und DVDs auf dem Boden. Der abmontierte Fernseher lehnte an einem Sessel.

Vorsichtig bahnte sich Gesa ihren Weg zwischen zwei Farbeimern und einer Rolle Malervlies hindurch.

Jutta Gräz zog ein altes Laken vom Sofa. »Bitte entschuldigen Sie das Chaos. Der Maler ist jetzt im Schlafzimmer, aber wir sind noch nicht zum Aufräumen gekommen.«

»Kein Problem.« Gesa betrachtete die sonnengelben Wände. »Sieht hübsch aus.«

»Danke.« Einladend deutete Jutta Gräz auf das Sofa. »Mein Mann kommt gleich. Er muss nur noch was mit dem Maler klären.«

Gesa setzte sich. »Lassen Sie die ganze Wohnung neu streichen?«

»Fast.« Jutta Gräz nahm neben ihr Platz. »Nur Michaelas Zimmer nicht. Wir bringen es einfach nichts übers Herz, dort etwas zu verändern.«

»Michaela hat mit zwanzig noch bei Ihnen gewohnt?«, fragte Gesa.

»Sie war gerade erst mit der Ausbildung zur Tierarzthelferin fertig und hat für ihre erste eigene Wohnung gespart. Für die Kaution und die Möbel. Wir hätten ihr das Geld auch geliehen, aber das wollte sie nicht.«

Gesa holte ihren Stift und den Notizblock aus der Tasche. »Was war Michaela für ein Mensch?«

»Jemand, auf den man sich verlassen konnte. Sie hat sich immer sehr reif und vernünftig verhalten. Wir hatten kaum jemals Ärger mit ihr.« Die Augen von Jutta Gräz schimmerten feucht. »Sie war kein Mädchen, um das man sich Sorgen machen musste. Überhaupt nicht.«

»Was erinnern Sie noch von dem Tag des Discobesuchs?«, fragte Gesa.

»Es war ein Freitag. Michaela hatte ganz normal bis sechs in der Tierarztpraxis gearbeitet und kam dann direkt nach Hause. Wir haben zusammen einen Nudelauflauf gemacht und zu dritt zu Abend gegessen. Das war so gegen halb acht.«

»Wissen Sie noch, worüber Sie sich unterhalten haben?«

»Über nichts Besonderes.« Jutta Gräz fasste sich ans Kinn. »Das Einzige, was ich noch erinnere, ist, dass Yvonne sich frisch verliebt hatte. Yvonne war Michaelas beste Freundin. Deshalb wollten die beiden an dem Abend in die Disco. Der Junge sollte auch dorthin kommen.«

Gesa notierte die wichtigsten Stichpunkte. »Michaela war an dem Abend gar nicht allein unterwegs?«

Die Wohnzimmertür öffnete sich und Peter Gräz betrat den Raum. Sein schlohweißes spärliches Haar und die gebeugte Haltung ließen ihn älter wirken, als er vermutlich war. »Tut mir leid. Hat etwas länger gedauert.«

»Das macht doch nichts. Danke, dass Sie sich die Zeit nehmen.« Gesa stand auf und reichte ihm die Hand. »Wir haben einfach schon mal angefangen. Ihre Frau erzählte mir gerade, dass Michaela die Disco damals gemeinsam mit ihrer Freundin besucht hat.«

»Die Yvonne. Ja, die beiden waren unzertrennlich.« Gräz ließ sich mit einem leisen Ächzen auf das Sofa sinken. »Nur in dieser Nacht nicht.«

Auch Gesa setzte sich wieder. »Wissen Sie, wie es dazu kam?«

»Yvonne war ja in diesen Jungen verliebt – sein Name ist mir entfallen – und wollte unbedingt noch bleiben.« Jutta Gräz strich über die Armlehne. »Michaela hatte genug. Kurz vor zwei ist sie allein nach Hause gegangen. Sie hätte zur nächsten Telefonzelle laufen und sich ein Taxi rufen sollen, aber sie hat ihr Geld immer zusammengehalten.«

»Hat jemand sie auf dem Heimweg gesehen?«

»Nein«, sagte Peter Gräz. »Zumindest hat sich niemand bei der Polizei gemeldet. Aber wir wissen ja auch so, wer es war.«

Gesa wandte sich ihm zu. »Was macht Sie so sicher, dass es Volker Dormer gewesen sein muss? Könnte Michaela nicht auch ein Zufallsopfer geworden sein?«

»Das würden Sie nicht fragen, wenn Sie diesen Mann so erlebt hätten wie wir.« Gräz runzelte die Stirn. »Er hat Michaela einen Tag wüst beschimpft und sich am nächsten Tag mit Schokolade und Blumen wieder bei ihr entschuldigt. Dann ging das Theater von vorne los. Und das über Monate.«

»Wir waren heilfroh, als sie sich von ihm getrennt hatte«, ergänzte Jutta Gräz. »Allerdings ging es dann mit dem

Telefonterror los. Wir hatten richtig Angst um Michaela. Eine Zeit lang hat mein Mann sie morgens sogar zur Arbeit begleitet und abends wieder abgeholt, weil wir damit rechneten, dass Volker ihr irgendwo auflauert.«

Gesa schrieb so viel wie möglich mit. »Aber dann wurde es besser?«

»Ein wenig. Die Anrufe nahmen ab. Wir haben gehofft, dass er aufgibt und Michaela endlich in Ruhe lässt. Aber da hatten wir uns schwer getäuscht.« Die Stimme von Jutta Gräz klang belegt. »Er wurde gegen halb drei in der Nähe der Disco gesehen. Das muss ungefähr der Zeitpunkt gewesen sein, als Michaela …«

»Sie hätten das Dreckschwein einbuchten sollen!« Eine Ader am Hals von Peter Gräz schwoll an und sein Gesicht färbte sich rot. »Das sieht doch ein Blinder, dass er es getan hat!«

»Kommt denn wirklich niemand anders infrage?«, tastete Gesa sich vor. »Vielleicht hatte Michaela an dem Abend ja auch jemanden kennengelernt, der angeboten hat, sie nach Hause zu begleiten.«

Jutta Gräz winkte ab. »Das hätte Yvonne doch mitbekommen. Außerdem hatte Michaela nach Volker genug von Männern. Sie ist nur Yvonne zuliebe mit in die Disco gegangen, weil die sich allein nicht getraut hat.«

»Könnte es nicht ein missglückter Überfall gewesen sein?«

Peter Gräz schüttelte den Kopf. »Der Zwanzigmarkschein steckte noch in ihrem Portemonnaie, als man sie fand. Sonst trug sie nichts von Wert bei sich.«

Da Cracht auch keine Anzeichen für Missbrauch erwähnt hatte, sparte Gesa sich diese Frage. »Gab es niemanden sonst, mit dem Michaela Probleme hatte?«

»Niemanden«, behauptete Jutta Gräz. »Bei der Arbeit kam sie mit allen gut aus und auch früher zu Schulzeiten ist sie mit niemandem angeeckt. Der einzige problematische Umgang, den sie je hatte, war der mit Volker Dormer. Er passte überhaupt nicht zu ihr.«

»Wie haben sich die beiden denn überhaupt kennengelernt?«

»In der Tierarztpraxis. Dormer hat mal eine angefahrene Katze von der Straße aufgelesen und dorthin gebracht. Inzwischen frage ich mich, ob er sie nicht selbst angefahren hat, bloß um Michaela kennenzulernen.«

Gesa schrieb die Zitate mit. Die neue Spur, auf die sie gehofft hatte, tat sich leider nicht auf. Schlimmer noch. Wenn sie das, was Jutta und Peter Gräz ihr erzählten, tatsächlich veröffentlichte, würde sie Volker Dormer erneut an den Medien-Pranger stellen. Etwas, das Uwe nie gewollt hätte.

Sie klappte den Block zu. »Vielen Dank. Sie haben mir sehr geholfen.«

Peter Gräz musterte sie. »Verstehen Sie jetzt, warum Dormer es gewesen sein muss?«

»Ich verstehe, warum Sie das glauben«, entgegnete Gesa. »Aber ganz sicher bin ich mir nicht. Haben Sie die Kontaktdaten von Yvonne? Ich muss unbedingt mit ihr sprechen.«

KAPITEL 32

Björn war immer noch unterwegs und Yvonne Traut ging nicht ans Telefon. Gesa stellte sich einen Erinnerungsalarm auf Tims Handy ein und begann damit, ihre Gesprächsnotizen abzutippen. Bald schon lullte die Geräuschkulisse des Großraumbüros sie ein und Gesa hörte auf, ständig in Richtung Tür zu sehen. Falls Björn Schwierigkeiten bekam, würde er sich schon melden.

Viel Neues gab das Interview leider nicht her. Das Ehepaar Gräz tat Gesa von Herzen leid. Dennoch störte sie sich daran, wie verbissen Peter Gräz darauf beharrte, dass nur Volker Dormer seine Tochter getötet haben könnte. Wenn er sich damals mit der gleichen Verbohrtheit an die Presse gewandt hatte, war es kein Wunder, dass Dormer auch ohne klare Beweise vorschnell von allen Seiten verurteilt worden war.

Ein Klingeln des Redaktionstelefons schreckte sie auf. Es meldete sich eine Dame vom Empfang. »Ich habe hier eine Polizeidienststelle für Sie.«

»Danke. Stellen Sie bitte durch.« Gesa riss ein Post-it vom Block und klebte es vor sich auf den Schreibtisch. »Gesa Jansen aus der Polizeiredaktion. Hallo.«

»Schneider von der Polizeiwache Rathaus. Bei uns hat sich der Finder Ihrer Handtasche gemeldet.«

275

»Ist mein Handy noch drin?«, fragte Gesa mit wenig Hoffnung.

»Leider nein. Es fehlen auch das Bargeld und Ihre Kreditkarte. Aber Ihr Personalausweis, der Führerschein und Ihr Presseausweis sind noch da. Und Ihre Schlüssel.«

»Gott sei Dank!« Gesa schrieb sich den Namen des Polizisten auf. »Wann kann ich die Sachen abholen?«

»Jederzeit.«

»Ist die Spurensicherung denn schon durch?«

»Wir brauchen Ihre Sachen hier nicht mehr.« Das bedeutete dann wohl, dass niemand Fingerabdrücke genommen hatte.

»Danke. Dann hole ich alles heute Abend ab.« Gesa beendete das Gespräch und wählte Crachts Nummer. So, wie dieser Polizist eben geklungen hatte, war der Fall für ihn mit dem Auffinden ihrer Habe erledigt. Doch hoffentlich sah Ole Cracht das anders.

»Moin, Frau Jansen. Was liegt an?«

»Ich habe gerade von Ihren Kollegen erfahren, dass meine Rucksacktasche und der größte Teil des Inhalts gefunden wurden. Da wollte ich mal nachfragen, ob sich noch etwas ergeben hat.«

»Leider nein. Vom Fahrrad wurden Fingerabdrücke genommen. Aber die finden sich nicht in unserer Datenbank. Die Rahmennummer konnten wir zwar einem Besitzer zuordnen, aber der hat angegeben, dass ihm sein Rad vor einigen Tagen gestohlen wurde.«

»Er selbst hat sein Rad nicht als gestohlen gemeldet?«, hakte sie nach.

»Nein. Angeblich war es ohnehin schon uralt und nichts mehr wert.«

Gesa machte sich eine Notiz. »Könnte auch eine Schutzbehauptung sein.«

»Auf Ihre Täterbeschreibung passt der Besitzer jedenfalls nicht. Dafür ist er dreißig Jahre zu alt. Aber jetzt wird es interessant. Der Mann arbeitet als Polier. Und raten Sie mal, auf wessen Baustelle sein Fahrrad angeblich gestohlen wurde.«

»Auf einer von Harald Ruhlt.« Sie schrieb seinen Namen mit drei Ausrufezeichen auf ihren Zettel. »Ich muss wissen, wie der Mann heißt.«

»Das darf ich Ihnen nicht sagen. Der Eigentümer hat ausdrücklich darum gebeten, dass seine persönlichen Daten nicht weitergegeben werden.«

»Dann verraten Sie mir wenigstens die Adresse der Baustelle.«

Cracht nannte ihr eine Anschrift in der HafenCity. »Machen Sie sich keine großen Hoffnungen. Die Handwerker wechseln ständig von einer Baustelle zur anderen. Und Ruhlt hat meines Wissens mindestens zehn Projekte hier in Hamburg gleichzeitig am Laufen. Ich habe aber auch gute Neuigkeiten«, verkündete er. »Die Kollegen ermitteln inzwischen wegen dieser Partys. Das Ganze sieht doch ziemlich nach Bestechung aus.«

»Hoffentlich kriegen sie alle Verantwortlichen dran.« Vielleicht würde Ruhlt auf diesem Weg überführt werden. Oder Kalle Noak, den Gesa immer noch nicht ganz durchschaute. »Gibt es Neuigkeiten zu Uwe?«

»Leider nichts, was ich Ihnen mitteilen darf. Wir sind dran, aber es geht alles sehr zäh voran.«

»Ich habe mich heute mit den Eltern von Michaela Gräz getroffen. Sie scheinen völlig überzeugt zu sein, dass nur Volker Dormer als Täter infrage kommt. Sehen Sie das ähnlich?«

Cracht räusperte sich. »Ich wäre mit dieser Einschätzung etwas vorsichtiger. Rückblickend haben wir uns bei diesem Fall nicht gerade mit Ruhm bekleckert. Da hätte viel breiter ermittelt werden müssen. Nun ist der Schaden da und Michaelas Eltern bleibt im Grunde nur die Hoffnung, dass sich durch diesen Fernsehbeitrag doch noch jemand an was erinnert.«

»Nach all den Jahren eher unwahrscheinlich«, bemerkte Gesa. »Zumal der Fall damals genügend mediale Aufmerksamkeit bekommen hat. Kein Wunder. Der gewaltsame Tod einer hübschen, jungen Frau geht den Menschen eben besonders nahe.«

»Uwe hatte vielleicht kein hübsches Gesicht, aber er war ein verdammt feiner Kerl. Und wir finden noch raus, wer ihm das angetan hat. Vorher gebe ich keine Ruhe.«

»Ich auch nicht«, versprach Gesa. »Gerade versuche ich, die beste Freundin von Michaela Gräz zu erreichen. Eine Yvonne Traut. Haben Sie sie auch vernommen?«

»Ein Kollege hat mit ihr geredet – damals, vor zwanzig Jahren. Viel Nützliches hatte sie nicht beizutragen.«

»Das erklärt, warum sie in dem neuen TV-Beitrag nicht einmal vorkommt. Ich werde trotzdem mein Glück bei ihr versuchen.« So viel war sie Uwe schuldig.

»Viel Erfolg dabei!« Cracht legte auf.

Gesa tippte ihr Gespräch fertig ab und las sich die Sätze noch einmal durch. Was sie da hatte, war keine Geschichte, sondern bloß eine Hintergrundrecherche, von der sie nicht einmal wusste, wie viel sie ihr nutzen würde. Höchste Zeit, dass sie wieder mehr ans Blatt dachte.

Da Björn später jede Menge zu tun haben würde, rief Gesa bei der Pressestelle der Polizei an und fragte nach Fotos zu dem Banküberfall. Wie befürchtet, war das Bildmaterial alles andere als spektakulär: nur eine Außenaufnahme der Bankfiliale mit Absperrband und einem Einsatzfahrzeug im Vordergrund.

Mit wenig Hoffnung telefonierte sie die Stammfotografen der Zeitung ab, doch keiner von ihnen war rechtzeitig vor Ort gewesen.

Schließlich gab sie auf und suchte im Netz nach Fotos von Ruhlt. Der Räuber auf dem Fahrrad gehörte mit Sicherheit zu seinem engeren beruflichen oder privaten Umfeld. Viel mehr als das Gesicht hatte sie wegen der dunklen Regenjacke und der Kapuze nicht erkannt, doch der Mann war auffällig jung gewesen.

In seinen Social-Media-Accounts zeigte Ruhlt sich häufiger an der Seite seiner Frau und ihrer erwachsenen Töchter. Doch einen Sohn hatte er nicht. Auch keinen engeren Mitarbeiter, der vom Alter her infrage käme.

Die Tür flog auf und Björn stürmte ins Großraumbüro. Er trug seine dünne Jacke über dem Arm und strahlte Gesa an. »Ist super gelaufen! Also nicht für die Polizei. Die Bankräuber sind entwischt. Aber ich habe gute O-Töne vom Einsatzleiter und …«, er zog das Smartphone aus der Brusttasche seines weißen Hemds, »… Fotos.«

»Klingt gut.« Wie von selbst lächelte Gesa zurück. Sie mochte bei Ruhlt und Dormer derzeit nicht weiterkommen, aber sie hatte jetzt einen Kollegen, auf den sie sich verlassen konnte und der noch dazu kein Riesen-Ego-Ellenbogen-Typ war.

»Ich leite die Bilder lieber gleich mal weiter an die Onlineredaktion. Bei meinen Konzerten hatten die es nie so eilig.« Er tippte auf seinem Smartphone herum. »Das Beste weißt du ja noch gar nicht. Rate mal.«

Gesa spielte mit. »Du hast den Bankräuber auf der Flucht gestellt und ein Exklusivinterview gemacht.«

»Nahe dran, aber nicht ganz richtig.« Er umrundete ihre zusammengeschobenen Tische und lehnte sich gegen Gesas Schreibtisch. »Ich habe mit Ingo Gorzlitz gesprochen. Er rückt das gestohlene Buch wieder raus.«

»Nein!«

»Er bringt es gleich Montag vorbei. Allerdings unter einer Bedingung.«

Gesa zog die Brauen hoch. »Ach ja?«

»Wir zeigen den Diebstahl nicht an.«

»Logisch, dass wir das nicht tun. Immerhin haben wir Uwes Buch vor der Polizei versteckt. Aber ich verstehe nicht, weshalb Ingo sich überhaupt darauf einlässt. Wir hatten doch nichts gegen ihn in der Hand.«

Björn zuckte mit den Schultern. »Gut möglich, dass ich ein wenig gebufft habe.«

»Ich entdecke gerade eine ganz neue Seite an dir. Was hast du Ingo erzählt?«

Der Geräuschpegel in ihrer Umgebung sank hörbar. Vermutlich lauschte mittlerweile die halbe Redaktion ihrer Unterhaltung.

Björn machte eine Künstlerpause. »Vielleicht habe ich erwähnt, dass du Ingo eine Falle gestellt hast. Ihr seid euch doch nach seinem Gespräch mit Thomsen hier begegnet.«

»Genau. Er muss das Buch aus meiner Schublade geholt haben, nachdem ich zu Thomsen gegangen bin, um mit ihr zu reden.«

»Natürlich lässt eine erfahrene Reporterin wie du ihren Arbeitsplatz nicht ungeschützt zurück, wenn so ein Schmierfink wie Ingo in der Nähe ist.«

»Ich hätte besser aufpassen müssen.« Im Nachhinein ärgerte Gesa sich über ihre eigene Sorglosigkeit. »Uwe hat ihn schließlich schon verdächtigt, dass er seine Kontakte anzapft. Natürlich wollte Ingo das Buch.«

»Und weil du das geahnt hast, hast du deinen Arbeitsplatz mit der Kamera aus deinem Computer überwacht. Dadurch wurde Ingo in flagranti gefilmt.«

Gesa lächelte. »Nur, dass unsere Bildschirme überhaupt keine Kameras haben.«

»Ich habe einfach darauf gehofft, dass er das bei seinem Besuch nicht bemerkt hat.«

»Und dass eine heimliche Videoaufnahme vor Gericht als Beweismittel ohnehin nicht zugelassen wäre.«

»Auch das stimmt. Aber ich vermute, Ingo wollte sich einfach den Ärger ersparen«, bemerkte Björn. »Als Krimineller macht er jedenfalls keine sonderlich gute Figur.«

»Und wie war es heute für dich?«

»Überraschend gut.« Er fuhr sich mit der Hand durchs Haar. »Ich meine, es gab weder Verletzte noch Tote. Und es war aufregend. Hat direkt Spaß gebracht.«

»Siehst du? Wir haben auch ohne Konzerte und Theaterpremieren eine gute Zeit.«

»Trotzdem möchte ich dich mal zu einem Klassikkonzert mitnehmen.«

Gesa verzog das Gesicht. »Jetzt werd nicht übermütig!«

* * *

Mit einem Tritt und einem Flechtkorb in den Händen ging Gesa in ihren Garten zur Apfelernte. Die meisten Sorten waren Mitte August noch nicht reif, doch an ihrem Sommerapfelbaum hingen Dutzende rotwangiger Julka-Äpfel. Sie hatte Tim für Sonntag einen Apfelkuchen versprochen, wenn sie ihm sein Handy zurückgab. Und diese süße Apfelsorte liebte er besonders.

Sie pflückte die unteren Zweige leer und ließ nur die Früchte mit schadhaften Stellen für die Vögel hängen. Die Nachmittagssonne verlor bereits an Kraft und die Mücken sammelten sich. Da der Korb schnell voll war, trug sie ihn zurück ins Haus und brachte stattdessen zwei leere Eimer mit nach draußen.

Noch vor zwei Wochen hätte Gesa jeden für den Vorschlag ausgelacht, dass Björn allein den Aufmacher für das Polizeiressort schreiben sollte, während sie selbst pünktlich ins Wochenende verschwand. Doch nun war genau dieser Fall eingetreten. Björn hatte sich wirklich schnell eingefügt.

Sie schob ihren rechten Arm durch den Henkel eines Eimers und stellte sich auf den Tritt. Klein zu sein, war meistens nervig. Aber im Job verschaffte es ihr manchmal einen Vorteil, weil sie dadurch unterschätzt wurde. Ingo hatte sie mit Sicherheit nicht für voll genommen – zumindest bis heute.

Gesa zog die Unterlippe zwischen ihre Zähne. Zwar freute es sie, dass Björn Ingo einen gehörigen Schrecken eingejagt hatte und der Uwes Buch zurückgeben wollte, doch gleichzeitig zwickte sie ihr schlechtes Gewissen.

Die Kripo hatte immer noch kein Geständnis, vielleicht nicht einmal einen Verdächtigen. Und Gesa hielt Beweismaterial zurück, das womöglich den entscheidenden Hinweis liefern könnte. Hätte Uwe das tatsächlich so gewollt, um seine Quellen zu schützen? Oder hatte Thomsen ihr das nur eingeredet?

Versehentlich pflückte Gesa einen faulen Apfel, der sich bereits schwärzlich verfärbte und süßlich roch. Sie warf ihn ins Gras und wischte sich die Finger an der Jeans ab. Es spielte keine Rolle, wie Uwe an ihrer Stelle entschieden hätte. Sie musste ihre eigene Wahl treffen.

Gesa sprang vom Tritt und stellte den halb vollen Eimer ab. Bevor sie ihre Meinung ändern konnte, rief sie André an. Da er Tims Nummer nicht kannte, hoffte sie, dass André rangehen würde. Von Gesas eigenem Handy hätte er sicher keinen Anruf mehr entgegengenommen.

»André Extner. Hallo?«

»Hallo, André, ich bin's. Gesa.« Hoffentlich legte er nicht gleich wieder auf.

»Was willst du noch?« Sein Tonfall klang feindselig. »Reicht es dir nicht, dass mich die Redaktion auf die schwarze Liste gesetzt hat?«

»Spiel nicht den Beleidigten. Das hast du dir selbst zuzuschreiben.« Sie wippte mit dem rechten Fuß. »Wieso hast du Uwe so hintergangen? Ich meine, er hat dir jahrzehntelang die Aufträge zugeschanzt und zum Dank verkaufst du deine Exklusivfotos doppelt.«

»Wenn ihr Fotos exklusiv wollt, müsst ihr anders dafür bezahlen. Seit Jahren werden unsere Preise gedrückt. Ihr

Redakteure seid fein raus und bekommt euer Tarifgehalt. Aber ich muss mit Agentur-Flatrates zu Dumpingpreisen konkurrieren.«

»Die Zeiten sind hart, aber du übertreibst. Von all unseren Fotografen hattest du die höchsten Honorare und wurdest trotzdem am meisten gebucht.« Weil es Gesa nicht mehr am Platz hielt, wanderte sie im Laufschritt durch den Garten. »Aber ich habe dich nicht angerufen, um mir deine Rechtfertigungen anzuhören. Ich brauche Ingos Nummer.«

»Was willst du damit?«

»Das ist eine Sache zwischen ihm und mir, die dich nichts angeht.«

»Ich kann dir nicht einfach seine Nummer geben. Das wäre ihm vermutlich gar nicht recht.« Anscheinend entdeckte André auf einmal sein Gewissen.

»Also schön.« Gesa blieb am Ufer stehen und sah auf die vertäute *Apfelkönigin*, die sich sanft im Wasser wiegte. »Dann ruf ihn eben für mich an und gib ihm die Nummer, von der dieser Anruf kommt.«

»Das ist nicht dein Handy.«

»Nein, das wurde geklaut.« Sie scharrte mit den Füßen im Gras. Vermutlich sollte sie gleich noch eine Runde joggen, um sich abzureagieren.

»Was soll ich Ingo ausrichten?«, fragte André.

»Dass er sein Diebesgut zurückgeben soll.«

»Moment mal! Willst du etwa behaupten, Ingo hätte dein Handy gestohlen?«

»Nein, in diesem Fall ist er ausnahmsweise unschuldig.« Allmählich verlor Gesa die Geduld. »Also tust du es nun, oder nicht?«

KAPITEL 33

Am Samstagmorgen stand Gesa um neun Uhr vor Ingos Wohnung in Hamburg-Schnelsen. Ingo wohnte in einem vier-stöckigen Rotklinkerbau direkt an einer Bushaltestelle. Zentral gelegen, aber das einzige Grün stammte von drei Bäumen, für die jeweils ein Quadrat Beton ausgespart worden war. Früher hatte Gesa selbst so gewohnt und sich nicht daran gestört. Mittlerweile wollte sie ihren Garten nicht mehr missen – auch wenn sie dafür die lange Fahrt zur Arbeit in Kauf nehmen musste.

Sie klingelte und wartete auf den Summer. Stattdessen erklang Ingos Stimme über die Gegensprechanlage: »Bin gleich unten.«

Er wollte sie also nicht in seine Wohnung lassen. Auch gut. Gesa wanderte vor seinem Wohnblock auf und ab. Auf der gegenüberliegenden Straßenseite fuhren zwei Bagger über eine Baustelle, auf der anscheinend auch heute gearbeitet wurde. An dem Bauzaun hing ein riesiges Schild, das den Investor Harald Ruhlt zeigte. Über die Straße hinweg lächelte er sie in Überlebensgröße mit unnatürlich weißen Zähnen an. Der würde sich noch wundern! Doch erst einmal musste sie sich Ingo vornehmen.

Die Haustür öffnete sich und Ingo trat ins Freie. Er trug ein ausgeleiertes Shirt und Jogginghosen. Seine Haare standen ungekämmt nach allen Seiten ab und dunkle Schatten lagen unter seinen Augen. »Hier.« Er reichte ihr Uwes Buch zurück. »Das blöde Ding lässt sich eh nicht lesen.«

Gesa schlug das Buch auf, um zu prüfen, ob es unbeschädigt war. »Genau wegen Leuten wie dir hat Uwe alles verschlüsselt.«

»Hast du den Code geknackt?«

Sie zögerte. Nur zu gern würde sie Ingo unter die Nase reiben, dass ihr genau das gelungen war. Doch der fragte sicher nicht grundlos. Wenn sie ihn richtig einschätzte, hatte er jede Seite aus Uwes Buch abfotografiert. Deshalb schüttelte sie den Kopf. »Ne. Keine Chance.«

»Warum wolltest du es dann unbedingt zurück?«

»Ich bring's zur Polizei. Es könnte ja ein wichtiges Beweismittel sein.«

Ingo zog die Brauen hoch. »Ist das mit Thomsen abgesprochen? Ich glaube nämlich nicht, dass sie damit einverstanden wäre.«

»Ist mir ziemlich egal, was sie davon hält. Hat sie es dir eigentlich schon gesagt?«

»Ja, ich bin draußen.« Ingo musterte Gesa. »Damit schneidest du dir ins eigene Fleisch. Dieser Björn Dalmann hält in dem Job keine sechs Monate durch und dann stehst du wieder allein da.«

»Lieber keinen Kollegen als einen, der mir in den Rücken fällt«, erwiderte Gesa. »Davon abgesehen unterschätzt du ihn.«

Ein Bus fuhr an ihnen vorbei und hielt einige Meter weiter. Ingo sah ihm nach und vergrub die Hände in den Hosentaschen. »Du glaubst, du kannst Uwe beerben und einfach so erste Polizeireporterin werden, nicht wahr? Aber das schaffst du nicht. Du bist dafür zu weich – wie dein Kollege.

285

Ständig diese Skrupel, die dich hemmen. Früher oder später wirst du versagen. Und dann werde ich da sein.«

»Viel Vergnügen beim Warten auf den Sankt-Nimmerleins-Tag!« Gesa marschierte davon, ohne Ingo die Gelegenheit für eine Antwort zu geben. Mit jeder weiteren Begegnung konnte sie ihn weniger ausstehen.

Sie überquerte die Straße und musterte Harald Ruhlts Konterfei, das sie vorhin schon aus der Ferne betrachtet hatte, nun von Nahem. Der Mann litt eindeutig an Größenwahn. Durch eine Lücke im Bauzaun schlüpfte sie auf das Grundstück. Die beiden Bagger hoben die Baugrube aus und schaufelten Sand auf einen Haufen, der bereits zu beträchtlicher Größe angewachsen war. Zwei junge Männer standen neben einem Dixi-Klo und rauchten. Die würde sie nach dem gestohlenen Fahrrad fragen.

»Hallo!« Gesa näherte sich den beiden betont lässig. »Habt ihr mal 'ne Kippe für mich?«

»Na sicher.« Der größere der beiden Männer, dessen Gesicht zahlreiche Akne-Narben aufwies, zog eine Schachtel aus seiner ausgebeulten Gesäßtasche.

»Das hier ist eigentlich ein Privatgrundstück«, mischte sich der Kleinere ein. Das einzig Auffällige an ihm war ein Augenbrauen-Piercing.

»Keine Sorge! Ich bin gleich wieder weg.« Gesa griff in die angebotene Schachtel und zog eine Zigarette heraus, obwohl sie überhaupt nicht rauchte. »Danke. Es mag etwas komisch klingen, aber ich habe da eine Frage zu einem Fahrrad, das einem Kollegen von euch gehört.«

»Wir arbeiten hier nicht. Wir treffen uns nur mit einem Kumpel«, sagte der Größere.

Die Tür des Toilettenhäuschens wurde geöffnet. Ein Mann in Jeans und Muskelshirt trat heraus und schloss im Gehen seinen Gürtel. Bei Gesas Anblick erstarrte er und riss die Augen auf.

Gesa stockte der Atem. Dieses Gesicht kannte sie doch. »Wir beide müssen uns unterhalten.«

Der Typ rannte los – auf die Lücke im Bauzaun zu.

Gesa ließ die Kippe fallen und hechtete hinterher. Erst durch den weichen Sand, dann über harten Asphalt. Vorbei an der Bushaltestelle und an Ingos Wohnblock. Wenn der wüsste, was für eine Geschichte ihm hier gerade entging.

Schweiß trat ihr auf die Stirn und ihr Puls raste. Der Mann mochte längere Beine haben als sie, aber er lief nicht besonders schnell. Heute könnte sie ihn einholen. Doch was dann? Wollte sie tatsächlich ihren Fehler wiederholen und sich den nächsten Faustschlag einfangen?

Sie blieb stehen, zog Tims Smartphone aus ihrer Jackentasche und schoss ein Foto. Viel würde darauf nicht zu erkennen sein, aber besser als nichts.

Mit schnellen Schritten ging sie zurück. Wie erhofft, standen die Männer noch immer rauchend vor dem Bauzaun. Der Mann, der ihr die Zigarette geliehen hatte, die nun im Dreck lag, musterte sie mit einem Stirnrunzeln.

»Tut mir leid, aber wir sollten noch mal von vorne anfangen.« Sie zog ihren Presseausweis aus der Tasche und hielt ihn den beiden Männern für Sekundenbruchteile unter die Nasen. »Gesa Jansen. Guten Tag. Ich muss euch einige Fragen zu eurem Begleiter stellen.«

»Das war nicht unser Kumpel. Den kennen wir nicht«, behauptete der Mann mit den Akne-Narben. »Ich dachte, es geht um ein Fahrrad.«

»Jetzt nicht mehr. Die Umstände haben sich geändert. Seid ihr bereit, diese Aussage auf dem Polizeirevier zu wiederholen?« Gesa benutzte ihren forschesten Kommandoton. »Ich muss euch allerdings darauf hinweisen, dass es Konsequenzen hat, wenn ihr absichtlich die Ermittlungen behindert.«

»Wir haben doch überhaupt nichts gemacht«, meldete sich der Kleinere mit dem Piercing zu Wort.

»Ihr wart hier mit einem Mann auf der Baustelle, der mich vor Kurzem ausgeraubt hat und deswegen von der Polizei gesucht wird.« Gesa reckte das Kinn. »Entweder ihr gebt mir jetzt seinen Namen oder ich rufe die Polizei.«

»Sehen wir aus, als hätten wir Angst vor dir?«, fragte der Mann mit dem Piercing.

»Selbstverständlich nicht. Ihr wirkt auf mich wie zwei Freunde, die ihren Kumpel schützen wollen. Das kann ich sogar verstehen. Allerdings solltet ihr wissen, dass der Raub meiner Rucksacktasche möglicherweise dazu gedient hat, Spuren zu einem Tötungsdelikt zu vertuschen.«

»Es wurde echt jemand umgebracht?«

»Ja, mein Kollege.« Gesa erwiderte den Blick des Mannes. »Ich glaube nicht, dass euer Kumpel etwas damit zu tun hat. Ich bin mir nicht einmal sicher, ob er genau weiß, weshalb er mich überfallen sollte. Aber er hat es getan und steckt jetzt mit drin. Macht ihr nicht denselben Fehler!«

Der Große mit den Narben verschränkte die Arme vor der Brust. »Du spinnst doch!«

»Und wenn nicht?«, fragte sein Freund. »Hast du Bock, da reingezogen zu werden?«

»An euch bin ich nicht interessiert.« Gesa wandte sich an den Kleineren, der ihre bessere Chance zu sein schien. »Wenn du mir seinen Namen nennst, verschwinde ich und du siehst mich nie wieder.«

»Vergiss es! Den Ärger will ich nicht riskieren.« Der Große stapfte davon.

Sein Kumpel blieb bei Gesa stehen. »Stimmt das mit dem Mord?«

»Ja«, erwiderte sie. »Der Mann, der getötet wurde, war mein Kollege. Wir haben fünf Jahre zusammengearbeitet. Ich fand nicht alles gut, was er getan hat, aber so etwas hatte er nicht verdient.«

»Wer hat das schon?« Er zupfte an seinem Ohrläppchen. »Linus ist normalerweise voll okay. Keine Ahnung, weshalb er so einen Mist gemacht hat. Damit will ich nichts zu tun haben.«

»Kluge Entscheidung. Hat dieser Linus auch einen Nachnamen?«, fragte Gesa.

»Bethge. Seinem Onkel gehört diese Baustelle hier.« Er nickte in Richtung der Bagger. »Nimm es meinem Kumpel nicht übel, aber der Ruhlt hat ihm einen Job versprochen. Das will er nicht riskieren. Der hat's eh schon schwer wegen seiner Vorstrafen.«

»Und der Linus? Arbeitet der für seinen Onkel?« Angespannt hielt sie den Atem an.

Ihr Gegenüber schüttelte den Kopf. »Nicht offiziell. Sein Onkel zahlt ihm das Studium. Dafür sieht Linus auf den Baustellen nach dem Rechten. Und manchmal erledigt er auch Jobs für ihn, über die er nicht sprechen darf.« Er runzelte die Stirn. »Glaubst du wirklich, der alte Ruhlt könnte deinen Kollegen umgebracht haben?«

»Ich weiß es nicht«, erwiderte Gesa. »Aber zu deinem eigenen Schutz solltest du niemandem erzählen, worüber wir gerade geredet haben – vor allem nicht Linus.«

»Versprochen. Ich bin doch nicht lebensmüde.«

* * *

Kommissarin Karolin Lück musterte Gesa mit hochgezogenen Augenbrauen. »Das ist ja mal 'ne Überraschung. Bei Ihnen hatte ich nun gar nicht damit gerechnet, dass Sie mich freiwillig besuchen. Was verschafft mir die Ehre?«

»Ich habe etwas für Sie.« Zuvor hatte Gesa Lück immer nur im Vernehmungsraum getroffen. Nun sah sie sich neugierig im Büro der Kommissarin um, das diese anscheinend mit zwei Kollegen teilte, deren Schreibtische gerade verwaist waren. Dazu gab es einen Stahlschrank und ein Regal voller Akten.

Lück beugte sich über ihren Schreibtisch. »Da bin ich aber gespannt. Hoffentlich ist es was Gutes.«

»Vorweg noch ein paar Worte. Sie hatten leider recht mit Ihrer Befürchtung, dass nicht alles aus Herrn Stolters Besitz bei Ihnen gelandet ist.« Gesa zog Uwes Notizbuch aus ihrer Tasche und legte es auf den Tisch. »Ein reuiger Kollege hat es mir zurückgegeben. Allerdings nur unter der Bedingung, dass ich seinen Namen nicht nenne.«

»Wir reden hier von der Unterschlagung von Beweismitteln. Strafbar nach Paragraf zweihundertachtundfünfzig des Strafgesetzbuches.«

»Dem betreffenden Kollegen war das nicht bewusst«, schwindelte Gesa. »Es ging ihm nur um den Wunsch, in den Besitz exklusiver Informationen für seine journalistische Arbeit zu gelangen.«

»Sicher, dass Sie da nicht gerade von sich in der dritten Person reden?« Lück runzelte die Stirn. »Denn soweit ich weiß, sind Sie doch diejenige, die am stärksten von Informationen des verstorbenen Kollegen profitieren würde.«

»Ich hätte mir doch einfach alle Seiten kopieren können, anstatt das Buch zu behalten. Wozu ein unnötiges Risiko eingehen?«

»Ihnen muss ich doch bestimmt nicht erklären, was Quellenschutz bedeutet. Aber lassen wir das.« Lück zog das Buch zu sich heran. »Können Sie mir irgendetwas Genaueres zu diesem Buch sagen?«

»Herr Stolter hat es gehütet wie einen Schatz. Er trug es ständig mit sich herum und niemand durfte einen Blick hineinwerfen.« Gesa rutschte auf der Sitzfläche ihres Stuhls herum. Wenn sie wirklich helfen wollte, musste sie auch mit dem Code herausrücken. »Dafür ist die Verschlüsselung ein Witz.«

»Lassen Sie mich raten.« Lück klopfte sich mit dem Zeigefinger gegen das Kinn. »Sie haben die Verschlüsselung mal eben schnell auf dem Weg ins Revier geknackt?«

»Ich hatte das Buch ja schon seit gestern«, schwindelte Gesa. »Und es hat wirklich nicht lange gedauert, das Ganze zu entschlüsseln.« Sie reichte Lücke einen zusammengefalteten Zettel mit den Telefonnummern.

»Danke.« Lück stand auf und reichte ihr die Hand. »Zwar glaube ich immer noch nicht, dass Sie mir die volle Wahrheit sagen. Aber es ist anständig von Ihnen, das Buch abzugeben.«

Auch Gesa erhob sich. »Wir beide hatten einen schlechten Start. Ich hoffe, wir können noch mal neu anfangen.«

»Vielleicht können wir das.« Lück schenkte ihr ein knappes Lächeln. »Ich habe gleich meinen nächsten Termin. Aber ich glaube, Herr Cracht wartet schon auf Sie.«

»Dann will ich ihn nicht länger warten lassen.«

Gesa verließ Lücks Büro und klopfte am anderen Ende des Flurs gegen Ole Crachts Tür.

»Nur herein!«, rief er von drinnen.

Im Vergleich zum letzten Mal war heute deutlich mehr vom Linoleumboden in Crachts Büro zu erkennen. »Die Aktenberge sind geschrumpft«, bemerkte Gesa.

»Ja, ich habe die meisten Altfälle wieder wegsortiert.« Cracht stand von seinem Schreibtisch auf und begrüßte sie mit Handschlag. »Fast schon ein Jammer, dass Sie Journalistin geworden sind. An Ihnen ist eine gute Polizistin verlorengegangen.«

»War nicht meine Entscheidung. Irgendjemand hat festgelegt, dass Polizistinnen mindestens einen Meter und sechzig groß sein müssen.«

»Was für ein Schwachsinn!«

»Finde ich auch«, sagte Gesa. »Wie geht es jetzt mit Linus Bethge weiter?«

»Ihr Anruf vorhin hat für ziemliche Aufregung gesorgt. Natürlich genießen weder Linus Bethge noch Harald Ruhlt hier eine Sonderbehandlung. Aber zunächst einmal müssen wir sicherstellen, dass es sich bei dem Räuber tatsächlich um Linus Bethge handelt.«

»Ich habe ihn eindeutig wiedererkannt.«

»Der Mann an der Baustelle könnte Ihnen auch einen falschen Namen genannt haben.« Cracht griff nach einer Mappe, die in der Mitte seines Schreibtisches lag. »Ich verstehe wirklich nicht, warum Sie den so einfach haben laufen lassen. Er ist doch ein wichtiger Zeuge.«

»Er war eine Quelle und ich wollte ihn nicht in Gefahr bringen.« Neugierig reckte Gesa den Hals. »Was haben Sie da?«

»Die Fotos für die Wahllichtbildvorlage. Bitte setzen Sie sich.« Cracht deutete auf den Besucherstuhl, der vor seinem Schreibtisch stand.

Gesa nahm Platz. »Wird das eine Art Gegenüberstellung?«

»Ganz genau.« Er öffnete die Mappe und legte ein Foto vor Gesa auf dem Schreibtisch ab. »Ich zeige Ihnen nacheinander acht Bilder. Bitte sagen Sie mir, ob Sie auf einem davon den Mann auf dem Fahrrad wiedererkennen.«

Sie beugte sich vor. Die Fotografie zeigte einen Mann Anfang zwanzig, der allerdings einen deutlichen Bartschatten und eine Narbe neben der Lippe hatte. »Der hier ist es nicht.«

Cracht legte ihr das nächste Foto vor. »Was ist mit diesem?«

»Der auch nicht.« Weder stimmte die Form der Nase noch das Kinn. »Ist Linus Bethge schon mal strafrechtlich in Erscheinung getreten? Seine Fingerabdrücke waren ja zumindest nicht im System.«

Der Hauptkommissar zog ein weiteres Bild aus seiner Mappe. »Es gab mal eine Anzeige wegen leichter Körperverletzung. Sie wurde aber zurückgezogen.«

»Wieder nicht.« Gesa reichte Cracht das Foto zurück. »Hat sein Onkel da was gedreht?«

»Das wissen wir nicht. Schon möglich, dass es da auf privater Ebene eine Entschädigung gegeben hat.« Er reichte Gesa das nächste Bild. »Was ist mit dem?«

Gesa starrte auf das harmlos wirkende Antlitz von Linus Bethge. »Der ist es. Ich bin mir ganz sicher.«

»Trotzdem muss ich Ihnen alle Bilder vorlegen.« Cracht griff erneut in seine Mappe. »Bitte sehen Sie sich die restlichen Fotos genauso sorgfältig an.«

»Natürlich.« Auf keinen Fall würde sie riskieren, dass Linus Bethge wegen eines Formfehlers davonkäme. »Ich habe den jungen Linus auf dem Weg hierher gegoogelt. Er ist der Sohn von Ruhlts geschiedener Halbschwester. Linus und seine Mutter gehören aber nicht zum reichen Teil der Familie. Ganz im Gegenteil. Gut möglich, dass Harald Ruhlt die beiden finanziell sogar unterstützt. Angeblich soll er Linus auch das Studium ermöglichen.«

»In diesem Fall wäre es ein Leichtes für ihn, von seinem Neffen einen Gefallen einzufordern«, bemerkte Cracht.

Er zeigte Gesa vier weitere Bilder, doch sie blieb bei ihrer einmal gefassten Meinung. Schließlich verstaute der Hauptkommissar auch das letzte Foto wieder in der Mappe.

»Lag ich richtig?«, fragte sie.

»Allerdings. Es wird Zeit, dass wir den jungen Bethge zu uns aufs Revier laden. Sollten seine Fingerabdrücke mit denen auf dem Fahrrad übereinstimmen, sieht es schlecht für ihn aus. Insbesondere, weil Sie ihn ja schon identifiziert haben und er so auffällig vor Ihnen weggelaufen ist.« Cracht räusperte sich.

»Sein Onkel wird ihm vermutlich einen guten Anwalt besorgen. Wenn er Glück hat, wird er nach Jugendstrafrecht verurteilt.«

Gesa stand auf. »Mir ist egal, ob Linus Bethge davonkommt. Hauptsache, wir können Harald Ruhlt seine illegale Abhör-Aktion nachweisen.«

Cracht erhob sich ebenfalls. »Vielleicht ist Linus Bethge ja bereit, gegen ihn auszusagen. Was für ein Mann stiftet seinen eigenen Neffen zu einem Raubüberfall an?«

»Einer ohne Gewissen.« Sie biss sich auf die Lippe. »Denken Sie, er hat es getan?«

»Ich habe es aufgegeben, über solche Dinge zu spekulieren. Damit macht man sich nur verrückt.« Cracht fasste sie an der Schulter. »Wir kriegen den Täter. Vorher lassen wir nicht locker. Aber wann, wo und wie, das kann niemand voraussagen.«

»Ich treffe mich gleich noch mit Yvonne Traut«, erwiderte Gesa. »Sie kannte Dormer wohl besser als Michaelas Eltern. Vielleicht bringt sie uns weiter.«

»Ich hoffe es.« Cracht hörte sich nachdenklich an. »Ich hoffe es wirklich sehr.«

KAPITEL 34

Alles, was von der Disco an der Luruper Hauptstraße übrig geblieben war, war eine mit Bauzäunen abgegrenzte Sandfläche. Enttäuscht wartete Gesa neben einem windschiefen Halteverbotsschild, während ein Auto nach dem anderen auf der zweispurigen Fahrbahn an ihr vorbeizog. Sie hatte gehofft, der Treffpunkt wäre ein guter Schauplatz für ihren Artikel und würde bei Yvonne Traut alte Erinnerungen wachrufen. Stattdessen müssten sie gegen den Verkehrslärm anbrüllen und den Gestank von Abgasen einatmen.

Eine Frau Anfang vierzig trippelte Gesa auf hohen Stilettos entgegen. Ihr pechschwarzes Haar hing ihr offen über die Schultern und ihr knallig pinkfarbener Lippenstift passte farblich zur Handtasche und dem engen Rock. Schon von Weitem winkte sie.

»Tut mir leid.« Sie keuchte ein wenig. »Ich musste vom Auto ein ganzes Stück laufen.«

»Kein Problem. Schön, dass Sie hier sind.« Gesa streckte ihre Hand aus. »Gesa Jansen von der *Hamburger Abendpost*.«

»Yvonne Traut. Aber sagen Sie ruhig Yvonne, sonst komme ich mir so alt vor.« Sie reckte den Hals. »Du meine Güte! Es ist wirklich alles weg.«

»Waren Sie länger nicht mehr hier?«

»Schon ewig nicht mehr. Ich wohne jetzt im Hamburger Osten, in Horn. In Lurup hat mich alles an Michaela erinnert. Da wollte ich nicht bleiben.« Sie lief am Bauzaun entlang. »Wissen Sie, was hier hinkommt?«

»Leider nicht.« Gesa folgte Yvonne Traut, die anscheinend vorhatte, das Baugrundstück in voller Breite abzulaufen.

»Ich glaube, dort hinten steht ein Schild.« Yvonne reckte den Hals. »Aha. Es wird ein kleines Einkaufscenter. Sieht ganz nett aus.«

Innerlich stöhnte Gesa auf. Entweder litt ihre Gesprächspartnerin unter einer Aufmerksamkeitsstörung oder sie unternahm einfach alles, um nicht über Michaela Gräz reden zu müssen. Doch damit durfte Gesa sie nicht durchkommen lassen. »Warum erzählen Sie mir nicht, wie es früher hier aussah?«

»Ach, das war ein ganz alter Schuppen. Mit Flachdach und vollgesprayten Betonwänden. Aber damals gab es hier einen großen Parkplatz. Da hätte ich nicht so weit zu meinem Auto laufen müssen.« Yvonne vertiefte sich wieder in das Plakat zum Bauprojekt. »Wahrscheinlich wollen sie die Gegend hier aufwerten. Wenn das Ganze fertig ist, gibt es auch eine Tiefgarage.«

»Damals hatten Sie aber kein Auto, nicht wahr?«

»Nein, dafür fehlte uns das Geld. Außerdem wollten wir ja auch was trinken. Wir haben den Bus genommen. Der fährt die ganze Nacht durch.«

»Ich habe von der nächsten Haltestelle nur fünf Minuten gebraucht«, sagte Gesa. »Gab es die damals auch schon?«

»Ja, da hat sich nichts geändert, soweit ich weiß.« Yvonne schwenkte ihre Handtasche wild hin und her. »Der Bus kam ziemlich oft – selbst in der Nacht.«

»Alle zwanzig Minuten. Zumindest ist das heute so. Michaela brauchte also nur ein kurzes Stück an der Hauptstraße entlangzugehen und dort maximal zwanzig Minuten zu warten.«

Gesa räusperte sich. »Warum hat sie das nicht getan? Sie wurde doch in einer Seitenstraße gefunden.«

Yvonne zuckte mit den Schultern. »Könnte viele Gründe dafür geben. Vielleicht hatte sie gerade den Bus verpasst und wollte lieber zu Fuß laufen. Zeitlich wäre es auf das Gleiche hinausgekommen.«

»Das ist nur ein Grund. Und er erscheint mir nicht einmal besonders plausibel. Ich meine, es war zwei Uhr nachts. Michaela hatte die Möglichkeit, an einer stark befahrenen und gut beleuchteten Hauptstraße entlangzulaufen, und entschied sich dagegen. Warum?«

Yvonne wich ihrem Blick aus. »Woher soll ich das wissen? Es ist zwanzig Jahre her.«

»Sie hätte das nur gemacht, wenn diese andere Route ihr trotz allem sicherer erschienen wäre. Wusste sie, dass Volker Dormer versucht hatte, in die Disco zu kommen?«

»Daran erinnere ich mich nicht mehr.« Yvonne rieb sich die Nase. Sie war eine sehr schlechte Lügnerin.

»Jemand hat ihn am Eingang gesehen und Ihnen davon erzählt, nicht wahr?«, bohrte Gesa nach. »Daraufhin bekam Michaela es mit der Angst zu tun und wollte sofort nach Hause. Aber Sie nicht.«

Yvonne presste die Lippen zusammen und schlang die Arme um sich selbst. »Ich konnte doch nicht ahnen, dass so etwas passieren würde.«

»Michaela hat Sie gebeten, Sie zu begleiten. Ihre Eltern sagten mir, dass Sie beide praktisch unzertrennlich waren. Doch in dieser Nacht wollten Sie wegen eines Jungen unbedingt noch länger bleiben.«

»Sein Name war René. Wir hatten uns gerade das erste Mal geküsst.« In Yvonnes Augen schwammen Tränen. »Ich wollte nicht riskieren, dass er das Interesse an mir verliert, wenn ich gleich wieder abhaue.«

Gesa strich mit den Fingerspitzen über das kühle Metall des Bauzauns. »Haben Sie damals der Polizei alles erzählt? Oder war das eine geschönte Version?«

»Nicht alles. Dafür hatte ich zu viel Angst.«

»Wovor?« Gesa zwang sich, ihre Ungeduld nach außen hin nicht zu zeigen. Das hier war ein heikler Punkt, an dem die Gefahr bestand, dass Yvonne die Unterhaltung abbrach.

»Sie müssen das verstehen.« Yvonne wiegte sich hin und her. »Ich war noch so jung und hatte gerade meine allerbeste Freundin verloren. Ich stand unter Schock. Ich hätte es nicht verkraftet, wenn ihre Eltern mir die Schuld gegeben hätten.«

»An Michaelas Tod? Ich glaube, ich kann Ihnen nicht ganz folgen. Die beiden wissen doch, dass Sie wegen Ihres Schwarms in der Disco geblieben sind und Michaela den Heimweg allein angetreten hat.«

»Das verübeln sie mir bis heute.« Ihre Stimme klang gepresst. »Aber sie ahnen nicht, dass Michaela nach Hause wollte, weil Volker sie gestalkt hat. Wenn sie das herausfinden …«

»Sie haben eine falsche Entscheidung getroffen, aber deshalb sind Sie noch lange nicht schuld an dem, was Ihrer Freundin zugestoßen ist.« Obwohl sie sonst immer professionelle Distanz wahrte, fiel es Gesa schwer, die aufgelöste Frau nicht in den Arm zu nehmen.

»Das ist noch nicht alles.« Yvonnes Augen schimmerten feucht. »In der Disco gab es so einen aufdringlichen Typen, der Michaela angebaggert hat. Ich hab der Polizei nichts von ihm erzählt, weil ich mich eh schon so mies gefühlt habe.«

Es dauerte einige Herzschläge lang, bis Gesa das volle Ausmaß von Yvonnes Geständnis erfasste. »Das bedeutet, Volker Dormer war gar nicht der einzige Verdächtige?«

Yvonne schüttelte den Kopf. »Wir haben uns von dem Typen ferngehalten. Ich weiß nicht, wie lange er geblieben ist. Er könnte vor ihr gegangen sein – oder Stunden später.«

»Wie sah er aus?«

»Groß und schlaksig. Er war etwa in unserem Alter und hatte kurzes, dunkles Haar. Sah gar nicht mal schlecht aus bis auf die blutunterlaufenen Augen. Der hatte eindeutig was eingeworfen. Deshalb wollte Michaela auch nichts von ihm wissen.«

»Haben Sie ihn danach noch mal wiedergesehen?«

»Nein, ich schwöre.« Yvonne kreuzte Zeige- und Mittelfinger. »Ich bin ein halbes Jahr lang jeden Freitagabend in diese verdammte Disco gegangen und hab nach ihm Ausschau gehalten. Und hätte ich ihn entdeckt, hätte ich die Polizei gerufen. Aber er ist nie wieder aufgetaucht.«

Gesa wollte Yvonne am liebsten kräftig durchschütteln für ihr feiges, gedankenloses Verhalten. Doch wem hätte es genützt? Der Schaden war längst angerichtet. »Was sagt Ihnen Ihr Bauchgefühl? War es dieser Mann oder Volker Dormer?«

»Sie ahnen nicht, wie oft ich mir diese Frage schon gestellt habe. Am Ende spielt es für mich keine Rolle. Michaela ist tot. Ich hätte sie in dieser Nacht vielleicht beschützen können, wenn mir René nicht so wichtig gewesen wäre.« Sie wischte sich mit dem Handrücken eine Träne aus dem Augenwinkel. »Wissen Sie, was das wirklich Verrückte daran ist? Die Sache mit René war nach drei Monaten schon wieder vorbei. Ich hab seit Ewigkeiten nicht mehr an ihn gedacht. Aber Michaela kann ich nicht vergessen.«

»So ist das manchmal im Leben.« Gesa zog eine Packung Taschentücher aus ihrer Handtasche und reichte sie Yvonne.

»Danke.« Sie betupfte ihre Augen. »Bitte schreiben Sie nichts davon. Also von dem, was ich Ihnen gerade gesagt habe.«

»Werde ich nicht«, versprach Gesa. »Wobei Ihre Falschaussage schon lange verjährt ist.«

»Darum geht es nicht. Aber ich könnte es nicht ertragen, wenn Michaelas Eltern davon erfahren.«

»Haben Sie noch Kontakt?«

»Schon ewig nicht mehr.« Yvonne sprach so leise, dass sie über das Verkehrsrauschen kaum zu verstehen war. »Ich fühle mich jedes Mal total schlecht, wenn ich mit ihnen spreche. Deshalb lasse ich es lieber sein.«

Gesa scharrte mit der Spitze ihres schwarzen Stiefels über das Pflaster. »Ist das der Grund, warum Sie nicht in dem Fernsehbeitrag auftauchen?«

»Sie meinen diesen Film für *Hamburg TV*? Nein, der Redakteur hat mich gar nicht gefragt. Das war mir ganz recht so. Ich wollte das alles nicht noch mal durchleben. Es bringt Michaela ja doch nicht zurück.« Yvonne kramte eine Puderdose aus ihrer Tasche und klappte sie auf. »Wir können nur das Beste aus unserem eigenen Leben machen.« Sie betrachtete sich in dem kleinen Spiegel und puderte ihre glänzende Nase.

»Mit Herrn Lumbach haben Sie also nicht gesprochen. Aber Sie haben erwähnt, dass Sie Kontakt mit meinem Kollegen, Herrn Stolter, hatten.«

»Ja, er hat mich bei Facebook gefunden und über den Messenger angeschrieben. Ich erinnerte mich noch ganz schwach an ihn von damals. Da hatte er mich auch schon mal interviewt.«

»Haben Sie ihn auch getroffen?«, fragte Gesa.

»Nein, das wollte ich nicht. Wir haben uns nur über den Messenger ausgetauscht.«

»Darf ich die Nachrichten sehen?«

»Das geht nicht. Ich habe unsere ganze Unterhaltung gelöscht. Und er hoffentlich auch. Zumindest hat er mir das versprochen.«

Gesa presste die Lippen zusammen, um jetzt nichts Falsches zu sagen. Doch wenn sie Yvonnes Blick richtig deutete, merkte sie Gesa ihren Frust an.

»Ich konnte doch nicht ahnen, dass Herr Stolter stirbt. Es war eine reine Gefälligkeit, dass ich ihm überhaupt zurückgeschrieben habe. Das hätte ich nicht tun müssen.«

Im Geiste zählte Gesa bis zehn. »Was genau haben Sie ihm denn geschrieben? Wusste er von dem Discobesucher, der Michaela angebaggert hat?«

»Nein.« Yvonne zog ihr Smartphone aus der Tasche und strich über das Display, ohne richtig hinzusehen. »Er hat gemerkt, dass ich ihm etwas verschweige, und hat mehrfach nachgefragt. Aber ich habe immer wieder geschrieben, dass da nichts ist.«

»Deshalb wollten Sie sich nicht mit ihm treffen, nicht wahr? Sie wussten, dass Sie ihm von Angesicht zu Angesicht nichts vormachen könnten.«

»Im Schwindeln bin ich nicht besonders gut, das stimmt schon. Ich hatte einfach Angst vor den Konsequenzen. Herr Stolter hat mir geschrieben, dass er sich nicht mehr sicher ist, ob er Volker Dormer damals nicht unrecht getan hat. Was, wenn der Typ mich verklagt hätte? Wir waren damals praktisch noch Kinder. Ich darf mir durch so was doch nicht mein Leben ruinieren lassen.«

»Natürlich nicht.« Gesa unterdrückte ein Augenrollen. »Sie mussten an Ihre eigene Zukunft denken. Hat mein Kollege Ihnen geschrieben, was er als Nächstes vorhatte?«

»Leider nein.« Yvonne schlenderte wieder am Bauzaun entlang – dieses Mal in Richtung ihres Wagens. »Er hat mich nur gebeten, dass ich mich wieder bei ihm melden soll, falls mir noch was einfällt. *Falls.*« Ihre Stimme klang bitter. »Als ob ich diese Nacht jemals vergessen könnte.«

»Danke, dass Sie heute so aufrichtig zu mir waren. Sie haben mir sehr geholfen.«

»Sie dürfen damit nicht zur Polizei gehen. Das Gespräch war vertraulich. Und Sie dürfen auch niemandem sonst erzählen, was ich Ihnen gerade gesagt habe.« Yvonne schob ihr Handy zurück in die Tasche.

»Warum haben Sie mir dann überhaupt davon erzählt?« Vor lauter Wut und Enttäuschung hätte Gesa beinahe gegen den Bauzaun getreten.

»Sie waren so hartnäckig. Und irgendwie bin ich es Michaela auch schuldig, dass noch jemand die Wahrheit kennt. Nur für alle Fälle.« Yvonne erreichte das Ende des Bauzauns. »Passen Sie auf sich auf und rufen Sie mich bitte nicht wieder an!« Sie winkte kurz zum Abschied und stöckelte davon.

Fassungslos sah Gesa ihr hinterher. Ein Glück, dass Melli eine völlig andere Art beste Freundin war. Wenn sie morgen Tims Handy zurückgab, würde sie außer dem Apfelkuchen für Tim auch Mellis Lieblingsschokolade mitbringen. Einfach, weil Gesa sich immer auf sie verlassen konnte.

Kapitel 35

Die Suite im Fünfsternehotel war so riesig, dass Gesas Haus mühelos darin Platz gefunden hätte. Maximilian Wanrich führte Björn und Gesa vom Eingangsbereich ins Wohnzimmer. Dort stand eine helle Stoffgarnitur um einen Couchtisch gruppiert. Von der Decke hing ein gewaltiger Glaslüster, der aussah wie aus einem Schloss. Skeptisch beäugte Gesa den hellen Teppich, der den Parkettboden schützte. Vermutlich hätte sie heute nicht ihre Sommerstiefel anziehen sollen.

»Bitte entschuldigen Sie die Umstände.« Wanrich zog die zartgrünen Vorhänge vor den bodentiefen Fenstern zu. Es wurde schummrig im Raum, doch dann knipste er das Licht an. »Meine Lage ist etwas heikel.«

»Dafür haben wir vollstes Verständnis.« Björn trug für ihr Treffen mit dem jungen Politiker sogar eine dunkelblaue Krawatte zu seinem weißen Hemd. Er passte sehr viel besser in diese piekfeine Umgebung als Gesa. »Wir versichern Ihnen, dass Sie völlig anonym bleiben.«

»Ja, das ist das Wichtigste.« Anstatt sich zu setzen, blieb Wanrich am verdeckten Fenster stehen und zupfte an den Vorhängen. »Ich möchte gern dabei helfen, diesen Leuten das Handwerk zu legen. Aber mein Ruf darf nicht darunter leiden.«

Gesa wanderte zwischen der Sitzgruppe und dem Fernsehsessel auf und ab. »Da Sie als Erster und noch dazu vollkommen freiwillig auspacken, haben Sie gegenüber Ihren Parteikollegen einen Vorteil. Was hat Sie eigentlich zu diesem Schritt bewogen?«

»Mein Gewissen.« Wanrich strich über seine bordeauxrote Krawatte. »Ich habe Ihren Artikel gelesen und musste mich einfach melden. Auch wenn die Angelegenheit mich selbst gar nicht mehr betrifft.«

»Tut sie nicht?« Insgeheim beglückwünschte Gesa sich zu ihrer Entscheidung, Thomsen vorab nicht einzuweihen. Vermutlich war gerade ihre Geschichte gestorben.

»Ich gehe nicht mehr auf diese Partys. Nicht, seitdem mir klargeworden ist, was sich dort abspielt.«

Björn gesellte sich zu Wanrich ans Fenster. »Fangen Sie am besten ganz von vorne an. Wer hat Sie das erste Mal eingeladen?«

»Rückblickend klingt das vermutlich merkwürdig, aber das wusste ich gar nicht so genau.« Wanrich fasste sich ans Kinn. »Ein Freund aus der Partei, schon etwas älter und beinahe eine Art Mentor für mich, hat mir von der Party erzählt. Dass es eine sehr exklusive Veranstaltung zum Netzwerken sei, bei der Politik und Wirtschaft zwanglos ins Gespräch kommen. Ideal für jemanden wie mich, der sein Amt noch nicht lange innehat.«

»Hatten Sie Bedenken, dass es bei dieser Veranstaltung um etwas Illegales gehen könnte?«

»Nicht im Geringsten. Andernfalls hätte ich doch niemals teilgenommen.« Wanrich klang regelrecht empört. »Mir erschien das Ganze seriös. Über meinen Bekannten erhielt ich eine Einladung mit Prägedruck auf Büttenpapier. Sie sah sehr offiziell aus.«

»Haben Sie die noch?«, fragte Gesa mit wenig Hoffnung.

»Nein. Ich habe sie leider weggeworfen – genauso wie alle Folgeeinladungen. Ich wollte mit der ganzen Angelegenheit nichts mehr zu tun haben.«

»Erinnern Sie sich, was genau auf der Einladung stand?«

»Jedenfalls kein Gastgeber.« Er fuhr mit den Fingern durch sein kurz geschnittenes braunes Haar. »Ich habe mich darüber gewundert, aber mein Bekannter beruhigte mich. Er sagte, manche Leute schätzen eben ihre Privatsphäre und möchten nicht im Rampenlicht stehen.«

»Vor allem, wenn sie Kriminelle sind.«

Für ihren Kommentar erntete Gesa einen bösen Blick von Björn. »Sie konnten das nicht ahnen«, wandte er sich an Wanrich. »Immerhin haben Sie auf das Wort Ihres Mentors vertraut.«

»Dass ich mich so in ihm getäuscht habe, macht mir am meisten zu schaffen.« Endlich trat Wanrich vom Fenster weg und ging in die Mitte des Raums. Das Sofa mit seinen fünf Kissen ignorierte er allerdings. »Wenn er nicht involviert gewesen wäre, hätte ich längst Anzeige erstattet.«

»Wann waren Sie auf Ihrer ersten Party?«, fragte Björn.

»Vor etwa einem halben Jahr. Danach folgten weitere Einladungen im Abstand von jeweils einem Monat. Zuletzt war ich vor drei Monaten dort.«

»Wo fanden diese Partys statt?«

»Jedes Mal woanders. Einmal haben wir uns sogar auf einem Schiff getroffen.«

Björn erblasste. »War es ein Schiff der Reederei Dalmann?«

Wanrichs Augen weiteten sich. »Natürlich. Sie sind Dalmann junior. Ich wusste doch, dass Ihr Name mir bekannt vorkommt. Ich kann Sie beruhigen. Es war kein Schiff Ihres Vaters. Allerdings ...«

»... haben Sie ihn auf diesen Partys gesehen.« Björn runzelte die Stirn. »Ich weiß es schon.«

»Ein Glück! Es wäre mir sehr unangenehm, wenn Sie es auf diese Weise erfahren hätten.«

Für Gesas Geschmack zog sich das Interview viel zu lange hin. »Wann haben Sie gemerkt, dass die weiblichen Gäste bezahlte Callgirls waren?«

Wanrichs Stirn glänzte feucht. »Einen leisen Verdacht hatte ich von Anfang an. Einfach, weil keine Politikerinnen eingeladen waren und die meisten Frauen sehr jung aussahen. Aber viele erfolgreiche Männer haben jüngere Freundinnen oder Ehefrauen. Deswegen habe ich meine Bedenken für mich behalten.«

»Bis Sie auf die Liste kamen«, bemerkte Gesa.

»Von dieser Liste wusste ich nichts. Ich habe in Ihrem Artikel das erste Mal darüber gelesen.« Wanrich lockerte seine Krawatte. »Während der dritten Party wurde ich von einer jungen Frau regelrecht bedrängt. Sie folgte mir sogar, als ich nach draußen ging, um frische Luft zu schnappen.«

»Haben Sie die Dame abgewiesen?«

»Selbstverständlich. Ich bin schließlich verlobt. Als mir die Frau zu lästig wurde, habe ich die Party vorzeitig verlassen. Für mich war das Thema damit erledigt. Doch einige Tage später trat ein Lobbyist recht vehement an mich heran. Da ist mir ein Licht aufgegangen.«

Gesas Puls beschleunigte sich. Dieser Artikel konnte doch noch etwas werden – womöglich sogar ein Aufmacher. »War das der einzige Vorfall dieser Art?«

»Nein«, sagte Wanrich. »Es traten noch mehrmals Leute an mich heran. Und zwar mit ganz unterschiedlichen Anliegen. Vermutlich wäre es mir überhaupt nicht aufgefallen, wenn sie nicht alle auch meinen Mentor und weitere Gäste von den Partys angesprochen hätten.«

Ein überraschter Ausdruck huschte über Björns Gesicht. »Soll das etwa bedeuten, dass es gar nicht den einen Gastgeber gab?«

»Ganz genau«, entgegnete Wanrich. »Da müssen sich mehrere Leute zusammengeschlossen haben, um ihre Interessen zu vertreten.«

Gesa pfiff unfein durch die Zähne. »Falls das stimmt, haben wir es hier mit gemeinschaftlicher Bestechung im ganz großen Stil zu tun.«

* * *

Alexandra, die gegen ihren Schreibtisch lehnte, knuffte Gesa in die Seite. »Manchmal könnte ich dich echt schlagen. Da habe ich mir einmal den Titel gesichert und dann spazierst du mit so einer Geschichte herein.«

»Tut mir leid.« Trotz ihrer Worte musste Gesa lächeln. »Björn und ich haben halt gerade einen guten Lauf.«

»Bei dem Kollegen hätte ich das auch gern.« Alexandra zwinkerte ihr zu. »Aber lassen wir das. Du wolltest doch meine Einschätzung zu dem Gebäudegutachten, nicht wahr?«

»Unbedingt.«

»Für mich sieht es aus, als wäre da was faul. Dich noch mal mit Jonas Tölle zu treffen, ist auf jeden Fall eine gute Idee. Mach ein paar eigene Fotos vom Haus. Ich muss jetzt los ins Bauamt. Axel Milz gibt kurzfristig eine Presseerklärung ab. Vermutlich will er Schadensbegrenzung betreiben.«

»Dürfte schwierig werden, nachdem er Ruhlt so weit entgegengekommen ist«, bemerkte Gesa.

»Jede Wette, dass Harald Ruhlt sich aus allem rausredet und am Ende noch mit weißer Weste davonkommt. Das habe ich schon zigmal miterlebt. Leuten wie ihm ist nie etwas nachzuweisen.« Alexandras Tonfall klang resigniert. »Die Spyware hat angeblich einer seiner Mitarbeiter installiert und für den Raubüberfall ist sein Neffe verantwortlich.«

»Niemand kann ernsthaft glauben, dass Linus Bethge ohne Anweisung gehandelt hat. Und Harald Ruhlt ist der Einzige, der Zugriff auf Uwes Handy hatte, als die beiden sich getroffen haben. Wie soll da jemand anders die Spyware installiert haben?«

»Hoffen wir, dass die Polizei ihn drankriegt.« Alexandra klopfte ihr auf die Schulter. »Viel Erfolg in Winterhude!«

»Danke. Und dir alles Gute für deine Pressekonferenz.«

Gesa verließ die Redaktion und ging zur U-Bahn-Haltestelle Stephansplatz. Mit der U1 fuhr sie bis zur Kellinghusenstraße und stieg dort in den Bus der Linie 25 zum Winterhuder Marktplatz.

Während der zwanzigminütigen Fahrt studierte sie noch einmal das Gutachten von Dr. Bettina Prausel, das diese ihr nur widerwillig überlassen hatte. Kein Wunder. Mit der Behauptung, das Gebäude sei akut einsturzgefährdet, machte die Bauingenieurin sich extrem angreifbar.

Beim Blick aus dem Busfenster erspähte Gesa wunderschöne in Pastellfarben gestrichene Altbauten mit Stuckfassade. Dass die Anwohner hier lieber einen schmucken Neubau in der Nachbarschaft wollten als einen Mietblock, der seine besten Jahre hinter sich hatte, schien nur logisch und war doch grundverkehrt.

Gesa stieg am Winterhuder Marktplatz aus und lief von dort in die Alsterdorfer Straße. Rote und blaue Markisen der Läden im Erdgeschoss beschatteten ihren Weg. Zwischen einem Rotklinkerhaus und einer hübsch restaurierten Stadtvilla stand ein grauer Betonklotz mit angehängten Balkonen, die nicht zueinander passende Sichtschutze hatten.

Jonas Tölle stand mit einer Zigarette im Mundwinkel vor der Haustür und winkte Gesa lässig zu. Heute trug er ein schwarzes Shirt mit dem Logo der antifaschistischen Aktion: eine rote und eine schwarze Flagge. »Moin, Gesa. Schön, dass du hier bist.« Er zog sie in eine kurze, nach Nikotin stinkende Umarmung, bei der er seine Zigarette von sich weghielt. »Ich hab eure Artikel gelesen. Krass, was ihr alles schon für uns erreicht habt.«

»Ich hab's doch versprochen: Wenn es hier nicht mit rechten Dingen zugeht, decken wir das auf.« Sie holte das Gutachten aus ihrer Tasche. »Laut Dr. Bettina Prausel könnt ihr euch glücklich schätzen, dass euer Dach noch nicht eingestürzt ist. Sie rät zur sofortigen Räumung.«

»Schwachsinn! Lass mal sehen.« Jonas warf seine Zigarette auf das Pflaster und trat sie aus.

Gesa reichte ihm die Mappe mit dem eingehefteten Gutachten. »Es ist wichtig, dass wir gleich gemeinsam durchs ganze Haus laufen und du mir die Stellen zeigst, die im Gutachten als besonders bedenklich gekennzeichnet sind. Ich brauche ein paar Fotos als Beweise.«

»Jo. Ich führ dich gern rum. Aber das hier«, Jonas deutete auf ein Foto, das einen deutlichen Riss im Fundament abbildete, »kann ich dir nicht zeigen. Das hier auch nicht.« Er tippte gegen ein weiteres Foto, auf dem deutlicher Schimmelbefall an den Wänden zu sehen war. »Oder das.« Dieses Mal wies er auf die Aufnahme einer lecken Wasserleitung, unter der sich eine Pfütze gebildet hatte.

»Und warum nicht?«, fragte Gesa.

»Tja.« Jonas kratzte sich am Kinn. »Weil ich keinen Schimmer habe, wo das fotografiert wurde.«

»Wir finden die Stellen schon. So groß ist das Gebäude schließlich nicht und zu dem Gutachten gehört auch eine Bauzeichnung, die …«

»Ne.« Er winkte ab. »Du hast mich falsch verstanden. In diesem Haus hier kenn ich jeden Stein. Die Fotos sind von woanders.«

»Wenn das stimmt, können wir beweisen, dass dieses Gutachten ganz bewusst manipuliert wurde.«

»Das stimmt. Kannst du mir glauben.«

»Ich glaube dir.« Gesa kramte ihr brandneues Smartphone hervor. »Aber die Beweise brauchen wir trotzdem. Legen wir los.«

KAPITEL 36

Gesa stand in ihrer Küche am Herd und rührte Zucker in das kochende Wasser, um einen Sirup herzustellen.

In der Zwischenzeit schnitt Melli die letzten von Gesas frisch geernteten Äpfeln in kleine Stücke. »Wie kommst du eigentlich mit deinem neuen Handy zurecht?«

»Ganz gut. Habe mich schon fast daran gewöhnt. Nur hätte ich meine Daten in der Cloud sichern sollen. Eine Menge Fotos sind futsch.«

»Das tut mir leid.« Melli berührte sie an der Schulter. »Aber doch keine von …?«

»Nein. Die habe ich alle auf der Festplatte gesichert.« Gesa rührte mit einem Holzlöffel durch das Zuckerwasser und gab noch eine Prise Zimt hinzu. »Was, findest du, schmeckt besser: mit oder ohne Vanille?«

»Mit. Da bin ich ganz auf Tims Seite.« Melli reichte ihr das Glas mit dem selbst gemachten Vanillezucker. »Hör mal. Ich weiß, dass du über dieses Thema nicht reden willst. Aber ich finde, du solltest zu Christians Trauerfeier gehen.«

»Bisher ist er nicht einmal für tot erklärt. Und selbst, wenn seine Eltern damit durchkommen, könnte er noch am Leben sein. Das ist doch grotesk!« Mit mehr Kraft als nötig umklammerte sie den Löffelstiel. »Wie würde er sich wohl fühlen, wenn er eines Tages zurückkommt und merkt, dass wir ihn aufgegeben haben?«

»Du gibst einen Menschen doch nicht auf, weil du um ihn trauerst.« Melli löffelte die Apfelstücke in frisch ausgekochte Einmachgläser. »Und befrei dich bitte von deinen Schuldgefühlen. Du hast nichts falsch gemacht.«

Gesa streute einen Esslöffel voll Vanillezucker in das kochende Zuckerwasser. »Syrien war meine Idee. Ohne mich wäre er nie dorthin gereist.«

»Nun mach aber mal 'nen Punkt! Christian ist … war ein erwachsener Mann und hat seine eigene Entscheidung getroffen. Ja, vielleicht wäre er ohne dich woanders hingegangen. Aber es wäre bestimmt auch gefährlich gewesen, denn ein Kriegsfotograf muss nun mal an solche Orte.«

»Ich will mich deswegen auch gar nicht schuldig fühlen. Und rein rational weiß ich, dass du recht hast.« Sie schluckte, weil ihr Mund sich plötzlich ausgetrocknet anfühlte. »Ein Teil von mir hofft, dass es mit der Zeit besser wird. Aber inzwischen glaube ich das nicht mehr. Ich habe Freitag mit einer Frau in unserem Alter gesprochen, die seit zwanzig Jahren vor ihren Schuldgefühlen davonläuft. Es wirkte nicht so, als hätte sie auch nur das kleinste bisschen davon verarbeitet.«

»Wie denn auch, wenn sie sich nicht damit auseinandersetzt?« Melli trat zwei Schritte von der Arbeitsplatte zurück. »Du kannst.«

Vorsichtig ergriff Gesa den Topf mit zwei Topflappen und füllte die Apfelgläser mit dem Sirup auf.

Melli wischte die Glasränder sauber und schraubte die Deckel fest. »Weglaufen ist was für Feiglinge. Ich kenne diese Frau nicht, mit der du gesprochen hast. Aber ich weiß, dass du die mutigste Person bist, der ich je begegnet bin. Deshalb wirst du dich deinem Schmerz stellen.«

Gesa holte einen tiefen Topf aus dem Küchenschrank, stellte ihn auf eine freie Herdplatte und legte ihn mit einem Geschirrtuch aus. »Ich habe keine Angst vor meinem Schmerz. Ich fürchte mich nur davor, Christian im Stich zu lassen. Falls er da draußen noch in Geiselhaft lebt und jeden Tag darum kämpft, nicht aufzugeben, darf ich es auch nicht tun.«

»Bitte mal dir nicht solche Schreckensszenarien aus. Die Wahrscheinlichkeit ist winzig.« Melli stellte die Einweckgläser in den Topf und füllte ihn mit Wasser auf, bis die Gläser zu drei Vierteln bedeckt waren. »Was dich quält, weiß ich ja. Aber magst du erzählen, warum diese andere Frau seit zwanzig Jahren Schuldgefühle hat?«

»Geht leider nicht. Ich habe mich zu Stillschweigen verpflichtet.« Gesa stellte den Herd an. Die Einmachgläser mussten noch zwanzig Minuten im Wasserbad köcheln, dann wäre das Apfelkompott fertig. »Die Frau war Zeugin in einem ungeklärten Todesfall, über den Uwe seinerzeit berichtet hat. Es könnte sein, dass er deswegen sterben musste.«

»Nach so vielen Jahren? Wieso?«

Gesa zuckte mit den Schultern. »Weil er damals den falschen Mann verdächtigt hat. Oder weil es doch der Richtige war. Ich weiß es nicht. Es ist alles sehr verworren.«

Melli öffnete ihre Schürze und hängte sie über einen Haken neben das Geschirrhandtuch. »Ich kenne diesen Tonfall. Dich beschäftigt doch noch etwas.«

»Wahrscheinlich ist es gar nichts. Aber ein Kollege vom Fernsehen, den ich flüchtig kenne, hat einen Beitrag über genau diesen ungeklärten Fall produziert – zum zwanzigsten Jahrestag. Ich durfte den Einspieler vorab sehen. Er ist völlig nichtssagend.«

»Nicht jeder gibt sich bei seiner Arbeit so viel Mühe wie du.«

»Es existiert auch nur wenig Material, das sich verwenden lässt. Aber was ich nicht verstehe, ist, warum der Redakteur nicht einmal versucht hat, mit der wichtigsten Zeugin von damals zu sprechen. Sie hätte zwar ohnehin nicht mit ihm geredet, aber er hätte es doch wenigstens probieren müssen.«

»Vielleicht wusste er das und hat sich die Mühe gespart.« Melli musterte sie. »Aber wenn es dich wirklich so sehr beschäftigt, frag ihn doch einfach.«

»Du hast recht. Das sollte ich tun.«

Melli riss die Augen auf. »Du hörst auf mich? Das muss ich ausnutzen. Wirst du Gunnar sagen, dass er seine total zerfetzten Lieblingsjeans endlich aussortieren soll?«

Gesa grinste. »Übertreib es nicht!«

* * *

»Was soll das heißen: Sie sind in einem Termin?« Thomsens Stimme überschlug sich geradezu vor Empörung. »Es brennt hier an allen Ecken und Enden. Ruhlts Mitarbeiter hat öffentlich gestanden, dass er auf mindestens zehn Handys Spyware installiert hat. Angeblich ohne das Wissen seines Chefs. Der Ruf von Harald Ruhlt ist trotzdem ruiniert. Das Bauprojekt steht auf der Kippe. Und alle paar Minuten ruft ein Politiker bei Dalmann an. Die einen wollen sich von den Sexpartys distanzieren, die anderen jemanden reinreiten.«

Gesa hielt das Smartphone von ihrem Ohr weg und lief auf die Spitze des Großen Grasbrooks zu. Vor ihr ragte die Elbphilharmonie auf »Das klingt doch großartig. Welches Thema wird denn Aufmacher?«

»Ich kann mich nicht entscheiden. Politiker mit Callgirls sind natürlich der Knaller. Aber der Sturz des großen Investors Harald Ruhlt ... Moment mal! Versuchen Sie etwa gerade, mich abzulenken?«

»Wäre das denn möglich?« Gesa erspähte Lars Lumbach und seinen Kameramann. Sie standen direkt am Hafenbecken, mit der Elbphilharmonie im Rücken. Lumbach interviewte einen Mann im Frack. Eine merkwürdige Kleiderwahl für einen Dienstagvormittag, aber Musiker waren ja ohnehin merkwürdige Leute.

»Wir brauchen Sie hier. Dalmann mag ja nicht vollkommen nutzlos sein, aber ihm fehlt die Erfahrung.«

»In spätestens einer Stunde bin ich zurück«, versprach Gesa. Dabei wusste sie nicht einmal, ob sie Wort halten konnte. Schließlich musste sie abwarten, bis Lars Lumbach sein Gespräch mit dem Mann im Frack beendet hatte. Einen Kollegen bei der Arbeit zu stören, kam nicht infrage.

»Was kann denn jetzt wichtiger sein als die Titelgeschichte von morgen?«, fragte Thomsen.

»Rauszufinden, warum Stolter getötet wurde. Ich bin da an einer Sache dran, die uns vielleicht weiterbringt.«

»Nur vielleicht? Wenn Sie uns seinen Mörder nicht heute Mittag auf einem Silbertablett servieren können, kommen Sie her und folgen Sie Ihrer Spur an einem anderen Tag.«

»Nein. Tut mir leid.« Gesa legte auf und stellte ihr Handy auf stumm. Bei dem ganzen Stress in der Redaktion hatte Thomsen hoffentlich keine Zeit, ihr den Alleingang lange übel zu nehmen.

Gesa blieb in einigem Abstand stehen und sah Lumbach bei seinem Interview zu. Die einzelnen Worte konnte sie nicht verstehen, doch der Tonfall klang charmant und er brachte sein Gegenüber zum Lächeln. Schließlich schüttelten beide Männer einander die Hände und der Mann im Frack ging davon.

»Herr Lumbach!« Gesa winkte dem TV-Redakteur schon von Weitem zu. »Tut mir leid, dass ich Sie einfach so überfalle. Haben Sie fünf Minuten für mich?«

315

»Gerade ist es ganz schlecht. Wir haben einen furchtbar engen Zeitplan.« Lumbach wandte sich an seinen Kameramann. »Olaf, kannst du bitte eine Totale vom Gebäude für den Schnitt machen? Ich muss eben noch mal rein und was wegen unserer Drehgenehmigung für heute Abend klären.«

»Kein Problem!«, erwiderte der Kameramann. »Wir treffen uns dann beim Wagen.«

»Bis gleich!« Lumbach marschierte los und ließ Gesa einfach stehen.

Natürlich folgte sie ihm. »Herr Lumbach, wenigstens eine Frage. Warum haben Sie für Ihren Beitrag nicht mit Yvonne Traut gesprochen?«

Er verlangsamte seine Schritte und wandte sich zu ihr um. »Ihr Ernst? Deswegen kommen Sie extra her?«

»Ich habe mich eben gewundert. Sie war doch damals die wichtigste Zeugin. Aber in Ihrem Beitrag wird sie nicht einmal erwähnt.«

Vor dem Haupteingang der Elbphilharmonie blieb Lumbach stehen. »Das Ganze ist zwanzig Jahre her. Ich halte es für falsch, Frau Traut vor die Kamera zu zerren und Ihr damit erneut das Leben schwerzumachen. Da ticke ich anders als Ihr Kollege. Nichts für ungut.« Ohne ihre Antwort abzuwarten, verschwand er im Inneren.

Doch so einfach würde Gesa sich nicht abwimmeln lassen. Mit schnellen Schritten eilte sie zurück zu der Stelle, an der Lumbach sich von seinem Kameramann getrennt hatte.

Inzwischen stand Olaf ein ganzes Stück weiter vom Gebäude entfernt und schraubte seine Kamera auf das Stativ. Bei ihrem Anblick runzelte er die Stirn.

»Ich will wirklich nicht nerven«, sagte Gesa. »Aber Herr Lumbach hatte leider keine Zeit mehr, um mir meine Fragen zu beantworten.«

»Die hab ich auch nicht. Und jetzt bitte Ruhe, sonst versauen Sie mir den Ton.«

Angespannt hielt sie den Atem an und unterdrückte sogar ihr Fußklopfen.

Nach einer gefühlten Ewigkeit nickte Olaf ihr zu. »Also gut. Die Aufnahme ist im Kasten. Sie haben zwei Minuten.«

»Haben Sie auch an dem Beitrag über den Tod von Michaela Gräz mitgearbeitet?«

»Nein. Ich arbeite nur dienstags für *Hamburg TV*. An den anderen Tagen bin ich fest für eine Agentur gebucht.« Er löste die Kamera vom Stativ und verstaute sie in seiner Tasche.

»Schade.« Gesa schluckte ihre Enttäuschung hinunter. »Aber kennen Sie vielleicht diesen Mann?« Sie rief mit ihrem Smartphone ein Foto von Uwe auf. »Er hat sich auch für Michaela Gräz interessiert.«

Olaf musterte das Display mit mäßigem Interesse. »Klar kenn ich Uwe Stolter. Er ist gerade erst vor zwei Wochen zu unserem Ü-Wagen gekommen, als wir uns auf die Antifa-Demo vorbereitet haben. Hat eine Menge Fragen gestellt, obwohl Herr Lumbach noch seine Stimme aufwärmen musste.«

»Sie meinen die Demo genau vor zwei Wochen?« Das würde bedeuten, dass Uwe an seinem Todestag noch mit Lumbach gesprochen hatte. »Wieso hat Herr Lumbach das gar nicht erwähnt?«

Der Kameramann zuckte mit den Schultern. »Vermutlich vergessen. Ist das wichtig?«

Gesa biss sich auf die Lippe, um sich nichts anmerken zu lassen. Ihr Gesprächspartner ahnte nicht, dass Uwe ums Leben gekommen war. Besser, sie beließ es dabei.

»Eigentlich nicht«, log sie. »Aber mein Kollege vermisst seitdem seine Thermoskanne. Sie ist silbern und hat einen Deckel als Schraubverschluss. Leider hat er keine Ahnung, wo er das Ding verlegt hat.«

»Bei uns im Ü-Wagen liegt zwar immer eine Menge Zeug rum, aber Uwe hatte keine Thermoskanne dabei. Jetzt erinnere ich mich sogar, dass er geflucht hat, weil ihm seine Wasserflasche ausgelaufen ist und er nichts mehr zu trinken hatte.«

»Wie lange war er denn bei Ihnen? Bis zum Beginn der Demo?«

»Nein. Er wollte sich mit seinem Fotografen noch vorher zum Essen treffen. Wann genau er los ist, weiß ich aber nicht. Ich war selber 'nen Happen essen.«

Mehr Fragen zu stellen, wagte sie nicht, um keinen Verdacht zu erregen. »Na, wenigstens kann er jetzt die Suche eingrenzen. Danke für Ihre Zeit.«

»Kein Problem. Grüß Uwe von mir. Tut mir leid, dass wir seine Thermoskanne nicht haben.«

»Es gibt Schlimmeres.« Gesa winkte ihm im Weggehen lässig zu, doch ihr Herz raste vor Aufregung. Falls Olaf die Wahrheit sagte, gab es nur zwei Menschen, die Uwe die Thermoskanne gegeben haben konnten. Sie würde ihr Jahresgehalt darauf wetten, dass sich darin das Gift befunden hatte.

KAPITEL 37

Alexandra passte Gesa bei den Fahrstühlen vor dem Großraumbüro ab. »Nur, damit du vorgewarnt bist. Thomsen tobt in ihrem Büro und erzählt jedem, der das Pech hat, ihr über den Weg zu laufen, dass sie dich rauswerfen will.«

Gesa sah auf ihre Armbanduhr. »Ich bin noch gut in der Zeit. Nur weil ich die Themenkonferenz verpasst habe, muss sie sich doch nicht gleich so aufregen.«

»Darum geht es nicht.« Alexandra hörte sich atemlos an. »Björn hat dich dort sehr gut vertreten und sitzt auch schon an eurer Geschichte über den Sexparty-Skandal. Ruhlts Dementi habe ich übernommen. Aber eine Kommissarin hat vorhin hier angerufen.«

»Hieß sie zufällig Karolin Lück?«

»Genau die. Anscheinend wollte sie von Thomsen etwas über ein neues Beweisstück wissen.«

»Das ist es also.« Gesa atmete tief durch. Dass Thomsen ihren Alleingang nicht gutheißen würde, hatte sie gewusst. Dennoch fühlte es sich richtig an, dass sie Lück Uwes Notizbuch ausgehändigt hatte.

»Denkst du, ich sollte mit ihr reden?«

»Auf keinen Fall! Schleich dich unauffällig an deinen Arbeitsplatz und bleib da, bis sie sich abgeregt hat. Spätestens, wenn die Titelgeschichte steht, bessert sich ihre Laune hoffentlich.«

»Na schön.« So ganz behagte es Gesa nicht, Thomsen aus dem Weg zu gehen. Allerdings hatte sie gerade andere Sorgen.

Im Großraumbüro herrschte der übliche Lärmpegel aus Telefonaten und dem Rauschen der Computerlüfter. Trotzdem wurde es bei ihrem Eintreten merklich stiller. Thomsens Wutausbruch musste sich herumgesprochen haben.

Gesa ignorierte die Blicke und setzte sich Björn gegenüber an ihren Schreibtisch. »Hast du viel zu tun?«

Er zog seine Stöpsel aus den Ohren und leises Klaviergeklimper erklang. »Es geht so. Heute Morgen haben sich noch einige ehemalige Partygäste gemeldet, die auspacken wollen.«

»Wie viele denn?«

»Fünf.« Obwohl er mit Sicherheit unter Stress stand, schob er seine Notizen beiseite. »Wie ist es gelaufen?«

»Besser als erwartet.« Gesa erzählte von ihrer Entdeckung mit der Thermoskanne. »Nach der Demo kam Uwe wieder in die Redaktion und hatte das Ding bei sich. Wenn wir den Kameramann als Täter ausschließen – und ich sehe bei ihm wirklich kein Motiv, – muss Uwe den vergifteten Kaffee entweder von Lars Lumbach oder von André bekommen haben.«

»Vergiss nicht Ingo Gorzlitz. Oder die anderen Leute, die Uwe auf der Demo getroffen hat.«

»Von Gorzlitz hätte Uwe wohl kaum einen Kaffee angenommen, wenn die beiden sich dort fast geprügelt haben.« Mit vor Aufregung zittrigen Fingern gab Gesa Lumbachs Namen in die Google-Suche ein. »Natürlich können wir nicht ganz ausschließen, dass das Gift nicht im Kaffee war oder dass die Thermoskanne jemand anderem gehörte. Aber frag dich doch mal selbst: Würdest du von einer wildfremden Person so etwas annehmen?«

»Bliebe noch Jonas Tölle. Den kannte er.«

»Möglich, aber unwahrscheinlich. André hatte ein starkes Motiv. Bei Lumbach sehe ich zwar noch keins, aber etwas stimmt mit dem Mann nicht.«

»Woran machst du das fest?«, fragte Björn.

»Er behauptet, dass er Yvonne Traut nicht in seinen Beitrag genommen hat, weil er sie nicht belasten wollte. Andererseits hatte er aber kein Problem damit, Volker Dormer zu kontaktieren, der damals doch sehr viel stärker unter der Berichterstattung zu leiden hatte. Das passt nicht zusammen.«

»Du hast recht. Das wirkt merkwürdig. Trotzdem erkenne ich bei ihm kein Motiv.«

»Ich bisher auch nicht. Deswegen suche ich noch.« Gesa scrollte sich durch ihre Trefferliste. Leider gab es Hunderte von Suchergebnissen mit alten Beiträgen des Senders. »Das hier wird allerdings ein wenig dauern.«

»Dann helfe ich dir.«

»Nein, danke. Du hast doch selbst mehr als genug zu tun.« Wäre Uwe noch am Leben, wäre es ihm im Traum nicht eingefallen, die Arbeit an seiner Titelgeschichte zu unterbrechen, um Gesa bei einer Recherche zu unterstützen.

»Das hier kann warten«, behauptete Björn. »Bis Redaktionsschluss sind es noch acht Stunden und die Geschichte schreibt sich praktisch von selbst. Also, was kann ich tun?«

»Versuch bitte, herauszufinden, ob es irgendeine Verbindung zwischen Lars Lumbach und Uwe gibt, die wir bisher übersehen haben. Such auch nach Verbindungen zwischen Lumbach, Volker Dormer, Michaela Gräz und Yvonne Traut. Dabei müsstest du leider sehr weit zurückgehen.«

»Wird erledigt.« Björn lächelte sie an. »Und mach dir keine Sorgen wegen der Thomsen. Sie kann zwar recht laut werden, aber bei mir hat sie ihre Drohung auch nicht wahr gemacht, also …«

»Danke.« Gesa holte ihr Handy hervor.

»Wofür denn?«

»Dafür, dass du immer so nett bist. Ich war das anfangs nicht zu dir und dafür möchte ich mich entschuldigen.«

Björn winkte ab. »Längst vergessen. Ich wäre umgekehrt wohl auch nicht begeistert gewesen, wenn du mir als neue Kollegin des Kulturressorts präsentiert worden wärest.«

»Ich und klassische Musik? Nie im Leben!« Gesa wählte die Nummer von Kalle Noak. Hoffentlich ging er überhaupt ran, wenn er sah, dass sie anrief.

Es knackte in der Leitung. »Moin, Frau Jansen«, sagte Noak. »Ich hab's schon in der Zeitung gelesen. War Ihnen 'ne große Hilfe, nicht wahr?«

»Und ob, Herr Noak. Dafür haben Sie noch was gut bei mir.« Gesa senkte die Stimme. »Heute muss ich aber etwas von Ihnen wissen. Und dieses Mal lasse ich keine Ausflüchte gelten.«

»Jetzt hören Sie sich schon fast wie Uwe an.«

»Als mein Kollege Sie vor dem Einlass zur Party angesprochen hat, haben Sie sich doch gerade mit einem Mann unterhalten.«

»Der mich nach dem Weg gefragt hat«, behauptete Noak. »Das habe ich Ihnen doch alles schon erzählt.«

»Ich habe diese kleine Schwindelei beim ersten Mal durchgehen lassen. Aber heute kann ich das nicht mehr tun. Wir wissen inzwischen, dass der Mann, mit dem Herr Dalmann Sie gesehen hat, Lars Lumbach heißt und Fernsehredakteur ist.« Gesa machte eine kurze Pause, um Noak Gelegenheit zu geben, diese Nachricht zu verdauen. »Was wir nicht verstehen, ist, was er von Ihnen wollte. Hat er ebenfalls nach der Liste gefragt?«

»Nein«, sagte Noak. »Ich wusste nicht mal, dass er Journalist ist.«

»Also kommt er als Kunde zu Ihnen?« Das ließ die Situation gleich in einem ganz anderen Licht erscheinen. »Könnte es sein, dass Uwe davon etwas mitbekommen hat?«

»Nein, auf keinen Fall. Mit Uwe habe ich mich nie an meinem Arbeitsplatz getroffen.«

So konnte man einen Umschlagplatz für Drogen natürlich auch nennen. »Seit wann ist Herr Lumbach denn schon Ihr Kunde?«

»Warum fragen Sie das? Ich dachte, das Thema interessiert Sie nicht. Ich habe Ihnen doch das Callgirl geliefert.«

»Ich werde nichts von dem, was Sie mir jetzt verraten, an die Polizei weitergeben. Aber ich habe zufällig erfahren, dass Uwe und Herr Lumbach sich vorletzten Dienstag getroffen haben. Und zwar genau im fraglichen Zeitraum.«

»Nein!« Noak klang so aufrichtig betroffen, dass Gesa ihn beinahe ein klein wenig ins Herz schloss. »Also, das ist doch … Er ist seit zehn Jahren mein Kunde. Aber davon wusste ich nichts.«

»Natürlich nicht. Was kauft er denn bei Ihnen?«

»Kokain. Das nehmen viele, die 'nen stressigen Job haben. Mit ihm gab's nie Probleme. Er hat seinen Konsum halbwegs im Griff und ist immer flüssig.«

»Danke«, sagte Gesa. »Sie haben mir sehr geholfen.« Sie legte auf und beugte sich über den Tisch zu Björn. »Lumbach hat ein Drogenproblem. Falls Uwe das herausgefunden hat, wäre es ein mögliches Motiv.«

»Glaubst du wirklich, dass Uwe ihn hätte auffliegen lassen? Er hat doch sogar bei Noak dichtgehalten, der das Zeug verkauft.«

»Noak hat ihm als Informant genützt. Aber ich glaube, er hat das nicht ganz freiwillig getan. Was, wenn Uwe sein Wissen genutzt hat, um Lumbach zu erpressen? Vielleicht weiß

Lumbach doch mehr über Michaela Gräz, durfte diese Infos aber nicht bringen, weil Uwe das Material exklusiv wollte.«

»Um sich von seiner Schuld Dormer gegenüber reinzuwaschen?« Björn zog die Brauen hoch. »Das klingt ziemlich gewagt. Allerdings könnte Lumbach Michaela tatsächlich gekannt haben.«

»Woher das?«

»Die beiden waren annähernd im gleichen Alter und sind in Lurup aufgewachsen. Das muss natürlich nichts heißen, aber …«

»Hast du ein älteres Foto von Lumbach gefunden?« Vor lauter Ungeduld zuckte schon wieder ihr rechter Fuß und sie trommelte mit den Fingern auf dem Schreibtisch herum. »Am besten eins, das ungefähr zwanzig Jahre alt ist.«

»Leider nein. Ich kann dir ein Foto anbieten, auf dem er Anfang dreißig ist. Aber ältere habe ich nicht entdeckt.«

»Nehme ich auch.« Gesas Herzschlag beschleunigte sich. Sie waren so nahe dran. »Bitte schick mir den Link. Ich muss das Bild weiterleiten.«

»An wen denn?«

»An Michaelas beste Freundin Yvonne Traut. Vielleicht erkennt sie ihn.« Sie sendete das Foto und wählte gleich darauf Yvonnes Nummer.

Zehnmal klingelte es, ohne dass Yvonne den Anruf annahm. Gesa hatte die Hoffnung schon beinahe aufgegeben, als doch noch Yvonnes Stimme erklang. »Ich habe Sie doch gebeten, mich nicht mehr anzurufen.«

»Bitte entschuldigen Sie, aber es ist ein Notfall. Klicken Sie auf den Link, den ich Ihnen gerade geschickt habe, und sagen Sie mir, ob Sie den Mann erkennen.«

»Sie meinen, Sie könnten ihn gefunden haben?« Yvonne klang atemlos.

»Ich bin mir nicht sicher. Vielleicht ist er auch nur ein Bekannter aus Ihrer Vergangenheit. Aber ich glaube, dass er irgendeine Verbindung zu dem Fall hat.« Vor lauter Anspannung sprang Gesa vom Schreibtischstuhl auf und wanderte durch das Büro.

»Moment. Ich sehe mir das gleich an.«

Yvonnes Schweigen zog sich in die Länge.

»Und?«, fragte Gesa schließlich.

»Ich bin mir nicht sicher. Es ist ewig her und das Licht in der Disco war stark abgedunkelt. Vielleicht. Die Größe und die Haarfarbe kommen ungefähr hin. Aber es wäre gelogen, wenn ich behaupte, dass ich ihn wiedererkenne. Tut mir leid.«

»Einen Versuch war es zumindest wert. Trotzdem danke.« Enttäuscht beendete Gesa das Gespräch. Es wäre ja auch zu schön gewesen, wenn jetzt alles auf Anhieb gepasst hätte. Die weiteren Ermittlungen sollte sie wohl tatsächlich der Polizei überlassen.

Gesa wählte Crachts Nummer und schlenderte dabei langsam wieder auf ihren Schreibtisch zu.

Björn gab ihr wilde Handzeichen.

Deshalb wollte sie schon auflegen, doch ausgerechnet in diesem Moment nahm Cracht ab.

»Moin, Frau Jansen. Haben Sie Neuigkeiten für mich?«

»Ich glaube, ich weiß jetzt, wer Uwe umgebracht hat«, platzte es aus ihr heraus.

Björn stellte seine Zeichen ein und verzog das Gesicht.

Gesa fuhr herum. Direkt hinter ihr stand Maike Thomsen.

»Wer war es?«, fragte Cracht.

Thomsen riss die Augen auf. »Was?«

Im Großraumbüro verstummten alle Gespräche. Sämtliche Augenpaare ruhten nun auf Gesa. Sie konnte keinen Rückzieher mehr machen. Tief holte sie Atem. »Lars Lumbach.«

»Der Name sagt mir nichts«, bemerkte Cracht.

»Herr Lumbach ist ein Redakteur beim Regionalfernsehen. Sie müssen seine Nummer eigentlich in den Verbindungsnachweisen von Uwes Redaktionshandy gefunden haben.«

»Die Kontakte hat jemand anderes abtelefoniert. Jedenfalls ist der Mann uns nicht aufgefallen.«

»Warum auch? Er war ein Kollege, mit dem Uwe sporadisch in Kontakt stand. Ich bin eher zufällig über Dormer wieder auf ihn gestoßen, weil er einen TV-Beitrag über den ungeklärten Tod von Michaela Gräz produziert hat.«

Da Thomsens stechender Blick sie nervös machte, drehte Gesa sich von ihr weg und wandte sich stattdessen Björn zu. Dessen zerknirschter Gesichtsausdruck brachte sie trotz des Ernstes der Lage beinahe zum Lächeln. »Es mag verrückt klingen, aber ich glaube, dass Lars Lumbach Michaela Gräz getötet hat und Uwe das herausgefunden hat. Deshalb musste auch er sterben.«

»Ich brauche Sie so schnell wie möglich für eine Aussage auf dem Revier. Bitte bringen Sie auch Ihr gesamtes Recherchematerial mit.« Cracht klang plötzlich sehr ernst. »Ich kümmere mich darum, dass wir gleich einen Vernehmungsraum kriegen.«

»Ich mache mich sofort auf den Weg«, versprach Gesa und legte auf.

»Das ist doch wohl nicht Ihr Ernst!«, fuhr Thomsen sie von hinten an. »Sie gehen nirgendwohin, bis dieser Artikel geschrieben ist!«

»Nein.« Gesa wandte sich zu ihr um und reckte das Kinn. »Sie bekommen Ihren Artikel, sobald Lumbach überführt ist – keinen Augenblick früher.«

»Wir haben hier eine exklusive Mordermittlung und Sie wollen warten, bis jedes Käseblatt davon weiß? Das kommt nicht infrage!«

»Es besteht immer noch die Möglichkeit, dass ich mich irre und Lumbach unschuldig ist. Ich werde nicht den gleichen Fehler wie Sie und Stolter begehen. Haben Sie aus dem Vorfall damals denn gar nichts gelernt?«

»Nie zurückzublicken.« Thomsen verschränkte die Arme vor der Brust. »Ich habe nach vorn gesehen und weitergemacht. Aber Stolter musste ja unbedingt mit seiner Vergangenheit ins Reine kommen und wieder an diesen alten Fall rühren. Wenn Sie recht haben, hat es ihn das Leben gekostet.«

Björn stand von seinem Schreibtisch auf und stellte sich neben Gesa. »Warum wollen Sie all Ihr Pulver auf einmal verschießen? Sie haben sich bisher nicht einmal entscheiden können, ob die Politik oder die Polizeiredaktion den heutigen Aufmacher bekommt. Und da wollen Sie noch eine dritte Top-Story ins Rennen schicken? Das wäre doch Verschwendung!«

Thomsen zögerte. »Aber die Konkurrenz schläft nicht. Was, wenn Gorzlitz uns zuvorkommt?«

»Ich habe den besten Draht zu Cracht und dem Ermittlerteam«, entgegnete Gesa. »Bei all dem Material, das ich zu dem Fall beigetragen habe, bin ich zuversichtlich, dass wir als Erste informiert werden.«

»Und Frau Jansen hat als wichtige Zeugin doch ohnehin einen exklusiven Zugang, über den niemand sonst verfügt«, ergänzte Björn.

Thomsen schien sichtlich mit sich zu ringen. »Von mir aus«, brummte sie schließlich. »Aber dafür erwarte ich von Ihnen eine preisverdächtige Titelgeschichte.«

Stirnrunzelnd musterte sie Björn. »Ich habe mich übrigens dafür entschieden, Frau Jäschke die Seite eins zu geben. Sie brauchen dringend eine Lektion in Sachen Demut.« Ohne eine Antwort abzuwarten, rauschte sie davon.

Alexandra, die nicht einmal vorgab, zu arbeiten, verließ ihren Schreibtisch. »Das war ja beinahe oscarreif. Ihr beide seid ein richtiges Dreamteam.« Sie lächelte Gesa und Björn an. »Da werde ich direkt ein bisschen neidisch.«

»Sie hat recht.« Gesa musterte Björn. »Danke, dass du zu mir gehalten hast.«

»Dafür sind Kollegen doch da.«

Sein offener Blick ging ihr eine Spur zu nahe, deshalb musste sie die komische Stimmung mit einem flotten Spruch zerstören. »Auf jeden Fall hast du jetzt richtig was gut bei mir.«

»Wirklich?« Ein amüsiertes Lächeln huschte über sein Gesicht. »Dann nehme ich dich beim Wort.«

Kapitel 38

Sie hätte nicht so leichtfertig ein Versprechen abgeben sollen. Gesa zupfte an ihrer dunklen Bluse, die sie zuletzt zu einer Beerdigung getragen hatte, und sah von den oberen Rängen der Elbphilharmonie hinab auf das Orchester. Das ging ganz schön tief runter. Schnell wandte sie den Blick ab.

Björn, der neben ihr saß, lächelte zufrieden. Kein Wunder. Hatte er es doch tatsächlich geschafft, sie hierherzuschleifen. Langsam beugte er sich zu ihr hinüber und flüsterte ihr ins Ohr. »So schlimm ist es doch gar nicht, oder?«

»Ist es doch«, flüsterte sie zurück. »Wann kommt endlich die Pause?«

Er schüttelte leicht den Kopf, antwortete aber nicht.

Mit Mühe hielt Gesa die Füße still. Cracht hatte ihr vorhin eine Nachricht hinterlassen, dass Lars Lumbach auf dem Revier vernommen wurde. Und sie saß hier in einem Klassikkonzert fest.

Klar schuldete sie Björn einen Gefallen, nachdem er gestern den Folgeartikel über die Sexpartys ganz allein geschrieben hatte, weil sie den kompletten Nachmittag bei der Polizei verbracht hatte. Aber musste es ausgerechnet heute sein?

Ganz vorsichtig wippte sie mit dem Fuß, um ihre Ungeduld zu zügeln. Wie lange konnte so ein Musikstück denn schlimmstenfalls dauern?

Endlich hörten die Musiker auf zu spielen und die Pause begann. Sofort riss Gesa ihr Smartphone aus der Handtasche und schaltete es ein. Zwei verpasste Anrufe von Cracht.

»Das hier ist ein sehr modernes Stück«, erklärte Björn. »Du hast mir ja erzählt, dass du die alten Meister nicht magst. Allerdings ist moderne Klassik manchmal auch nicht so leicht konsumierbar, weil …«

»Warte mal kurz«, bat sie. »Ich muss Cracht zurückrufen.«

Die Frau links von Gesa zog die Stirn kraus. Vermutlich, weil Gesa auf ihrem Platz sitzen blieb anstatt sich in die Schlange zu den Ausgängen einzureihen.

Nach dem vierten Klingeln nahm Cracht Gesas Anruf entgegen. »Moin, Frau Jansen. Ich wollte Sie nur auf dem Laufenden halten. Wir machen hier bei der Vernehmung große Fortschritte. Ich glaube, Lumbach bricht bald ein.«

»Das sind ja wunderbare Neuigkeiten.« Da ihre Sitznachbarin sie finster musterte, senkte Gesa die Stimme. »Ich bin so erleichtert, dass Sie jetzt den Richtigen haben.«

»Nicht zuletzt dank Ihnen. Deshalb mache ich Ihnen ein Angebot. Wenn Sie möchten, dürfen Sie und Ihr Kollege zu uns aufs Revier kommen und bei der Vernehmung zusehen.«

Gesa konnte sich nicht daran erinnern, dass Cracht schon einmal ein solches Angebot gemacht hatte. »Ich würde wirklich gern, aber ich kann nicht. Gerade bin ich auf einem Konzert.«

Die Frau gab das Warten auf und stieg über Gesas am Boden liegenden Rucksack – nicht ohne dabei leise vor sich hinzumurren.

»Das verstehe ich natürlich. Dann noch viel Spaß!« Cracht legte auf.

»Was würdest du wirklich gern?«, fragte Björn.

»Cracht hat uns eingeladen, bei Lumbachs Vernehmung zuzusehen«, erwiderte Gesa. »Aber sie ist jetzt.«

Sanft berührte er sie an der Schulter. »Dann lass uns hingehen. Wer weiß, wann sich je wieder so eine Chance bietet?«

»Aber dann verpassen wir den Rest des Konzerts. Das hier sind nicht einmal Presse-Freikarten.«

»Na und?« Björn musterte sie. »Ins Konzert können wir auch ein anderes Mal. Du hättest doch hier keine ruhige Minute mehr.«

»Ist es ehrlich für dich in Ordnung? Ich könnte auch allein gehen.«

»Auf keinen Fall! Wenn, dann machen wir das zusammen.«

* * *

Björn musterte das kleine Büro, in das Ole Cracht ihn und Gesa führte, mit einem leichten Stirnrunzeln. »Wo steht denn der venezianische Spiegel?«

»Die gibt's nur im Fernsehen.« Cracht ergriff eine Fernbedienung. »Aber seit einiger Zeit müssen bei bestimmten Verfahren, und dazu gehören auch Tötungsdelikte, von der Beschuldigtenvernehmung Videoaufzeichnungen gemacht werden. Normalerweise machen wir davon zwar keine Live-Übertragung, aber heute ist die große Ausnahme.«

»Weiß Lumbach, dass wir zusehen?«, fragte Gesa.

»Ja. Ohne seine Zustimmung dürften wir das hier nicht machen. Zum Glück ist der Mann als Fernsehredakteur ja alles andere als kamerascheu. Anfangs ist er wohl auch davon ausgegangen, dass er sich aus allem herausreden kann.«

Cracht schaltete den Fernseher ein und klickte sich durch die Kanäle, bis ein Bild aus dem Vernehmungsraum zu sehen war. Lumbach und eine Frau im Kostüm saßen Karolin Lück am Tisch gegenüber. Cracht runzelte die Stirn. »Wieso haben wir keinen Ton?«

»Soll ich es mal versuchen?«, bot Björn an.

Wortlos drückte Cracht ihm die Fernbedienung in die Hand. »Ich hab der Kollegin Lück angeboten, zu übernehmen. Sie sitzt schon seit drei Stunden da drinnen. Aber sie will es selbst zu Ende bringen.«

»Ja, sie ist zäh.« Gesa stellte sich vor den Fernseher und wünschte sich, sie könnte an Lücks Stelle die Fragen stellen. »Was hat er denn bisher zugegeben?«

»Nur das, was sich nicht leugnen lässt. Dass er sich mit Uwe vor der Demo unterhalten hat. Für das Gespräch gibt es schließlich einen Zeugen. Und dass die Thermoskanne ihm gehört. Sie ist voll mit seinen Fingerabdrücken. Aber angeblich hat er sie Uwe nicht gegeben, sondern sie nur im Übertragungswagen aufbewahrt. Er behauptet, jemand anderes hätte sich daran zu schaffen gemacht.«

Auf einmal war Ton zu hören. Kommissarin Lück klang ziemlich genervt. »Sie bleiben also dabei? Das ist doch lächerlich!«

Die Frau im dunkelblauen Kostüm beugte sich über den Tisch. »Sie haben meinen Mandanten laut und deutlich gehört. Jemand will ihm die Tat anhängen.«

»Und wer soll das sein?«, fragte Lück.

Lars Lumbach räusperte sich. »Volker Dormer.«

»Ernsthaft?« Gesa tigerte im Zimmer auf und ab.

Björn und Cracht hingegen lehnten sich an eine Wand und wirkten deutlich entspannter.

»Volker Dormer lebt in Berlin und hat ausgesagt, dass er zuletzt vor zwölf Jahren in Hamburg war.« Lücks Augen wurden schmal. »Zur Tatzeit hat er für einen Kunden einen neuen Fernseher angeschlossen. Das Alibi wurde uns bestätigt. Was sagen Sie jetzt?«

»Er könnte auch jemanden beauftragt haben.« Lumbachs bleiches Gesicht wurde noch blasser. »Oder er steckt doch nicht dahinter. Vielleicht galt der Giftanschlag gar nicht Herrn Stolter, sondern mir? Was, wenn jemand meinen Kaffee vergiften wollte und Uwe die Thermoskanne zufällig mitgenommen hat?«

Gesa schüttelte den Kopf. Lumbach gab nicht so leicht auf, das musste sie anerkennen. Aber seine Erklärungen klangen trotzdem abwegig.

»Wieso sollte Stolter so etwas tun?«, fragte Lück. »Ist es unter Journalisten üblich, anderen etwas wegzunehmen, ohne zu fragen?«

»Wir waren locker befreundet«, behauptete Lumbach. »Ich habe ihm schon öfter angeboten, sich einfach an unseren Vorräten aus dem Ü-Wagen zu bedienen. Zwar nicht speziell an diesem Tag. Aber er wusste, dass mein Angebot gilt.«

»Er ist gut«, brummte Cracht. »Lässt sich von der Lück einfach nicht festnageln.«

»Kein Wunder«, stimmte Björn zu. »Immerhin kennt er solche Interviewsituationen aus seinem Job.«

Lück trommelte mit den Fingern auf die Tischplatte. »Es gab aber keine anderen Fingerabdrücke an der Flasche.«

»Natürlich nicht!«, mischte sich die Anwältin ein. »Welcher Kriminelle hinterlässt denn schon Fingerabdrücke? Gerade dass die Abdrücke meines Mandanten nicht abgewischt wurden, sondern sich noch auf der Flasche befinden, spricht doch für seine Unschuld.«

»Da hat sie leider recht«, bemerkte Cracht.

Gesa presste vor lauter Frustration die Lippen zusammen. Lumbach durfte nicht so einfach davonkommen.

»Fünf Minuten Pause«, verkündete Lück und verließ den Vernehmungsraum.

Kurz darauf waren Schritte im Flur zu hören und die Tür zu ihrem Büro flog auf. »So eine verdammte Scheiße!«

Mit Schwung schlug Lück die Tür hinter sich zu. »Hallo.« Sie bedachte Gesa und Björn mit einem knappen Blick, wandte sich dann aber an Cracht. »Ich hatte ihn fast so weit, aber dann hat er sich wieder aus allem rausgewunden.«

»Er hatte genügend Zeit, sich auf dieses Gespräch mental vorzubereiten.« Langsam ging Gesa auf Lück zu. »Wenn Sie ihn festnageln wollen, müssen Sie ihn überraschen und dadurch aus dem Konzept bringen.«

»Glauben Sie, das weiß ich nicht?« Lücks Tonfall klang scharf. »Nur ist dieser Typ mit allen Wassern gewaschen.«

»Trotzdem ist Frau Jansens Vorschlag nicht verkehrt«, mischte Cracht sich ein. »Wir haben ihn bisher noch nicht richtig mit dem alten Fall konfrontiert. Wenn wir zwischen beiden Fällen hin- und herwechseln, könnte ihn das aus dem Konzept bringen.«

»Einen Versuch wäre es wert. Aber dann sollten Sie übernehmen. Im Fall Michaela Gräz bin ich nicht fit genug.«

»In Ordnung. Ich habe Frau Jansen gestern ausführlich befragt und bin gut im Thema. Mal sehen, ob ich mehr Glück habe.«

»Eine Sache noch«, sagte Gesa. »Fragen Sie mich bitte nicht, woher ich das weiß, aber Lumbach konsumiert Kokain und das schon eine ganze Weile.«

»Danke. Vielleicht kann ich das verwenden.« Cracht verschwand durch die Tür.

Björn stellte sich neben Gesa. »Keine Sorge. Sie kriegen ihn schon. Es ist nur eine Frage der Zeit.«

»Für den brauche ich mehr Koffein«, bemerkte Lück. »Noch jemand Kaffee?«

»Nein, danke«, sagte Björn, der eiserne Teetrinker.

Auch Gesa schüttelte den Kopf.

»Dann eben nicht.« Lück verließ das Zimmer und zog die Tür hinter sich zu.

In der Zwischenzeit hatte Cracht den Raum mit Lars Lumbach und seiner Anwältin betreten. Er zog Lücks ehemaligen Stuhl zu sich heran und setzte sich. »Ich bin Hauptkommissar Cracht und die Ablösung von Kommissarin Lück.«

Die Rechtsanwältin zog die Brauen hoch. »Frau Lück bekommt also eine Pause, aber mein Mandant nicht?«

»Brauchen Sie eine Pause, Herr Lumbach?«, fragte Cracht.

»Nein, danke«, erwiderte er. »Je schneller dieser Unsinn ein Ende hat, desto besser.«

»Wie schnell wir hier fertig werden, liegt allein bei Ihnen, Herr Lumbach. Was genau hat Herr Stolter zu Ihnen gesagt, als er Sie an seinem Todestag aufgesucht hat?«

»Das habe ich doch schon alles Ihrer Kollegin erzählt. Er hat gefragt, warum Yvonne Traut in meinem Einspieler über den ungeklärten Tod von Michaela Gräz nicht zu Wort kommt.«

»Also hat er den Einspieler gesehen?«, hakte Cracht nach.

»Nein. Ich wollte den Beitrag vor der Ausstrahlung nicht herumzeigen. Das verstößt gegen unsere Senderpolitik, deshalb habe ich seine Bitte abgelehnt.«

»Woher kann er dann gewusst haben, dass Yvonne Traut in Ihrem Beitrag gar nicht vorkommt?«

»Er hat sie wohl direkt kontaktiert. Ich habe keine Ahnung, weshalb ihm dieses Thema überhaupt so wichtig war.«

Crachts Augen verengten sich. »Aber Frau Jansen durfte sich den Beitrag vorab ansehen. Warum?«

»Nun ja.« Lumbach rutschte auf seinem Stuhl herum. »Es gibt da einen gewissen Spielraum, wenn das Video in unseren Redaktionsräumen gesichtet wird und nicht das Haus verlässt. Nach Uwes Tod wollte ich selbstverständlich alles Menschenmögliche tun, um bei der Aufklärung zu helfen.«

Gesa schnaubte. Als Interviewpartner wäre Lumbach ein Albtraum.

»Wie schön, dass Sie so kooperativ sind«, bemerkte Cracht. »Uwe Stolter kam also zu Ihnen an den Übertragungswagen und wollte wissen, warum Yvonne Traut in Ihrem Beitrag nicht erwähnt wird. Was haben Sie ihm darauf geantwortet?«

»Ist es wirklich notwendig, hier alles doppelt durchzukauen?«, fragte Lumbachs Anwältin. »Sie haben doch Ihre Videoaufzeichnung.«

»Leider doch. Es geht hier schließlich um ein Tötungsdelikt.«

Gesa konnte Crachts Selbstbeherrschung nur bewundern. Immerhin war Uwe sein Freund gewesen und nun saß er dessen mutmaßlichem Mörder gegenüber.

»Also?«, bohrte Cracht nach.

»Ich wollte sie nicht belästigen. Der Beitrag war ohnehin nur sehr kurz.«

»Ist das wirklich der einzige Grund oder hatten Sie Angst, dass sie Sie wiedererkennt?«

»Woher denn?« Lumbachs Augen weiteten sich. »Wir haben uns noch nie getroffen.«

»Sie waren doch in der Nacht von Michaelas Tod ebenfalls in der Disco. Wieso haben Sie sich nie als Zeuge gemeldet?«

»War ich das?«, fragte Lumbach. »Ja, ich habe damals in der Gegend gewohnt. Aber daran würde ich mich doch erinnern.«

»Herr Lumbach, ich rate Ihnen, sich nicht mehr zu äußern«, sagte die Anwältin. »Was wollen Sie meinem Mandanten noch alles unterstellen?«

»Vielleicht erinnern Sie sich nicht mehr wegen der Drogen«, bemerkte Cracht.

»Wie bitte?« Lumbachs Gesicht wurde so bleich, dass Gesa damit rechnete, er würde umkippen.

»Dadurch kann es schon mal zu Aussetzern kommen«, sagte Cracht. »Gedächtnislücken. Aber natürlich auch die andere Art von Aussetzern, wenn Sie verstehen, was ich meine.«

»Ich habe sie nicht getötet.«

»Natürlich nicht!«, höhnte Cracht. »Als Nächstes erzählen Sie mir noch, dass alles nur ein schrecklicher Unfall war.«

»Das stimmt ja auch.« Lumbach wurde laut. »Ich konnte überhaupt nichts dafür!«

»Herr Lumbach!« Seine Anwältin fasste ihn an der Schulter. »Bitte sagen Sie jetzt kein einziges Wort mehr.« Sie wandte sich an Cracht. »Ich brauche einen Moment allein mit meinem Mandanten. Und schalten Sie die Kamera aus.«

KAPITEL 39

Gesa starrte auf den schwarzen Bildschirm im Kripobüro. Ausgerechnet jetzt, wo es richtig spannend wurde, legten sie wegen Lumbachs Anwältin eine Pause ein.

Sie wandte sich an Björn. »Was denkst du? War es richtig, Cracht zu erzählen, was Yvonne mir anvertraut hat? Immerhin hat sie mich gebeten, das auf gar keinen Fall zu tun.«

»Natürlich war es das. Sie hatte kein Recht, dich darum zu bitten und damit in diese verzwickte Lage zu bringen. Ohne ihr egoistisches Verhalten hätte der Fall ihrer Freundin vielleicht schon vor zwanzig Jahren aufgeklärt werden können.«

»Mag sein«, räumte Gesa ein. »Trotzdem hat sie mir vertraut und …« Sie unterbrach sich, als Cracht zur Tür hereinkam.

»Der Tipp mit den Drogen war gut«, sagte er. »Hat Lumbach ganz schön durcheinandergebracht. Hoffentlich funkt uns die Anwältin jetzt nicht dazwischen.«

Gesa nahm ihre Wanderung durchs Zimmer wieder auf. »Könnte Lumbach die Wahrheit sagen und Michaelas Tod tatsächlich ein schrecklicher Unfall gewesen sein?«

»Glaub ich nicht.« Crachts Tonfall klang grimmig. »Dass in so einem Fall jemand abhaut, anstatt den Notruf zu wählen, ist das Eine. Doch wenn man zwanzig Jahre später einen Mord begeht, um das Ganze zu vertuschen, muss mehr dahinterstecken.«

»Der Meinung bin ich auch«, ergänzte Björn. »Allerdings dürfen wir nicht außer Acht lassen, dass Lumbachs Karriere allein durch das Bekanntwerden seines Kokainkonsums ruiniert gewesen wäre.«

Cracht schüttelte den Kopf. »Uwe hätte nie einen Kollegen bloßgestellt. So war er nicht.«

In diesem Moment betrat Lück den Raum mit einem dampfenden Kaffeebecher in der Hand. »Sie legen schon die erste Pause ein?«

»War nicht meine Idee«, entgegnete Cracht. »Lumbachs Anwältin hat darauf bestanden, nachdem Lumbach eingeräumt hat, beim Tod von Michaela Gräz dabei gewesen zu sein. Er nennt das Ganze einen Unfall.«

»Da habe ich ja das Beste verpasst.« Lück nippte an ihrem Kaffee. »Eigentlich wollte ich schnell was essen gehen. Aber unter diesen Umständen lasse ich liefern. Lumbach braucht auch eine Mahlzeit. Sonst heißt es noch, wir hätten ihn schlecht behandelt.«

»Ich frage ihn, was er will.« Cracht wandte sich an Gesa und Björn. »Möchten Sie auch etwas bestellen?«

»Nein, danke«, sagte Björn. »Wir haben schon gegessen.«

Die Erinnerung an den Besuch beim Italiener entlockte Gesa ein Lächeln. Mit keinem anderen Kollegen wäre sie abends in ein Restaurant gegangen, aber Björn machte zum Glück keine große Sache daraus. Und sie konnten ja schlecht hungrig das Konzert besuchen.

»Morgen lade ich Yvonne Traut vor«, verkündete Lück. »Notfalls müssen wir Lumbach nach ihrer Aussage erneut vernehmen.«

»Genügen denn die Fingerabdrücke auf der Thermoskanne nicht als Beweis?«, fragte Björn.

Lück winkte ab. »Wo denken Sie hin? Ein Geständnis ersetzen die nicht. Es genügt nicht mal, wenn Lumbach zugibt, dass er es getan hat. Er muss uns Täterwissen nachweisen.«

»Klingt kompliziert.«

»Ein Spaß ist das nicht.« Lück verschwand wieder mit ihrem halbvollen Kaffeebecher.

Da es ohnehin nichts zu sehen gab, zog Gesa einen Stuhl zu sich heran. »Bist du sicher, dass du bleiben willst?«, fragte sie Björn. »Die Vernehmung kann sich noch ewig hinziehen.«

Er setzte sich neben sie. »Machst du Witze? Das hier dürfte die aufregendste Nacht meines Lebens werden.« Der Ausdruck in seinen grauen Augen wurde ernst. »Du hast vermutlich schon ganz andere Sachen erlebt. Alexandra hat erwähnt, dass du früher Kriegsreporterin warst.«

»Ja, das stimmt.« In ihrer Kehle wurde es eng. »Hat sie dir sonst noch was erzählt?«

»Nein, natürlich nicht! Ich hätte sie doch auch nie nach dir ausgefragt.« Björn klang regelrecht entrüstet. »Deine dunklen Geheimnisse musst du mir schon selbst offenbaren.«

»Diese Einstellung gefällt mir.«

Die nächste Stunde verbrachten sie mit Warten, während die Polizisten und Lars Lumbach eine Essenspause einlegten. Gesa las die Nachrichtenseiten auf ihrem Smartphone und Björn hörte mit geschlossenen Augen Klassikmusik von seiner Playlist.

Endlich ging die Vernehmung weiter. Lück setzte sich zu Björn und Gesa ins Büro und schaltete den Fernseher ein. Das Bild zeigte Lars Lumbach und seine Anwältin am Tisch.

Ole Cracht nahm ihnen gegenüber Platz. »Herr Lumbach, Sie haben vorhin geäußert, dass der Tod von Michaela Gräz ein Unfall gewesen sei. Was genau meinen Sie damit?«

»Mein Mandant wird auf mein Anraten hin zu diesem Thema nichts mehr sagen«, erwiderte die Anwältin.

»Mir ist bewusst, dass Sie sich bemühen, die Interessen von Herrn Lumbach bestmöglich zu vertreten. Allerdings muss ich Sie darauf hinweisen, dass wir eine Zeugin vorladen werden, die ihn als Täter identifizieren kann. Deshalb sind wir auf seine Kooperation nicht angewiesen. Sollte Herr Lumbach heute nicht alles offen auf den Tisch legen, besteht keinerlei Aussicht mehr auf eine Strafmilderung durch sein Geständnis.«

»Von welcher Zeugin reden Sie?«

Cracht ließ mehrere Sekunden verstreichen, bevor er antwortete. »Yvonne Traut. Sie war die beste Freundin von Michaela Gräz und hat Herrn Lumbach damals in der Disco gesehen.«

»Selbst, wenn das stimmen sollte, bedeutet ein zufällig gleichzeitiger Discobesuch wohl kaum, dass mein Mandant in den Tod von Michaela Gräz verstrickt ist.«

Gesa rutschte auf der Sitzfläche ihres Stuhls herum. Tatenlos zusehen zu müssen, war wirklich die reinste Folter!

Björn, der sie vermutlich durchschaute, verdeckte seinen Mund mit der Hand. Dennoch erkannte sie sein heimliches Schmunzeln.

»Wir haben ausreichend Hinweise, um einen DNA-Abgleich anzufordern.« Cracht sah nicht länger die Anwältin an, sondern Lumbach. »Außerdem wird uns die Haaranalyse zeigen, ob Sie in den letzten Monaten Kokain genommen haben. Laut Frau Traut haben Sie Ihre Haare früher abrasiert, was bei Ihrer Sucht sicher eine kluge Entscheidung war. Doch ich nehme mal an, beim Sender hatte jemand etwas dagegen. Deshalb tragen Sie ihr Haar inzwischen länger. Gut für uns.«

Lumbachs Lippen wurden schmal. »Selbst wenn ich Kokain nehmen sollte – und ich sage nicht, dass es so ist –, macht mich das doch nicht zu einem Mörder.«

»Das nicht. Aber die Droge enthemmt und lässt Sie Dinge tun, die Sie später bereuen.« Cracht beugte sich über den Tisch.

»Haben Sie sich zu einer großen Dummheit hinreißen lassen, Herr Lumbach? Vielleicht sogar beide Male?«

»Nein, ich habe mich im Griff.« Trotz des scharfen Seitenblicks seiner Anwältin redete Lumbach weiter. »Der Job ist nur sehr fordernd und manchmal brauche ich da die zusätzliche Energie.«

»Was geschah vorletzten Dienstag, als Herr Stolter Sie am Übertragungswagen aufsuchte? Bitte schildern Sie alles der Reihe nach.«

Lumbach zögerte. »So gegen halb zwölf kamen Olaf und ich – also Olaf Klänger, der Kameramann – mit dem Übertragungswagen am Hauptbahnhof an, wo die Antifa-Demo eine Stunde später starten sollte.«

»Wann ist Herr Stolter zu Ihnen gestoßen?«

»Kurz vor zwölf. Er war mit seinem Fotografen verabredet, wollte mich aber vorher noch sprechen.«

»Herr Lumbach, Sie brauchen nichts zu sagen, was Sie belastet«, mischte sich die Anwältin schon wieder ein.

Gesa wippte vor Ungeduld mit den Füßen und erntete dafür einen strafenden Seitenblick von Lück.

»Das stimmt«, entgegnete Cracht. »Ich gebe allerdings zu bedenken, dass wir in Kürze ausführlich mit Herrn Klänger reden werden. Dies ist vermutlich Ihre letzte Gelegenheit, uns Ihren guten Willen zu demonstrieren. Sie sagten also, die Sache mit Stolter war ein Unfall?«

»Ja. Nein.« Lumbach wandte sich an seine Anwältin. »Habe ich das nicht über Michaela Gräz gesagt?«

»Ich habe schon verstanden, dass Sie seinen Tod nicht beabsichtigt haben.« Wie Cracht es schaffte, so ruhig zu bleiben, rang Gesa Bewunderung ab. »Was ist schiefgelaufen?«

»Uwe hat einfach nicht lockergelassen und mir damit in den Ohren gelegen, dass er es Dormer schuldig sei, den Verantwortlichen zu finden. Er hat mich bedrängt, ihm das

Video zu zeigen, und er wollte sich Yvonne Traut noch mal vornehmen. Da bin ich in Panik geraten.« Lumbachs Stimme brach weg. »Ich wollte nur meine Thermoskanne aus dem Ü-Wagen holen, weil Uwe Durst hatte. Doch dann stand da diese Flasche mit Frostschutzmittel. Es war eine Kurzschlussreaktion. Ich habe wirklich nur einen winzigen Schuss hineingegeben. Das Zeug hätte gar nicht so stark wirken dürfen. Es sollte Uwe nur ein wenig krankmachen, damit er von seiner Recherche ablässt.«

»Herr Lumbach!« Die Anwältin fasste ihn am Arm, doch er schüttelte sie ab.

»Es ist doch eh alles zu spät.«

»Damit hat er recht«, bemerkte Lück. Sie wandte sich zu Gesa um. »Wenn er mit dem Frostschutzmittel eine frühere Straftat vertuschen wollte, sind die Kriterien für einen Mord erfüllt.«

* * *

»Auf die beste Seite eins aller Zeiten!« Maike Thomsen erhob ihr Sektglas. »Und auf das neue Team der Polizeiredaktion!«

Auch Alexandra und die übrigen Kollegen im Großraumbüro stießen mit Björn und Gesa an.

Henri lief schwanzwedelnd zwischen ihren Beinen herum und suchte vermutlich nach dem besten Versteck für seine überdimensionale Kaustange, die er zur Feier des Tages bekommen hatte.

»So ganz verstehe ich das immer noch nicht.« Alexandra wandte sich an Björn. »Uwe hatte doch bloß einen vagen Verdacht, dass etwas mit Lumbachs Beitrag nicht stimmte. Wieso hat der so viel riskiert und ihn deswegen vergiftet? Hätte er nichts unternommen, wäre der Totschlag in einem Monat verjährt gewesen und er wäre straffrei ausgegangen.«

Björn stellte sein Glas auf dem Schreibtisch ab, ging in die Knie und kraulte Henri zwischen den Ohren. »Er wusste nicht genau, wie viel Uwe schon von Yvonne Traut erfahren hatte. Und da Uwe weiterrecherchieren wollte, wäre er ihm vermutlich noch auf die Schliche gekommen.«

Gesa nippte am Sekt und genoss das herbe Prickeln auf ihrer Zunge. »Lumbach hatte sich ein gutes Leben aufgebaut. Das wollte er mit allen Mitteln schützen. Er behauptet, dass er nicht vorhatte, Uwe zu töten. Aber das entschuldigt gar nichts. Davon abgesehen könnte es auch gelogen sein.«

»Glaubt ihr, es stimmt, dass Lumbach Michaela gar nichts antun wollte?«, fragte Alexandra.

Den restlichen Sekt leerte Gesa in einem Zug und stellte das Glas schwungvoll ab. »Unsinn! Wenn er sie von der Disco aus verfolgt und in dieser Seitenstraße bedrängt hat, dann sicher nicht mit guten Absichten.«

»Michaela muss ohnehin schon völlig verängstigt gewesen sein, nachdem sie Volker Dormer an der Bushaltestelle erspäht hat«, ergänzte Björn. »Deshalb hat sie sich wohl entschieden, zu Fuß nach Hause zu laufen. Wie hätte sie auch ahnen können, dass sie sich damit in noch größere Gefahr begab?«

»Und dann wird sie auch noch von Lumbach angesprochen, der unter Alkohol- und Drogeneinfluss stand und den sie schon in der Disco abgewiesen hatte.« Ein bitterer Geschmack breitete sich auf Gesas Zunge aus. »Nach ihrer Stalking-Erfahrung wollte sie vermutlich besonders vorsichtig sein. Aber das hat ihr nichts genützt.« Stattdessen hatte Lumbach kein Nein akzeptiert und sie im Streit brutal zu Boden gestoßen. Seine genauen Absichten für jene Nacht würden wohl für immer im Dunkeln bleiben. Gesa war dankbar dafür.

»Ich habe übrigens auch was zu feiern«, verkündete Alexandra. »Der Sozialbau in Winterhude wird nun doch nicht abgerissen, sondern saniert. Harald Ruhlt gibt sich zerknirscht über die vielen Missverständnisse. Aber im Grunde will er wohl nur davon ablenken, dass sein Mitarbeiter inzwischen eingeknickt ist und gestanden hat, er sei von Ruhlt dafür bezahlt worden, alle Schuld auf sich zu nehmen. Jetzt droht dem Investor und seinem Neffen ein Prozess.«

»Genau wie den korrupten Politikern.« Björn nippte an seinem Sekt.

»Genug gefeiert!« Maike Thomsen übertönte mühelos alle Redakteure im Großraumbüro. »Wir haben immer noch ein Blatt zu machen. Herr Dalmann, Sie besorgen mir eine offizielle Stellungnahme der Parteispitzen zu diesen Sexpartys. Und Sie«, nun wandte Thomsen sich an Gesa, »schreiben einen Nachklapp über Volker Dormer, dessen Unschuld nach zwanzig Jahren nun endlich bewiesen ist. Machen Sie es per Telefon. Ich will den Artikel noch bis Druckschluss.«

Gesa tauschte ein Lächeln mit Björn. Manche Dinge änderten sich nie.

KAPITEL 40

Der Gedenkstein direkt an der Hausmauer war kaum größer als ein Fußball. Der Steinmetz hatte weder Michaelas Namen noch ihre Daten eingraviert, sondern nur die fünf Worte: *Für immer in unserem Herzen.*

Jutta und Peter Gräz standen mit Gesa an jener Stelle in Hamburg-Lurup, an der ihre Tochter vor genau zwanzig Jahren den Tod gefunden hatte.

»Sie können sich vermutlich gar nicht vorstellen, was dieser Tag für uns bedeutet.« Jutta Gräz wischte sich mit dem Handrücken eine Träne aus dem Augenwinkel. »Die ganzen Jahre über haben wir uns gefragt, was in jener Nacht mit ihr passiert es. Es nicht zu wissen, hat mir den Schlaf geraubt.«

»Jetzt hat Michaela endlich ihren Frieden.« Peter Gräz stellte eine kleine Vase mit weißen Rosen auf dem Bürgersteig ab. »Wenn ich daran denke, dass wir diesen Menschen auch noch in unsere Wohnung gebeten haben, wird mir ganz anders.«

»Das muss sicher ein Schock für Sie gewesen sein«, sagte Gesa.

»Wie man's nimmt.« Jutta Gräz zog ein Taschentuch aus ihrer Jackentasche und schnäuzte sich. »Natürlich waren wir erst einmal außer uns, als wir das von Herrn Lumbach erfahren haben. Wir hatten so große Hoffnungen auf seine Sendung gesetzt. Aber dann war ich auch erleichtert.«

»Weswegen?«

»Na, weil wir doch immer geglaubt haben, es wäre der Volker gewesen. Mein Mann und ich haben uns die schwersten Vorwürfe gemacht, dass wir sie nicht besser vor ihm beschützt haben. Aber jetzt wissen wir: Wir hätten nichts tun können.« Schon wieder flossen bei Jutta Gräz die Tränen.

»Sie haben sich selbst die Schuld gegeben?« Gesa, die mit ihren Stiefelspitzen über das Pflaster scharrte, fühlte sich ein wenig ertappt. Ganz ähnliche Gedanken gingen ihr schließlich wegen Christian durch den Kopf.

Peter Gräz zuckte mit den Schultern. »Nicht so richtig. Vom Verstand her wussten wir schon, dass wir nichts dafürkonnten. Aber hier«, er klopfte sich gegen die Brust, »war das schwerer zu begreifen.«

»Ich frage mich, wie Sie die letzten zwanzig Jahre überhaupt ertragen haben.« Gesas Blick verschleierte sich. Statt des Gedenksteins sah sie wieder die staubbedeckten Straßen Syriens vor sich. Die Trümmerhaufen – dort wo Wohnhäuser eingestürzt waren. Und die Ruinen, in denen immer noch Menschen lebten.

»Es war schwer«, sagte Jutta Gräz. »Aber wir hatten ja gar keine andere Wahl, als weiterzumachen. Die Trauer war unser ständiger Begleiter.«

»Wie haben Sie es geschafft, um Michaela zu trauern, solange so vieles ungeklärt war? Sie wussten weder, warum sie getötet wurde, noch von wem.«

»Das eine hat mit dem anderen doch nichts zu tun.« Jutta Gräz holte einen Bilderrahmen aus ihrer Tasche und stellte ihn neben den Blumen auf. Das Foto zeigte eine junge Frau mit blondem Haar und grünen Augen, die selbstbewusst in die Kamera lächelte. »Wir haben nie aufgehört, nach Antworten zu suchen. Und genauso wenig werden wir Michaela je vergessen. Trotzdem mussten wir akzeptieren, dass wir sie verloren haben.«

»Anfangs war ich so wütend, dass für den Schmerz gar kein Raum war«, bemerkte Peter Gräz. »Ich wollte nur, dass Dormer für seine Taten bestraft wird – Beweise hin oder her. Doch zum Glück habe ich gerade noch rechtzeitig begriffen, dass ich so nicht weitermachen konnte, weil ich sonst noch jemanden verliere.« Er tauschte einen Blick mit seiner Frau.

»Wir konnten nichts daran ändern, was geschehen ist.« Jutta Gräz tupfte ihre Augen trocken. »Aber wie wir damit umgehen, war unsere Entscheidung. Inzwischen können wir über Michaela sprechen und uns an sie erinnern, ohne dass es jedes Mal wehtut. Wir überlegen sogar, ihr Zimmer auszuräumen.«

»Das ist noch nicht entschieden«, entgegnete Peter Gräz.

»Aber wir brauchen diesen Schrein nicht mehr. Sie bleibt in unserem Herzen.« Jutta Gräz musterte Gesa. »Sie fragen das nicht nur aus journalistischer Neugier, oder?«

»Nein, tue ich nicht.« Gesa warf einen letzten Blick auf den schlichten Gedenkstein. Dann traf sie ihre Entscheidung.

* * *

Die Brücke über das alte Este-Sperrwerk war voller Menschen. Gesa erspähte Melli, Gunnar und Tim gleich vorn neben der Schranke.

Tim stürmte auf sie zu und warf sich in ihre Arme. »Du bist ja doch da! Mama hat gesagt, du kommst nicht.«

»Ich habe es mir in allerletzter Minute anders überlegt.« Gesa drückte Tim an sich. »Das hier wollte ich nicht verpassen.«

»Wie geht es dir?«, fragte Melli. Sie trug ein schwarzes Sommerkleid, das für den Anlass deutlich angemessener war als Gesas Jeans.

»Ganz gut, denke ich.« Gesa starrte auf ihre ungeputzten Stiefel. »Ich komme direkt von den Eltern von Michaela Gräz. Sie haben einen Gedenkstein für ihre Tochter aufgestellt.«

»Was für eine schöne Idee.« Melli fasste sie am Arm. »Komm mit. Die anderen kannst du später noch begrüßen. Aber Steffen sollte wissen, dass du hier bist.«

»Was ist mit meinen Eltern?« Suchend sah Gesa sich um.

»Sie haben es leider nicht geschafft«, entgegnete Gunnar. »Vorhin gab es im Hotel einen Wasserrohrbruch und die beiden halten die Stellung, bis die Handwerker da sind.«

»Das klingt übel.« Gesa folgte Melli auf die schmale Brücke und zwängte sich an den Trauergästen vorbei.

Genau auf der Mitte der Brücke stand Steffen. Er trug einen schwarzen Anzug und wandte Gesa den Rücken zu. Von hinten sah er Christian noch ähnlicher.

Sie hielt inne und musterte seine aufrechte Gestalt. Einen Augenblick lang erlaubte sie sich zu träumen. Stellte sich vor, wie es wäre, wenn der Mann vor ihr sich umdrehen und sie in Christians geliebtes Gesicht blicken würde. Genau hier auf der Brücke hatte er ihr vor vierzehn Jahren seine Liebe gestanden. Sie erinnerte sich an jedes einzelne Wort.

Steffen wandte sich um und die Illusion zerbrach. »Gesa?«

»Hallo.« Sie ging ihm entgegen und nahm ihn in den Arm. »Tut mir leid, dass ich so gegen diese Feier war.«

»Hauptsache, du bist jetzt hier. Das bedeutet uns allen viel.« Steffen trat einen Schritt zurück und machte den Weg für seine Eltern frei. »Seht mal, wer hier ist.«

»Gott sei Dank!« Christians Mutter schloss sie in die Arme. »Bist du uns noch böse?«

»Nein.« Gesas Mund fühlte sich auf einmal völlig ausgetrocknet an. »Ich verstehe jetzt, warum es euch so wichtig war, Christian für tot erklären zu lassen.«

»Es hat nicht mal geklappt.« Christians Vater klang bitter. »Wir müssen weitere fünf Jahre warten, bis unser Antrag bewilligt wird.«

»Das tut mir leid.« Auch wenn ein Teil von ihr erleichtert war, dass Christian offiziell weiterhin zu den Lebenden zählte.

»Wir wollten die Trauerfeier trotzdem«, sagte Steffen. »Als eine Art Abschluss für uns – soweit man überhaupt damit abschließen kann.«

Norman kam mit einem Strauß weißer Lilien auf sie zu. Er reichte jedem eine einzelne Blume. »Die braucht ihr gleich für die Zeremonie.«

»Danke.« Gesa umklammerte ihre Lilie, die einen süßlichen Duft verströmte.

»Bist du allein gekommen?«, fragte Steffen.

»Wie denn sonst?« Schon dass er diese Frage stellte, behagte ihr nicht.

»Es wäre völlig in Ordnung, wenn du heute einen Begleiter mitgebracht hättest.« Mehr sagte er zum Glück nicht in Gegenwart seiner Eltern. Doch es genügte bereits, damit Gesa sich unwohl fühlte.

»Ich geh mal wieder zu Gunnar«, murmelte sie und trat den Rückzug an.

Sie erreichte gerade wieder die Schranke, als Steffens Stimme über Mikrofon erklang. »Danke, dass ihr alle gekommen seid. Wir haben uns heute hier versammelt, um Abschied von einem ganz besonderen Menschen zu nehmen. Christian war nicht nur mein Bruder, sondern auch mein bester Freund …«

Gesa starrte auf die Rücken ihrer Freunde und Bekannten. Steffens Stimme rauschte über sie hinweg. Gunnar musterte sie besorgt und Melli streichelte ihr über den Arm. Sie sollte jetzt wohl inneren Frieden empfinden oder wenigstens Trauer. Stattdessen waren da nur Leere und bleierne Müdigkeit.

Als das Smartphone in ihrer Tasche vibrierte, war es eine Erleichterung. Gesa schlich sich einige Schritte vom Sperrwerk weg und ignorierte die Blicke, die ihr folgten. Es war Björn, der sie anrief. »Hallo.«

»Gesa, wo steckst du? Alle vermissen dich.«

»Tut mir leid. Ich habe es nicht geschafft.« Sie stieg die Böschung hinunter zum Ufer der Este. Am Ende waren ihre Stiefel und die robusten Jeans doch nicht die schlechteste Wahl. »Wer ist denn alles gekommen?«

»Die halbe Redaktion – inklusive Maike Thomsen. Dagmar und Silke natürlich. Und Cracht. Aber das ist nicht alles.«

»Wer noch?« Sie drehte die Lilie zwischen ihren Fingern.

»Rate doch mal!«

»Die Eltern von Michaela Gräz?« Immerhin verdankten sie die Aufklärung von Michaelas Tod zu einem großen Teil Uwes Hartnäckigkeit.

»Nein, sie nicht. Ein Mann aus der Jury ist gekommen, die Uwe posthum den Journalistenpreis für sein Lebenswerk verliehen hat. Und Volker Dormer ist hier.«

»Er ist extra aus Berlin angereist?« Gesa konnte es kaum glauben.

»Er hat nach dir gefragt. Ich glaube, er war enttäuscht, dass er dich nicht angetroffen hat.«

»Bitte grüß ihn von mir.« Gesa blickte auf das trübe Wasser. Eine weiße Lilie trieb darin. Sie hob den Kopf und sah zur Brücke. Einer nach dem anderen beugte sich über das Geländer und warf seine Blume ins Wasser. »Wie war die Trauerfeier?«

»Wunderschön.« Björns Stimme klang belegt. »Ich kannte Uwe zu Lebzeiten ja kaum, aber selbst ich war gerührt. Der Pastor hat so eine schöne Rede gehalten über Uwes inneren Kampf, ein exzellenter Reporter zu sein und dabei ein guter Mensch zu bleiben. Danach kamen noch einige alte Weggefährten zu

Wort. Selbst Thomsen wirkte ergriffen. Wusstest du eigentlich, dass Henri für Beerdigungen eine schwarze Trauerschleife hat?«

»Nein. Davon will ich unbedingt ein Foto sehen.« Trotz ihrer seltsamen Stimmung musste sie schmunzeln. »Ich wäre jetzt gern bei euch.«

»Dann komm nach. Es ist noch nicht zu spät. Die Beisetzung hast du zwar verpasst, aber wir gehen gleich geschlossen ins Café. Dort dürfte es noch ein paar Stunden weitergehen. Jeder erzählt seine besten Anekdoten, aber deine Mordermittlungen werden alles toppen.«

»Ich kann nicht.« Vorsichtig stieg Gesa noch weiter ab, bis sie beinahe am Ufer stand. Ein Dutzend weißer Lilien trieben auf sie zu. »Ich habe noch etwas Wichtiges zu erledigen.«

»Verrätst du mir, was es ist?«

»Nein.« Gesa warf ihre Lilie zu den anderen in die Este. Bewunderte ihre vergängliche Schönheit, während sie langsam davontrieb.

»Schade. Ich verstehe wirklich nicht, warum ihr Frauen immer so geheimnisvoll tun müsst.«

»Ich tue nicht nur so.« Gesa setzte sich ins Gras. Ihre Trauer um Christian gehörte nur ihr allein. Sie ging niemanden etwas an. Genauso wie ihre Hoffnung, die sie niemals aufgeben würde.

Made in the USA
Coppell, TX
02 September 2021

61680114R00204